Me llamo LORENA, aunque en los mundos de internet ya todos me conocen como Cherry Chic. Nací en mayo de 1987 y no recuerdo cuándo fue la primera vez que soñé con escribir un libro, pero sé que todo empezó cuando mis padres me compraron una Olivetti y me apuntaron a mecanografía siendo una niña. En la actualidad puedo decir que he cumplido mi sueño: vivir de mis libros dando vida a mis personajes.

Papel certificado por el Forest Stewardship Council®

Primera edición en B de Bolsillo: febrero de 2022

Travessera de Gràcia, 47-49. 08021 Barcelona
Diseño de la cubierta: Penguin Random House Grupo Editorial / Manuel Esclapez
Fotografía de la cubierta: © iStock

Printed in Spain – Impreso en España

ISBN: 978-84-1314-416-0
Depósito legal: B-18.803-2021

Impreso en Novoprint
Sant Andreu de la Barca (Barcelona)

BB 4 4 1 6 0

Él, yo y la gran idea de encender París

CHERRY CHIC

A mi familia,
gracias por ser hogar

Prólogo

Hace muchos años, en una urbanización llamada Sin Mar

Observo a Charo recoger el primer premio por su brownie con chocolate y trufas, y frunzo el ceño. Papá dice que mi tarta de arándanos es mejor. Que lo sabe él y lo sabe todo el barrio.

—Le han dado el premio porque se está muriendo —dice mientras salimos del bar de Paco.

—¡Alejandro! —La voz de mi madre suena seria, pero luego se pone la mano en la boca, como hace siempre que intenta no reírse.

—Tú no te preocupes, chaval —me dice él guiñándome un ojo—. El año que viene, que ya estará bajo tierra, ganas seguro.

—Dios, eres único dando consejos —murmura mi madre en tono raro, porque no sé si está enfadada o sigue intentando aguantarse la risa.

—¿Qué...?

Ellos se adelantan discutiendo un poco sobre los consejos que deberían o no darme y yo suspiro y los sigo arrastrando los pies. No es por el premio. Me da igual el dinero que dan. Es porque siento que esto no ha sido justo. Si, como dice papá, mi postre era mejor, ¿por qué no puedo ganar? Yo no tengo la culpa de que Charo se esté muriendo.

—Eh, Óscar —miro a mi tía Julieta, que me sujeta por los hombros y deja que toda la familia se adelante. Ellos lo hacen sonriendo y felicitándome como si hubiese ganado, pero eso no es raro. Creo que me felicitarían, aunque quedara el último.

La tía Julieta mete la mano en su mochila y saca un trofeo. Frunzo el ceño y se ríe.

—¿Se lo has robado a Charo? —pregunto un poco nervioso—. Tita, te lo agradezco, pero no creo que robarle un trofeo a una señora que se está muriendo sea...

—¡No lo he robado, Óscar! —exclama ella en medio de una carcajada—. ¿Te imaginas? Tu tío se hubiese muerto de un infarto.

—¿Entonces?

—Lee la placa.

Bajo la mirada y lo hago: «Para Julieta, por no rendirse nunca».

Alzo la cabeza de inmediato y la miro con los ojos como platos.

—¿Dónde lo ganaste?

—No lo gané. Lo encargué yo misma. —La miro boquiabierto y se ríe—. Esto, pequeño, es lo que hice para recordarme que merezco lo que tengo y que, aunque no siempre gane, lo importante es que no me pienso rendir. No pienso dejar de tener sueños e intentar cumplirlos.

—¿Y por qué me lo das?

—Porque cuando seas un chef famoso y trabajes en París, como sueñas, quiero que recuerdes este día y pienses en lo que has logrado.

Me abrazo a su cuerpo con fuerza y cierro los ojos un segundo para inspirar su olor. ¡La tía Julieta siempre huele tan bien! A chuches y un poquito a locura, como dice papá, pero de la buena, de esa que se contagia y provoca sonrisas, como dice mamá.

—Te prometo que no voy a rendirme nunca —le digo.

Su sonrisa es como otro premio. Voy corriendo a casa, subo las escaleras hasta mi dormitorio y coloco el trofeo al lado de la hucha con la foto de París que me compró papá.

—Ya queda menos para estar contigo —susurro.

Luego corro hacia la barbacoa que mi familia ha hecho en mi honor, porque en Sin Mar siempre hemos sido más de celebrar los sueños que las victorias.

Hace los mismos años, en París

Ladeo la cabeza frente al escaparate en el que se encuentra el libro de mi padre con un cartel inmenso de la portada anunciando la gran presentación que acaba de llevarse a cabo.

—¿Qué crees que dirían tus personajes si se vieran aquí, papá? —pregunto. Acaba de terminar la firma, ya nos vamos a casa, pero no puedo quitarme esta pregunta de la cabeza—. Quiero decir, ¿crees que les gustaría estar aquí, donde todos pueden verlos? A mí no me gustaría vivir en un escaparate. Sería supertriste ver a todo el mundo pasar de un lado a otro sin poder moverme. Esperar que alguien entrase en esta librería y me llevase a casa. ¿No te parece algo increíblemente triste y solitario?

Mamá rodea mis hombros con sus brazos y sonríe con dulzura.

—Emma, cariño, esos personajes no existen. No tienen sentimientos de verdad.

La respuesta me provoca tantas ganas de llorar que tengo que morderme el labio con fuerza.

—Qué triste e injusto, ¿verdad?

—¿El qué, mi vida? —pregunta mi padre preocupado mientras sostiene a mi hermano Martín en brazos.

—Que los personajes de los libros no tengan sentimientos, cuando provocan tantos en las personas.

Mis padres se miran y hacen eso que tan bonito me parece; cuando hablan, pero sin hablar. Cuando mantienen una conversación solo con las miradas. Es precioso que, siendo mi padre escritor, no necesite palabras para comunicarse con mi madre.

Después de unos segundos, mi padre le pasa a Martín a mi madre y me coge en brazos, aunque protesto porque creo que ya soy muy mayor para ir en brazos.

—Yo creo que, si los personajes existieran, estarían felices de acompañar a tantas personas y provocarles todo tipo de sentimientos. Además, este libro acaba bien, así que gracias a ellos mucha gente se sentirá satisfecha al acabar de leerlo.

Pienso en ello un poco y asiento, intentando convencerme de que los personajes de papá no llorarán esta noche. Él, que me conoce, hace lo único que puede animarme ahora mismo: me lleva hacia un puesto ambulante de flores y me compra un enorme ramo de todos los colores porque recuerda al arcoíris y nada puede salir mal con un arcoíris entre brazos, según me dice papá. Yo sonrío y le doy la razón. Inspiro con fuerza para oler mi nuevo ramo mientras mis padres sonríen y me siento un poco mejor.

Entonces alzo los ojos y lo veo: París dando paso a la noche y sus luces encendiéndose para alumbrar las calles y jardines. Miro hacia atrás, a lo lejos, al escaparate de la librería alumbrado con focos amarillentos, sonrío y tiro de la mano de papá.

—¿Sabéis una cosa?

—Di, cariño —contesta mi padre.

—Creo que, en el fondo, tus personajes no estarán tan tristes. Al menos los de ese escaparate.

—¿Y eso?

—Bueno, si yo tuviera que estar encerrada en algún lugar, no se me ocurre ninguno mejor que un escaparate con vistas a París. ¿No os parece?

Ellos sonríen y reemprenden el camino hacia casa dándome la razón. Yo huelo una vez más mi ramo y sonrío, porque estoy segura de que las flores son bonitas en todas partes, pero en ningún sitio huelen como en París.

1

Rodeo la mano temblorosa de Solange, intentando animarla un poco. Me sabe mal verla así, no solo por el hecho de que sea la gerente general de mi restaurante, sino porque es, ante todo, una amiga. Por eso, y porque es muy raro ver a Solange derrumbarse. Aguanta como nadie la presión. A veces pienso que, de no ser por ella, ya habría tenido un ataque al corazón en algún que otro momento. Es un faro irrompible en medio de una tormenta y eso siempre me ha conquistado de ella, por eso no sé cómo gestionar esta imagen.

Su pelo, que normalmente está perfectamente peinado, ahora está suelto y sucio. De hecho, me sorprende darme cuenta de que le llega un poco más abajo de la barbilla, porque siempre lo lleva recogido. Las bolsas oscuras bajo los ojos también me asombran. Eso, y percatarme de que tiene algunas manchas rojas en la piel. Y no lo digo como una crítica, todo lo contrario. Solange siempre va tan impoluta y perfectamente maquillada que no había podido ver su verdadera piel hasta que se presentó esta etapa.

Una etapa feliz, en realidad. O debería serlo, al menos. El caso es que ella dice que nunca ha querido a nadie como quiere a Adrien. Y la creo, pero estoy casi convencido de que hay algo más. Jérôme, su marido, también lo cree. Y confío en su palabra, no por nada es mi *sous chef*, aunque a mí me gusta más decir que es uno de mis mejores amigos.

—Necesita distraerse. Salir de casa. Pero no quiere ni oír hablar del tema —me dijo hace un par de noches—. ¿Por qué no vienes a verla? Se alegrará de hablar de trabajo.

Y aquí estoy. Aprovechando que es lunes, día que cierro el restaurante, junto con el domingo, para hacerle una visita. Durante el día he trabajado un poco en algunas recetas nuevas, he comprado algunos menesteres que me gusta supervisar personalmente y he ido al gimnasio. Estoy cansado, pero en cuanto he llegado a casa he soltado la mochila con la ropa deportiva y me he venido con tiempo suficiente para parar en uno de los restaurantes que nos hacen la competencia directa y comprarle la cena. Pensé que le animaría imaginarme comprando en Les Couleurs, porque mi amiga es un poco retorcida, pero todo lo que he obtenido ha sido una mueca y un escueto «gracias» antes de echarse a llorar porque yo huelo a limpio y ella, a leche agria. Palabras textuales.

—¿Sabes qué? Creo que es buena idea que te des una ducha —le digo después de un ratito hablando de trabajo, que es lo único que parece mantenerla estable—. Jérôme y yo nos ocupamos del bebé.

—Claro que sí, *mon amour*.

Sus lágrimas vuelven ante el apelativo cariñoso con que mi amigo la llama siempre. Él hace una mueca y la abraza.

—Estoy hecha un desastre.

—Todo está bien, estás preciosa —susurra él de vuelta, antes de mirarme—. La ayudo a ir al baño y vuelvo.

Asiento y observo cómo salen del salón. Ya no camina encorvada. Hace semanas que puede hacerlo bien, pues la cesárea ha cicatrizado de maravilla, al menos lo que se ve desde fuera. El problema de Solange, según parece, no es su cuerpo, sino sus emociones. Sus sentimientos. Adora a su hijo, de eso no tengo ninguna duda, pero es una mujer fría, calculadora y organizada en extremo. Imagino que estar a cargo de un bebé que no atiende a ningún patrón fijo debe estresarla.

El parto fue complicado y acabó en una cesárea de urgencia que le ha dejado malos recuerdos. Las noches sin dormir. Las grietas en los pechos que, según Jérôme, están haciéndole pasar un infierno. En fin, hay muchos factores ayudando para que no consiga levantar cabeza del todo y creo que lo mejor sería que saliera a pasear, tomara aire fresco y se diera todo el tiempo del mundo, pero en el poco tiempo que llevo aquí ya me ha preguntado dos veces cuándo puede volver y si voy a dejarla llevar a Adrien consigo. Yo me río, porque los dos sabemos que esto último es complicado. Además, prefiero que coja la baja maternal completa. Que sí, que para mí es más difícil, porque hago muchos malabares, pero tengo un personal muy cualificado en el restaurante, nos apañamos y creo, de verdad, que Solange necesita tiempo para asimilar esta nueva situación.

Adrien llora y me asomo a la minicuna de inmediato, intentando calmarlo para que mi amiga no salga del baño desnuda y sin importarle lo más mínimo que yo esté aquí. Dios, casi parece que la estoy viendo.

—Chist, eh, colega, ¿qué tal si dejas de llorar para que mami pueda darse una ducha tranquila?

El niño se calla el tiempo justo de oírme. Luego, como si tuviese conocimiento suficiente, arranca a llorar de nuevo. Lo cojo en brazos con cuidado y lo pego a mi pecho mientras me mezo un poco. Sus quejas cesan y me río, orgulloso.

—No lo hago tan mal, ¿eh? —murmuro antes de ponerme a tararear una nana que mi madre cantaba a todas horas a mi hermana pequeña.

La repito cuatro veces antes de que las protestas arranquen de nuevo, así que decido dejar de lado las nanas y ponerme con algo más serio. El problema es que no hay nada adecuado para un bebé en el repertorio que me viene a la mente. Al final, ante la presión, decido tirar de clásicos y comienzo a cantar en voz baja *Paris sera toujours*

Paris. Adrien vuelve a callarse, no sé si porque le gusta o porque tiene miedo de que no me calle nunca. Cantar no es lo mío. Tengo otros dones, pero todos alejados de esta rama.

—Te pega —dice mi amigo entrando en el salón.

Lo miro sonriendo y mezo a su hijo un poco más antes de pasárselo, casi dormido.

—Algún día me gustaría tener uno, aunque viendo a Solange no dan muchas ganas...

—No tiene nada que ver con él —dice convencido, y me siento mal de inmediato.

—No quería decir que fuera la causa, lo siento.

—No, no tienes que disculparte. —Suspira y se frota los ojos—. Estoy muy susceptible. No pensé que esto pasaría. Sinceramente, nadie te prepara para esto. Recuerdo vagamente que en las clases preparto la matrona hablaba de la depresión posparto, pero, dado el carácter de Solange, no admití siquiera la posibilidad. Era tan fuerte, decidida y segura de sí misma...

—Es.

—¿Perdón?

—Es. Aún lo es. Es verdad que parece perdida y un poco triste. No sé si puede ser depresión, pero, en cualquier caso, no creo que le vaya bien que le digas lo que era, como si ya no lo fuera a ser más.

Mi amigo guarda silencio un momento y temo haber metido la pata, pero creo que es algo que debería tener en cuenta. Si yo estuviera perdido y debatiéndome entre la tristeza y la alegría más grande del mundo, lo último que querría es que me dijeran que mis virtudes están desapareciendo. Al final, Jérôme asiente una sola vez y palmea mi brazo antes de coger a su hijo.

—Por eso eres el mejor amigo del mundo. Siempre das en el clavo.

—También soy el mejor jefe, porque voy a darte una semana de vacaciones.

—¿Qué? No puedes hacer eso. Acabo de incorporarme de mi permiso de paternidad.

—Hasta donde yo sé, soy el jefe y puedo dar vacaciones a mis empleados cuando quiera.

—Pero yo...

—Solange te necesita aquí.

—Y tú en el restaurante.

—Sí, pero puedo apañarme.

—No, lo siento, no puedo aceptar.

—Oye, Jérôme...

—No, Óscar. Ya estás lo suficiente estresado como para sumar algo más. Todo irá bien. Tendremos paciencia y fe, para empezar. Si no funciona, buscaremos ayuda. Volverá a ser ella poco a poco. Es un cambio brusco. Creo que si me viera aquí todo el día sin saber qué hacer acabaríamos mucho peor.

Eso se lo concedo, porque conozco a Solange. Acabaría dando órdenes a diestro y siniestro. Mi amigo aguantaría hasta un límite y luego empezarían las peleas. No serían fuertes, pero sí lo bastante largas como para que los dos estuvieran deseando trabajar y tomar distancia uno del otro. Así que, quizá, después de todo, es buena idea que trabaje y se distraiga en el restaurante.

—Está bien, entonces nos vemos mañana. Yo me voy ya. Estoy molido, te lo juro.

Él asiente justo cuando Solange entra. Cuando le digo que me voy se despide con un abrazo que devuelvo de inmediato, pero me sorprende, porque ella no es la persona más cariñosa del mundo. Llevamos años conociéndonos y puede que esta sea la segunda vez que nos abrazamos. La primera vez fue un cumpleaños en que la abracé tan fuerte que se pasó todo el día esquivándome. Es un tanto arisca, pero tiene un corazón de oro, una mente privilegiada y un don para la organización que ya quisiera yo incluso en mis mejores días.

No, lo mío no es organizar al máximo cada detalle. Lo mío es meterme entre fogones, sentir el sudor del fuego, poner a prueba la velocidad con los cuchillos y ver los gestos de placer en las personas que prueban lo que cocino. Lo mío es la comida, en general. Cocinar, comer bien, experimentar con ella. Buscar un nuevo y placentero nivel para el paladar.

No es algo de ahora. No recuerdo cuándo me interesé por la cocina. Literalmente no lo recuerdo porque era demasiado pequeño. Ha sido una constante y, gracias a mis padres, que me empujaron para que no perdiera la ilusión, decidí convertir el sueño en una realidad. Hoy tengo uno de los restaurantes más prestigiosos de París. No ha sido fácil. No lo es, a día de hoy. La competencia, el estrés, la presión y contratar a la gente adecuada para que se ocupe de las partes que yo no controlo tan bien, como la organización y gerencia, que es algo que dejo a Solange. Al principio, cuando no había más remedio, lo hacía casi todo yo, pero ahora puedo delegar y creo que eso ha salvado mi salud mental. Puedo dedicar más tiempo a lo que de verdad quiero, que es cocinar. Y, aun con lo bien que me lo he montado, la mayoría de los días llego a casa tan agotado que apenas puedo mantener una conversación coherente, así que supongo que es una suerte que no haya nadie esperándome en casa.

Cojo el metro y me tomo unos momentos para pensar en los inicios. Tres trabajos al mismo tiempo, dormir muy poco y pasar hambre, porque no siempre podía llegar a final de mes y no quería decirle a mis padres que me había matriculado con honores, pero no tenía donde caerme muerto, literalmente. Cuando ellos llamaban les prometía que me iba bien, que estaba encantado con la habitación en la que vivía de alquiler. No le hablaba de los gritos de mis compañeros entre sí, ni de lo difícil que era encontrar el apartamento limpio. Ni de las noches que pasé sin dormir pensando si no sería mejor volver a casa, ahorrar desde allí y luego regresar. De inmediato sabía que eso no era una opción. Si volvía a Sin Mar, mi hogar, jamás volvería a irme. Incluso ahora, que me va bien, echar de menos la casa de mis padres y la seguridad de las calles de mi urbanización es casi una constante en mi vida. En aquellos tiempos... No, no habría vuelto a salir de la seguridad y el confort que me brindaban mi casa y mi familia.

Fueron tiempos complicados, sí, pero valieron la pena. Cada mareo por culpa del hambre, cada vez que tuve que picotear como pude mientras cocinaba para otros, reprimiendo mi deseo de crear libremente. Deseando poder comprar los ingredientes necesarios para hacerlo en casa y tragándome la frustración al ver que, a final de mes, solo me podía permitir algunos alimentos básicos para mantenerme con energía. Comí tanto arroz y tanta pasta que llegó un punto en que pensé seriamente que iba a aborrecerla. Y es una lástima, porque se pueden hacer maravillas con un buen plato de pasta. Por suerte, no llegó a pasar, creo que mi amor a la comida ganó incluso cuando esta no me reportaba nada más allá de las fuerzas necesarias para respirar y mantenerme en pie un día más.

Bajo del metro y observo a la gran dama de París. Notre Dame me saluda majestuosa y bella como siempre y sonrío. Si me hubiesen dicho que viviría en esta zona... No. No lo habría creído ni en mil años, pero aquí estoy. Vinieron más noches de hambre, de apenas dormir y de palos, pero al final lo hice. Conseguí mi restaurante, aunque en un inicio no estaba aquí, claro. Estaba en las afueras, pero me hice un nombre poco a poco. Ayudó tener contactos, tampoco voy a mentir. Mi prima, Vic Corleone, influencer desde hace unos años, ahora retirada, prácticamente vivió en mi restaurante y atrajo tantos clientes que, a día de hoy, me veo incapaz de cobrarle cuando viene a verme. El padre de su chico, por cierto, también me hizo el favor de dejarse caer. Es compositor y un tatuador de renombre. Nos conocemos de veranear juntos desde que era un niño y me tiene tanto cariño como yo a él. La gente empezó a llegar, era inevitable y, aunque una parte de mí no estaba orgullosa de conseguir comensales así, la mayor parte logró convencerse de que hoy día los contactos son importantes y, lo fundamental: lo que yo hacía valía la pena. Venían por recomendaciones familiares o de amigos de mi familia, pero se quedaban porque mi comida era buena. Muy buena. Eso era lo importante. Me llevó tanto dinero y esfuerzo que acabé durmiendo en el despacho. No podía pagar un alquiler aparte. París no está hecha para los apuros económicos, eso es algo que aprendí rápido.

El negocio prosperó, conseguí un local mejor. Mucho mejor. La Isla de la Cité me esperaba. Rodeado por las aguas del río Sena, Déjà Vu se alza, no muy grande pero sí majestuoso. Orgulloso. Sangre, sudor y lágrimas, pero lo vi. Lo vi siempre en mi cabeza y en mi corazón. Tuve el nombre cuando apenas contaba con doce años. Sabía cómo sería porque no había dejado de soñarlo. Saber que por fin es una realidad hace que, todavía, a veces, se me atragante la emoción al observarlo.

Entro por la pequeña puerta trasera, que da al almacén del restaurante y a las escaleras que llevan a mi loft. En realidad, no sé si podría llamarse «loft» como tal, aunque el arquitecto se empeñara en hacerlo solo porque todo, el restaurante y la vivienda, están construidos en una antigua imprenta. La primera planta, donde vivo, mantiene las líneas industriales y la zona diáfana con una cocina grande y de muebles verde aguamarina enfrentada a una mesa grande con bancos, un sofá en un rincón, una tele y una cama de estilo japonés porque, después de dormir tanto tiempo en un colchón en el suelo, me sentía muy raro volviendo a hacerlo en un somier alto. El baño al final, cortado y lo único privado en toda la estancia. Me gusta que sea así. No me compliqué con la obra, en parte porque el dinero ya escaseaba cuando llegamos aquí arriba. El restaurante se lo llevó todo. En parte, también, porque me gusta así. El ladrillo visto le da personalidad, los ventanales antiguos y enormes me dan luz y me permiten tener plantas aromáticas apiladas en el interior, junto a los libros que también forman torretas y hacen de soporte para una lámpara, que es la única que enciendo cuando ya he comido y quiero un rato de tranquilidad antes de dormir. Mi familia dice que es un loft moderno y funcional. Mi prima, Vic, la influencer, ahora exinfluencer, se llegó a hacer fotos en el suelo tumbada mientras la luz de los ventanales entraba a raudales y me aseguró que es una maravilla. Yo no entiendo de decoración, así que solo diré que me parece perfecto tenerlo todo a mano sin tabiques de por medio. Todo a la vista de manera cómoda, un poco caótica y con mucha personalidad. Un poco como yo mismo.

Me quito la ropa que me he puesto y la dejo sobre el sofá porque ni siquiera me ha dado tiempo a ensuciarla. Me pongo un pantalón largo de pijama y, como el frío se deja notar, voy hacia la chimenea y prendo el fuego. Es uno de los pocos lujos que de verdad pagué a conciencia en el piso. La luz, junto con la de la lámpara, convierte el sitio en íntimo y silencioso. Inspiro por la nariz y pienso en lo tranquilo que me siento aquí. En la paz que puedo respirar aquí arriba, en comparación con el caos que siempre suele haber abajo.

Voy a la pila de libros que hay junto a mi cama, cojo uno y me marcho a la cocina. Pongo el agua a hervir para tomarme una infusión antes de dormir y me siento en uno de los bancos para leer un capítulo más. En esas estoy cuando el timbre del portero suena.

Frunzo el ceño de inmediato. Es raro que venga alguien a visitarme, y más a estas horas, así que me doy prisa en mirar de quién se trata, aunque lo más probable es que no sea más que una broma pesada. No tiene mucho sentido, porque hay que rodear el restaurante para entrar, pero supongo que hay gente para todo. Miro el telefonillo, agradeciendo que pusiera videocámara en su día, y me quedo con la boca abierta cuando observo de quién se trata. Aprieto el botón para abrir la puerta de inmediato, me voy a la del loft y me apoyo en el quicio de la puerta. Para cuando ella sube los escalones yo ya me he repuesto un poco, así que abro los brazos y sonrío con todas mis ganas, porque estoy feliz de verla, aunque el motivo de la visita me haga pensar en miles de cosas.

—Pero ¡qué guapo estás así, bandido! Me gusta tu pijama.

Se lanza a mis brazos con tanto ímpetu que me mueve del sitio. Me río y rodeo su cuerpo menudo con fuerza. Su pelo largo y rubio está un poco más oscuro que la última vez que lo vi, hace un par de meses. El verano siempre acentúa su rubio natural, igual que sus pecas.

—¿Cómo está mi chica? —pregunto besando su frente—. ¿Está todo bien?

—Divinamente a las dos preguntas. Quería verte, te echaba mucho de menos y como, al final, me he cogido otro año sabático, me he dicho, ¿y por qué no?

—Entiendo.

—He venido dispuesta a que pasemos juntos la noche de Halloween.

—Fue ayer, cariño.

—Bueno, es que tuve la idea un poco tarde, pero lo importante es que ya estoy aquí. —Suspira, besa mi torso y entra en casa—. ¿Tienes algo de comer? Estoy famélica.

Observo sus vaqueros rotos, sus vans raídas y su jersey navideño, pese a que estamos empezando noviembre, y sonrío. Está preciosa. Es preciosa físicamente y lo es aún más porque tiene una personalidad propia que arrasa con todo. Revuelve mis cajones, se enfada, como siempre, cuando ve que no tengo galletas envasadas en casa, y se le pasa cuando descubre el bote de cristal en el que guardo algunas caseras. La tetera silba con el agua caliente para mi infusión, pero ella lo sirve en una taza, mete el sobre de manzanilla y da un sorbo antes de soltar una maldición porque, obviamente, se ha achicharrado la lengua.

—Dios, Ósc, te juro que hubo un momento en el tren en que pensé que moriría de hambre.

—Me llamo Óscar, no Ósc. ¿Y no pensaste en comprar algo para picar?

—No tengo dinero.

—Entiendo.

—Oye, que no he venido por eso. He venido porque te echaba de menos.

—Ajá.

—Y porque voy a quedarme aquí una temporada. París es bonita siempre, pero creo que lo será aún más cuando la recorra en patinete.

—¿Cómo una temporada? —pregunto frunciendo el ceño—. ¿Aquí? ¿Conmigo?

—Pues claro que contigo. ¿Con quién más? —Da un bocado a una galleta y me sonríe—. Será genial, ya verás, como en los viejos tiempos.

—Mira, nena, no creo que...

—¿Quieres que le cuente a mamá y papá que mi hermano mayor no me quiere acoger en su casa en una fría y húmeda noche de otoño después de haber cogido un vuelo, un tren y el metro para venir a verte? Si quieres, se lo cuento, pero vas a cargarte un poquito la imagen de niño perfecto.

—No me chantajees, Valentina —le digo en tono serio.

Tan serio que se queda cortada. No está habituada a que le hable así, y me jode en el alma hacerlo, pero no voy a permitir que me toree como hace con muchos en la familia. El arrepentimiento cubre sus ojos tan rápido que me acerco a ella para poder abrazarla. Puedo aguantar con diplomacia berrinches, ataques de genio y malas palabras de casi cualquiera en mi extensa familia, pero Valentina... Ella es otra cosa. Es mi niña. Fue mi mejor regalo de pequeño y cuidarla ha sido una constante en mi vida.

—¿Me perdonas? Me he pasado.

Sonrío, la abrazo y beso su cabeza antes de hablar.

—Hay pocas cosas que yo no te perdonaría, enana...

Ella me dedica una gran sonrisa satisfecha, y yo vuelvo a reírme entre dientes. Podría intentar convencerla de que vuelva a casa, donde mis padres la esperan. O pedirle que me cuente cómo es que ha decidido coger otro año sabático, si el año pasado se aburrió como una ostra, o qué piensa hacer el tiempo que esté aquí, conmigo, que intuyo que no será una semana. Podría intentar algo de eso, pero, sinceramente, no tengo ánimos de discutir. Además, me gusta tener a mi hermana aquí. Me gusta. Es solo que es tan intensa, y yo soy tan tranquilo... Y ella es tan joven y yo tan... Bueno, no soy mayor, claro, pero los ocho años de diferencia se notan.

La cosa es que valoro mucho mi intimidad, pero cuando la veo abrir un armario y sacar varias carpetas de recetas para buscar el chocolate que, según ella, tengo oculto, sé que se avecinan días muy muy movidos.

2

Me despierto con una pierna fuera del colchón, rozando el tatami de madera. No es habitual en mí salirme de la cama. Sin embargo, es muy habitual en Valentina echarme de ella cada vez que dormimos juntos.

—En momentos así me arrepiento muchísimo de no tener habitación de invitados —murmuro con voz pastosa mientras la empujo con suavidad—. ¿Cómo puedes abarcar tanto siendo tan poca cosa?

—La poca cosa te da una paliza cuando quieras —gruñe mientras se sienta de golpe en la cama. Es otra de sus cualidades. Un segundo está desparramada en el colchón y parece incapaz de moverse y al siguiente está despierta y alerta—. ¿Vamos al cine hoy?

—Claro, no tengo que trabajar ni nada... —digo en tono irónico.

—Eres el jefe, Ósc.

—Óscar. Tiene que resultarte incluso más complicado pronunciar Ósc, que Óscar.

Ella resopla por respuesta, se sale del colchón y se encierra en el baño. Cierro los ojos y rezo para dormir un poco más, pero cuando oigo su voz a través de la puerta, sé que su energía pronto lo llenará todo.

—Entonces ¿no vas a coger el día libre para estar conmigo?

Se asoma y se aposta en el quicio de la puerta mientras se cepilla los dientes.

—¿Cuánto tiempo piensas quedarte, Val? —Ella se encoge de hombros—. Exacto. No puedo coger libres todos los días que estés aquí. Si vas a quedarte, tendrás que asimilar que tengo unas rutinas que me gusta mantener. Trabajar, en realidad, es más obligación que rutina.

—No si eres el jefe y un chef de renombre mundial.

—Y por eso tengo que esforzarme más. Se supone que la gente quiere comer lo que yo preparo, aunque no lo haga solo. Una cosa es descansar algún día y otra no aparecer por mi propio restaurante.

Valentina entra en el baño de nuevo, la oigo enjuagarse la boca y, cuando sale, lo hace con el pelo enmarañado y una sonrisa perezosa.

—Solo te he pedido que vayamos al cine, pero vale, entiendo que eres un hombre ocupado. No te preocupes, me mantendré ocupada con... cosas.

—¿Cosas?

—Saldré a buscar algún skatepark. ¿Sabes de alguno nuevo desde que estuve aquí la última vez?

—Ni siquiera estoy seguro de tener claro qué es un skatepark y qué no.

—Qué vergüenza de hermano mayor —murmura mientras va a la cocina.

Elevo una ceja y me río. Valentina adora ir en tabla. En tabla en general, porque le vale tanto el skate como el surf. Adicta a los dos deportes desde niña es rarísimo verla sin una de las dos tablas bajo el brazo. Bueno, Val es adicta a cualquier deporte. Lo que, a priori, parece no casar con la Valentina juerguista y fiestera en exceso, a veces. Creo que la cosa es que mi hermana es una persona de extremos. Si hace deporte se entrega a fondo, si se va de fiesta, igual. Es muy desmedida para según qué cosas y a veces pienso que, en parte, es culpa de mis padres y también mía. La hemos consentido mucho, no me avergüenza reconocerlo, y uno de los resultados es que lo bueno lo vive con toda la intensidad y fuerza del mundo y lo malo, también. Por fortuna, tiene un ánimo envidiable y una positividad innata. Es rarísimo verla de malas o que un estado de enfado o tristeza le dure demasiado.

—¿Podemos hacer galletas nuevas hoy? ¡Casi no quedan!

—Come tostadas —le digo levantándome, por fin, de la cama—. No necesitas tanto azúcar. Practicas más deporte que la media, mejor que nadie lo sabes.

—Mañana empiezo a depurar, pero hoy todavía necesito algo que me ayude con el jet lag.

—Vienes de España, Valentina —contesto riéndome—. El vuelo dura dos horas y el horario es el mismo.

—¿Sabes, Ósc? Te quiero mucho, pero no eres una persona que me agrade demasiado por las mañanas.

Me río más fuerte y entro en el baño para darme una ducha. Cuando salgo, me enrollo una toalla en las caderas y oigo la canción de *Aladdin* a todo trapo. Sonrío. Valentina es una chica deportista que viste de una forma muy particular y, de antemano, no parece de esas que se enamoran de una peli de Disney. Sin embargo, Aladdin siempre ha tenido algo que la ha enganchado y creo que es porque, secretamente, desea tener una alfombra sobre la que poder volar. Otra especie de tabla para ella. Abro el armario, saco un pantalón de traje, una camisa blanca y un chaleco negro que, sinceramente, solo me pongo porque me queda bien, y vuelvo al baño para vestirme. Voy a reconocer que este loft es muy bonito, pero intimidad hay poca. Cuando vuelvo a salir agradezco el café que Valentina me ha preparado, pero al tomarlo, hago una mueca. Tiene muchos dones, mi hermana, pero hacer café no es uno de ellos.

—Tenemos que solucionar el tema de dormir —le comento—. Si vas a quedarte unos días, alguien se tiene que quedar en el sofá cama. No podemos estar en la misma cama.

—¿Por qué no?

—Porque no quiero amanecer cada mañana con medio cuerpo fuera del colchón. Y porque yo duermo en el centro. Siempre.

—¿Y qué pasa cuando traes chicas?

—No vienen muchas y no suelen dormir conmigo.

—Alguna habrá dormido...

—No te voy a explicar cómo lo ha hecho, ¿no?

Valentina suspira con un poco de dramatismo. Con mucho dramatismo, en realidad. Se encoge de hombros y da un sorbo a su café.

—Si quieres dormir en el sofá, vale.

—Eh... Eres tú quien dormirá en él.

—Sí, hombre. ¡Encima! Yo no he tomado la decisión.

—Es mi casa.

—¡Soy tu única hermana! Si ahora te cayeras por las escaleras y te murieras, la casa se quedaría para mí. Y el restaurante. Todo. —Qué cara habré puesto, que rectifica enseguida—. A ver, que no vas a morirte, pero si pasa, pues todo es mío, ¿no?

—Eh...

—Es como si fuera un poco dueña, también. No tienes mujer, ni hijos, que se sepa. Soy la heredera principal.

—Valentina... Me estás acojonando.

Ella suelta una carcajada, deja la taza en la encimera, viene hacia mí y me abraza, poniendo la barbilla en mi pecho y mirando hacia arriba. Oh, mierda. Ahora viene el numerito a lo gatito de *Shrek*. Los ojos brillantes, el puchero de su boca y la vocecita dulce.

—Solo digo que estoy tan feliz de que estés vivo que no me importa compartir cama.

Me debato unos instantes entre fascinarme por su forma de hilar pensamientos o bufar y decirle que tiene que dormir en el sofá cama. Punto. Al final, decido que no tiene sentido discutir desde ya. No quiero tenerla todo el día de morros, así que lo dejaré estar hasta esta noche. Beso su frente y doy un último sorbo a mi café. O lo que ella dice que es café.

—Te haré tostadas.

—Quiero galletas. ¿Bajamos a desayunar a una cafetería? ¿O me haces algo rico?

—Te hago tostadas.

Ella se separa de mí, resopla y me mira por encima del hombro.

—Para ser un chef con estrellas Michelin, y bla bla bla, eres bastante poco creativo.

—Guardo la creatividad para gente que sabe valorarla.

—Me ofendes.

—Más me ofendió a mí prepararte huevos benedictinos con salmón y verte echarle kétchup.

—Me gusta el kétchup.

—Al salmón, Valentina. Todavía me acuerdo y me duele. ¡Y a los huevos! Por Dios, ni siquiera pega. Es asqueroso.

—Que tú, que te dedicas a mezclar todo lo que pillas por la cocina, me digas que algo no pega...

—No mezclo lo que tengo por la cocina. ¿De verdad sigues pensando que me han dado las estrellas Michelin por mezclar lo primero que tengo a mano? —Ella se encoge de hombros, sonríe y, cuando hace amago de hablar, la freno—. ¿Sabes qué? No quiero saber la respuesta. Prefiero seguir en la ignorancia.

—Pues casi mejor... ¿Entonces? ¿Bajamos a desayunar? Con la tontería, se nos va la mañana.

Intento convencerla de que coma tostadas, pero no hay manera. Al final, me arrastra hasta una cafetería, se pide dos cruasanes, uno salado y otro dulce, y lo riega todo con un batido de chocolate que me empalaga solo de verlo. Yo por mi lado como tostadas y otro café. Este, del bueno.

—La gente nos mira —dice en un momento dado.

—¿Nos mira? —pregunto en respuesta.

—Sí. Nos mira mucho, y no lo entiendo.

Elevo una ceja y sonrío un poco.

—Quizá la diadema de gatito llama un poco la atención.

Ella se lleva una mano a la diadema negra con orejas de gatito que se ha puesto esta mañana. Es un complemento más, pero no hace mucho juego con el pantalón de chándal, las vans y el jersey de rayas marineras. En Valentina nada parece hacer mucho juego y, sin embargo, todo le queda de maravilla.

—Me encanta esta diadema.

—Estás preciosa.

—Pero nos miran.

—Pues que nos miren. Seguramente tengan envidia de ti por tener esa diadema y de mí por desayunar con la chica más bonita de París.

Eso la hace reír de buena gana.

—No me extraña que las tías vayan haciendo charcos a tu alrededor.

—Val...

—Por charcos me refiero a los que hacen a causa de sus bragas mojadas.

—Jesús. Esta conversación acaba aquí.

Ella se ríe a carcajadas y, cuando intento levantarme, me agarra del brazo.

—¿Qué tiene de malo que te lo diga? Mira esa chica de ahí, la morena. —Señala a una chica que hay un par de mesas a nuestra derecha—. No te ha quitado ojo desde que llegamos. Me apuesto el culo a que está pensando cómo sería arrancarte ese chaleco con los dientes.

—No es verdad.

—Lo es.

—No lo es.

—¿Te lo demuestro?

Se levanta de su silla tan rápido que apenas tengo tiempo de sisear su nombre. Mierda. Acabo de acordarme de por qué es mala idea tener a Valentina un tiempo por aquí. Impulsiva, inmadura, demasiado lanzada.

—Hola —oigo que le dice a la chica—. He visto que miras mucho a mi hermano.

—¿Es tu hermano? —pregunta mientras yo intento por todos los medios hacer que la Tierra me trague.

—Sí. Si quieres, te lo presento.

La chica sonríe de buena gana, se levanta y, cuando las dos se acercan, hago hasta lo imposible por mantener una sonrisa educada.

—Ey, Ósc, te presento a...

—Soleil.

—¡Soleil! Precioso nombre. ¿A que es precioso, Ósc?

—Precioso —murmuro, incómodo.

—Él es Ósc.

—Óscar —corrijo mientras estiro la mano en dirección a la chica.

Es preciosa, pero no me gusta que Valentina elija por mí las citas que puedo o no tener. O la gente que conozco o no, así que, aunque pueda atraerme un poco físicamente, decido dar una lección a mi hermana. Me levanto, aún con la mano de Soleil sobre la mía, me la llevo a los labios y la beso antes de inclinar un poco la cabeza.

—Si me disculpáis, llego tarde a trabajar.

La chica parece noqueada durante un instante, pero al final sonríe y se despide de mí con un gesto de la mano mientras me voy y dejo a Valentina con el marrón de deshacerse de ella. Y con la cuenta sin pagar, también, así que intuyo que, cuando volvamos a vernos, mi hermanita no va a estar de buenas.

El turno de las comidas del restaurante sale perfecto, como siempre. Hay detalles que limar e imprevistos que surgen, pero la comida estaba buena y los comensales, en general, satisfechos. Eso es todo lo que importa.

Por la tarde, estoy sentado en una de las mesas del restaurante supervisando las nuevas recetas que entrarán a formar parte de la carta con Jérôme. Deberíamos hacer esto en el pequeño despacho que hay paralelo al almacén, pero me gusta el ambiente del restaurante cuando está vacío. Normalmente abrimos para las comidas, cerramos y volvemos a abrir para las cenas, que suelen ser el plato fuerte. La tarde, por norma general, Jérôme y yo la aprovechamos para ponernos al día con el trabajo.

—Debería ponerme ya con el nuevo cuadrante, todavía tenemos el del mes pasado —me comenta mi amigo.

—Sí, vale. Yo me ocupo de esto, si te parece.

—Tú eres el jefe.

En esas estamos cuando la puerta se abre y entra una chica menuda y rubia con un señor mayor.

—Venga, no te quedes en la calle, que hace frío hoy. Vamos, no te preocupes por nada, yo me encargo.

Maldigo por haber dejado la puerta abierta. Podría echar la culpa a los trabajadores, pero seguramente la he dejado así yo al salir a revisar las macetas de la entrada.

—Perdonen, pero está cerrado —dice Jérôme.

—¡Buenas tardes! Sí, sé que se supone que está cerrado, pero, verán, Jean Pierre tiene un pequeño problema de salud. La tensión se le ha bajado y no hay en toda la calle ni un banco para sentarse. ¿Se lo pueden creer? ¿Qué está pasando con París? Ya no nos importa el descanso, solo correr, correr, correr. ¡Todo se ha vuelto correr! Menos mal que aún queda gente hospitalaria que ofrece una silla a un señor mayor con la tensión baja y muy mal color de cara, ¿verdad?

¿Eso es una orden camuflada? Jérôme me mira elevando las cejas y me encojo un poco de hombros, levantándome de inmediato. No voy a dejar a un señor enfermo en la calle. Eso sería imperdonable.

—¿Necesitas algo? —pregunto acercándome y tuteándola directamente. Supongo que el hecho de que se cuele en mi restaurante ya ha hecho saltar por los aires ciertas distancias.

—Un café, gracias. Y mi amigo quiere otro.

Escucho un carraspeo a mi espalda y me giro para mirar a mi amigo. Sí, ya, menudo morro. Aun así, ser un borde no está en mi naturaleza.

—¿Los preparas tú?

—Desde luego —accede Jérôme—. Enseguida vuelvo, hay que encender la cafetera.

—Ahora no te vayas a morir, ¿eh, Jean Pierre? Me viene fatal que te mueras justo hoy, que quería llevarte al parque a darle de comer a las palomas. Ahora dicen los políticos que no se puede dar de comer a las palomas porque cada vez vienen más y al final París estará llena de ratas voladoras. ¿Te lo puedes creer? —No sé si la pregunta es al señor mayor, o a mí, pero, en cualquier caso, cuando intento hablar, me corta, así que meto las manos en mis bolsillos y dejo que siga—. ¡Ratas voladoras! Es como si, de pronto, empezásemos a llamar a los delfines perros de mar. ¿Qué sentido tiene? ¡Ni siquiera se parecen! ¿Verdad que no, Jean Pierre? ¿Estás bien? ¿Te estás muriendo? ¿Ves algún tipo de luz? Si ves alguna luz, deberías alejarte, porque no estoy dispuesta a que te mueras hoy. Me viene fatal.

—Creo que...

—¿Sabes qué pasa? —dice ella, cortándome y quitándole la chaqueta a tirones al tal Jean Pierre—. Pasa que en esta ciudad se ha perdido el sentido romántico. ¡Y me parece imperdonable! Es la ciudad del amor, por Dios. Dar de comer a las palomas es bonito, es un gesto amable y a los niños les encanta hacerlo. A los niños y a los mayores. Bueno, a todos menos a Jean Pierre, que se ha empeñado en ponérmelo difícil, pero ya estoy acostumbrada. —Se pone a arremangar las camisas del señor y, cuando este resopla, lo mira irritada—. Pero ¿por qué te enfadas conmigo ahora? ¡Si no he dicho nada!

—¡Deja de desnudarme, muchacha! *Mon Dieu*, necesitas frenar un poco.

La chica, lejos de amedrentarse, se cruza de brazos y me mira con terquedad.

—¿Ves a lo que tengo que enfrentarme? Pues así cada día.

—Si no te empeñaras en sacarme de mi casa, cuando te he repetido por activa y por pasiva que no quiero pasear, ni dar de comer a las palomas, ni hacer nada, no me habría pasado esto. Solo necesito un vaso de agua y que cierres la boca un poco.

—Aquí están los cafés. —Jérôme pasa por mi lado y se acerca a ellos.

—Muchísimas gracias —dice la chica sonriéndole y cogiendo una taza—. Venga, Jean Pierre, bebe. Necesitamos que tu tensión suba. Mañana voy a llevarte al médico de nuevo, esas pastillas que te dan no funcionan. ¿O es que no las estás tomando? Espero que sí, porque me sentiría fatal si me mintieras. A tu edad, mentir, es doble pecado, ¿entiendes? Porque estás al final del camino, te puedes ir en cualquier momento y entonces, ¿qué? Llegas al cielo con una mochila de mentiras pesada y muy fea. No te dejarían entrar así, que lo sepas. Entre eso, y lo gruñón que eres, te mandarían al infierno antes de lo que dura un pestañeo. Y yo no he estado en el infierno, obviamente, pero he leído lo suficiente como para saber que es mejor irse de buenas e intentar entrar en el cielo.

—Si muriéndome consigo que te calles un poco, casi lo prefiero.

La chica abre la boca y los ojos con tanto ímpetu que, ahora sí, empiezo a temer por la vida del anciano. Él, en cambio, no se amedrenta y la mira desafiante. Miro a Jérôme con una ceja alzada y una sonrisa torcida.

—¿Está mejor? —Acorto la distancia del todo y le sonrío al abuelo, porque no quiero que ella se enfade más con él.

—Lo estaré en cuanto la cafeína me despierte. La maldita tensión lleva un par de años dándome sustillos. Siento mucho haber irrumpido en su restaurante. Yo no quería, pero... —Mira de reojo a la chica y se encoge de hombros—. Es como una maldición —murmura.

—Espero que te refieras a la tensión —comenta ella—, porque sería algo feo, feísimo, hablar así de alguien que solo quiere lo mejor para ti. ¡Y más con un desconocido! —Se gira hacia mí y, esta vez, sonríe al tiempo que estira una mano—. Encantada de conocerte, te agradezco muchísimo el café, pero necesito más azúcar.

—No sabes el azúcar que lleva.

—Seguramente no le ha puesto, eso es algo que debe elegir el cliente.

—Te he puesto un azucarillo al lado —replica mi amigo.

—Necesito más, pagaré el suplemento sin problemas.

—No te preocupes —le digo—. Jérôme, ¿puedes traerle uno más?

—Que sean tres más, Jérôme, si no es molestia. —Elevo las dos cejas, esta vez, y ella sonríe y se muerde el labio—. Tengo un ligero problema con el café y el azúcar.

—Las personas normales tomamos café con algo de azúcar —afirma el señor, interrumpiéndola—. Ella toma azúcar con algo de café.

—Tengo una muy buena razón para hacerlo, Jean Pierre, así que no te pongas gruñón también con eso, porque...

—No le gusta el café —me informa el abuelo—. ¡Lo que me lleva a preguntarme por qué demonios pide café siempre!

—Porque así compartimos cosas, viejo gruñón.

Se me escapa una pequeña risotada y, cuando ella me mira mal, procuro ponerme serio. Y no es porque dé miedo porque, por Dios, tiene la pinta de un hada enfurruñada, pero no quiero ofenderla.

Su larga melena rubia es parecida a la de Valentina en el tono, pero ella lo lleva liso y peinado. No lleva maquillaje y, si lo lleva, es muy sutil, porque sus pecas se aprecian sin problemas, y sus ojos son azules, como los míos, pero más bonitos. Brillan. Carraspeo un poco y me riño interiormente. Joder, creo que me he quedado un poco embobado y eso no es propio de mí.

—Óscar León, encantado —digo estirando mi mano.

—Emma Gallagher. Sé quién eres. He venido aquí alguna vez a comer con mi familia. —Sujeta mi mano, la aprieta y luego, para mi sorpresa, la gira, la inspecciona con sus dos manos, acariciando la palma, y sonríe—. Grandes manos, sí señor —murmura—. Tu comida es maravillosa.

—Gracias —contesto sorprendido por la sinceridad aplastante que emana de sus palabras.

Estoy acostumbrado a los elogios, pero, de alguna forma, últimamente todos parecen demasiado... elaborados. Es un placer que alguien diga con sencillez que disfruta de lo que hago.

—Te la devuelvo —afirma soltándola—. La necesitarás para seguir creando.

—Yo no he venido nunca —declara Jean Pierre interrumpiéndonos cuando estoy a punto de contestarle—. Aquí viene con su familia, a mí me lleva a dar de comer a las palomas y todavía querrá que esté agradecido. En fin... *C'est la vie!*

Emma pone los ojos en blanco y bufa con tanta exasperación que no puedo retener la risa.

—¿No es tu abuelo? —pregunto.

—¡Dios me libre! —murmura Jean Pierre.

Emma lo mira mal, tan mal, que sé que va a caerle otra bronca. Y, sorprendentemente, estoy deseando ser testigo de ello.

3

Emma

De verdad, de verdad, de verdad de la buena no puedo creer que Jean Pierre acabe de decir eso. ¡Después de todo lo que hago por él! ¿Cómo se atreve?

—¿Cómo te atreves? —pregunto, dando voz a mis pensamientos.

Soy de la opinión de que los pensamientos, cuanto más externos sean, mejor para todos. O por lo menos para mí. Pienso muy rápido desde niña y siempre he creído que, si me callo, acabaré colapsando. No lo he probado, pero no tengo interés en jugármela.

—Ya tiene mejor color —dice el tal Jérôme, y creo que es un intento por desviar mi atención.

—Estoy bien. Podemos irnos.

Pongo los ojos en blanco. Claro, podemos irnos y que se caiga en redondo en mitad de la acera. Sería precioso montar un circo en plena calle solo por su cabezonería. Ya me imagino a la ambulancia apostada en la puerta de este restaurante y a la prensa especulando si se ha muerto por algo en mal estado. Dios, no me lo perdonaría en la vida. No, de eso nada, todavía no podemos irnos. Me siento por toda respuesta y vacío los cuatro azucarillos en el café. Lo remuevo y doy un sorbo bajo la atenta mirada de los tres hombres. Miradas totalmente distintas. Jean Pierre está enfadado, pero no es una novedad, es su estado natural. Jérôme mira mi café como si fuera arsénico y Óscar León... No sé bien qué piensa él, pero sus cejas oscuras, casi negras, como su pelo, están alzadas y su sonrisa es tan tan bonita que me desconcentra un poco.

—¿Está bueno de verdad? —pregunta.

Me encanta su acento, además de su sonrisa. Se nota a la legua que es español, pero su francés es muy muy muy bueno. Y sexy, por la mezcla, supongo.

—Tienes una sonrisa preciosa y un acento maravilloso —le digo con sinceridad, porque es lo que pienso y, como he dicho ya, necesito soltar las cosas que hay en mi cabeza.

La sorpresa pinta su cara antes de carraspear un poco y que una nueva sonrisa se abra paso. Muy bonita, sí señor.

—Gracias. Diría que la tuya también, pero solo te he visto enfadada con Jean Pierre. —El anciano gruñe y yo me río. Óscar asiente con seriedad—. Preciosa, sin duda.

Eso me hace sonreír más. Doy un sorbo a mi café y contesto su primera pregunta.

—No me vendría mal uno más, pero no quiero dejarte sin existencias.

—¿En serio? Eso no puede ser bueno para la salud —advierte Jérôme.

—Hay cosas mucho peores para mi salud. Como, por ejemplo, los dónuts. Me encantan los dónuts, son una maravilla. Para mí, no hay nada mejor en el mundo. Dame una caja de dónuts y seré feliz. Pero ahora dicen que son malos. Grasas trans y no sé cuántas cosas más. Malos, malísimos. Una bomba. Pero entonces, ¿por qué los venden? Quiero decir, ¿es culpa mía que me gusten tanto o es culpa del gobierno que permite la comercialización? Si un día muero de un infarto por la cantidad ingente de dónuts que como, ¿me he matado yo o me han matado ellos? Esa es la cuestión que nadie se está planteando. —Acabo la reflexión mirando a mi café, doy un sorbo y me centro en los tres hombres de nuevo.

Jean Pierre me mira con su acostumbrado ceño fruncido a más no poder. Jérôme tiene las cejas casi en el nacimiento del pelo y Óscar... está sonriendo. Pues este hombre sonríe mucho, ya es un hecho. Y me alegro, porque los hombres que sonríen así de bonito deberían hacerlo a diario. Sería una verdadera pena que fuera un gruñón. Un auténtico desastre.

—A mí también me encantan los dónuts —dice Jean Pierre, al final—. Deberíamos ir a comprar.

—No, que tú con tu tensión tienes que comer bien.

—¡No me digas lo que tengo que hacer!

—¡No grites! ¿Qué clase de imagen quieres dar? —pregunto exasperada antes de beberme el resto del café de un sorbo y levantarme—. Al final me harás quedar en mal lugar, Jean Pierre, de verdad, no puedes ser así. —Suspiro y miro a Óscar—. ¿Cuánto te debo por los cafés?

—Invita la casa.

—No, quiero pagar.

—No hace falta, de verdad.

—Entonces te invito a un café en otro sitio.

Vale, me equivocaba. A Jérôme sí que pueden llegarle las cejas aún más arriba.

—Eh...

—Venga, solo un café. Puede ser hoy o mañana. O pasado. O en un año. Pero te debo un café y pienso pagar mi deuda porque es algo que me enseñaron mis padres hace mucho tiempo. Además, soy una gran defensora del karma y muy supersticiosa. Ahora que lo he dicho, no podré dejar de pensar en ello hasta que aceptes y pueda restablecer el orden entre nosotros, ¿entiendes?

—Dile que sí, chico, por favor —me pide Jean Pierre—. Por culpa de esas ideas locas estoy yo como estoy.

—¿Y cómo estás, Jean Pierre? —pregunto intentando controlar mi mal humor—. Te acompaño cada día a dar un paseo, vigilo tu tensión, me ocupo de las citas con tus médicos y te he comprado unos zapatos preciosos que no usas porque te aprietan. ¡Y ni siquiera me he quejado! En fin, quiero decir, no voy a obligarte a usar zapatos que te aprietan, pero fue un detalle y no te he oído darme las gracias. Te ayudo con la compra, y cocino para ti.

—Lo de cocinar vamos a dejarlo, mejor... —murmura.

Frunzo el ceño y me enfado, porque, vamos a ver, no tengo mucha idea de cocinar, de acuerdo, pero lo intento. Lo intento de verdad. Hice un curso de cocina una vez. Tres meses entre fogones y no conseguí hacer macarrones que no estuvieran salados. Pero ¡no es mi culpa! Es cosa de mi cabeza, que me complica la vida. Me pongo a pensar en unas cosas cuando estoy haciendo otras y acabo pensando mal y actuando peor. Intenté arreglarlo, pero fui a una psicóloga y me dijo que no había nada mal en mí. Que solo soy un poco diferente y eso es bueno. Mis padres también dicen que eso es bueno. Y Martín, mi hermano, también. Al final me lo creí, pero algunos días, cuando Jean Pierre se pone así, me hace dudar que de verdad no sea más que un bicho raro con una cabeza que piensa demasiado y una boca que se cierra menos de lo que debería, según parece.

—¿Me dejas invitarte al café? —le pregunto a Óscar—. No quiero ligar contigo, si es lo que te preocupa. Es que de verdad creo que debo restablecer cierto orden cósmico contigo por habernos dejado colarnos en tu restaurante cerrado.

—No necesitas compensar nada, de verdad.

—Pero quiero.

—Ah... Bueno. En ese caso... —dice con una pequeña sonrisa.

Estoy a punto de devolverle el gesto cuando la puerta se abre y una chica de largo pelo rubio y diadema con orejas de gato entra como un vendaval. Lleva un patinete debajo del brazo y se mueve como si se deslizara, pese a que va caminando. Ojalá yo me moviera con esa sutilidad y elegancia innata. Se engancha al cuello del chef y le da un beso tan sonoro en la mejilla que me arranca una sonrisa. Me gusta la gente que besa con ganas. Además, sinceramente, si yo tuviera esas confianzas con alguien como Óscar estaría todo el día intentando besarlo. Tiene mejillas besables. Es un hecho.

—Esto es para que veas que no estoy enfadada por haberme dejado colgada esta mañana.

—¿Dónde has estado? Estaba a punto de empezar a llamarte como un loco.

La chica se ríe y pone los ojos en blanco, como si fuese un exagerado. Se gira hacia donde estamos. Es preciosa. Algo que ya intuí cuando entró de prisa y corriendo, pero ahora puedo constatarlo. Parece unos años más joven que él y, dado lo distinto de sus vestuarios —él con pantalón de traje, camisa y un chaleco sexy a rabiar, y ella con pantalón de chándal, camiseta a rayas y esa diadema—, no parece que peguen mucho, pero eso es lo bonito del amor, que no entiende de clases sociales, estilismos o color de la piel. El amor, si es de verdad, lo único que tiene en cuenta son los latidos que se multiplican al ver y sentir a la persona amada. Ella me mira de arriba abajo y yo sonrío abiertamente porque creo que es normal que, ya que me he colado en el restaurante de su novio, me inspeccione a fondo. A Jean Pierre también lo mira, pero se ve que él no piensa como yo.

—¿Por qué vas disfrazada? —pregunta.

Pongo los ojos en blanco y lo miro mal.

—Tienes que dejar de hacer eso. No va disfrazada. ¿Por qué dices eso?

—Lleva orejas de gato.

—Son bonitas, Jean Pierre. —Miro a la chica y hago un gesto con la mano para que ignore a mi amigo—. Son unas orejas de gata preciosas. Tú eres preciosa y no debes dejar que nadie, ni siquiera un señor gruñón y cercano a la muerte, te diga lo contrario. A mí no me parece que estés disfrazada.

—¿Está cercano a la muerte? —pregunta ella espantada.

—¡Ojalá! —exclama Jean Pierre.

—Si sigues así, a lo mejor me ocupo yo misma de cumplir tus deseos antes de que acabe el día —le advierto—. Levanta, anda, tenemos que ir a dar de comer a las palomas y mira qué horas son ya. Si es que siempre llegamos tarde a todas partes y no puede ser, Jean Pierre, sabes que odio llegar tarde. Necesito salir con tiempo y contar con los imprevistos que puedan salir por el camino. Venga, levanta y empieza a caminar con el pie derecho, que da suerte y el cielo sabe que la necesitas. No porque tengas la tensión mal, sino porque ese mal genio acabará contigo el día menos pensado. —Me giro y miro a la chica, que se ha unido a Jérôme en eso de alzar las cejas. Me despido con un gesto de la mano—. Encantada y muchas gracias por todo —digo mirando ahora a Óscar—. Seguimos teniendo una cuenta pendiente.

—¿No quieres salir y...?

—No, ya se ha hecho muy tarde y tenemos que ir a dar de comer a las palomas. De verdad, de verdad de la buena siento que es necesario y vital que lo hagamos, ¿sabes? Podría dejarlo pasar, pero, ¿y si Jean Pierre se muere esta misma noche? Se lo prometí, tengo que llevarlo, aunque sea a rastras.

—Pero ¡no me gusta! —protesta él.

—¡Da igual, Jean Pierre! Tenemos que ir porque te lo prometí. Prometo no hacerte más promesas relacionadas con palomas, si quieres, pero las que están hechas hay que cumplirlas. Incumplir una promesa es algo gravísimo que no pienso hacer hoy. Nunca, pero hoy menos que nunca. Y venga, vamos, pie derecho y andando, de verdad, parece mentira que sigas caminando tan lento. Debería haberte comprado unas deportivas en vez de esos zapatos que no te pones porque aprietan. Mañana voy a ir a mirar unas.

—¡Ni se te ocurra!

—Venga, Jean Pierre, de verdad, deja de montar un espectáculo por todo. —Vuelvo a girarme hacia las tres personas que nos miran con interés y sonrío—. Nos vemos pronto. A ti te debo un café —le digo a Óscar—. Nada sexual, lo prometo —le digo a la chica—. Oh, maldición, he vuelto a hacer una promesa. Bueno, pero es que es verdad. Solo he dicho una verdad porque...

—¡Maldita sea, Emma, cierra el pico!

Miro mal a Jean Pierre, pero reconozco que esta vez tiene razón. Estoy parloteando sin sentido. Es una cosa que hago mucho, pero me gusta poner especial atención en controlarme cuando me ocurre con desconocidos. A fin de cuentas, a nadie le gusta que una chica que no conocen de nada hable y hable y hable de cualquier tema por insulso que parezca. Mi abuela por parte de madre, que es un poco bruja, solía decirme que, de haber nacido muda, ya habría reventado. Mamá odiaba que me dijera aquellas cosas, pero en el fondo todos sabemos que es cierto. Cada vez que mi abuela decía algo desagradable papá me apartaba y me prometía que hablar mucho era bueno, porque para hablar se necesitan palabras y las palabras son la única alternativa posible a la sanación, del tipo que sea. Escritas, habladas, cantadas. Mi padre siempre me ha parecido un hombre excepcional.

Salgo del restaurante sin decir nada más, pero solo porque llegamos tardísimo. Me despido con un gesto de la mano y acompaño a Jean Pierre hacia el exterior. La tarde se va a echar encima al final, pero cuando llegamos al parque y vemos las palomas sonrío. Aquí están.

—Venga, Jean Pierre, tírales migas.

Le estiro el trozo de pan que he traído y él refunfuña, pero lo hace. Pronto nos rodean y, aunque sé que odiará que lo cuente, mi amigo empieza a disfrutar de esto de verdad. Se ríe entre dientes cuando se pelean por el pan y lanza más por todas partes. De verdad no entiendo cómo los políticos pretenden prohibir algo tan bonito como esto. Ensucian, yo sé que ensucian, pero es que dan tanta vida y tantas risas a mayores y niños que... ¿Cómo podría nadie ofenderse?

Al final el pan se gasta y las palomas, como buenos animales movidos por sus instintos, nos abandonan para rondar a un chiquillo que intenta, sin mucho éxito, partir un trozo de pan. Yo por mi lado miro a mi amigo y sonrío, llena de dicha.

—¿A que lo has pasado bien? Y acuérdate de que no debes mentir. No en tu estado.

—¿Qué estado?

—Moribundo.

—*Mon Dieu*, muchacha, ¡deja de pensar en mi muerte!

—No puedo —admito—. La tengo aquí, Jean Pierre. —Me señalo la cabeza—. Aquí dentro. Me martillea algunos días, como hoy, y solo quiero que, cuando te vayas, lo hagas con una sonrisa y una lista de cosas tachadas.

—Yo no tengo ninguna lista.

—Para eso estoy yo. He agregado todo lo que deberías hacer antes de morir. Yo lo haré contigo, no te preocupes.

—¡No puedes hacer eso, Emma!

—¿Por qué no?

—Porque estamos hablando de mi vida. De mi muerte, más bien. ¿Te parece bien hacer una lista de últimas cosas que debo hacer? ¡Es ofensivo!

—¡No lo es! —rebato—. Estoy intentando darte un final de vida digno y feliz.

—¡Que no me estoy muriendo! Deja de decir que estoy en el final de mi vida o te juro que la que morirá estrangulada serás tú.

—Qué bravucón eres —le digo riéndome—. Los dos sabemos que tú no me tocarías ni un pelo nunca. Anda, agárrate a mí, que te veo poco equilibrio. ¿Te duelen las rodillas? Seguro que te duelen, porque mira qué nubes. Se va a poner a llover.

—Son las nubes del atardecer —murmura.

—No lo son. Son nubes de tormenta, está claro. Uy, mira, Jean Pierre, una margarita. Vamos a saltarla y pedir un deseo, que da suerte.

—¡No pienso saltar una margarita! —dice mirando la flor medio marchita del suelo, a la entrada del parque—. Además, con estas flores lo que hay que hacer es deshojarlas para saber si tu amor es correspondido o no.

—Menuda tontería —digo—. Yo no tengo ningún amor y, si lo tuviera, bastaría con preguntarle a esa persona si soy correspondida o no.

—¿Y si no te contesta? ¿O te miente?

—¿Y por qué iba a mentirme?

—Porque la gente miente, Emma. Solo tú vas por la vida contando lo primero que se te cruza por la cabeza. La gente normal habla y dice mentiras. Muchas mentiras. Miente casi todo el tiempo, en realidad.

—Pero no hablamos de la gente en general. Hablamos de la persona con la que yo estaría. El amor de mi vida.

—Da igual, te mentiría en algo, seguro.

—Yo no lo creo. Mi padre no miente a mi madre.

—¿Nunca? ¿Ni mentiras piadosas, como suele decirse? —Frunzo el ceño y él sonríe—. Ahí lo tienes. La gente miente. A lo mejor le preguntas al amor de tu vida si te quiere y te dice que sí, pero la margarita dice que no. ¿Quién tiene más razón, un simple mortal o el destino escrito en hojas arrancadas?

Estoy a punto de discutirle, pero entonces lo entiendo. Fleur. Su mujer. La razón por la que Jean Pierre ya no sonríe mucho y vive enfadado con el mundo. Lo agarro del brazo y lo aprieto con cariño.

—¿Tú le preguntaste a ella si te quería?

—Cada día de mi vida.

—¿Y te mintió alguna vez?

—Nunca. Pero es distinto.

—¿Por qué?

—Porque mi Fleur era especial, y el amor de tu vida no.

Bufo por respuesta y camino con él en silencio. Menuda tontería, yo ni siquiera tengo amor de mi vida, pero lo dejo estar porque sé que Jean Pierre necesita sentir que ella era mejor que el resto de los seres humanos del mundo. Y tiene parte de razón. Fleur era una mujer increíble, dulce e inteligente que murió durmiendo, sin enterarse, sin avisar, y dejó un marido destrozado y una vecina que hace promesas que no sabe si debería hacer solo porque odia verlo triste.

La vecina soy yo, por cierto. Jean Pierre y Fleur, su esposa, han vivido bajo mi estudio toda la vida. Y casi toda mi vida es el tiempo que hace que los conozco, porque yo me crie en el piso que hay justo encima del mío, con mis padres. Ahora vivo en el estudio que hay entre el piso de mis padres y el de Jean Pierre; estudio que compró mi padre hace años para poder trabajar tranquilo, aunque mamá también lo usaba a veces. El caso es que ahora vivo aquí porque mis experiencias compartiendo piso han sido un tanto originales. Mi padre dice que han sido desastrosas y que le da pánico pensar en mí viviendo con alguien de nuevo porque tengo un don para acercarme a gente que no me conviene. Una vez viví con un chico que cultivaba marihuana y me quiso meter en el negocio. No era peligroso, como tal, pero eso no evitó que la policía entrase en casa una vez rompiendo la puerta. Fue emocionante. Mis padres opinan que fue la gota que colmó el vaso después de haber compartido piso con una bruja que echaba las cartas, una chica que me robaba la ropa para quemarla, no sé por qué, y un matrimonio que quería hacer un trío conmigo y que me quedase a vivir con ellos gratis a cambio de sexo. Mi hermano dice que tengo muy mala suerte encontrando compañeros de piso, que parezco gafe, pero yo creo que todo eso, al final, me ha dotado de experiencias que me han ayudado a ser quien soy. Aun así, ahora vivo en este estudio, accedí porque me gusta la zona, me gusta tener cerca a mis padres, y a Jean Pierre, y a Sarah, que vive enfrente con su madre, a un rellano de distancia, y me encanta que nadie me queme la ropa y la policía no me eche abajo la puerta, entre otras cosas. Eso sí, pago el alquiler religiosamente, aunque mis padres juren que no hace falta. Un alquiler rebajado, sí, pero alquiler, al fin y al cabo. Me sentiría fatal si viviera aquí por la cara.

El caso es que Jean Pierre, Fleur y yo hemos sido vecinos, de una forma u otra, toda la vida, y ahora él intenta que las paredes no le ahoguen y yo intento que deje de creer que la vida lo odia tanto que le ha quitado lo que más quería solo para ver cuánto tiempo es capaz de aguantar sin seguirla.

A Jean Pierre a veces le pasa que el odio y el resentimiento contra la vida le consumen.

A veces le pasa que se le escapan lágrimas al recordarla y darse cuenta de que ya no está.

A veces le pasa que no es consciente de que estoy a su lado.

Y es en esas veces, cuando lo veo tan frágil y pequeñito, que me prometo una vez más, aunque no deba, ayudarlo a entender que la vida es dura, y a veces injusta, pero no es fea. Tiene demasiadas cosas bonitas haciendo peso en la otra parte de la balanza como para ser considerada fea.

Jean Pierre lo sabe igual de bien que yo, solo que se le ha olvidado.

Es una suerte que yo no olvide casi nada, casi nunca.

4

—¿Quién era? —pregunta Val sonriendo—. Era guapa y un poco... especial.

—Especial, sin duda —dice Jérôme.

—Emma —contesto—. Solo... Emma.

Mi amigo le cuenta a mi hermana todo lo acontecido en los últimos minutos y ella, que disfruta lo indecible con este tipo de historias, se ríe encantada y maldice no haber llegado antes.

—Me encanta la gente rara.

—No es que sea rara —replico—. Pero parece... especial, ¿no?

—Especial y guapa —canturrea Val.

—Oh, venga...

—¿¿¿Qué???

—Que no empieces, Valentina.

—Que no empiece ¿qué? Solo he dicho que es especial y guapa. Y, al parecer, te debe un café.

—Es educada.

—O a lo mejor le has gustado.

—No lo creo.

—¿Por qué no?

—Porque tengo la sensación, no me preguntes por qué, de que, de haber sido así, lo habría dejado ver sin problemas. No parece de las que ocultan sus pensamientos y me ha asegurado en más de una ocasión que ese café no es una cita. Solo... cree que me lo debe. —Me encojo de hombros—. Ni siquiera creo que aparezca por aquí, así que da igual. ¿Dónde has estado? Eso sí que es importante. ¿Qué has comido? ¿Con qué dinero? Tienes que llamar cuando salgas, Val, sabes que me preocupo.

—Vale, vamos a calmarnos porque estás pareciéndote tanto a papá que me está dando miedo, Ósc.

—Óscar. Y no es que me parezca a papá, es que me preocupo. París tiene sus peligros y tú eres...

—Soy una mujer hecha y derecha que sabe cuidarse a sí misma.

Tengo la prudencia de guardar silencio. Conozco ese tono, sé que está cabreándose porque la considero inválida para defenderse de los posibles peligros de la calle, pero no es eso. Es preocupación y creo que es lógica. ¿Es tanto pedir que llame o informe dónde está?

—Está bien, ¿has comido?

—No. Me lo gasté todo en pagar el desayuno en el que me dejaste colgada.

—¿La dejaste colgada en el desayuno? —pregunta Jérôme.

—Intentó organizarme una cita a traición —le digo a mi amigo.

—Uh. Mal hecho, pequeña.

—¡Solo quería que tuvieras un poco de diversión! Siento que no valoras lo suficiente mis esfuerzos por hacerte feliz.

Me río, mal que me pese, y señalo la cocina.

—Vamos, anda. Te prepararé algo y luego podrás subir a casa y descansar lo que resta de día. Porque no vuelves a salir, ¿verdad?

—No, hoy no, pero mañana quiero seguir descubriendo la ciudad. ¡París es tan genial...! ¿No te parece? Una ciudad preciosa.

—Lo es.

—Pero Sin Mar es más bonito.

—¿Y por qué no estás allí? —replico con una sonrisa.

—Porque te echaba de menos, porque necesitaba respirar de la sobreprotección de papá y porque necesito ver mundo, Ósc. Es el propósito de mi año sabático.

—Óscar. Tu segundo año sabático.

—¿Vas a recordarme eso cada día?

—No, cariño. Solo era una apreciación. —Ella pone mala cara y tiro de su brazo hasta pegarla a mi costado—. Vamos, prometo prepararte algo rico.

Ella protesta un poco pero cuando entramos en la cocina y le pongo delante la comida se relame y se da un atracón mientras me cuenta todo lo que ha hecho hoy. Cuando acaba me dedica un gran bostezo y no me extraña. Estoy agotado yo solo de oír todo lo que ha hecho.

—Ve a casa a ver un poco de tele o leer. Yo subiré cuando cierre aquí.

Val asiente, se despide de mí con un abrazo y sube mientras yo me preparo para el turno de cenas. Compruebo que no nos falta ningún ingrediente, aunque es un poco absurdo porque son cosas que se comprueban constantemente, pero me mantiene ocupado y me ayuda a concentrarme. Además, así me empapo de la calma que hay en la cocina. Calma que acabará en cuanto el restaurante se llene y los fogones prendan. Me gusta esto. Me gusta pensar que, en cuestión de minutos, apenas tendré tiempo de pararme a mirar la foto que hay junto a una de las neveras, en la que se me ve con nueve años participando en un concurso de postres en Sin Mar. El delantal me quedaba enorme, tenía la lengua fuera para concentrarme mejor y las pecas llenaban mi cara por completo. Muchas se han perdido, pero aún hay algunas si miras de cerca. Pienso en ese Óscar, el mellado que adoraba colarse en la cocina del restaurante de Diego y Marco. El que se preguntaba a menudo si algún día podría vivir de cocinar; si podría hacerlo en París. El de los sueños imposibles. Pienso en él y sonrío.

—Lo hicimos, colega —susurro—. Lo hicimos.

Intento evitar por todos los medios el pensamiento de que el Óscar pequeñito también soñaba con una familia propia. Una chica, hijos, mascotas. Rebosaba inocencia, pensaba que esa sería la parte fácil. No tenía ni idea de que, justo en ese aspecto, la suerte no estaría de mi lado.

Salgo con chicas, claro, pero no es como esperaba. Me divierto, charlo con ellas, tengo sexo, pero no siento la magia que sentía en el pecho cuando miraba a mis padres interactuar. O a cualquiera de mis tíos con sus parejas. Idealicé el amor hasta tal punto que, cuando empecé a probarlo en mis propias carnes, me pareció insulso. Y está bien, hace ya muchos años que dejé de engañarme y asumí que el amor no siempre llega. Es como esa receta perfecta que ves en la tele e intentas recrear. Pones todas tus expectativas en ello y, al acabar, te das cuenta de que te ha salido algo muy distinto. Y quizá, seguramente, esté rico, pero no es lo mismo. Y la decepción llega hasta que, con el tiempo, te das cuenta de que es mejor adaptar las recetas que ves; hacerlas tuyas. Eso he hecho yo con el amor. Lo he adaptado y me va bien. He tenido algunas relaciones que acabaron porque todas terminan cansadas de mi compromiso con el restaurante y he tenido algunos líos que acabaron porque los líos no son para mí. No durante mucho tiempo, al menos. El sexo, en cambio, me gusta bastante, así que a veces no me queda otra que tirar de la química y quedarme con eso cuando de conocer a una mujer se trata. Disfrutamos de la parte física durante un tiempo y luego... a otra cosa ellas y a otra cosa yo.

—Eh, Óscar, tenemos que empezar a darle duro.

Miro a mi amigo y sonrío. No sé el tiempo que llevo perdido en mis pensamientos, pero está claro que es hora de dejarlos de lado y ponerse a trabajar.

La semana pasa rápida, si no contamos que Valentina se niega a dormir en el puñetero sofá y tengo más ojeras que Jérôme y Solange juntos. ¡Y ellos son los padres de un recién nacido! Tengo que descansar. Estoy desquiciándome por momentos, porque necesito, de verdad, de verdad de la buena que necesito descansar. Yo siempre duermo en el centro de la cama, ese es el problema. Siempre. Si duermo con chicas, ellas se encaraman a mí o se quedan en un extremo, pero no es algo en lo que suela ceder, por muy generoso que sea en el resto de los ámbitos. Me gusta el centro porque me gusta estirar los brazos y que caigan sobre el colchón, no en el aire. Valentina el concepto no lo pilla, y no es que se apodere del centro, es que esta mañana amanecí literalmente en el tatami, joder. Es viernes, esta noche y mañana son las peores en el restaurante y, con las pocas horas de sueño que tengo contabilizadas, no sé cómo voy a concentrarme en hacer algo bueno.

Salgo de la ducha después de vestirme con unos vaqueros y un jersey celeste y me encuentro con Valentina en el salón, vestida con vaqueros negros con rotos, calcetines de Minnie y un jersey que me regaló las Navidades pasadas y solo me puse en Nochebuena porque, aunque es bonito, nunca encontré el momento de usarlo en París. Supongo que me costaba más al no estar rodeado de mi familia vistiendo de la misma forma, porque en casa todos somos unos frikis de la Navidad. En todo Sin Mar, en realidad. El caso es que Valentina lo ha puesto, es muy bonito, de fondo rojo y estampado de renos y abetos nevados, además de los típicos copos blancos, pero a ella le queda grande. Enorme.

—Parece que lleves un saco —le digo—. ¿No tienes algo más de tu talla?

—Me gusta esto. Es como si fuera envuelta en tus brazos. —Huele el jersey y sonríe—. Y me encanta cómo hueles, hermanito.

Me río, porque creo que mi hermana es la persona más adorable del mundo, me acerco y beso su frente antes de estirarle algunos billetes. Ella hace una mueca, sé que, en el fondo, no le gusta aceptar dinero, pero no hay nada que decir al respecto. Cojo su mano y los pongo en la palma.

—Si te retrasas, al menos tendrás para comer.

—Vale, vale. —Se lo guarda en el bolsillo y se recoloca el jersey—. Bueno, me voy. si quieres cualquier cosa, me llamas.

—¿Me lo vas a coger?

—Claro.

—Ya... ¿lo llevas con sonido?

—Pues claro.

—¿Y con vibración?

—Que sí.

—¿Y a tope de batería?

—Ósc, no te pases. Lo tengo todo, de verdad.

—Óscar.

¿Algún día decidirá volver a llamarme por mi nombre? Dios, es frustrante. Dejo ir el pensamiento, saco su móvil de mi bolsillo y se lo enseño elevando una ceja. Valentina carraspea, me lo quita de un tirón y me saca la lengua.

—Sabelotodo —murmura mientras me río. Cuando está a punto de salir, la paro de nuevo—. Ósc, en serio, me encantaría ir de una puñetera vez a patinar.

—Óscar —repito en tono monótono—. Llévate gorro, hace frío.

—¡Venga ya!

—Sin gorro, no sales.

Ella bufa, se gira y va corriendo hacia su maleta, que está tirada de cualquier manera en el suelo. Eso es otra cosa que tiene que cambiar, en serio. ¿Cómo puede ser tan desordenada? Rebusca entre sus cosas y, al final, saca un gorro de lana rojo con un pingüino con las aletas hacia arriba, como si sujetara el enorme pompón blanco que hay justo al final. Se lo pone y me río, porque le queda enorme, más aún si tenemos en cuenta que tiene orejeras y cuerdas con pompones que llegan más abajo de sus hombros.

—¿Me puedo ir ya, papá?

—Buena idea. —Saco mi propio móvil, le hago una foto y le guiño un ojo—. La mandaré al grupo familiar. Que vean lo bien que te cuido.

Ella se ríe, besa mi mejilla y, esta vez sí, sale disparada hacia la calle. Contengo las ganas de ir tras ella solo para asegurarme de que estará bien. Me convenzo de que Valentina es una mujer adulta y no me necesita. Sabe cuidarse sola. Me lo repito otra vez. Y otra. Y otra. Al final, para calmarme, mando la foto al grupo familiar. No me contestan de inmediato, así que supongo que están liados cada uno con lo suyo. Justo lo que debería hacer yo.

Bajo al restaurante para abrir, pero Jérôme se ha adelantado.

—He visto a Val salir volando con el patinete. Esa chica es rápida.

—Demasiado para mi bienestar emocional y sobreprotector —murmuro. Él se ríe y yo elevo las cejas—. Cuando tu hijo sea mayor, ya me contarás.

—Val no es tu hija.

—Pero nos llevamos los años suficientes como para haber desarrollado un sentimiento de sobreprotección fuerte por ella. Ya sé que no es mi hija y, aun así, es mi niña pequeña.

—Lo que quiere decir que cuando se eche novio...

Frunzo el ceño de inmediato. A ver. Sé que llegará el día en que tenga novio. No soy tonto. Sé, incluso, que Valentina ha salido con varios chicos y que le encanta salir de fiesta, cosa que me parece muy bien. Sin embargo, cuando de tener una pareja seria se trata... Me gustaría que alguien me asegurara que va a encontrar un buen tío que no le hará daño. Y como ese alguien no existe, me pone nervioso pensar en el tema. Nervioso porque quiero que ella sea feliz, más que otra cosa.

—Vamos a organizar la comida, mejor.

Jérôme se ríe y me toma el pelo un poco más antes de que nos pongamos a trabajar. El tiempo, como siempre, pasa volando. El equipo de cocina es una jodida máquina engrasada en su punto cuando de trabajar se trata. El resto de los empleados del restaurante, también, pero no puedo dejar de admirar la coordinación que hemos logrado entre fogones. En plena ebullición de clientes tener confianza ciega en mi equipo lo es todo. El turno sale perfecto, mis trabajadores recogen el restaurante y yo me siento con Jérôme en nuestra mesa para organizar la cena, como siempre, y revisar las comidas de la semana que viene. Y en esas estoy cuando alguien llama con fuerza a la puerta.

—¿Esperas a alguien aquí? —pregunto a Jérôme.

—No. Solo se me ocurre que Solange haya venido a dar un paseo con el pequeño y... —Mi amigo se para, sonríe y eleva una ceja—. O...

—¿O? —El eco de unos nudillos contra la puerta vuelve a sonar y mi amigo se ríe.

—O es cierta rubia charlatana otra vez.

—Bah.

Hago un gesto desechando la idea, pero lo cierto es que me levanto y me encamino hacia la puerta. No miento si digo que, cuando me doy cuenta de que mi amigo tenía razón, ni siquiera me molesto, porque tenía curiosidad por volver a ver a Emma. O más bien me preguntaba si de verdad volvería por aquí en algún momento.

—¡Hola! —exclama aún desde la calle y antes de que yo abra la puerta—. ¿Cómo estás? ¿Te viene mal tomar ese café ahora? Tengo la tarde libre de trabajo. Ya sé que es viernes y probablemente tengas mucho trabajo los viernes, pero es que creo que es un día precioso para pasear, ¿no te parece? Fíjate, ni una nube. Podríamos dar un pequeño paseo y luego te invito al café. Claro que, si no te apetece, también podemos ir directos al café, equilibrar el karma y luego cada uno que siga con su vida. —Todo eso lo suelta en el tiempo que yo tardo en girar la llave y abrir la puerta. Cuando por fin la tengo frente a frente sonríe y estira la mano para estrechármela—. ¡Hola de nuevo! ¿Te acuerdas de mí? Soy...

—Emma —contesto interrumpiéndola—. ¿Cómo estás?

—Bien, muy bien. ¿Has oído lo que te he dicho? Tengo la fea costumbre de empezar a hablar nada más ver a alguien y no me paro a pensar que, con una puerta de por medio, en este caso, igual no me has oído bien. ¿Lo repito? Estoy aquí por lo del café que te debo y...

—Te he oído —respondo cortándola con una sonrisa y con la certeza de que podría repetir el mismo discurso sin ningún tipo de problema. Y no es que me moleste, pero tampoco quiero que la pobre se repita cuando la he oído perfectamente—. Un café ahora me viene genial.

Ella sonríe y yo pienso que, en realidad, sí tengo que hacer, pero para eso pago a Jérôme y otros tantos, ¿no?

—¡Maravilloso! Coge un abrigo, hace frío. Y no es que sea un problema, porque me gustan los días fríos, pero me sabría fatal que te enfermaras. Eso pondría la balanza en desequilibrio de nuevo. Tendría que acompañarte al médico, y luego a la farmacia a por tus medicamentos y más tarde a casa para asegurarme de que descansas. Sería muy engorroso, sobre todo porque no nos conocemos y, claro, te sabría mal tenerme en tu casa, ¿verdad?

Me río y me rasco la nuca.

—Eh... sí. Sería un poco raro.

—Claro, por eso mejor que cojas el abrigo. —Sonríe con dulzura, como si fuese de lo más normal que a la cosa más simple del mundo le siga un discurso de lo más... original—. ¿Voy contigo? Como no caminas...

—Voy, voy —contesto riéndome—. Un segundo. —Entro en el salón del restaurante y me encuentro con la mirada divertida de Jérôme—. Eh...

—Ojalá hubiese apostado algo a que era ella. Tu mejor colección de cuchillos, por ejemplo.

Me río y admito que, esta vez, ha estado de lo más acertado.

—¿Te importa si voy a tomarme un café con ella?

—En absoluto. Tú eres el jefe. Y, además, esa chica tiene algo...

—Jérôme, no se trata de una cita. Solo se siente en deuda conmigo de una manera original y extraña.

—No he dicho que vayas a una cita, solo que esa chica tiene algo. A ver si el que se está confundiendo eres tú.

Bufo y me río, pero reconozco que ahí he estado un poquito a la defensiva. Cojo mi abrigo, el móvil, que está en la mesa, y vuelvo a la salida, donde Emma se arrebuja en la tela azul marino de su propio abrigo. Lleva el pelo suelto y vaqueros con botines negros. Es preciosa. No lo digo como algo intencionado que necesite una acción o pensamiento detrás. No. Es preciosa como un hecho real y puro. Nada más.

—¿Vamos? —pregunto.

—¡Vamos! ¿Conoces algún sitio cerca que te guste especialmente?

—Sí, alguno. ¿Tú no conoces la zona?

—Sí, de sobra, pero voy a invitarte y quiero que sea en un lugar en el que te sientas cómodo y a gusto. Así yo sentiré que cumplo al cien por cien con mi promesa.

—¿Qué promesa?

—La de cumplir mi parte del trato.

Me río y meto las manos en los bolsillos de mi abrigo mientras la miro.

—¿Siempre eres tan solemne con respecto a cumplir tu palabra?

—Sí, cuando la doy. Si no, no la daría. Quiero decir, ¿qué sentido tiene dar tu palabra si luego no puedes cumplirla? Es algo que me parece horrible en la sociedad de hoy día. Te diré una cosa, Óscar León, yo hablo mucho, demasiado muchas veces, pero no digo cosas que no pienso cumplir. Yo no miento. Y, si miento, me arrepiento tanto que acabo confesando, diciendo la verdad y equilibrando la balanza con algún gesto. Es importantísimo que lo bueno y lo malo se equilibren en mi vida.

—No sé por qué, pero te creo. —Ella se ríe y yo la imito.

El café está cerca, en realidad, a cinco minutos más o menos caminando, pero se hace aún más corto. Emma no deja de hablar acerca de lo bonito que es París en invierno, las ganas que tiene de que sea Navidad y que, por favor, no pise las rayas blancas de los pasos de peatones porque una vez soñó que unos señores echaban a la pintura almas de gatitos y desde entonces le da grima. Al principio me quedo un poco parado, no sé si lo dice de broma, pero, cuando la veo esquivar la pintura blanca, me guardo lo que pienso y la sigo, esquivándolas yo también, mientras los transeúntes nos miran raro y yo intento no reírme de lo surrealista que es esto.

Entramos en la cafetería, nos sentamos y pido un café solo. Emma, en cambio, pide un café con leche y cinco azucarillos.

—¿El otro día no fueron cuatro? —pregunto, intentando no sorprenderme cuando la veo vaciar sobre tras sobre en el café.

—Sí, pero hoy ya he tomado uno por la mañana y no quiero tener insomnio.

La miro atentamente. ¿Debería decirle que ponerle más azúcar al café no hace que la cafeína mengüe, pero sí la va a poner más nerviosa por la sobreactivación cerebral? Me debato unos instantes y, al final, decido que no debería meterme. El problema es que ella da un sorbo al café y pide otro azucarillo.

—Todavía noto que está fuerte —me susurra.

—Emma, eso no te ayudará a evitar el insomnio.

—Claro que sí, el azúcar tapa la cafeína.

—¿Dónde has leído eso?

—En ningún sitio. Me parece uno de esos datos a los que la gente llega si tiene un mínimo de lógica.

—No es cierto —contesto riéndome—. Por ejemplo: puedes poner tanta sacarina como quieras a una tarta; si agregas galletas, nata y mantequilla, va a engordar.

—Pero menos.

—Pero...

—Pero menos. Y es más sana.

—A ver...

—Y por eso tomo tantos azucarillos.

Me río. Dios, es imposible. La camarera llega, se lo da y la mira con cara de alucine mientras ella lo abre, lo echa en el café y da un sorbo.

—Ahora sí. Ahora está rico. Prueba.

Pienso que va a darme la taza, pero es la cucharilla lo que me acerca después de remover el café y coger un poco. Es un gesto íntimo, pero no me niego. Empiezo a darme cuenta de que apenas la conozco, pero hay cosas, en lo que respecta a Emma, a las que no puedo negarme.

—Dios. Es como comerse un caramelo de café envuelto en azúcar, envuelto en un caramelo de azúcar que, a su vez, está envuelto en un...

—Vale, pillo el concepto —responde riéndose—. ¿Sabes lo que de verdad está bueno? El chocolate caliente. Y más si es con churros. Y más si los churros son de España. Tú debes de saberlo, porque eres de allí. ¿Sabes hacer churros? Nunca me he comido el churro de un chef profesional.

Intento no atragantarme con el café y lo consigo a medias, la verdad. A ver, la frase, cogida con pinzas, tiene lo suyo... Esto se lo dice a cualquiera de mis primos y da pie a cualquier locura. Yo, en cambio, me guardo el primer pensamiento que me ha venido a la cabeza.

—Hago churros aceptables.

—Tienes tres estrellas Michelin. Seguro que son más que aceptables.

Me río y me encojo de hombros antes de contestar. Ella da un sorbo a su café y arruga la nariz de una forma adorable. De verdad. Jodidamente adorable.

—No se me da mal —contesto al final—. ¿Has probado los churros españoles? En España, quiero decir. —Dios, esto sigue sonando como raro.

—Oh, sí. Soy española.

La miro boquiabierto. No lo es. Es rubia natural, tiene unos preciosos ojos azules y... Espera un momento. Yo tengo los ojos azules y soy español. Estoy juzgándola por su físico y eso es inaceptable así que carraspeo, pero no oculto mi sorpresa.

—¿Eres española? —pregunto en el propio idioma.

—Sí —afirma, también en español—. Me vine a París hace muchos años con mis padres. Apenas era una niña, pero nací y viví allí mis primeros años. De hecho, cada año voy de vacaciones. Mis tíos viven en un pequeño pueblo entre el mar y la montaña y regentan el único pub y el único hotel de la zona.

—¿En serio? ¿Cómo se llama el pueblo?

—Elí de Sol. ¿Lo conoces?

—No.

—Deberías, es precioso. Y no es porque lo diga yo, pero mi tía hace los mejores churros de todo Elí de Sol. De toda España, en realidad. Bueno, cuando tú vas de visita a España, ella queda en segundo puesto, porque no tiene estrellas Michelin.

Me río y niego con la cabeza antes de responder:

—Tener estrellas Michelin no da tantas garantías. A lo mejor tu tía hace mejores churros que yo.

—A lo mejor. Ella alucinaría, aunque no tanto como con los churros de mi tío, que también están muy ricos. Bueno, eso dice ella, yo no me he atrevido a probarlos. —Se ríe y yo pienso que estoy enfermo, porque esta conversación sigue evocándome pensamientos raros—. De lo único que estoy segura es de que ni ellos, ni nadie, podrá superar jamás tus nabos en escabeche.

Santo Dios. No es normal que hasta eso suene erótico. A ver, tengo un plato, lo diseñé yo, joder. Son nabos en escabeche de verdad. ¿Qué me pasa? ¿Por qué todo suena tan...? Definitivamente soy un enfermo.

—Cuando quieras comer mis nabos con escabeche, pásate por el restaurante —murmuro, no muy seguro de que la frase vaya a sonar bien. Gracias al cielo ella sonríe, encantada con la idea—. ¿Cómo está Jean Pierre?

Por suerte, eso desvía su atención del tema de la comida con eficacia. Se pone a hablarme de su vecino con tanto cariño que pienso que es una suerte que Jean Pierre haya dado con una vecina como Emma, tan dispuesta a ayudarlo. Me cuenta un montón de anécdotas en las que siempre acaba él enfadado y gritando y ella riéndose a carcajadas o, simplemente, arrastrándolo hacia la siguiente aventura. Cuando quiero darme cuenta ha pasado más de una hora y tengo que volver al restaurante para preparar un poco el turno de las cenas.

Emma se empeña en acompañarme, dice que así siente que equilibra del todo las cosas entre nosotros y que, después de esto, no tendré que volver a verla más en la vida salvo si algún día viene al restaurante y coincide que yo estoy allí. Ante eso me quedo con el pensamiento de que me gustaría verla otro día para otro café, aunque tratemos temas surrealistas, me toque saltar rayas blancas para evitar pisar el alma de un gatito o tenga que vérmelas y deseármelas para mantener una conversación sin que de fondo me suene el eco sexual del doble sentido.

«¿Y si la invito a un café?», pienso cuando llegamos a la puerta del restaurante. Podría hacerlo. Es guapa, simpática, lista y un tanto extravagante de una forma interesante y adorable. Qué demonios, se lo voy a pedir.

—Bueno, ya nos veremos, te dejo en la puerta de tu negocio sano y salvo, que no se diga que no soy una chica que cumple con sus promesas.

Sonrío por respuesta y, cuando empieza a alejarse, agarro su brazo.

—Oye, Emma —digo interrumpiéndola—. ¿Qué te parecería si...?

—¡Hombre, ya era hora! —Me giro de inmediato hacia la calle que colinda al restaurante; la que tiene la entrada directa a mi casa—. Tío, llevamos esperándote un buen rato. ¿Dónde andabas?

—¿Qué demonios haces tú aquí?

Mi primo Björn, hijo de mis tíos, Einar y Amelia, me mira elevando las cejas, como si no tuviera ningún derecho a sorprenderme y menos a hablarle así.

—¿Cruzamos el charco para darte un abrazo y hacerte sentir en casa, y así es como nos recibes?

¿Por qué mi familia habla de hacer el trayecto España-París como si hubiera cuarenta horas de diferencia? ¡Está prácticamente al lado! Se dan demasiado bombo.

De pronto, caigo en algo.

—¿Cruzamos? ¿Nos? —Frunzo el ceño y abro los ojos como platos al darme cuenta—. Oh, no.

Björn sonríe y, antes de tener tiempo de decir más, Lars, su hermano, aparece. Podría decirse que son gemelos, porque sus facciones son idénticas. A la vez, son muy parecidos a Einar, mi tío. Lo único que los diferencia es que Björn lleva el pelo más largo, a la altura de los hombros, aunque siempre lo tiene recogido en un moño, o casi siempre, y Lars lo tiene corto y con tupé. Por lo demás, hasta tienen los mismos tatuajes. Se llevan casi tres años, pero, como digo, parecen gemelos. ¡Siameses, más bien! De hecho, si Val no estuviera aquí lo más probable es que estuviera con ellos porque no se despegan nunca y... Oh, mierda. Es por eso.

—Echabais de menos a Val —les digo.

—Hola, primito —saluda Lars—. Echábamos de menos a Val, y a ti. Pero más a Val, la verdad. ¿Dónde está? Necesito achucharla. ¿Y quién es ella? ¿Por qué la escondes? Preséntala, hombre.

—Eso, preséntala.

Me giro y veo, fuera de mí, cómo mi padre se acerca. Pero ¿dónde demonios está la cámara oculta?

—¡Sorpresa! —exclama Björn, completamente a destiempo, mientras mi madre aparece y me dedica una sonrisa culpable.

—Te juro que intenté evitarlo, pero...

—Madre mía, ¿toda esta gente es familia tuya? ¡Pues sí que sois muchos! Ya lo había leído alguna vez en algún medio, pero impresiona más en persona.

Emma se abre paso, apartándome a un lado y haciendo que me dé cuenta de que mi primo tenía razón y me he ido poniendo delante de su cuerpo, no sé bien por qué. O bueno, sí, porque mis primos Björn y Lars son especialistas en ligar hasta con las piedras y yo... Bueno. Pues por eso.

—Hola, yo soy Björn, y este es Lars, mi hermano. Queremos que sepas que no sabemos quién eres, pero estas con Óscar y eres rubia. Para nosotros, ya has pasado la prueba.

—La prueba está totalmente pasada —afirma Lars, haciéndome recordar que son tan Pili y Mili que hasta se repiten los finales de las frases.

Pongo los ojos en blanco y voy hacia mi madre. Debería frenar el acercamiento de mis primos con Emma, pero es que, joder, he echado de menos a mi madre. La he echado de menos mucho. Ella debe de pensar lo mismo porque en cuanto la aprieto entre mis brazos tiembla un poco y carraspea para no llorar.

—¿Yo no me merezco un abrazo? ¿Qué pasa? ¿Soy el último mono?

Me río, abrazo a mi padre y estoy a punto de presentar a Emma y explicar quién es cuando mi hermana aparece con el pantalón roto, una mancha de sangre a la altura de la rodilla y una crepe de chocolate en las manos.

—¿Qué demonios te ha pasado? —dice mi padre corriendo—. ¡Eli, llama a una ambulancia! ¡Ay, mi niña!

—¿Quién ha sido? —pregunta Björn de mala hostia, convirtiéndose, de pronto, en un tío que impone mucho respeto y recordándome que, a él, su hermano y su padre no los llamamos «Vikingo» solo porque mi tío sea de Islandia, sino porque tienen cuerpo de sobra para pasar por cualquiera de sus antepasados.

—Ay, Dios. ¡Han asaltado a tu novia! —exclama Emma—. Dios mío, hay que hacerle un chequeo a fondo, pero sin tocarla mucho. A lo mejor el asaltante ha dejado marcas de las huellas dactilares en su cuerpo y no podemos borrarlas.

Espera, ¿qué?

—¿¿¿Qué??? —suelto.

Ella mira a Valentina con los ojos muy abiertos, horrorizada, Lars le alza el pantalón y asegura que esa rodilla necesita puntos, mi padre la coge en brazos y jura matar al supuesto asaltante, Valentina grita porque no quiere que se le caiga la crepe y Emma saca el móvil para llamar a la policía y denunciar la terrible agresión que ha sufrido la novia de Óscar León.

Y yo estoy aquí, pensando en qué jodido momento se ha liado todo esto.

5

Emma

El corazón me late tan deprisa que creo que va a estallarme de un momento a otro. Dios mío, nunca he visto en persona a alguien que acaben de asaltar y creo que el shock de la pobre chica es tan fuerte que no puede ni reaccionar. Solo grita y grita mientras el padre de Óscar responde entre gritos, también, y los dos grandullones rubios, y guapísimos, por cierto, intentan inspeccionar la herida de su rodilla.

—¿Policía? —El saludo al otro lado de la línea me hace volver en mí misma.

Lo primero es lo primero.

—Buenas tardes, tengo una emergencia. Han atacado a la novia de mi amigo y...

—Santo Dios. —Óscar me quita el teléfono y, ante mi cara de estupefacción, se lo pone en la oreja—. Buenas tardes, no hay ningún problema. Sí. Sí, pero no la han atacado. Ni asaltado. No creo. Ajá. Sí, oiga, creo que ha sido una confusión y ya está. Sí, claro, sé que no se molesta a la policía por nada. Lo siento. Ajá. Sí, perdón. De acuerdo. Gracias. Buenas tardes.

Cuelga el teléfono y me lo da. Abro la boca y me lleva unos segundos darme cuenta de que ni siquiera está socorriendo a su novia como debería.

—Pero ¿qué haces? ¡Tenemos que averiguar quién ha hecho esto! ¿cómo puedes estar tan tranquilo después de que asalten a tu chica?

—pregunto un poco alterada. Bastante alterada, en realidad—. ¡Ay, Dios! Ya lo entiendo. ¡Ya lo entiendo! Esto es un asunto de cuentas pendientes. Tienes problemas con algún tipo de mafia que te prestó dinero para montar el negocio. ¿O es que tus estrellas vienen de algún trato extraño y turbio? Ay, Dios mío, ¡casi la matan por tu culpa! ¿Qué clase de desalmado eres, Óscar León?

—¿Qué...? ¡No tengo ningún asunto turbio, ni conozco a mafias ni mis estrellas están conseguidas con algo más que con mi trabajo duro! ¡Por el amor de Dios, Emma! ¿Cómo demonios has llegado a esa conclusión?

Parece alterado. Parece casi más alterado que yo y, por un momento, temo que centre toda su aparente ira en mí porque, a ver, yo no he hecho nada, salvo intentar salvar la vida de su novia. No se me puede odiar por querer contribuir a defender su honor.

—Creo que acabamos de encontrar a alguien con más imaginación que toda la familia León junta.

Miro a la mujer rubia, madre de Óscar, según parece, y procuro devolverle un gesto amable cuando me sonríe. Entonces caigo en algo. Intento callarme, de verdad, pero me es imposible.

—Tu madre y tu novia se parecen un montón —susurro a Óscar.

Bueno, a ver, intento que sea un susurro, pero creo que no me sale muy bien porque los dos chicos rubios se quedan parados un instante y luego se ríen a la vez mientras la novia de Óscar suelta un par de insultos y se come la crepe que tiene en las manos. ¿Esta chica no debería estar a punto de sufrir un colapso nervioso? Si a mí me asaltasen de mala manera comer sería mi última preocupación. El único que parece alterado al máximo a estas alturas es el padre de Óscar, que no deja de inspeccionar la rodilla de la chica. Ojalá un día encuentre yo un suegro tan majo, de verdad.

—¿Me puedes dejar ya en el suelo? —pregunta ella con tono molesto—. ¡Es difícil comer así!

—¡Estás herida, Valentina!

—No es nada por lo que vaya a morirme. Os lo cuento si me sueltas. Venga, sé bueno.

Él gruñe algo, pero, al final, la deja en el suelo ante la mirada de todos nosotros. Bueno, ante la mía, porque los dos rubios, la rubia mayor y Óscar siguen mirándome a mí, no sé por qué.

—Valentina no es mi novia, Emma.

Frunzo el ceño y lo miro.

—¿Por qué no?

—Porque sería incesto —contesta él antes de reírse. Bueno, al menos ya no parece enfadado. Espera. ¿Incesto?— Es mi hermana.

Abro la boca para replicar, pero lo cierto es que me cuesta un poco retener el nuevo giro inesperado de los acontecimientos. ¡Con razón Valentina y la madre de Óscar se parecen! Cierro los ojos y me llevo la mano a la frente, literalmente.

—Soy una estúpida.

—No es verdad.

La voz de Óscar suena suave y dulce, lo que hace que me sienta aún más tonta porque, a ver, no debí dar por hecho que ella era su novia solo porque se le echó encima el primer día que nos vimos en el restaurante.

—Lo es, pero en mi defensa diré que si veo a una chica guapa lanzarse sobre un chipo guapo lo más normal es que piense que hay algo. O no. Demonios. No. He sido más que estúpida. He sido irresponsable y he juzgado a primera vista sin tener ni idea de lo que ocurría. Oh, Dios, voy a necesitar más que un café para restablecer esto. Por favor, dime que al menos eres hetero y no he dado por hecho tu sexualidad. —Miro a Valentina y suspiro con pesar—. O la tuya. Me costaría un montón restablecer la balanza si encima hubiese dado por hecho que sois heteros, cuando no. A ver, que no pasa nada si sois homosexuales, faltaría más. Precisamente el problema es que yo diera por hecho que no lo eráis cuando...

—Emma. —La voz de Óscar llega clara y con un tono divertido que me irrita un poco—. No soy homosexual y Val tampoco. No has hecho nada malo y no hay nada que restablecer. Tu deuda queda saldada con el café que has pagado esta tarde.

—¿Estás seguro? No podría dormir sabiendo que...

—Estoy completamente seguro.

—Bien, vale. —Suspiro y me río un poco, contenta de estar en paz con él—. En ese caso te dejo con tu familia. Imagino que tenéis que debatir si esa herida necesita un médico o no.

—Lo necesita —asevera uno de los rubios.

—No lo necesito —contesta Valentina al mismo tiempo.

—Desde luego que lo necesita. —El otro rubio asiente y se une a las palabras de su hermano.

—Sí, hija, lo necesitas. Vamos, que te miren y nos quedamos tranquilos —sigue su padre.

—¡No necesito un médico! Solo un poco de hielo, un chocolate caliente y unas galletas de esas que hace Óscar. —Me mira y sonríe—. ¿Quieres galletas caseras?

Óscar carraspea, sonríe y se rasca la nuca mientras mira a su hermana de una forma rara. Rara como si intentara comunicarse con ella sin palabras. O así al menos miro yo a mi hermano cuando intento hacer justo eso.

—Emma tendrá un montón de cosas que hacer y...

—No puede tener nada mejor que hacer que comer las galletas caseras del gran Óscar León —dice el rubio de pelo largo recogido en un moño. Dios, es muy muy guapo—. ¿Qué dices, Em? ¿Quieres galletas?

—Eso, Em, apúntate. Las galletas de Óscar son de otro mundo. —El rubio de pelo corto insiste. Dios, qué guapo es también.

—No se llama Em, se llama Emma —replica el chef mirando a sus primos con gesto serio—. Y estoy seguro de que tiene cosas mejores que hacer que verme a mí hacer galletas. De hecho, ni siquiera puedo ponerme a hacer galletas. ¡Debería empezar a trabajar en el restaurante!

—Hijo, tranquilo —lo calma su madre.

—Eso, tranquilo, ¿eh? —sigue su hermana—. Vete al restaurante. Total, solo se me ha llevado un coche por delante de mala manera haciéndome daño en la rodilla, hinchándomela y sabrá Dios qué más. Pero, eh, tú tranquilito. Vete a hacer de jefazo, como si no tuvieras gente de sobra a tu mando que se encargara. ¡Como si Jérôme fuera de adorno!

—¿Un coche? ¿Cómo que un coche? —dice su padre—. Esa rodilla necesita un médico. Óscar, ¿vas a irte a trabajar mientras tu hermana está necesitada de un médico?

—Quien dice que se me llevó por delante dice que tocó el claxon, me asusté y me caí —admite Valentina—. ¡No necesito un médico! Necesito un chocolate caliente con galletas caseras y, si no las hace Óscar, las haré yo misma.

—Yo te ayudo, Val. No necesitamos a tu hermano por muy chef que sea —se ofrece el rubio del moño.

—Eso. No lo necesitamos para nada —añade el otro—. Em, vamos.

—¡Que no se llama Em! ¡Se llama Emma! ¡Em-ma! Y no deberíais coger confianza con esa rapidez —exclama Óscar sobresaltándome. Cuando se da cuenta me mira haciendo una mueca—. Lo siento. Mi familia es un poco intensa, pero...

—Aquí el único que está quedando como un intenso eres tú, Óscar —replica Valentina—. Y, de todas formas, ¿qué haces aún aquí? ¡Vete al restaurante! Te esperan para trabajar. Ale, flus, flus.

—Valentina, no me eches como si fuera un perro.

—Hijo, siento ser la voz discordante en todo esto, pero tu hermana tiene razón. Eres tú quien ha dicho que tiene trabajo. —Óscar hace amago de hablar y su madre lo corta—: Y tienes razón. Necesitas ocuparte de tu negocio. No te preocupes, nosotros no vamos a ser una molestia. Subiremos a casa, le pondremos hielo a Valentina en la rodilla y yo me ocuparé de hacer esas galletas.

—Yo te ayudo, tita —dice rubio uno.

—Yo también, tita —sigue rubio dos.

Me río. Es gracioso que siempre hablen casi a la vez. Es como si estuvieran coordinados al cien por cien. Tan al cien por cien que necesitan decir lo mismo en el mismo espacio de tiempo. Ojalá yo tuviera esa coordinación con Martín, mi hermano pequeño. Nos adoramos, pero no llegamos a tanto. Quizá tiene que ver la diferencia de edad, porque él aún es muy jovencito, pero, aun así...

—¿... Emma?

Salgo de mis pensamientos cuando oigo mi nombre y sacudo la cabeza rápidamente. Miro a la madre de Óscar, que me sonríe con una dulzura que me hace pensar en lo guapa que es, pese a tener ya una edad. Ojalá con su edad yo sea así de guapa.

—Perdón, ¿qué?

—Te preguntaba si quieres subir con nosotros. Los amigos de Óscar son nuestros amigos.

—En realidad, Emma no es mi amiga —dice Óscar. Me mira y me doy cuenta de que he fruncido el ceño tan profundamente que se percata enseguida de que no me ha gustado su elección de palabras—. Quiero decir...

—No, tienes razón. No somos amigos.

Sonrío, pero estoy un poco triste. En realidad, no sé por qué, porque él tiene razón y no somos amigos. Yo solo he venido aquí a invitarlo a un café para restablecer el orden entre nosotros. Él, para mí, solo es alguien que el otro día se portó muy bien cuando Jean

Pierre me dio aquel susto de muerte y aceptó tomar un café conmigo en agradecimiento. Nada más. Simular que podemos ser amigos, mucho menos que lo somos, es inútil. Y que ese pensamiento me ponga triste es solo algo que deja en evidencia que, como dice Jean Pierre, necesito más amigos. O distracciones. O cosas que hacer que mantengan mi rebosante cabeza ocupada para que no me ponga a pensar en tonterías.

—No he querido que sonara así. Dios, Emma, yo...

—En realidad, me voy ya —digo cortándolo antes de que la situación se vuelva aún más violenta, si es que eso es posible—. Tengo un largo recorrido hasta casa y no cojo el metro a partir de las seis de la tarde porque creo que, desde esa hora, solo hay gente estresada e infeliz y prefiero rodearme de todo el positivismo posible, ¿sabes? —Dios, no sé por qué cuento esto, ya es suficiente con haber confesado mi manía de no pisar los pasos de peatones, entre otras cosas—. El caso es que vivo como a una hora caminando de aquí y debería irme, porque se ha hecho de noche con la tontería. París no es buen sitio para una mujer sola a ciertas horas y en ciertas calles. Pues como en todas partes, digo yo, pero en París debería estar prohibido algo así. Quiero decir, es la ciudad del amor, ¿no? Es difícil pensar en ello si vas con miedo de que te asalten, pero, como diría Jean Pierre, *C'est la vie!* En fin, que me voy.

—¿Vas a caminar una hora entera tú sola? —pregunta el rubio número uno—. No me parece correcto. Te acompañamos nosotros.

—Eso. Te acompañamos —sigue el rubio número dos.

—¿Qué? —me río—. No, chicos, gracias, pero conozco el camino de sobra. Estoy acostumbrada a caminar. Creo que es un hábito que se está perdiendo y... —Vale, me corto a tiempo de lanzar otro discurso de los míos—. Lo que quiero decir es que voy sola casi siempre, menos cuando voy con Jean Pierre. Estoy acostumbrada.

—No digo que no estés acostumbrada —replica rubio número uno—. Digo que no deberías hacer ese recorrido sola cuando Lars y yo estamos dispuestos a acompañarte. Además, así estiramos las piernas del vuelo. Ha sido eterno.

—¡Venís de España, por Dios! —exclama Óscar—. Son dos horas de nada.

—¿Has visto nuestras piernas, tío? —pregunta Lars—. Nos sentimos como jirafas encerradas en latas de atún en esos sillones enanos. Además, ¿qué tienes en contra de que acompañemos a Em?

—Eso, ¿qué tienes en contra?

Me muerdo el labio. «¿Qué tiene en contra?», me pregunto yo también. Óscar ha pasado de ser un chico amable y educado a ser un hombre un tanto arisco que está empezando a caerme mal. Quiero decir, entendería que quiera estar con su familia y por eso no quiere que me acompañen, pero él mismo ha dicho que va a marcharse a trabajar.

—¿Tienes algún problema con que me acompañen? —le planteo a las claras, porque quedarme con las dudas es algo que no casa con mi naturaleza—. ¿Es porque te he hecho cruzar los pasos de peatones sin pisar lo blanco?

—¿Por qué has hecho eso? —dice Valentina.

—Una vez soñé que echaban almas de gatitos a la pintura blanca que usan para hacer los pasos de peatones. Se me quedó aquí —explico señalándome la cabeza—. Pero él ha dicho que no le importaba hacerlo, que conste.

El padre de Óscar suelta una carcajada y lo miro embobada. Dios, qué guapo es. Ay, Dios. Ahora me pongo roja, claro, porque pensar que un señor mayor que yo es tan guapo y delante de su mujer debe de ser como pecado. Menos mal que no practico ninguna religión en concreto o ahora tendría que buscar una iglesia y confesarme. Una vez me hice budista, pero maté un mosquito que me picó en la barbilla y me sentí tan mal que renuncié a la religión. Una lástima. El caso es que el padre de Óscar acaba de soltar una carcajada y está guapísimo y me he puesto superroja.

—Me encanta esta chica. —Me mira y me doy cuenta de lo azules que son sus ojos. Ay, qué bonitos. Ay, Dios, qué vergüenza. Para, Emma, niña mala—. ¿Sabes qué? Te acompañamos todos. Qué demonios, un paseo en familia por París nunca es mal plan. Bueno, Val, tú ve a ponerte hielo.

—¿Qué? —pregunto—. ¿Cómo que todos?

—¿Y qué ha sido de mi herida? Has pasado en un momento de querer llevarme al médico a dejarme sola en casa. Yo también quiero ir a acompañar a Em.

—Que se llama Emma, joder —dice Óscar con cansancio—. Y nadie va a acompañarla. —Frunzo el ceño y él me sonríe—. Nadie va a acompañarte porque creo que es buena idea que subamos a hacer unas galletas y me gustaría que te apuntaras. ¿Qué me dices?

—Eh...

—Yo mismo te llevaré a casa cuando acabemos. ¿O tienes algo en contra de subir en coches ajenos a partir de ciertas horas?

—Si te da miedo quedarte con él a solas, vamos con vosotros —se ofrece Lars.

—¿Y por qué iba a darle miedo ir conmigo? —pregunta Óscar con mal genio antes de mirarme—. ¿Te doy miedo?

—¡Claro que no! —exclamo—. Pero ¿no ibas a trabajar?

Él suspira, se pasa una mano por la nuca y luego carraspea tirando de su jersey hacia abajo.

—Soy el jefe, puedo tomarme una noche libre.

—Por ella sí y por nosotros no. Qué bonito —protesta Valentina.

—Me la tomo por todos —aclara él—. Mi familia ha venido a verme un fin de semana y lo menos que puedo hacer es tomarme una noche libre para hacer galletas. Y ahora, ¿podemos subir, o vamos a seguir helándonos por la cara? —Se quita el abrigo y lo pasa por encima de mis hombros sin preguntar—. Estás tiritando.

Tiene razón. Hace mucho frío. Y no quiero pensar que ha sido un detalle precioso, pero lo ha sido. Y acaba de sonreírme de una forma que me ha acelerado algo por dentro. Algo más íntimo que cuando me ha sonreído su padre. Algo casi primitivo, porque tira de un hilo que... Ay, Dios, no sé qué estoy haciendo. Yo solo quería restaurar la balanza y ahora estoy a punto de subir a casa de Óscar León a hacer galletas y... Espera.

—¿Vives aquí? ¿Por eso hablas de subir?

Él señala las enormes cristaleras de la parte superior del restaurante. Nunca me he parado a pensar quién podía vivir ahí o si eran oficinas, pero ahora me mata la curiosidad por ver dónde vive un gran chef. Y eso que la línea entre gran chef de renombre y simplemente persona está empezando a difuminarse de manera vertiginosa.

—¿Vamos?

Asiento. No puedo hacer otra cosa. Quiero ver dónde vive. Quiero verlo cocinar galletas y quiero seguir conociendo a su familia. Y la certeza de todo eso es algo que, intuyo, debería darme miedo, porque significa muchas cosas. Cosas que no voy a plantearme ahora mismo. No si quiero disfrutar de esta velada. Y quiero, claro que quiero, a mí me encanta disfrutar de las cosas buenas y bonitas que la vida pone en mi camino.

¿Que esta es una situación surrealista? Sí, desde luego, pero no es, ni de lejos, la situación más surrealista que he vivido, y eso es lo que me anima a seguir adelante.

Además, ¿qué puede pasar? En el peor de los casos, tendré una anécdota más que contar y el estómago lleno de galletas. Tampoco es como si fuese a salir de toda esta situación con el corazón roto, ¿verdad?

6

Entramos en casa en tropel, conmigo a la cabeza y Emma a la cola. Ha estado inusualmente callada desde que decidimos subir. Sé que solo la he visto dos veces en mi vida, pero es suficiente para saber que el silencio que guarda es del todo inusual, así que espero en la puerta que todos entren y, cuando lo hace ella, la detengo. La miro a los ojos a conciencia, como si la conociera tan bien que no pudiera mentirme.

—¿Todo bien? —pregunto entre susurros mientras mi familia empieza a trastear en la cocina.

—¿De verdad quieres que esté aquí? Porque puedo irme, si quieres. Ya sé que no somos amigos y que no...

—Oye, eh. —La paro en seco, porque mis propias palabras todavía me reverberan en la cabeza y estoy seguro de que todo se ha entendido mal. O, más bien, de que yo me he explicado mal—. No he dicho eso de que no somos amigos como algo malo. Lo he dicho porque apenas nos conocemos, pero me gustaría ser tu amigo, si tú quieres.

—¿En serio? No tengo muchos amigos.

—Eso es imposible. Eres encantadora.

—Canso a la gente porque hablo mucho y tengo muchas manías. Muy raras. Manías que hacen parecer lo del paso de peatones una tontería. Y soy supersticiosa. Mucho, también. Soy rara, compulsiva, supersticiosa y demasiado charlatana, Óscar.

Me río, cojo su mano y tiro hacia el interior para cerrar la puerta.

—Me gusta la gente rara, compulsiva, supersticiosa y demasiado charlatana. —Ella hace amago de quejarse, pero la corto—: Y, además, creo que vas a encajar de maravilla con mi familia extrovertida, alocada y demasiado intensa.

Ella se ríe y, cuando tiro suavemente de su mano, se deja guiar. Le indico con un gesto que se quite el abrigo y observo cómo lo hace mientras se fija en cada detalle de mi casa. Halaga cada espacio que nos topamos y parece tan sincera que, para cuando llega a la cocina, estoy orgulloso de mi casa como pocas veces por haber logrado convencer a una chica como Emma. Un sentimiento estúpido, porque no es como si quisiera impresionarla o algo así. Es solo que Emma parece especial y me gusta que la gente especial valore mi hogar.

—La cosa va así, Em —dice Björn en un momento dado—. Nosotros nos encargamos de dar charla a Óscar, él se encarga de cocinar y luego todos nos encargamos de comer.

—Comer es la mejor parte —añade Lars.

Emma se ríe, toma asiento junto a mi madre y concentra su atención en mi padre cuando le pregunta si va a querer una infusión o un poco de chocolate caliente.

—Y, para que conste en acta, soy el rey del chocolate. Todos en la familia pueden decirte que nadie lo prepara mejor que yo. ¿Cierto o no? —Todos asienten en señal de afirmación y él cuadra los hombros, orgulloso—. ¿Y bien? ¿Qué va a ser?

—No podría contestar otra cosa más que chocolate caliente. Primero porque me encanta y segundo porque tengo que comprobar esa teoría. Mira que mi padre prepara uno de los mejores chocolates del mundo.

—¡No como el de Alejandro León! Ya verás, ya.

Y, así de fácil, Emma se introduce en mi casa, en mi familia y en mi vida. Los minutos que siguen están dotados de una cotidianidad que me asusta, incluso, porque ella parece encajar tan bien que es como... Es raro, sin más. Por suerte, pronto dejo de pensar para dedicarme a la mesa de las galletas. Masa que Valentina se empeña en comerse cruda, lo que quiere decir que Björn y Lars intentan, por todos los medios, robarme un trozo para dársela a la niña de sus ojos, que también es la mía. El problema es que ellos son como sombras gigantes y rubias. Siempre ha sido así y, lejos de separarlos, la familia ha dejado que todo siguiera su curso. En especial mi padre, que siempre ha estado tranquilo al ver que su niña tenía dos mastodontes para protegerla. Quizá por eso ahora está más paranoico. Imaginarla aquí mientras yo trabajo tiene que estar volviéndolo loco, estoy seguro.

Las galletas empiezan a entrar y salir del horno, el chocolate está a punto y, una hora y media después, más o menos, todos estamos sentados alrededor de la isleta de la cocina soplando a nuestra taza de chocolate. Podríamos habernos sentado en la gran mesa de comedor que tengo, pero... somos así. Complicados. Esto es más incómodo, pero también más íntimo. Como cocinero tengo la certeza de que las mejores conversaciones, a menudo, se tienen alrededor de una isleta o la mesa de una cocina. Con olor a comida recién hecha y, a poder ser, como ahora, con una taza caliente entre las manos.

—Venga, Val. ¿Cuáles te gustan? —pregunta Björn.

Pongo los ojos en blanco y me río cuando veo a mi hermana elegir las galletas «bonitas». Es otra de las manías adquiridas a lo largo de la vida. Si estamos en grupo, mi hermana elige los filetes más bonitos, las natillas más bonitas, las croquetas más bonitas. Le viene de pequeña, cuando tuvo una época de mala comedora y mi padre la convencía diciéndole: «Mira, cómete este, mira qué bonito». No pensó el hombre que la niña acabaría adquiriendo la costumbre gracias a dos primos extremadamente complacientes con ella.

—Esta, mira qué bonita es esta —dice Lars—. ¿La quieres?

Val se ríe y asiente. Le llenan el plato de galletas y se pone a comer como una niña feliz, aunque su rodilla esté al doble de su tamaño.

—Entonces ¿qué ha pasado? —pregunta mi madre cuando todos estamos comiendo.

—Oh, nada más aparte de lo que he contado ya. Iba cruzando un paso de peatones con el patinete, un coche tocó el claxon y me asusté, porque no lo esperaba. Caí de bruces. Fue vergonzoso, pero una señora me ayudó a levantarme y su hija pequeña me recogió el patín. Luego me dieron una de las crepes que llevaban en una bolsa, así que debí darles mucha pena.

Hace una mueca y mi padre aprovecha la coyuntura para llevársela a su terreno.

—Creo que lo mejor es que vuelvas a España con nosotros, cariño. Así no vas a poder patinar en días, y te vas a aburrir aquí sola todo el día. En casa estarías con tus primos y con mamá y conmigo.

—No, me quedo unos días más en París.

—Pero, Valentina...

—Que me quedo, papá. Echo de menos a Óscar todo el año.

—Pero si Óscar bajará en breve, ¿no ves que tiene que organizar el tema de las obras del nuevo restaurante?

—¿Vas a abrir un nuevo restaurante? —pregunta Emma sonriéndome—. ¡Eso es genial! ¿Dónde? A lo mejor en el nuevo no hay tanta lista de espera para comer. Mi familia adora tu comida, ya te lo he dicho, creo, y seguro que nos encantará inaugurarlo con una cena en familia.

—Será en España —digo cortándola antes de que su diatriba vaya a más—. Y, de momento, tengo un restaurante necesitado de reformas serias y un montón de viajes por delante. La remodelación será larga, pero espero que valga la pena.

—Seguro que sí —dice mi madre—. Abrir tu propio restaurante en Sin Mar, aun sabiendo que en la ciudad sería mucho más recomendable, es un gran gesto hacia el sitio que te vio crecer.

—Es la urbanización donde vive toda mi familia —le explico a Emma después de acariciar la mano que mi madre estira por encima de la isleta—. Tienen un bar típico de barrio, un par de tiendas y un supermercado en el que puedes comprar casi cualquier cosa, pero no deja de ser una urbanización a las afueras de la ciudad. Aun así, confío en atraer suficiente gente allí como para que llenen las nuevas parcelas y casas construidas.

—Sin Mar acabará siendo el mejor pueblo del mundo —augura Valentina—. Si tuviera mar, realmente sería el mejor. Es lo único que le falta. Poder surfear allí sería demasiado perfecto. Un sueño.

—Ya ves, pero para eso tenemos los veranos en el camping —apunta Lars—. Tienes que venir alguna vez, Em. Te encantaría. Es como un barrio americano, pero mejor, porque está en España.

—Evidentemente —dice Björn riéndose—. En serio, toda nuestra familia materna es de allí, nosotros también, y no podría estar más orgulloso. Si vienes un día, te llevaremos a la tienda de nuestra tía Julieta. Se dedica a vender disfraces, sangre de piruleta y ojos comestibles.

—¡Es genial! —Lars se ríe y da un sorbo a su chocolate.

—Genial de verdad —reincide Björn.

Yo me río, porque son como dos críos, y miro a Emma, que los observa con una sonrisa sincera. O al menos parece sincera. No creo que Emma sea de esas personas que sonríen de esa forma si no lo sienten de verdad.

—Sería maravilloso. La verdad es que, pese a ser de España, no conozco mucho de allí.

—¿Eres de España? —exclaman varios a la vez.

Ella asiente y se lanza a contar lo mismo que yo ya sé. Que se vino a París con su familia cuando era una niña, pero regresa a menudo al pueblo en el que viven sus tíos, Elí de Sol.

—¡Claro! ¡Por eso hablas español todo el rato! —exclama Lars.

Lo miro con la boca abierta. Este chico es muy guapo, pero listo, lo que se dice listo, no... Valentina suelta una tremenda carcajada que es secundada por Björn y, más tarde, por mis padres. Yo cierro los ojos un segundo porque no puedo creerme que de verdad haya caído ahora en que Emma lleva todo el tiempo hablando un español perfecto, salvo por su tono afrancesado que, en mi opinión, es sexy a rabiar.

—Perdónalos —susurro—. Son un poco...

Dejo la frase en el aire. No sé bien cómo definirlos y Emma acaba riéndose y negando con la cabeza mientras me mira.

—Son geniales. A mi familia le encantaría la tuya. A papá le daría ideas para alguno de sus libros, seguro.

—¿Es escritor? —pregunto interesado.

—Sí.

—¿Y tiene algún libro conocido?

—Sí, algo así.

—¿Cuál? Quizá lo conozca. Me encanta leer. —Señalo las pilas de libros y Emma sonríe de inmediato.

—Me he fijado antes en eso. A él le encantaría. A mí me encantan. —Sonrío, orgulloso de mis torres de libros y de haber provocado ese pensamiento en ella—. Am, bueno, tiene varios libros, pero uno de los más conocidos es *La tierra de Daragh*.

—*La tierra de Dar...* —Me corto en seco y abro los ojos como platos. Ese libro es ya prácticamente un clásico y, personalmente, uno de mis favoritos—. ¿Tu padre es Kellan Gallagher?

—¿El puto Kellan Gallagher? —exclama Björn—. ¡Joder! ¡Adoro la mente de ese tío! ¿Podemos conocerlo? ¿Vives con él? ¿Podemos ir ahora?

—Yo también quiero ir ahora —sigue Lars con los ojos iluminados—. ¡Tu padre es el puto Kellan Gallagher!

—Sí, aunque nosotros no lo llamamos puto. —Emma lo dice tan seria que todos nos quedamos cortados, luego suelta una carcajada y se encoge de hombros—. Perdón, tenía que decirlo. Mi padre es el puto Kellan Gallagher. Bueno, ese es su seudónimo. Él se llama...

—Ethan Gallagher —termino por ella—. Ha venido a mi restaurante en alguna ocasión.

—Sí. Al principio, cuando yo era niña, intentaba mantener el perfil personal separado del laboral, pero se fue haciendo más y más famoso y, bueno, al final fue complicado. Yo estuve con él en alguna ocasión en tu restaurante, ya te lo había dicho, aunque igual debería haber empezado por ahí, ¿no? De todas formas, no creo que te acuerdes porque hace un tiempo y, aunque saliste de la cocina después de que él preguntara por ti para felicitarte por tu comida, es completamente normal que no te acuerdes de mi hermano o de mí. No me lo tomo a mal, no te creas, mi padre siempre se ha tomado en serio lo de mantener mi vida lo más privada posible, así que, incluso cuando salíamos, me dejaba en un discreto segundo plano. A mi hermano y a mí, en realidad. Si te acordaras de nosotros sería de milagro y...

—Me acuerdo de que venía con su familia. Me acuerdo de su mujer, y de que mencionó a sus hijos, pero apenas lo saludé un momento y luego volví al trabajo. No me fijé en vosotros.

—Misión cumplida —dice ella con una sonrisa antes de suspirar.

—Me gustan mucho sus libros, en serio.

—Gracias. A él le encanta tu comida. Cuando le cuente que he estado en tu casa comiendo galletas recién hechas va a tener un ataque de envidia, ya verás.

Me río y, cuando estoy a punto de contestar, mi madre coge el relevo.

—Tu madre también ha escrito algo, recuerdo leer una novela suya.

—Sí —admite Emma—. Lo de ella es mucho más... personal.

Sé que su madre escribió un par de libros, pero la verdad es que ahí me pierdo mucho más y, como mi madre no insiste, dejo el tema, porque Emma se ha puesto un poco seria y no sé si estamos metiéndonos demasiado en su vida. En realidad, esta es la razón por la que nunca he presentado una novia oficial a mi familia. Son tan intensos y metiches que antes de una hora ya saben hasta el grupo sanguíneo de sus ancentros. No lo hacen con maldad, pero puede resultar muy intrusivo y no todo el mundo se toma a bien estas cosas. Emma sí. Emma lo ha tomado genial y, de hecho, ahora mismo está contándoles anécdotas de cuando era niña y jugaban alrededor de su padre mientras él intentaba trabajar. Tiene a mi familia encandilada.

«Joder», exclamo para mis adentros mientras doy un sorbo a mi chocolate y deseo que sea vino. Emma tiene a mi familia encandilada y ni siquiera la conocen bien. Ni siquiera yo la conozco apenas. He metido en mi casa y en sus vidas a una chica que he visto literalmente dos veces. Eso es tan impropio de mí... Tan tan tan impropio que pienso, por un instante, si no me habrá dado un ataque de locura. Luego respiro y me digo que las cosas con Emma son así. Rápidas. Imprevisibles. Y que todo ha salido rodado, como si no hubiera otra opción. Y, aunque la hubiera, tampoco sé si la habría cogido porque no me arrepiento de que esté aquí, eso lo tengo claro. No me arrepiento, aun sin saber si volveré a verla después de que la lleve a casa más tarde. Además, ¿acaso no estaba a punto de pedirle un café otro día? Esto lo vuelve más... interesante. Me reafirma en mi idea de volver a verla.

—... y entonces Óscar montó un puesto de limonada y galletas en nuestra calle y no paró de venderlas hasta que consiguió el dinero para comprarme el patinete sin que mamá y papá lo supieran.

Las risas estallan en la cocina y centro mi atención en Valentina y su historia. Me río y recuerdo cómo me pasé unos días vendiendo galletas caseras.

—Eso es increíblemente dulce —afirma Emma mirándome.

—La mayoría de los clientes eran de la familia —comento con sinceridad, a pesar de que podría quedar mucho mejor si omitiera esta información—. Es fácil vender mucho cuando tienes diez adultos, entre tíos y abuelos, más de diez primos hermanos y un montón de vecinos amables. No necesité ni una semana.

—Y nosotros nos gastamos toda la puñetera paga en galletas —sigue Björn—. Somos los verdaderos héroes, si tenemos en cuenta que podríamos haber robado las galletas y punto.

—Y punto. No se habría dado cuenta, era un poco lelo. —Lars me mira con cara de culpabilidad cuando Emma se ríe—. A ver, me refiero a que siempre ha sido un buenazo. Dios, qué calor hace aquí. ¿Puedo quitarme la camiseta?

—No.

Lo digo en tono seco y cortante, porque sé lo que viene. Mi primo Lars tiene la insana costumbre de desnudarse a la mínima de cambio. Costumbre heredada de su padre, mi tío Einar, que parece sufrir algún tipo de alergia a la ropa.

—Emma, ¿qué opinas del nudismo? —pregunta con toda la poca vergüenza del mundo.

—Me parece bien que la gente ande desnuda. Una vez fui a una playa nudista, por probar, pero la sensación fue un poco extraña. Todo iba bien hasta que me tumbé boca abajo en la arena y apareció un chico en bicicleta. Tenía la sensación todo el rato de que, si me descuidaba, aparcaría en mi culo.

La miro de hito en hito y rompo en carcajadas porque, a ver, joder, solo ella podría pensar algo así. La familia entera me sigue y, cuando quiero darme cuenta, estoy limpiándome las lágrimas de los ojos y procurando cortar mi risa en seco. Lo consigo cuando me imagino a Emma desnuda, realmente desnuda en una playa.

—Estoy seguro de que alegraste la vista a toda la maldita playa. —Esas palabras podrían haber sido mías, porque es lo que pienso, pero no, son de Björn, que está sacando a pasear una de sus sexis sonrisas—. Si quieres ir alguna otra vez, puedes decírmelo. Prometo vigilar tu culo constantemente para que no sufra ningún percance.

—Es muy amable por tu parte, pero creo que ya tuve suficiente con una vez. —Se ríe y da un sorbo a su chocolate—. ¿Sabes, Alejandro? Creo que tienes razón. Es el mejor chocolate que he probado en mi vida.

—¡Ja! Ahí lo tenéis. —Mi padre saca pecho, inflado de orgullo, y señala a Emma—. Acabo de convertir a esta chica en otra fan absoluta de Alejandro León. Si es que soy irresistible. ¡Y además es rubia! —Mira a mi madre y le guiña un ojo—. Es un superimán que tengo. Soy el único moreno en medio de tantas cabezas rubias, así que creo que me debéis pleitesía y obediencia infinita.

—Eh, hola, papá, soy Óscar, tu hijo, ¿recuerdas? Ese de pelo negro al que estás ignorando ahora mismo.

Él bufa, me dedica un mohín entre culpable y divertido y la risa de Emma vuelve a llenar la cocina antes de que empiece una guerra verbal acerca de quién debería mandar sobre quién y quién tiene más fans dentro de la familia.

Yo me quedo pensando en la risa de Emma, que aún reverbera por algunos rincones de la casa. Me gusta. Su risa, digo. Qué demonios, de todo lo que he visto de ella, no hay nada que no me guste. Y no sé si eso debería ser un problema, pero lo que está claro es que no estoy dispuesto a dejar que esta sea la última vez que nos veamos.

7

Emma

La familia de Óscar es tan ruidosa que, cuando nos metemos en el coche tiempo después, ya de noche, para hacer el trayecto hasta mi casa, siento que todo está demasiado silencioso. Se lo digo y se ríe, pero creo que piensa lo mismo, porque empieza a hablar de temas triviales. Me hace gracia la gente que necesita hablar de temas neutros para mantener viva la conversación. Me hace tanta gracia que me río y llamo su atención.

—¿Qué ocurre? —pregunta, porque está claro que mi risa no viene de su conversación acerca del tiempo.

—¿No te parece una tontería lo de los temas triviales? Es gracioso porque, en realidad, a mí no me importa lo más mínimo el tiempo que haga y a ti, tampoco. ¿Verdad?

—Eh, pues...

—No conoces a una persona si hablas de cosas triviales. Bueno, quizá puedas llegar a saber si le gusta el sol o la lluvia, según su reacción al día que haga y sus palabras, pero poco más. ¿No sería más interesante aprovechar este ratito para saber algo de verdad el uno del otro? O para jugar.

—¿Jugar? —pregunta elevando las cejas y con una sonrisita preciosa. Dios. Sí, preciosa de verdad—. Me gusta jugar.

¿Eso ha sido algún tipo de insinuación? Yo diría que sí, pero no estoy segura. ¿Debería dejarlo pasar? Sí, creo que sí. Si no lo dejo, no podremos jugar y de verdad me interesa ver hasta qué punto Óscar es capaz de adaptarse a alguno de mis juegos. Claro que creo que también me interesa que Óscar se insinúe. Esperad un momento. ¿Me interesa? Ay, pues no lo sé... Es guapísimo, un chef de renombre mundial y tiene unas manos maravillosas que seguro que saben hacer cosas de lo más interesantes y... Uy, pues sí que me interesa. Aun así, el juego va primero. El juego es muy importante para tener una idea aproximada del tipo de persona que es, porque si resulta que, después de todo, no es más que un cretino con una familia maja, no podré permitir que se insinúe. El juego es vital. Ahora más que nunca.

—Podemos jugar al juego de la verdad en carretera.

—No sé cómo se juega a eso —responde.

—Normal, nos lo inventamos mi padre y yo hace mucho tiempo —contesto riéndome—. Es muy fácil. Dime tu color favorito.

—Negro.

—Uh, lúgubre. —Él se ríe y yo sigo—. Pues cada vez que veamos un coche negro tienes que contarme una verdad que te haga feliz. Puede ser un recuerdo, un pensamiento, algo que te guste especialmente.

—Entiendo, pero ¿no hay demasiados coches negros en París?

—¡Mejor para ti! —Óscar se ríe y yo sonrío con él—. Yo elegiré el azul hoy, porque no tengo un solo color favorito. Mi color favorito depende del día y mi estado de ánimo.

—Eso no vale. Hay más coches negros que azules.

—Bueno, entonces será que el destino quiere que tú hables más que yo. Y quizá debería ofenderme, porque teniendo en cuenta que está claro que yo hablo mucho más que tú, a lo mejor el destino intenta decirme que me calle un poco. —Óscar suelta una carcajada y yo me río con él—. El destino puede ser muy cruel.

—En eso estoy de acuerdo. ¿Entonces? ¿Empezamos?

—No podemos aún. Tienes que decirme qué color te parece más feo.

—Mmmm. —Se rasca la barba con aire pensativo y me parece tan tan sexy que me relamo. Qué manos tan bonitas tiene. ¿He dicho ya que Óscar tiene unas manos preciosas? Y su mandíbula también es bonita. Muy besable, sí señor—. Marrón.

—¿Marrón? —pregunto—. Hum. Marrón puede ser un poco feo, sí. Pobre marrón. —Él vuelve a reírse y yo me explico—. Vale, pues cada vez que veamos un coche marrón, tienes que contarme algo triste o feo de tu vida.

—Bien. No hay muchos coches marrones.

—Es verdad... Queda eliminado. Elige otro.

—¡Eso no vale! —se ríe y cambia de marcha para pararnos en un semáforo.

—¡Claro que sí! ¿Qué sentido tiene jugar a esto si eliges un color del que casi no hay coches?

—Está bien, está bien. Elige tú.

—Mi color feo de hoy es el amarillo.

—El amarillo es bonito. Recuerda al sol. Y a tu pelo.

Sonrío por el cumplido y le hago un mohín con la nariz.

—Ya, pero los voy cambiando cada día para que ninguno se sienta discriminado.

—Pobre marrón —murmura.

Suelto una risotada y palmeo su brazo. ¡Eso ha sido una maldad! Ahora igual empiezo a pensar en el pobre marrón y no me concentro bien en el juego. Se lo digo, pero solo consigo que se ría.

—Elijo el rojo.

—El rojo no es un color feo. No es nada feo.

—Hoy he decidido que sí —contesta guiñándome un ojo.

—*Touché* —contesto poniendo los míos en blanco, pero sonriendo—. Entonces, cada vez que veamos uno negro me cuentas algo bonito o feliz. Cada vez que veamos uno rojo, me cuentas algo triste.

—Y tú me cuentas algo bonito con el azul y algo feo con el amarillo. Y valen todos los tonos. Luego no puedes empezar a quejarte por si uno es azul claro y otro oscuro.

—Prometido. Además, soy una chica muy valiente, no me asusto con facilidad.

—Bueno es saberlo —murmura con una pequeña sonrisa.

Ay. Creo que eso ha sido otra insinuación. ¡Ya van dos! Dios, a lo mejor es el hombre de mi vida. Ojalá este juego salga bien, porque si es el hombre de mi vida quiero conocerlo a fondo. Y, si no lo es, da igual, quiero conocerlo a fondo de todas formas. El primer coche negro que vemos es una furgoneta y se la señalo a Óscar con tanto ímpetu que se ríe y palmea mi rodilla.

—Está bien, de acuerdo. Me toca. —Acomoda su cuerpo aún más en el sillón del coche con un gesto sexy a rabiar (sí, en este hombre todo es sexy, qué vamos a hacerle) y habla—. La primera vez que llamé «papá» a mi padre.

—¿Te acuerdas de eso? ¡Menuda memoria! —él se ríe y niega con la cabeza.

—No es mi padre biológico. Al principio solo estábamos mi madre y yo. Alejandro León apareció en mi vida cuando tenía cinco años. Era hermano de una gran amiga de mi madre. Se convirtió en mi padre cuando yo tenía seis.

—¡Vaya! —exclamo, sorprendida.

—Sí, pero a todos los efectos, es mi padre. No siento que me falte nada, ni tengo dudas al respecto. Es todo lo que soñé el tiempo que no tuve uno. O lo tuve, pero desentendido del todo.

—¿Nunca lo conociste?

—Ni ganas. Para él yo no existí nunca y para mí él tampoco existió jamás. No siento ni siquiera rencor. Me es del todo indiferente porque tengo el mejor padre del mundo.

Asiento entendiendo a la perfección el punto. Y lo entiendo porque lo he vivido, en parte. Y podría dejar que el juego siguiera su curso y no mojarme aún, pero es que esto trata precisamente de poder conocernos y entretenernos mientras llegamos a mi casa, así que hago lo que es más apropiado en mí: lanzarme a la piscina.

—Te entiendo mejor de lo que crees. Mi padre tampoco es biológico. —Óscar no puede disimular la sorpresa y me río—. Ni mi madre, a decir verdad.

—¿Cómo fue? —Me quedo en silencio, pensando, y él insiste—. Quiero decir, ¿cómo llegaste a ellos?

—No sé quién es mi padre, nunca he querido saberlo, tampoco. Mi madre se quedó embarazada cuando ya tenía problemas de salud; le advirtieron que podía morir, pero siguió adelante. Murió en el parto y yo me quedé con mi abuelo, Martín. Vivíamos en Elí de Sol, España. Allí conocí a Ethan y Lía. Yo tenía cuatro años, él había llegado intentando superar un bloqueo como escritor y mi madre fue para intentar sacar a mi abuela, que es una bruja, del pueblo antes de que hundiera en la miseria a mi tía Iris, dueña del hostal. ¿Te estás quedando con la historia? —pregunto en un momento dado.

—Sí, voy bien —contesta riéndose—. Sigue.

—En definitiva. Mi abuelo tenía cáncer. Sabía que se estaba muriendo así que se las ingenió para hacer coincidir a Ethan y Lía una y otra vez. Mi madre es psicóloga, aunque no ejerce como tal, pero por aquel entonces mi abuelo se las arregló para convencerla de psicoanalizar a mi gallina.

—Espera, ¿qué? —contesta Óscar soltando una carcajada—. ¿Es en serio?

—Te lo juro. —Me río y le cuento toda la historia, aunque no toda está en mi memoria. Por desgracia, es complicado para una niña de cuatro años retener todos los detalles—. Ella psicoanalizó a Princesa, mi gallina, y en algún momento se enamoró de mi padre. Mi abuelo murió poco después y ellos se quedaron recién enamorados, con mi custodia en las manos y la posibilidad de renunciar a mí. —Me emociono un poco, como siempre que cuento la historia—. Era mucha responsabilidad para dos personas jóvenes, sin compromisos, que justo empezaban a sentir amor del bueno el uno por el otro. Apenas llevaban unos meses juntos. Habría entendido perfectamente que se desentendieran de mí, pero no lo hicieron. No lo hicieron por mi abuelo, pero también por mí. Mi padre llevaba más tiempo en el pueblo, así que incluso se ofreció a hacerlo solo, pero Lía Galán se negó a salir del equipo y aquí estamos.

—Vaya... —Óscar suspira y conduce en silencio unos segundos, aceptando la situación, hasta que vuelve a hablar—: ¿Cómo llegasteis a París?

—Mi padre ya había vivido aquí antes, pese a ser americano y, aunque al principio la idea fue quedarnos en Eli de Sol, él acabó una novela y sabía que sería mucho más sencillo para su trabajo trasladarse a una ciudad, la que fuera. Siempre fue un enamorado de París, se lo propuso a mi madre, dejando que ella decidiera, y aquí estamos. —Suspiro y observo el camino. El tráfico es espeso en este tramo y aún queda un ratito para llegar a casa, pero eso no significa que quiera perder el tiempo—. Y ahora, como te he contado mucho más que tú a mí, me debes algo. Cuéntame lo que sea, bonito o feo.

—No hay coches negros ni rojos por aquí.

—¡Tampoco estaban mis colores cuando te he contado todo esto!

Él se carcajea, dejándome ver que estaba picándome, y vuelve a cambiar de marcha antes de contestar.

—Siempre supe que quería ser chef. Desde pequeñito. Mi familia lo sabía, así que de niño recibí muchos libros de recetas adaptadas. Hacía de comer para ellos cuando no tenía ni diez años y era feliz entre fogones. De hecho, mi mejor momento de la semana llegaba cuando íbamos a comer al restaurante italiano de uno de mis tíos y me podía meter en la cocina.

—Es un recuerdo precioso —le digo.

—Para mí, sí. Te toca.

—No, te toca a ti. Quiero más.

—¿Y cuándo te toca a ti?

—Creo, sinceramente, que la balanza aún no está equilibrada. En fin, yo he dicho un montón de palabras y tú apenas la mitad. Lo entiendo, no es fácil cogerme el ritmo; a ver, si hablases como yo no podríamos llevarnos bien porque no nos dejaríamos respirar para dejar hablar al otro, pero de verdad siento que necesito saber más de ti.

Óscar, lejos de parecer ofendido, se ríe y me cuenta que tiene un montón de primos, en serio, un millón. Me habla de ellos, de las trastadas que hacían de pequeño, de Sin Mar, su urbanización, de cómo fue crecer rodeado de tantos niños y de cómo lo apoyaron para cumplir su sueño. También del camping al sur de España al que viaja cada vez que puede, porque tiene grandes amigos allí.

—Debe de ser genial tener tantos amigos —le digo con un poco de nostalgia.

En realidad, intento que no me afecte mucho el hecho de no haber podido hacer amistades de gran intensidad a lo largo de mi vida. Sé que es complicado. Las personas no siempre encajan y yo tengo un carácter un tanto especial, hablo muchísimo y, a veces, puede parecer que mis excentricidades o mis supersticiones ocupan toda mi vida. En cierto modo es así, pero de todas formas eché de menos tener una mejor amiga a la que contarle todo lo que se me pasa por la cabeza que, como estarás descubriendo ya, es mucho.

—En realidad, hasta que llegaron los niños Acosta a mi vida y empecé a tener primos, fui un niño muy solitario. En el cole no tuve amigos nunca. Ya de mayor congenié con algunos chicos, pero nada memorable. No me gusta el fútbol y se reían de mí por el tema de la cocina. Y por no tener padre. Y por ser un tanto... sensible, creo. —Óscar se ríe y encoge los hombros—. Se reían de mí a secas.

—Nadie lo diría. Pareces un hombre seguro de ti mismo.

—Estoy muy seguro de mí mismo, pero no siempre fue así. Hasta que mi familia entró en mi vida fue... complicado. No es que no fuera feliz cuando solo estábamos mi madre y yo, pero era mucho más difícil.

—Sí, te entiendo. ¿Recuerdas mucho de aquella época?

—No, no mucho. ¿Y tú? ¿Recuerdas mucho de la época en la que estabas con tu abuelo?

—Ráfagas. Sé muchas cosas porque mis padres me hablaron de él cada día para que no lo olvidara. Y no lo hice, pero no tengo el recuerdo vívido de él. Es una mezcla de lo que yo recuerdo y lo que reconstruyeron mis padres. Y creo que es mejor así.

—¿Sí? ¿Por qué?

—Porque, aun así, a veces siento que lo echo de menos. —Trago saliva y entrecierro los ojos—. Eso es raro, ¿verdad? Era muy pequeña.

—No creo que sea raro. Si fue importante para ti, es lógico que a veces sientas nostalgia.

—Sí, creo que es eso. Nostalgia. Me habría gustado que viviera un poco más para tener más recuerdos reales. Solo sé que era un poco gruñón y muy muy cariñoso conmigo.

—Suficiente para ser un superabuelo, ¿no? —Me río y asiento. Sí, tiene razón—. ¿Primer beso? —pregunta de pronto.

Suelto una carcajada y lo miro sorprendida.

—¿Es una necesidad saber eso? Además, ¡no han pasado coches de mi color!

—Una vez roto el hielo, pensé que lo de los coches se quedaba como una buena excusa y nada más. —Vuelvo a reírme. Me gusta Óscar. Creo que me gusta mucho—. Venga, cuéntamelo. ¿Fue en el patio del cole? Apuesto a que sí. Serías adorable de niña.

—Lo era. Una niña adorable que hablaba tanto que asustaba a los niños. —Óscar suelta una carcajada y lo secundo—. Ríete, pero es cierto. Mi primer beso llegó tardío. Once años.

—Joder. ¿Once años te parece tardío? —Se ríe y acelera cuando nos incorporamos a una avenida—. No voy a decirte cuándo lo di yo, entonces. ¿Quién era él?

—¿Quién era ella?

—He preguntado primero. ¡No me líes!

Me río y me retrepo en el sillón antes de soltar un suspiro soñador.

—Jean Claude. Un chico con aparatos, pecas y unas gafas enormes.

—El típico guaperas, ¿eh?

—Pues era monísimo —contesto ofendida.

—Tranquila —dice él alzando las manos un segundo para volver a ponerlas en el volante después—. Créeme, sé bien de niños que, a priori, no son muy guapos. Yo tenía la cara llena de pecas y estuve mellado tanto tiempo que me preguntaba si algún día tendría dientes «buenos».

—No te creo. Estoy convencida de que eras un niño monísimo y totalmente comestible.

—Me gusta pensar que era mono en personalidad y soy comestible ahora.

—Bien jugado —replico riéndome.

Lo he dicho un poco de broma, pero, en realidad, creo que sí está muy bien jugado, porque no he podido evitar pensar qué pasaría si me acercara y mordiera su cuello. Así, de la nada. ¿Se asustaría? ¿Me rechazaría? Estoy tentada de probar, pero entonces me recuerdo que no es buena idea dar rienda suelta a todos mis impulsos y me obligo a recordar la vez que me puse de puntillas y olí el cuello a un chico en plena calle solo porque me pareció que olía de maravilla. Su novia estaba viendo un escaparate y por poco me arranca la cabeza allí mismo. ¡París, para ser la ciudad del amor, a veces es muy violenta! Quiero decir, entiendo que la chica se enfadara, pero ¿no podía entender ella que su novio olía muy bien? Más tarde caí en la cuenta de que es un comportamiento del todo inapropiado y, de haber sido yo un hombre y él una mujer, se habría armado una buena y con toda la razón del mundo. Ese día entendí que es mucho mejor no oler a desconocidos sin permiso. También recuerdo el día que vi a un chico tan mono en una cafetería que le pedí un beso. Igual no debería haberlo hecho, pero no pude evitarlo. Él rio al principio, como si fuera de broma, pero cuando vio mi cara seria se acercó y me besó. No me gustó, por eso no acepté cuando me invitó a salir. Se quedó un poco desconcertado, pero no podía evitarlo. A veces pasa eso, que conoces a alguien increíble a primera vista, pero luego, cuando llega la hora de profundizar, te das cuenta de que no está destinado a estar en tu vida. Aquel chico solo necesitó besarme para que yo lo supiera, y eso que fue sin lengua.

Con Óscar León, en cambio, empiezo a pensar distinto. Creo que no necesitaría siquiera besarlo para saber que lo quiero en mi vida, aunque solo sea como un buen amigo.

—Tenía trece años, se llamaba Sofía y estaba en mi clase —dice sacándome de mis pensamientos. Sonríe y se muerde el labio—. Yo acababa de ganar un concurso de postres en el cole, ella probó un trozo de mi pastel y, al tragar, se acercó, me besó delante de todo el cole y me dijo que era la mejor tarta que había comido en su vida. Me enamoré en ese mismo instante.

—Oh, Dios, es adorable.

—Sí, el problema es que al día siguiente Alfredo Guzmán construyó un robot de la hostia y ella debió de pensar que los robots son mejores que los postres, porque no volvió a mirarme.

Me río, no puedo evitarlo. Y, justo cuando voy a contestar, me doy cuenta de que estamos entrando en mi barrio, así que le pido que pare en la primera calle que cruzamos. Lo hace en doble fila, sorprendido, y me mira para despedirse. Me muerdo el labio, me acerco y beso su mejilla controlando el impulso de hacerlo en los labios. No, Emma, acuérdate de lo mal que puede acabar eso. Abro la puerta y, antes de irme, decido dedicarle unas últimas palabras.

—Si yo hubiese sido Sofía, te habría besado un millón de recreos más.

Óscar sonríe y, cuando cierro la puerta, me llama. No hago caso. Sé lo que quiere. Mi número o volver a verme. Lo intuyo por la forma en que abre su propia puerta y sale del coche, pero acelero el paso riéndome y, en vez de entrar en un portal de esta calle, me pierdo por un callejón, porque mi calle no es esta. Soy consciente de que no puede seguirme porque ha parado en doble fila. Huyo de él, sí, y lo dejo desconcertado, creo, o eso espero. Y el caso es que me muero de ganas de volver, darle mi número y pedirle que me llame por teléfono en cuanto llegue a casa para seguir con esta charla, pero creo que es mucho más divertido y especial dejar que sea él quien busque la manera de acercarse a mí esta vez, si es que le interesa. Sabe en qué zona vivo, pero no en qué calle, ni portal. Ahora está en manos del destino unirnos de nuevo, o no. Dios, ¿imagináis que nos reencontramos pronto? Sería precioso.

Sea como sea, yo le he invitado a un café y le he hablado lo suficiente de mí como para no sentir que necesito restablecer el orden con él por haberme traído hasta aquí. Mi deuda con Óscar León está saldada y nuestra balanza vuelve a estar en perfecto equilibrio.

Al menos, de momento...

8

No me puedo creer que sea diciembre.

No me puedo creer que haya pasado un mes y haya sido tan inepto como para no dar con Emma. ¡Maldita sea! ¡Vive allí! Es su barrio, ella no me habría mentido y, sin embargo, es como si se la hubiese tragado la Tierra. Cuando la vi correr hace un mes me reí. Pensé que sería divertido dar con ella y sorprenderla. No me llevaría más que unas horas. El tiempo justo de llegar a casa y buscarla en redes sociales. El primer problema vino al descubrir que Emma no tiene redes sociales. Por Dios santo, ¿quién no tiene redes hoy día? ¡Es algo prácticamente básico! Bueno, pues ella no tiene. O, si tiene, es con un nombre falso.

He revisado la cuenta de su padre de arriba abajo: comentarios y *likes* que da. Parezco un jodido acosador. Más aún si cuento que también he revisado la cuenta de su madre sin ningún éxito. Incluso pensé en llamar a mi prima Vic, pero ¿qué iba a hacer ella? Que haya sido influencer de renombre no le da el poder de adivinar dónde está una persona. Si algo tengo claro es que hoy día, si no quieres ser encontrado, basta con no pertenecer al mundo de las redes sociales. Esto dejó de tener gracia el cuarto día, más o menos. No fue antes porque el fin de semana que me dio mi familia fue inolvidable. Inolvidable en el sentido irónico de la palabra, porque no dejaban de preguntar por Emma y, cuando admití que no tenía ni idea de dónde encontrarla, todos quisieron colaborar, pero ninguno hizo realmente nada. Björn y Lars quisieron hacer vigilancia en su barrio y, aunque al principio me negué, el sábado por la mañana acabé paseando con ellos mirando en todas las direcciones y dándome cuenta, de golpe, de lo absurdo que era aquello. El distrito XVIII de París tiene una superficie de más de seis kilómetros y, según san Google, algo más de doscientas mil personas viven en él. Fue un duro golpe de realidad darme cuenta de que no iba a tener tanta suerte como para que Emma entrara o saliera de su portal justo cuando yo pasaba por esa acera. Mi padre me preguntó por qué demonios no había salido corriendo tras ella y, cuando dije que el coche estaba mal aparcado, me dejó claro que una chica como Emma merece una puñetera multa. Mi madre se limitó a sonreírme y darme su apoyo silencioso, como siempre, pero esta vez no bastó para animarme. Para cuando se fueron el domingo respiré tranquilo, por fin. Además, pude volver a dormir en mi cama solo con Valentina. Yo, que me había quejado días atrás de mi hermana, no tenía ni idea de lo incómodo que es dormir, no solo con ella, sino con dos mastodontes enormes como son mis primos Björn y Lars. Menos mal que mis padres decidieron usar el sofá cama, porque habría sido un puñetero chiste que también quisieran la cama.

Pensé que cuando se fueran, con calma, yo acabaría encontrando a Emma. Soy un hombre positivo, pero no tanto como para no venirme abajo con el pasar de los días, que es lo que me ha ocurrido. Un mes es tiempo suficiente para que ella ya ni siquiera se acuerde de mí y, sin embargo, en el camino hacia su casa ella pareció tan a gusto como yo. Sé que había química. Una química bestial que me moría por explorar a fondo, pero fui demasiado lento, ella demasiado rápida y ahora estoy aquí, emplatando en el restaurante solo porque es una de las cosas en las que más concentración pongo y así puedo dejar de pensar en ella.

—Óscar. Eh, Óscar. ¿A que no sabes quién ha venido a cenar? —pregunta Jérôme entrando en la cocina en un momento dado.

Alzo la cabeza de inmediato, sintiendo un nudo de emoción en la garganta.

—¿Ella?

—¿Eh? Oh, no, tío, lo siento. No me refería a Emma.

Hace un mohín y me río, haciendo un gesto con la mano para que deseche sentirse mal. La culpa es mía por pensar que... bueno. Que podía ser ella.

—¿De quién se trata?

—Jackson O'Hara. Aunque, ahora que te has llevado la desilusión de la noche, igual no te hace tanta ilusión que uno de los actores más de moda en Hollywood haya venido. Aun así, quiere saludarte.

Me río y me limpio en un trapo antes de dejar que alguien ocupe mi puesto y caminar hacia mi amigo.

—Siempre es un placer saludar a clientes satisfechos. Porque estará satisfecho, ¿no?

—A juzgar por cómo ha dejado los platos, diría que sí.

Sonrío, salgo de la cocina y voy al salón, donde Jackson me recibe con una felicitación y una charla amigable. Le sigo el rollo, agradezco sus elogios, le hago unos cuantos por su trabajo y, para cuando puedo volver a la cocina, apenas quedan algunas mesas ocupadas en el restaurante, así que aviso a mi amigo de que subo a casa. Que se ocupe él lo que queda de noche. Yo voy a darme una larga ducha, voy a meterme en la cama y voy a dormir un mínimo de ocho horas. Me lo merezco después de una semana un tanto movida en el restaurante.

Todas lo han sido, en realidad. Y sé que no debería volcar mis frustraciones en mi negocio, pero es algo que aprendí hace tiempo, así que este mes se me ha ido entre trabajar a destajo y planificar lo máximo posible la obra que tengo que empezar en Sin Mar de una vez. Si quiero abrir a principios del año que viene necesito darle caña a la restauración y, con la Navidad a la vuelta de la esquina, cada vez va a ser más complicado. El problema es que empezar de una vez precisa que me mueva a España más de un día y me da miedo llegar a desatender Déjà Vu. Es una tontería, creo que esto debe de ser lo que sienten las mujeres embarazadas cuando se preguntan si podrán querer a un segundo hijo como al primero. Puede parecer una comparación exagerada pero no lo es. Para mí, no. Así que, en definitiva, ha sido un mes intenso de trabajo, planificación y buscar a... Buscarla. Fin.

Abro la puerta de casa dispuesto a disfrutar de esa ducha y descubro que, como siempre, el destino tiene otros planes. Me encuentro con Björn, Valentina y Lars tirados en el sofá viendo una peli de acción a todo volumen.

—¿En serio? ¿Qué hacéis aquí otra vez? —pregunto sin medias tintas.

—La culpa es de las compañías, que hoy día prácticamente regalan los vuelos —dice Lars—. Quería ver a Val.

—Yo también. Y no voy a dejar que venga solo.

—Puedo venir solo, no voy a perderme.

—Ya, pero mejor te acompaño.

—Pero podría hacerlo solo.

—Que sí, pero mejor conmigo, ¿no? Así jugamos a las cartas en el vuelo.

—Eso sí es verdad. —Lars se ríe y me mira—. No puedes cabrearte, Ósc, porque tenemos buenas noticias.

—¿Vais a largaros esta misma noche y dejarme la casa vacía?

—Hay que ver cómo eres, de verdad. Cualquiera que te oiga podría pensar que te molestamos —protesta mi hermana pequeña. Elevo una ceja en respuesta y se ríe—. Bueno, si te sirve de consuelo, he decidido que mi andadura en París acaba en Navidad, cuando volvamos juntos a casa.

Elevo las cejas, esta vez con sorpresa de verdad. Eso sí que es una novedad. Llevo todo este tiempo preguntándole a mi hermana qué planes de futuro tiene, pero todo lo que decía es que aún no había acabado de impregnarse de París. Y eso, como sueño, está muy bien, pero a fin de cuentas creo que debería hacer algo más que pasear en patinete, comer y pensar largas horas en sabe Dios qué.

—Papá y mamá se pondrán felices de que vuelvas con ellos.

—Sí, aunque ya he decidido que a principio de año viajaré otra vez.

—¿Adónde? —pregunto intrigado.

—No sé, ya veré.

—Eso, ya verá. No agobies, Ósc —dice Lars.

—No agobies, tío —sigue Björn.

—Me llamo Óscar. Y no agobio, solo quiero saber qué planes tiene. Y bajad los pies de la mesita inmediatamente.

Ellos lo hacen a regañadientes. Valentina no contesta y, cuando estoy a punto de insistir, Lars se levanta y pasa por mi lado en dirección a la cocina.

—¿Qué tienes de cena? En el aeropuerto solo he podido comerme un bocata.

—Son unos ratas ofreciendo comida los de las compañías —sigue Björn—. Eh, Lars, de lo que sea, yo también quiero.

—¿Cuándo os vais? —pregunto siguiendo a mi primo pequeño a la cocina.

—El domingo, hombre, ¿no ves que tengo clase el lunes? Estoy hasta los huevos ya de estudiar. En cuanto me den las vacaciones me pienso dedicar todo el día a hacer el vago, salir a beber, o comer, y dar vueltas por ahí con los chicos.

—Mientras no te vengas aquí... —murmuro de mala gana.

—Te he oído. Y no, no me vendré aquí porque iremos todos al camping. Tú incluido, ¿verdad?

—Claro que sí. Tiene que venir por narices —añade Björn.

—Además, Ósc, ¿cuándo vas a empezar las obras del restaurante de Sin Mar? —pregunta mi hermana—. Creo, sinceramente, que estás alejándote de mala manera de la familia. Te echan de menos y no es justo que no puedan verte más que si vienen aquí.

—Eso es verdad —asevera Björn—. No todos te quieren tanto como para venir aquí cada pocos findes. Deberías estarnos agradecidos. O mejor, pagarnos los billetes.

—Pagarnos los billetes suena de puta madre —dice Lars sonriendo y sacando de la nevera un millón de ingredientes, aproximadamente—. ¿Quién quiere ensalada de cosas? —dice.

—¡Yo! —exclama Björn levantándose—. Me encanta la ensalada de cosas.

—¿Podemos echar kétchup? —plantea Valentina siguiendo a nuestro primo.

Los veo rodear la isleta y ponerse a echar en una fuente lechuga, dos tipos de queso, beicon sin cocinar, cebolla frita de bote que, por descontado, no he comprado yo, guindas (Dios, es asqueroso), pepinillos, un poco de vinagre y cantidades ingentes de limón. Lo han rematado con pasas y dátiles. No me como eso ni aunque me lo regalen, pero están los tres salivando. Valentina insiste en que prueben con kétchup pero, a Dios gracias, nadie le hace caso. Ya es bastante asqueroso verlos comerse eso. Se lo digo y los tres se ríen en mi cara.

—Si llamamos a alguien del mundo culinario, decimos que ha salido de tu cocina y te regalan otra estrella Michelin —comenta Lars muy seguro—. ¿Quieres un poco? Le falta jamón, para mi gusto, pero por lo demás, está buenísima.

—Buenísima de verdad —conviene Björn—. Por cierto, ¿sabes que Eyra se ha hecho vegetariana como mamá? No quiere dañar a los animales. Nuestra niña es un ángel.

Pienso en mi prima Eyra, la pequeña de los tres, y sonrío. Sí que es un ángel. La única morena de los tres, como mi tía Amelia. Sin embargo, los ojos siguen siendo del azul de Einar.

—No sabía que se lo estuviera planteando siquiera.

—Bueno, nosotros tampoco, pero Eyra nos ha dado la sorpresa. Mamá se ha puesto supercontenta. Lo celebramos con una barbacoa. Comieron las dos lasaña vegetal preparada por papá —dice Lars.

—¿Y vosotros? —pregunto elevando una ceja, porque sé lo que viene.

—Costilla de cerdo a la barbacoa. Con su miel, su salsa picantita, sus patatas fritas al lado... Joder, ojalá tuviéramos costillas en vez de ensalada.

—A eso que habéis preparado no se le puede llamar ensalada, Lars.

—Porque no lo has probado. Eres demasiado exquisito desde que te han dado premios, te lo digo, Ósc. No se puede ser así. La comida hay que probarla siempre. Mira Valentina, es una chica abierta a las posibilidades culinarias.

Miro a mi hermana, que acaba de abrir una bolsa de patatas; saca una, vacía medio bote de kétchup encima, se la come y vuelve a repetir el proceso. Por lo general, mi hermana cuida lo que come de lunes a viernes, pero llega el fin de semana y, como encima esté rodeada de estos dos, se come cada porquería que es digna de admiración.

—¿Quieres? —me ofrece tendiendo la bolsa hacia mí.

—No, gracias —murmuro con cara de asco. No puedo evitarlo, para mí eso ni siquiera debería ser considerado comida como tal. Y no es que sea esnob, es que es una cerdada y punto—. Voy a darme una ducha —anuncio—. No ensuciéis mucho.

—Tranqui, Ósc. Te lo vamos a dejar todo como los chorros del oro —contesta Björn.

—Como los chorros del oro —musita Lars.

Pongo los ojos en blanco, atravieso el salón, cojo mi pijama y me meto en el baño.

Media hora después, al salir, me encuentro con la cocina manga por hombro y los tres tirados de cualquier manera y roncando en mi cama. Roncando de verdad. Yo los mato. Voy hacia ellos, los zarandeo, primero a uno y luego a otro, pero no consigo nada salvo un par de manotazos y que Val proteste porque quiere dormir de una vez.

Al final me tiro en el sofá con una manta y me juro a mí mismo que de mañana no pasa que tenga una charla con los tres. Si los vikingos van a quedarse hasta el domingo, mañana tienen que limpiar la cocina, y dormir duermen en el sofá cama. Punto, joder. No hay discusión posible.

Me tapo hasta el cuello, cojo el móvil y miro, por inercia y como cada noche, la cuenta de Instagram de Kellan Gallagher, que no es otro que Ethan Gallagher, el padre de Emma. Hace años que dejó de ser anónimo, pero, al principio, publicaba con seudónimo y, de cara a la promoción, sigue usando ese primer nombre. El caso es que hay una publicación nueva. Nada del otro mundo, unas tazas de café y el título: *Paris avec eux*.

No es el título en sí lo que llama mi atención, ni las tres tazas de café. Son los papeles de azucarillos que se ven rodeando una de las tazas. Cuento tres, pero la foto está cortada así que habrá más. Emma estaba ahí, con ellos. Miro de inmediato la ubicación, pero no está puesta. Maldigo interiormente y, cuando estoy a punto de salir de la aplicación y dormirme lleno de frustración, lo veo. Un comentario entre los cientos que hay, resaltado, porque el propio Ethan le ha contestado. El nombre de la cuenta. El comentario. La respuesta.

Laviedansunegranderoue: Ma lumière :)

Kellangallagher: Vous :)

Antes de entrar en la cuenta ya estoy sonriendo. Porque la he encontrado. Lo sé. Nadie más podría hacerse llamar «La vida en una noria» en Instagram. Cuando su perfil se abre ante mí, público y con fotos de una Emma preciosa, además de gatos, flores, pasteles, perros y hasta una niña pequeña, entre otras muchas cosas, siento que algo me brota dentro. Ilusión. Esperanza. La sensación de triunfo, por fin.

Un mes. Un jodido mes que acaba hoy mismo. Abro el cajetín de mensajes privados y le escribo sin pensar.

Oscarleon: Te encontré.

9

Emma

Primera semana después de Óscar León

Si ya sabía yo que no podía fiarme de Jean Pierre... Toco de nuevo el timbre de su puerta, pero justo después abro mi bolso y saco mi cartera. Extraigo una tarjeta de crédito y la meto en la ranura de la puerta.

—¡Es intolerable que me obligues a hacer esto cada día! —exclamo, aunque no muy alto porque sé muy bien que está justo al otro lado—. ¡Un gesto feísimo, Jean Pierre!

—¡Es mucho más feo forzar mi puerta! ¡Ni se te ocurra hacerlo, Emma! Al final llamaré a la policía. ¡Cualquier día te juro que llamo!

Pongo los ojos en blanco y suspiro. ¡No va a llamar a la policía! Eso sería imperdonable.

—¿Y de qué vas a acusarme? ¿De cuidarte? ¿De darte las medicinas? ¿De sacarte a pasear? ¿De llevarte al médico? ¿De hacerte la vida más bonita? *Mon Dieu*, Jean Pierre! Soy lo mejor que te ha pasado en mucho tiempo. La policía solo te internaría en una clínica porque hay que estar loco para ser tan desagradecido, de corazón te lo digo.

Él farfulla un montón de palabras feas, feísimas, que no pienso repetir, y yo abro la puerta y me cuadro bajo la jamba, con las manos en las caderas y cara de mal humor por su culpa.

—¡No puedes huir de mí!

—Estás loca, muchacha —masculla señalándome con el dedo—. ¡Loca!

—Venga, coge el abrigo. Tenemos que tachar algo de la lista y esta vez te prometo que va a gustarte.

—¡Que no me interesa hacer nada que ponga en tu maldita lista! ¡Haz una para ti y a mí déjame en paz!

Suspiro con cansancio. No quería llegar a esto, pero en vista de su comportamiento, no me deja más opciones que ser del todo franca con él.

—¿Soy yo quien está cercana a la muerte, Jean Pierre?

—¡No estoy cercano a la muerte!

—Yo creo que sí. Es cuestión de tiempo. Con suerte tendremos pocos años, algunos meses, un puñado de semanas. Con mala suerte, es cuestión de días. ¿De verdad quieres pasar tus últimos días aquí? ¡Vamos, Jean Pierre! París nos está esperando con los brazos abiertos. ¡Es una locura encerrarse en casa! Además, mi lista te va de maravilla.

—¡No es verdad, Emma! —exclama ofendido—. Ayer me hiciste comer pescado crudo. ¡Fue asqueroso!

—El sushi es algo más que pescado crudo. Intentaba colmar tus papilas gustativas de experiencias nuevas, pero, como siempre, fuiste un desagradecido. —Suspiro, porque me frustra mucho que se porte así de mal—. En fin, da igual, el plan de hoy te va a gustar porque no incluye comer.

—¿Y qué incluye?

—Vamos a practicar para la carrera a la que nos he apuntado el mes que viene.

—Estás de broma.

—No he hablado más en serio en toda mi vida.

—¿Nos has apuntado a una carrera? ¡Si apenas puedo caminar sin que se me baje la tensión!

—Por eso tenemos que practicar. Además, no te preocupes, para familias y niños el recorrido es de un kilometro y medio, solo, así que podrás hacerlo de sobra.

—¡Ni loco!

—Ay, Jean Pierre, me aburres. De verdad que me aburres. Ponte el abrigo, venga, la Ciudad de la Luz nos espera para entrenar y no voy a consentir que lleguemos tarde a nuestro propósito solo porque hoy estás más gruñón de la cuenta. Siento mucho que te estés muriendo, pero creo que eso no te da derecho a ponerte así cada día. En fin, quiero decir, mucha gente se muere a diario e intenta llevar su vida de la mejor manera posible. No te estoy pidiendo que sonrías y te hagas miembro honorífico del ejército de la positividad, pero, no sé, un poco de actitud no estaría de más, la verdad. Yo, por mi parte, intento llevar todo esto con la mayor dignidad posible, pero si no colaboras esto va a ser muy difícil. Imposible no, claro, porque no pienso aburrirme y voy a encargarme de que te vayas al otro barrio con una maleta maravillosa llena de experiencias, pero va a ser más difícil. Y no me gustan las cosas difíciles, aunque lo parezca por cómo se me complica la vida constantemente. Además...

—¡Voy a ponerme el abrigo! —exclama—. ¡Me lo pongo, pero, por Dios, calla un poco!

Sonrío en respuesta y suspiro de pura satisfacción. Qué triste es ver a un amigo en la recta final de su vida, pero qué gratificante es ayudarlo a irse en paz, aunque sea un cascarrabias.

Segunda semana después de Óscar León

Le señalo a Jean Pierre la ciudad, primero, y la bolsa que cada uno tenemos en la mano, después. Sonrío llena de dicha, pero él frunce el ceño porque... Bueno, porque es Jean Pierre.

—No quiero hacer esto —dice de pronto.

—Menuda sorpresa, ¿eh? —murmuro un poquito irónica. Suspiro, pongo una mano en su hombro y establezco contacto visual. El contacto visual es esencial para mi propósito—. Es en honor a Fleur. Y en honor a ti. A tu persona cuando ya no estés.

—Y dale.

—Vamos a hacerlo y, cuando no estés, mantendré la tradición, te lo prometo.

Él protesta lo indecible, pero no me importa. El viento y el frío se dejan sentir aquí, en la cima de la Torre Eiffel, pero eso tampoco importa. Lo que importa es la bolsa que tenemos en las manos.

—Allá vamos, Jean Pierre. Uno. Dos. ¡Tres!

Meto una mano enguantada en mi bolsa, saco un puñado de pétalos de flores y los lanzo por la barandilla con la esperanza de que, quien esté abajo y vea llover flores, lo tome como una señal para disfrutar del día, la vida, las oportunidades que cada día se presentan. Jean Pierre tarda en seguirme, está muy pendiente de los turistas que nos miran, pero lo insto a seguirme y, al final, lo hace, porque mi amigo es un poco cascarrabias, pero tiene tantas ganas como yo de hacer cosas memorables. Cosas que poca gente ha hecho antes. Como tirar flores desde lo alto de la Torre Eiffel o entrar en un hospital y regalar globos de colores a los tres primeros trabajadores que vimos, como hicimos ayer. O bailar en medio de la calle. Aquí me costó la vida convencerlo, pero, al final, dio un par de pasos alegando que solo lo hacía para que me callara y pudiéramos irnos a casa. Hemos hecho muchas cosas y, de todas, lo mejor, sin duda, ha sido la sonrisa que siempre acaba sacando a relucir. Por esa sonrisa de última hora, cuando ya no le quedan defensas, ni protestas, ni sus ideales encorsetados, sino libres y dejándose llevar, es que vale la pena repasar cada noche la lista.

De camino a casa pienso en Óscar León. Hace muchos días que no sé nada de él y, a veces, me arrepiento de no haberle dado mi número. Me gustó el café con él. Y verlo hacer galletas. Y la suavidad de sus manos cuando nos las rozamos sin darnos cuenta en la cocina de su casa. Me gustó su familia, también. Y su sonrisa. Y sus ojos azules y pacíficos. Y sus cejas elevadas por la sorpresa. Me gustaron muchas cosas en muy poco tiempo, así que no sé si fue un error dejar completamente en manos del destino un posible reencuentro, pero, ah, sería tan feliz si ocurriera. ¡Tan feliz...! Suspiro y me acuerdo de su sonrisa torcida. Si no sucede, será una pena. De verdad que será una pena enorme a largo plazo, pero supongo que así es el destino.

Tercera semana después de Óscar León

—Te cedo los honores, Jean Pierre. Hazlo tú.

—Emma, ¿tú estás segura de que es buena idea plantar un árbol aquí dentro?

Miro el pequeño abeto que he comprado y sonrío. No es muy grande, ni muy bonito, porque tiene una parte quemada por el sol, o el frío, y tampoco es muy uniforme, pero precisamente por todo eso es especial. A veces, muchas veces, las personas buscamos la perfección en lo exterior; lo que se ve a simple vista, y sé por experiencia que esto no siempre es así. Mirar más allá, descubrir qué hay bajo las capas de superficialidad es lo que distingue a los seres humanos simples de los especiales. Los extraordinarios. Fleur era una mujer que valoraba las cosas por cómo eran de verdad, y no por lo que parecían ser. Razón por la que pasó toda una vida con el gruñón de Jean Pierre, pero también razón de que dijera a menudo lo mucho que le hubiese gustado escribir un libro, como mi padre, y plantar un árbol. Se lo comenté a Jean Pierre ayer, que deberíamos hacer lo segundo, porque si ya le cuesta enlazar dos frases sin soltar una maldición, es evidente que hacer lo primero y escribir un libro queda fuera de toda consideración. Él no protestó de inmediato, como suele hacer. De hecho, sonrió un poco y me dijo que sí, que plantar un árbol estaría bien. Y ahora estamos aquí, en mi pequeño salón, plantando un árbol, y se queja. ¿Quién entiende a este hombre?

—¿Y dónde quieres plantarlo? Pensé en la posibilidad de ir a un parque, pero me dejaste muy claro que fue suficiente con que la policía nos echara una vez de un sitio público. Todavía me ofende pensar en ello, la verdad. Solo estábamos regalando felicidad.

—¡Estábamos repartiendo caramelos en un parque infantil! Un viejo y una chica con pinta de chiflada. ¿Puedes culpar a la policía de echarnos, Emma? ¿De verdad crees que puedes?

Me encojo de hombros y suspiro.

—Yo creo que no tenía pinta de chiflada.

—¡Llevabas una peluca de payaso!

—¡Quería hacer felices a los niños!

—Hoy día, incluso decir esa frase puede darte problemas. ¡Los niños desconocidos no se miran, no se tocan y no se les regala caramelos! Y la culpa es mía, por seguirte el juego. ¡La culpa siempre es mía!

Vuelvo a suspirar y me cuido mucho de no resoplar porque, a ver, entiendo que fue un poco bochornoso, pero también os digo que la policía está perdiendo el sentido de la tolerancia. Vale, se preocuparon cuando nos vieron y vinieron a pedirnos que dejáramos en paz a los niños y nos alejáramos de la zona infantil, pero ¿había que ser tan antipático? De verdad, yo hubiese obedecido de la misma forma si, en vez de pedírmelo por las malas, lo hubiesen hecho con una sonrisa. En fin, está claro que París cada vez es menos la Ciudad de la Luz y el amor y más la ciudad de los gruñones y ariscos. Ya no puedes dar de comer a las palomas, no puedes dejar caer pétalos desde la Torre Eiffel (donde también nos acabaron regañando), no puedes dar caramelos a los niños. ¡No puedes hacer nada! Es frustrante y muy muy triste.

—En fin —digo para dejar de pensar en ello, porque no quiero que mi ánimo decaiga—. Vamos a plantar este árbol y vamos a cuidarlo como si de un miembro más de la familia se tratase.

—¿Qué familia?

—La que componemos tú, ellos dos y yo. Bueno, y Sarah, pero hoy no me tocaba cuidarla —digo, refiriéndome a la niña, hija de mi vecina, que cuido en días intermitentes.

En teoría, Sarah es parte de mi vida profesional, pero en realidad tenemos tanta intimidad ya que la considero de mi familia. Su madre se mudó hace años al bloque. Llegó sola, con un bebé en los brazos y cara de necesitar una amiga, por eso empecé a ofrecerme a cuidar de Sarah. Al principio fueron ratos sueltos, pero ahora su madre tiene un trabajo fijo por las mañanas, mientras ella está en el cole, y uno intermitente muchas tardes que la obliga a buscar niñera para Sarah. Y ahí es donde entro yo. Me va bien porque me encanta estar con la niña, pero además gano un pequeño sueldo que me va bien para ir tirando. Eso y pasear perros esporádicamente salvan mi situación económica mes a mes. No soy rica, ni hay perspectivas de que vaya a serlo, aunque mis padres tengan mucho dinero, pero no soy una chica de grandes lujos y odio vivir de ellos, así que sobrevivo como puedo y no pienso demasiado en un futuro a larga distancia.

Olvido mis divagaciones y vuelvo a mirar a los dos gatos callejeros que hay en la baranda de mi ventanal. Es un balcón grande, pero todavía no sé bien por dónde consiguen escalar. El caso es que vienen a verme cada día, los dejo entrar, les doy comida, bebida y, cuando están hartos de mi presencia, van hacia el ventanal y esperan pacientemente que abra. Luego se largan y yo me quedo pensando en cómo serán sus dueños, si es que los tienen, porque no tienen collares, pero parecen estar limpios. Claro que eso igual es porque me empeño en bañarlos una vez en semana...

—No, Emma. Tu familia son tus padres, tu hermano y tus tíos, por ejemplo. Los gatos son mascotas, y ni eso, porque son callejeros, Sarah es trabajo y yo soy un vecino. Nada más.

—Tú eres mi familia. Y Sarah. Y su madre.

—¡No es así! ¿Quién lo dice?

—Yo, Jean Pierre. Lo digo yo. Sois mi familia porque os elegí y reconocí como tal.

—No es así como funciona, muchacha.

—Claro que sí. La familia de verdad, la buena, es la que uno elige, haya sangre de por medio, o no. Y no puedes discutírmelo, Jean Pierre, porque, si me lo discutes, resultará que mis padres tampoco son mis padres, ni mi hermano, mi hermano. Si la sangre es lo único que cuenta, entonces yo no tengo nada en el mundo.

Él, que tenía la boca abierta para replicar, la cierra y baja los hombros. Sé que no le gusta que hable así, pero necesito que entienda algo tan básico como que la familia no es la que te toca por nacimiento. Salir de una vagina no hace que su dueña sea tu madre, ser engendrada por un espermatozoide tampoco hace que el dueño sea tu padre. La familia se construye con quien te cuida, te consiente, te sostiene en los días malos, te cura en la enfermedad y, por sobre todas las cosas, se queda a tu lado cuando eres incapaz de cerrar los ojos por miedo a que la oscuridad se lo lleve todo. Esa es la única familia que importa. A veces es de sangre y otras, como en mi caso, llega después del nacimiento. Y en todas las versiones es igual de válida. Jean Pierre tiene que entender eso, porque no pienso dejarlo morir hasta que le entre en esa cabeza tan dura que tiene. Estoy segura de que es algo vital irse al otro mundo con esa certeza. Así, cuando encuentre a Fleur allá, donde sea que van las almas cuando esta vida se acaba, podrá sentarse y observar cómo yo, su familia, intento salir adelante después de haberlo conocido. Y yo, aquí en la Tierra, pensaré en ellos y me reconfortará saber que, a lo mejor, con suerte, están sentados al lado de mi abuelo Martín; el hombre que fue mi única familia los primeros cuatro años de mi vida. El que fue mi mundo entero y se fue, demasiado pronto a mi parecer, pero dejándome con el mejor regalo del mundo: unos padres que hicieron que la vida valiera la pena; que lo bonito del mundo se condensara cada noche en la cama en la que dormíamos abrazados, rodeados de un millón de luces que papá encendía para que yo no sintiera que la tristeza me llevaba en medio de la oscuridad.

—No es tan feo, si lo miras desde este lado —dice Jean Pierre.

Me río, lo abrazo y pienso que sí, es igual de feo visto desde ese lado, pero es que eso es lo que lo hace bonito. Realmente precioso, de verdad.

Días después, mientras estoy en la cama leyendo un libro de fantasía, oigo vibrar mi móvil. Pienso que será mi padre. Hoy estuvimos tomando café él, mi hermano y yo, porque mi madre tenía un millón de cosas que hacer, así que la veremos el domingo para comer todos juntos. Normalmente, cuando quedamos a tomar café y le digo a mi padre qué estoy leyendo, me manda por la noche sus impresiones, si lo ha leído y, si no es el caso, empieza a leerlo para poder comentarlo conmigo. Siempre ha sido así, conmigo y con mi hermano. Así, hay épocas en que se lee tres libros al mismo tiempo. El que él haya elegido, uno a medias con Martín y otro a medias conmigo. Y, aun así, encuentra tiempo para escribir. Es un maldito héroe.

Mi sorpresa llega cuando me doy cuenta de que la notificación no viene de WhatsApp, sino de Instagram. Y el nombre que reluce en la pantalla hace que mi corazón se acelere de inmediato.

Oscarleon: Te encontré.

Oh, Dios. ¡Me encontró! ¡Me ha encontrado! Me muerdo el labio con una enorme sonrisa y me llevo el pulgar a la boca, viendo que lo primero no va a funcionar para calmarme. Me mordisqueo la uña de puros nervios olvidando que había prometido intentar dejar de lado esta manía tan fea y pienso cómo es posible que lo haya logrado, si mi cuenta no lleva mi nombre. En cambio, la suya, sí. Tiene muchísimos seguidores, además, porque a veces sube recetas gratuitas que la gente agradece como si fuesen pociones mágicas. He mirado su cuenta en varias ocasiones, sobre todo desde que nos vimos la última vez, y hasta he intentado llevar a cabo una receta, pero resulta que el papel de horno no es el mismo papel que el que yo tenía en casa y, después de que la bandeja empezara a arder, perdí el ánimo para intentar nada más. No tiene importancia, el caso es que me ha encontrado y estoy tan contenta que, de primeras, me cuesta un poco concentrarme en lo que quiero decir. ¡No me lo esperaba! A pesar de que sube esas recetas, son cada muchos días. No es una cuenta actualizada a diario, lo que puede resultar raro dada su fama, pero supongo que concentra todas sus energías en el restaurante. Ay, Dios, de verdad que no sé qué decir. ¡Y eso en mí es raro! Por lo general, siempre tengo algo que decir. Al final, tomo tres inspiraciones con sus correspondientes exhalaciones y contesto:

Laviedansunegranderoue: ¿Acaso me buscabas?

La respuesta es tan rápida que me río, porque me lo imagino con el móvil en las manos, leyéndome y tecleando a toda prisa y, Dios, es una imagen preciosa, ¿no creéis?

Oscarleon: Cada día desde que saliste corriendo de mi coche.

Laviedansunegranderoue: Hay cosas que es mejor dejar en manos del destino.

Oscarleon: Créeme, el destino ha hecho su parte poniéndolo difícil.

Laviedansunegranderoue: Y, sin embargo, aquí estás :)

Oscarleon: Aquí estoy. Quiero verte, Emma.

Trago saliva. Dios, qué bien suenan esas palabras. O se leen, más bien, porque sonar, como tal, no suenan. Este chico me ha visto cruzar los pasos de cebra a saltos, echar azúcar de manera descontrolada al café y reñir con Jean Pierre después de que nos coláramos en su restaurante. ¡Y aun así quiere verme!

Laviedansunegranderoue: Eres alguien realmente especial, Óscar León.

Oscarleon: ¿Eso es que sí?

Me río y me pinzo el labio. El destino hizo su parte, estoy segura. Él me ha encontrado por redes sociales, que puede parecer lo fácil, pero no lo es. Hace mucho tiempo que decidí que no quería usar mi nombre real en redes y mi padre, tan celoso de mi intimidad siempre, concordó en que era una gran idea. No sé cómo me ha encontrado Óscar, o cómo ha deducido que esta cuenta era la mía y ha entrado a cerciorarse, pero sé que queda claro que me ha buscado, aun cuando su actividad aparentemente en esa red tampoco es tanta y, solo por eso, merece que nos demos otra oportunidad. El destino ha sido quien nos ha traído aquí, estoy completamente segura.

Laviedansunegranderoue: ¿Cuándo?

Oscarleon: Te diría que ahora mismo, pero estoy agotado y vuelvo a tener a mis primos aquí de visita (creo que su presencia te atrae inconscientemente, ¿puede ser?). Si quieres, el domingo tomamos un café. El restaurante estará cerrado y tendré todo el día libre. También libro el lunes, pero no quiero esperar tanto.

Su sinceridad es tan... increíble. Me encanta que reconozca que quiere verme. Me encanta que diga que está impaciente y me encanta que conteste a mis mensajes sin demora. En un mundo en el que empieza a estar bien visto dejar a las personas mensajes sin contestar, aunque sean amigos tuyos, o contestar después de mil horas para parecer más interesante, encontrar a alguien que se deja llevar por lo que siente me parece algo extraordinario.

Laviedansunegranderoue: ¡Saluda a tus primos de mi parte! ¿Vendrán ellos también?

Oscarleon: No.

Laviedansunegranderoue: Oh.

Oscarleon: ¿Decepcionada?

Laviedansunegranderoue: ¿Por tener una cita con uno de los chefs más prestigiosos del momento? Imposible.

Lo envío y, al darme cuenta de lo que he puesto, me muerdo el labio y aclaro la situación para estar del todo segura.

Laviedansunegranderoue: ¿Es una cita? Porque lo he llamado cita, pero igual no lo es. Puede ser solo un café de amigos, si te parece bien. Por mí no hay problema. Total, voy a pedir lo mismo sea lo que sea. Lo que quiero decir es que no quiero que te sientas presionado porque no espero nada de esto, salvo pasar un rato agradable.

Lo envío y me doy cuenta de que, incluso por escrito, mi verborrea siempre gana la partida. Por fortuna, Óscar responde rápido y despeja mis dudas acerca de si me habré pasado expresando mis pensamientos.

Oscarleon: Es una cita solo si aceptas comer conmigo antes del café.

La risa me brota mucho antes de poder contenerla y, cuando contesto, lo hago con una ilusión desbordante que ni siquiera me paro a analizar.

Laviedansunegranderoue: Tengo que comer con mis padres y mi hermano, pero, si quieres, tomamos café y despejo la noche, por si luego surge cenar...

Lo mando y me maldigo. ¿Ha sonado a insinuación? Ay, ahora no sé si ha sonado a que quiero cenar y algo más. Estoy a punto de escribirle de nuevo cuando llega su respuesta.

Oscarleon: Café y cena me parece perfecto ;)

Acepto, quedamos y, cuando la conversación acaba, me quedo mirando el techo y pensando que podría haber pasado la noche entera hablando con él. Y ese pensamiento es el que me trae la certeza de que Óscar León y yo vamos a tener una historia. No sé si romántica, de amistad o, al final, distanciamiento, pero vamos a tener una historia y mentiría si dijera que no estoy deseando ver cómo será.

10

Llego a nuestro punto de encuentro, el carrusel de Montmartre, en la plaza Saint-Pierre, diez minutos antes de lo acordado, así que me arrebujo en el abrigo y me preparo para esperarla. El frío es intenso y creo que es posible que se ponga a nevar, pero estoy tan ansioso por verla que me da igual.

Quedar en su barrio me pareció lo más adecuado, teniendo en cuenta que recuerdo bien aquello de que prefería no coger transporte público a partir de las seis de la tarde y considerando que pretendo que nuestro café y cena se alarguen bastante más, he preferido moverme yo.

Intento olvidar la lista de absurdos consejos que me han dado mis primos antes de irse de vuelta a España. Estoy completamente seguro de que Emma no valoraría demasiado que recite parte de una canción de Carla Bruni solo porque ellos piensan que, como esta es francesa, ya es un método infalible. Me hubiese reído de ellos de buena gana si no hubiese estado tan tenso, y es que acabaron amenazándome con aplazar el vuelo un día más y acompañarme para ayudarme. No sé a qué, pero ellos consideran que, por lo visto, no puedo hacer esto solo. No es cierto, por descontado, soy bastante capaz de manejar mis relaciones sin ayuda. Cualquier tipo, de hecho. Amistosas, románticas, a caballo entre una cosa y otra. No tengo demasiados problemas para conectar con la gente si pongo de mi parte. De niño me costaba un mundo hacer amigos, no encajaba en ninguna parte y mis padres, por fortuna, no me presionaron para que me adaptase a ellos. Me dejaron ser yo, con todas las consecuencias. No lo hicieron tan mal, porque han conseguido que me convierta en un hombre aceptable y seguro de mí mismo. Esto último, en parte, se lo debo a la experiencia de antaño, pero sea como sea, ahora no me cuesta conocer gente. Otra historia es que considere a cualquiera amigo mío. En eso soy muy desconfiado, lo reconozco, pero, según mi visión, no necesito un millón de amigos. Prefiero tener pocos y buenos, de esos a los que te agarras con fuerza, que muchos y dispersos, como suele ocurrirle a mucha gente.

La cosa es que, cuando mis primos amenazaron con venir a la cita conmigo, me puse tan tenso que no me atreví a reírme de ellos. Les recordé que no son ricos y no pueden permitirse el lujo de perder un billete de avión y parece que se dieron cuenta de que proponer algo así era una tontería. Los vi marchar con la mochila al hombro y la promesa de que no volverían antes del año que viene, pero considerando que estamos en diciembre, no es un gran consuelo.

Valentina, por su lado, se empeñó en vestirme para la cita. Puse los ojos en blanco y le repetí, por millonésima vez, que no necesito que mi hermana pequeña (bastante más pequeña) me ayude a vestirme. Sé qué ponerme en una maldita cita. Me metí en la ducha y, cuando salí con vaqueros, jersey negro y bufanda gris, la miré elevando una ceja, retándola a decir algo en contra.

—Es que estás tan bueno que podrías ir con un saco de patatas y se le caería la baba a cualquier mujer.

Me reí y le tomé el pelo un poco para no dejar ver que, en el fondo, espero que a Emma sí se le caiga un poco la baba. Lo mismo que se me caerá a mí, seguramente. Eso sería genial. Me despedí de mi hermana, cogí mi abrigo y un gorro de lana a juego con la bufanda y salí de casa disfrutando de la sensación de nervios en el estómago.

Y aquí estoy, saboreando la sensación de tener un pellizco en el estómago y con las ganas de verla bailándome en el cuerpo entero.

Cuando la veo entrar en la plaza, apenas un minuto antes de nuestra hora de quedada, no puedo evitar que una sonrisa se abra paso en mi cara. Viene con un abrigo, negro como el mío. Botines, vaqueros oscuros y un gorro de lana con un pompón blanco enorme. En una de sus manos enguantadas trae un ramo de flores que me entrega en cuanto llega a mi altura.

—¡Para ti! —exclama justo antes de entregármelas. Cuando las cojo sonríe con tanta naturalidad que no puedo evitar devolverle el gesto—. ¿Te gustan las flores? Espero que sí, no me pareció que fueras uno de esos hombres que ven peligrar su masculinidad cuando se les hace un regalo como este. Me parece que el mundo debería adquirir la costumbre de regalar flores sin mirar el género contrario, ¿no te parece? Las flores son bonitas, huelen bien y adornan. Si encima pudieran comerse, serían el regalo perfecto, ¿verdad que sí? Son girasoles, por cierto, pero no hay ninguna doble intención detrás. Quiero decir, si miras en internet verás que simbolizan el sol, el amor y la admiración. Me gusta el sol y, lo poco que sé de ti es admirable, pero no te quiero. De momento, al menos. Y tampoco tienes que ponerte a deshojarlos. De hecho, tienes que prometerme que no lo harás porque me daría mucha pena saber que acabarán tirados en la calle, aunque Jean Pierre asegure que deshojar una flor dice más del amor que el propio destino. La verdad es que solo me gusta tirar flores cuando es desde lo alto de un edificio o monumento para cumplir un propósito, como cuando fui con él, pero es una historia muy larga y seguro que no te interesa. En fin, ¡hola! —Me abraza con tanto entusiasmo que se me escapa una risa—. ¿Cómo estás?

—Genial, gracias —contesto un poco abrumado. Un mes pensando en ella y había olvidado, de alguna forma, las diatribas que suele soltar de pronto. Y no es una queja, me parece que es genial, en realidad, porque muestra más de sí misma en un minuto que cualquier otra persona en semanas.

—¿Las vas a tirar?

—¿Perdón?

—Las flores, ¿las vas a tirar? No me has dicho si te gustan. ¿Me he equivocado?

—Oh, no, por supuesto que no. Son preciosas. —Sonrío y valoro el regalo de verdad, porque creo que es original y dice mucho de Emma—. Prometo cuidarlas hasta que se sequen.

—Oh, sí, es lo único malo y triste de las flores. Mueren demasiado pronto. Sobre todo, cuando están cortadas. —Hace un mohín adorable y me mira con ojos de incertidumbre—. A lo mejor tendría que haberlos traído plantados en una maceta.

—Me gustan en ramo.

—¿Seguro?

—Seguro. Yo he sido menos original. —Saco la cajita llena de caramelos artesanales que llevo en el abrigo y se la entrego—. Los hice ayer. Espero que te gusten.

Emma la abre a toda prisa, se mete uno en la boca y cierra los ojos con un suspiro que me hace pensar que podría pasarme la vida haciendo esto: viéndola suspirar de placer, por el motivo que sea.

—Tus manos son un pecado, Óscar León. Están increíbles y pienso comerme uno por día para no gastarlos hoy mismo todos. Lo prometo. Si lo prometo, ya no puedo deshacerlo. —Suspira de nuevo, esta vez con algo parecido al disgusto, y tuerce la boca—. Ya estoy arrepentida. Me comería otro ahora mismo. —Encoge los hombros y sonríe con dulzura—. En fin, ¿vamos a tomar ese café?

—Por supuesto. ¿Tienes algún lugar en mente? Eres quien vive aquí así que, ¿por qué no eliges?

—¿Conoces el Café des 2 Moulins?

—Imposible no hacerlo, es donde trabajaba Amélie, ¿no?

—¡Sí! —Sonríe como si estuviera orgullosa de que lo haya pillado a la primera—. Ya sé que es un sitio un tanto turístico, pero me gusta. ¿Sabes que trabajé en días alternos allí?

—¿En serio?

—Sí, como camarera. No era lo mío, sin embargo. Me pone de mal humor la gente estresada y las personas que iban, en su mayoría, estaban al borde de un ataque de nervios. Incluso los turistas, que se supone que están de vacaciones, sonaban como si tuvieran que coger el tren de su vida en cuestión de segundos. Entraban, hacían una foto para poder contar que habían estado allí y se largaban después de tomar su café sin saborearlo, deseando visitar el próximo destino, supongo. —Arruga la nariz, enlaza su brazo con el mío y hace que comencemos a caminar—. ¿No sería mucho más bonito sentarse y disfrutar de perder, como mínimo, un par de horas haciendo... nada? Nada de verdad. Como mucho, leer un libro.

—Suena de maravilla.

—Tú tienes pinta de estresarte a menudo, también.

—¿Tan transparente soy? —contesto riéndome.

—La gente relajada no llega muy lejos en la vida. Mírame a mí.

No lo dice en tono trágico o victimista; todo lo contrario. Hay una naturalidad en sus palabras que me hace observarla con curiosidad.

—Te miro, pero no creo que seas una persona que no haya llegado a nada en la vida. Lo poco que he visto me parece increíble.

Emma se ríe, aprieta mi brazo en un gesto cariñoso que me encanta y chasquea la lengua.

—Gracias, pero me refería al ámbito profesional. Aunque lo mío es una mezcla de instinto en casi cada trabajo que he tenido. Y han sido muchos. Creo que es porque no puedo estar mucho tiempo seguido haciendo una misma cosa. No hay otra explicación. La gente no me supone un problema: me ocupo bien de las personas. Las entiendo. ¿A ti te gusta estar cara al público?

—Me encargo de esa parte sin demasiados problemas, sí.

—Eso no es una respuesta concreta.

—Ah, ¿no?

—No. No te he preguntado si eres capaz de tratar con la gente. Te he preguntado si te gusta. —Sonrío cuando llegamos a un paso de peatones y ella da una zancada—. Almas de gatitos, ¿recuerdas?

—Imposible olvidarlo —murmuro, acompasando los pasos a los de ella para que no tengamos que soltarnos los brazos—. Y, respondiendo a tu pregunta, no es lo que más me gusta del mundo.

—¿Ves? Y, sin embargo, lo haces.

—Es necesario si quiero seguir haciendo esto. A mí lo que me gusta es cocinar; crear. El resto, a fin de cuentas, es algo que tengo que aceptar como parte del trato.

—A eso voy. Yo no soy capaz de aceptar las partes que no me llenan de los trabajos que he tenido. Primero empecé a estudiar psicología, pensando que me gustaría ser como mi madre, aunque ella no ejerza. Supe que no era lo mío el segundo día que fui a la facultad. Me gradué, no obstante, porque tampoco sabía con seguridad qué quería ser. Al acabar la carrera, en cambio, sabía que no quería ser psicóloga. Hice un posgrado especializado en marketing solo para distraerme mientras decidía qué quería ser de mayor, pero al acabar solo tenía claro que no tenía nada claro. —Me río entre dientes y ella se ríe conmigo—. Es muy frustrante no saber qué quieres ser a ciencia cierta al crecer. Y el caso es que creo que ya soy un poco mayor y sigo igual. ¿Tú siempre tuviste claro que querías ser cocinero?

—Siempre. Aunque tú eso ya lo sabes.

—Sí, lo sé —contesta con una gran sonrisa—, pero me gusta oírte hablar y tienes que hacerlo si quieres que en esta cita los dos tengamos oportunidad de conocer algo del otro. En serio, si no me paras, esto va a ser un desastre.

—Me gusta oírte hablar.

—Eso es ahora. Dame un par de horas.

—Estoy en ello. De hecho, no creo que me baste con un par de horas.

Ella se ríe y habla de los muchos trabajos que ha tenido. Son tan variados y tienen tan poca conexión entre sí que no entiendo cómo es que no ha dado con algo que la apasione de verdad. Me cuenta que ha sido camarera, ha trabajado secando pelos en una peluquería, limpiando casas ajenas, sirviendo copas por la noche, en una residencia de ancianos y como modelo de un pintor hasta que se negó a desnudarse, entre otras muchas cosas. Para cuando llegamos al café está contándome que ahora se dedica a pasear algunos perros en días alternos y a cuidar de Sarah, una niña que, además, es su vecina.

—El resto del tiempo lo dedico a cumplir mi lista con Jean Pierre.

—¿Lista?

Tomamos asiento justo al lado del enorme retrato de Amélie que cuelga de una de las paredes después de quitarme el abrigo y que ella haga lo propio. El sitio está atestado pero las luces cálidas hacen su trabajo creando, de alguna manera, un ambiente íntimo. Me fijo en el jersey de Emma. Es blanco con pinta de ser tan suave que a duras penas controlo el impulso de acariciar su brazo. Aunque, si de acariciar se trata, no me importaría empezar por su cuello.

Pestañeo, intento despejarme y me concentro en lo que me dice. Me cuenta que ha hecho una lista de cosas que Jean Pierre y ella tienen que hacer antes de que él muera. Está tan segura de que morirá pronto que me preocupo por su salud, pero Emma me asegura que sus analíticas están muy bien. Solo tiene un pequeño problema con la tensión, pero al parecer ella está ocupándose de que no se le baje demasiado.

—¿Y qué opina él de esa lista? —pregunto sonriendo con picardía, porque solo he visto a Jean Pierre una vez, pero no necesito hacerlo más para saber que es un testarudo—. ¿Te deja organizar su vida y hacerle planes sin protestar?

—Se pasa el día gruñendo, pero lo ignoro. ¡Debería estar encantado! Estoy colmándolo de experiencias para que, cuando su muerte llegue, tenga una mochila preciosa de cosas que llevarse al otro mundo. Cosas que no se tocan, ni se cuentan físicamente, pero pesan como nada más en esta tierra. El día que muera y vaya al cielo entenderá que he hecho lo correcto. Y, si no lo entiende, ya hará Fleur que le entre en esa cabeza tan dura que tiene.

—¿Fleur?

—El amor de su vida y la responsable de que él perdiera las ganas de vivir. Con su marcha se llevó dos vidas: la propia y la de su marido. Es lo más triste y maravilloso que he visto nunca.

—¿Maravilloso?

—Por supuesto. Vivieron un amor tan grande que les sobró todo y todos. No tuvieron hijos, así que se entregaron el uno al otro al cien por cien. Se entregaron hasta tal punto que ahora él parece no querer seguir sin ella. Y eso es aterrador, sí, lo reconozco, pero también es bonito, porque significa que ha tenido la fortuna de querer a alguien por encima de sí mismo, literalmente. Y seguramente se sintió igual con respecto a Fleur. Un amor así es tan grande, tan increíble, que ni la muerte puede romperlo.

—Visto así, es precioso.

—Lo es.

—Y triste.

—También, pero aspiro a algo así. ¿Tú no?

La camarera se acerca, pedimos y, cuando se marcha, la miro con una mueca.

—¿Querer a alguien tanto como para querer morirme si se muere? No estoy seguro.

—Piensa que no morirías, en realidad. Le guste a Jean Pierre o no, nadie se muere de desamor. Yo sí quiero encontrar a alguien a quien querer así. Por supuesto, me pediría morir antes y que sea él quien lidie con mi muerte. Al revés sería muy doloroso.

Suelto una carcajada, no puedo remediarlo, y cuando ella me mira con sus enormes y preciosos ojos azules abiertos como platos, intento explicarme.

—¿Quieres un consejo, Emma? —Ella asiente—. Si alguna vez conoces a un hombre y crees que es el amor de tu vida, no le digas que pretendes morirte antes solo para que él sea quien sufra tu pérdida.

—¿Por qué no?

—Es muy cruel.

—¡No lo es!

—Lo es, créeme.

—¿Por qué lo piensas?

Me encojo de hombros y carraspeo un poco para aclararme la voz antes de contestar:

—Porque no creo que exista el hombre capaz de hacer frente a la vida después de conocerte y que desaparezcas.

11

Emma

Óscar León es apasionante.

Un ser absolutamente admirable, inteligente, carismático y guapo. Dios, qué guapo es. Sus ojos brillan cuando se ríe y su sonrisa... He visto a escritores escribir libros enteros por menos. Créeme, sé de lo que hablo: mi padre es escritor.

Y le gusto. A Óscar, quiero decir. A mi padre también, pero a Óscar le gusto de otra forma, o eso espero. Llevamos aquí dos horas, he tomado un café a mi manera, una infusión y él no parece querer irse a ninguna parte. Además, dice cosas preciosas que hacen que mi corazón se acelere, así que doy por sentado que, de momento, le gusto.

Y me gusta. Me gusta mucho. ¿Cómo no iba a gustarme? No es solo su físico, es su calma al hablar, como si no tuviera prisa por hacerlo; como si tuviera todo el tiempo del mundo para disfrutar de este rato juntos. Sé que quedamos para tomar algo primero y cenar después, pero admito que el fin de semana me he hecho cábalas suficientes como para acabar dudando de todo. No es que sea insegura por naturaleza, pero mis relaciones con los hombres siempre acaban en fracaso porque pocos soportan que sea tan intensa y habladora. Muchos ni siquiera soportan que sea detallista. O sí, claro, eso no les importa, pero, hasta ahora, no he encontrado a ninguno que se sintiera halagado cuando le regalaba flores. Óscar, en cambio, ha aceptado el gesto de buena gana y, cuando lo han mirado en el café, ha sonreído orgulloso. Increíble. Y maravilloso, porque creo que podría enamorarme de él. Quizá es precipitado, pero hay sentimientos que nacen rápido. Además, me conozco, sé bien cuando alguien tiene todas las papeletas para hacer que yo me enamore.

—¿En qué piensas? —pregunta dando un sorbo a su segundo café.

—¿Crees que podríamos llegar a enamorarnos? —Óscar abre la boca, pero, antes de que consiga decir algo, le interrumpo—. No te preocupes, no me voy a tomar a mal tu respuesta, sea cual sea. Es solo que me has preguntado en qué pensaba y pensaba en eso. En que sería capaz de enamorarme de ti, porque eres increíble. Sé que aún no te conozco mucho, pero, a no ser que seas un asesino en serie en tu intimidad, yo diría que tienes todas las cualidades que hacen que me enamore. ¿Te has enamorado alguna vez? Yo muchas, pero no me arrepiento de ninguna. Creo que el amor es el mejor sentimiento del mundo, ¿no te parece? El problema es que me dura poco, no te quiero engañar. A mí el amor me llega rápido, pero se va igual de rápido. Es un defecto que tengo.

—Eso no suena a amor, Emma —replica con una sonrisa dulce.

—Claro que sí. Yo, cuando me enamoro, quiero mucho y rápido. Como si se me fuese a gastar. Porque se me gasta. —Me encojo de hombros y suspiro—. Ojalá no fuera así, pero no quiero hacerte daño así que deberías saber que, si quieres que nos enamoremos, estoy dispuesta, pero no durará mucho. ¿Por qué te ríes? —pregunto frunciendo el ceño.

—¿No decías que querías tener un amor como el de Jean Pierre y Fleur?

—Claro que sí. ¿Y qué?

—Diría que ese tipo de amor no se evapora pronto. De hecho, justo lo que te gusta es que no se evapora. Además, el amor, si es de verdad, no se va en dos días.

—A mí sí.

—¿No has sufrido nunca de desamor?

—No. ¿Por qué debería haberlo hecho? Cuando los he dejado yo es porque ya no los quería y cuando me han dejado es porque ya no me querían. Y lo entiendo. Yo, durante mucho tiempo, canso.

—Eso no es verdad. Y si te dejan por eso, no estaban enamorados.

—Cuando me dejaron, no.

—No, Emma. Si te dejaron por eso no lo estuvieron nunca. Y si los dejaste tan alegremente, tú tampoco lo estabas.

—Uy, tú no lo sabes. No me conoces —contesto un poco molesta—. ¿Crees que conoces mis sentimientos mejor que yo?

—Por supuesto que no, y no pretendo ofenderte, de verdad. Es solo que...

Deja el anzuelo para que pique. Lo sé, pero saberlo no hace que pueda contenerme.

—¿Qué?

—Que el amor cuando es de verdad es tan intenso y arrasa tanto con todo que me cuesta pensar en conseguirlo y dejarlo ir como si nada.

—Bueno, cuando lo dejo ir ya no siento nada. ¿A ti no te pasa?

—No.

—Pues lo siento por ti, es una lata sufrir.

—Imagino, pero lo cierto es que no he sufrido de desamor nunca.

—¿No has tenido relaciones?

—Sí.

—¿Entonces?

—No era amor de verdad. Había cariño, respeto y, en una ocasión, dudé que fuera amor, pero al final no lo fue.

—¿Cómo lo sabes?

—Porque no me levantaba por las mañanas sintiéndome el rey del mundo. No más que al estar solo. Y porque no me daba pánico perder lo que teníamos. Me dolió en una ocasión acabar con ella, pero incluso así supe que lo superaría.

—Claro, el amor, cuando es sano, es así.

—Mis padres se separaron cuando apenas empezaron a salir. Recuerdo vagamente aquella etapa. Mi padre nos dejó porque tenía pánico de que le perdiéramos. O de perdernos. Nos quería tanto que pensó que sería mejor dejarnos ser felices porque quererlo implicaba la posibilidad de perderlo. Es bombero.

—Me gustan tus padres —digo con sinceridad—. Se nota a la legua lo mucho que se quieren. Es como lo de Jean Pierre y Fleur. O como lo de mis propios padres.

—Exacto. Eso es lo que yo entiendo por amor. El resto es...

—Otro tipo de amor.

—Insustancial —dice él al mismo tiempo—. No es amor, Emma. Ilusión, cariño, respeto, simpatía, pero no amor. No considero amor nada que esté por debajo de lo que ellos tienen.

—Pero ¡es muy triste!

—¿Por qué?

—Bueno, porque a estas alturas de tu vida, según tú, nunca te has enamorado. ¿No te parece triste? A mí me gusta mucho más pensar que me he enamorado varias veces, pero no funcionó. Quiero decir, es preferible haber amado de otra forma, una más suave y superficial, pero al menos haber amado. Contar que, a estas alturas, no he sentido amor me suena a pérdida de tiempo. A que algo estoy haciendo mal.

—O a que no ha llegado el amor que haga temblar tus cimientos y el mundo está lleno de posibilidades. —Entrecierro los ojos y él se ríe y señala a un camarero—. Podría ser él. Míralo. Guapo, trabajador, por cómo se mueve, créeme, entiendo de camareros trabajadores solo con verlos. Simpático, a juzgar por su sonrisa. Podría ser el amor de tu vida. Y, si no, mira allí. Al lado de la puerta. —Señala una mesa con un par de chicos sentados y tomando café mientras miran el móvil—. No parecen muy habladores, pero cualquiera de ellos podría ser el amor de tu vida.

—Son muy jóvenes para mí.

—El amor no entiende de edad. Mira, allí. —Esta vez me indica la mesa de un hombre de unos cuarenta años que coge notas en un cuaderno. Me recuerda un poco a mi padre, pero mi padre es más guapo—. Podría ser él. Podría ser que el amor de tu vida te doblase la edad. Te volverías loca de amor y vivirías cada día de tu vida deseando hacerlo sonreír.

Sonrío. Sé lo que pretende. Quiere que entienda que el amor verdadero, la persona que se convierta en mi universo puede estar en cualquier parte, pero aún sigo pensando que amar menos y en tiempos cortos no es mala opción mientras espero a que ese momento llegue. Y estoy a punto de decírselo, pero entonces Óscar cubre mi mano con la suya y se señala con la que le queda libre.

—O a mí. Mírame a mí, Emma. Podría ser yo el amor de tu vida.

El vello de la nuca se me eriza de pronto, sin avisar, y la risa se me atraganta en la garganta. Cuando quiero darme cuenta he girado mi mano para poder acariciar la suya. Entrelazo nuestros dedos y sonrío.

—No te he negado que quizá me enamore de ti.

—No, pero no hablo de ese amor tuyo de quita y pon. Hablo de que hay una posibilidad, aunque sea remota, de que pierdas el sentido por mí. —Hago amago de protestar y me corta—. Hay, sin embargo, una posibilidad nada remota de que yo acabe perdiendo la cabeza por ti.

La sonrisa se abre paso en mi cara y, por raro que suene, no sé qué decir durante unos instantes. Raro porque yo siempre tengo algo que decir, aunque sea absurdo, pero Óscar es... especial. Es un hombre especial en muchos sentidos y la primera certeza que se abre paso a través de mi cuerpo y mente es la que más importancia tiene para mí. Hacerle daño a un hombre como Óscar destruiría el equilibrio de mi balanza de manera definitiva e indefinida. Y no es que quiera hacérselo, pero a veces es inevitable. Hacer o decir algo que consigue que la otra persona se sienta herida por dentro es más fácil de lo que las personas imaginamos. Sobre todo, cuando sientes la necesidad de hablar tanto como yo de todo y a cualquier hora.

—¿Sabes? Hasta yo sé cuándo mostrarme precavida con algunos temas, así que no voy a negar en rotundo que eso vaya a ocurrir, porque no lo sé y ya te he dicho que creo que podría enamorarme de ti, pero tampoco voy a prometer nada. O sí, venga, sí. Te prometo no prometer nada con respecto a este tema. Así está perfecto. ¿Te parece bien?

—Me conformo por ahora, sí. —Sonríe y se levanta—. Y ahora, ¿vamos a cenar? Me muero de hambre.

Sonrío, asiento y lo guío hacia un restaurante, no muy lejos de aquí, que me encanta y al que suelo ir con mi familia. Le cuento que vivo en un estudio entre mis padres y Jean Pierre y Óscar se interesa por mi vida hasta tal punto que incluso acabo hablando de Sarah, mi vecinita. Es tan buen oyente que, cuando quiero darme cuenta, he monopolizado el tiempo y tengo que concentrarme en hacerle preguntas para conocerlo un poco mejor.

—No es justo que solo hable yo —le digo en medio de una cena que se me antoja exquisita, no por los alimentos, sino por la compañía.

—A mí me encanta, pero no tengo problemas en hablar.

Sonríe y se lanza a contarme cosas sobre el restaurante, pero sobre todo me habla de su familia. Siente verdadera devoción por sus padres, como es normal, pero es que ese mismo amor se deja ver cuando habla de sus tíos o primos o abuelos, así que, al acabar nuestra cena, tengo algo claro, y es que la familia León merece mucho la pena y Óscar daría la vida por todos y cada uno de ellos.

—Debe de ser duro estar lejos de ellos —le digo en un momento dado.

—Lo es, pero siempre supieron, igual que yo, que mi vida estaba en París. Era mi sueño. Aunque últimamente echo de menos estar en casa. —Suspira y se frota la barba—. No sé, supongo que es por el restaurante que tengo en obras allí. Debería tomármelo en serio y arrancar la obra de una vez.

—¿Qué te lo impide exactamente?

—Nada. —Lo miro con una ceja elevada y se ríe—. El restaurante. Solange, mi gerente, está de baja por maternidad, así que siento que, si me voy, el barco va a quedar un poco a la deriva. Y es una absurdez, porque Jérôme es muy capaz de llevarlo todo y, además, es el marido de Solange y siempre puede pedirle consejo a ella, pero... No sé.

—Yo te entiendo.

—Ah, ¿sí?

—¡Claro! Te sientes igual que se sentía mi madre cuando quería acompañar a mi padre a alguna de sus firmas fuera de París. Nos dejaba a Martín y a mí con una cuidadora hipercapacitada, pero eso no evitaba que fuese dándole consejos y rogándole que llamara a la primera de cambio hasta la puerta. Casi había que echarla. Mi padre también se preocupaba muchísimo, pero estaba más acostumbrado a separarse unos días de nosotros. No muchos, porque siempre tuvo claro que éramos su prioridad, pero sí lo bastante como para no sufrir en exceso al dejarnos en casa. Cualquiera que te vea hablar de tu restaurante sabe que es como un hijo tuyo. No es que no te fíes de las capacidades de Jérôme; es que no sabes si sabrá hacerlo igual que tú, aunque tu método no sea efectivo al cien por cien.

Óscar guarda silencio un momento, como si meditara mis palabras y, al final, da un sorbo a su copa de vino y asiente lentamente.

—Es exactamente eso.

—Pero vas a tener otro hijo y tienes que aprender a gestionar el tiempo que dedicas a cada uno de ellos. Es vital y algo que debes pensar muy bien antes de lanzarte, porque una vez te metas de lleno, estaría feísimo cuidar de uno más que de otro. Te lo digo en serio, soy psicóloga y sé que los problemas entre hermanos que no se resuelven con prontitud acaban en una guerra mundial por la herencia al paso de los años. Hazme caso.

Óscar se ríe y suspira, asintiendo y mordiéndose el labio.

—Sí, tienes razón. De hecho, debería ir a España esta misma semana. En Navidad bajo unos días al sur para quedarme con toda la familia en el camping del que te hablé, pero el restaurante está en Sin Mar y no puedo perder tantos días, así que debería ir a reunirme con la empresa constructora antes de que las fiestas me estallen en la cara.

Le digo que sí, que debe hacerlo de inmediato, pero por dentro me siento rara. ¿Qué será esto? Ay, creo que es nostalgia por anticipado. ¿Sabes cuando ya sabes de antemano que vas a echar mucho de menos algo? Eso me está pasando. Sé que Óscar va a irse a España y ya siento nostalgia, aunque esté sentado frente a mí bebiendo vino y hablando de las obras que quiere hacerle al nuevo.

—¿Qué ocurre? —pregunta cuando se da cuenta de que estoy inusualmente callada.

Es otra de las cosas que me molestan de mí misma. Si algo me inquieta o tortura, se me nota enseguida. Lo odio. Me encantaría poder ser una mujer fatal, de esas que esconden sus sentimientos y eligen quienes serán los afortunados que podrán verlos. Por desgracia, no es mi caso. Yo soy de sentir mucho y que todo el mundo lo vea, así que me paso mucho tiempo de mi vida dando explicaciones.

—Nada, es solo que te echaré de menos. —Él hace amago de hablar, pero le corto—. Tranquilo, no tienes que decir que tú también a mí por compromiso, pero me has preguntado y soy incapaz de mentir porque, si lo hiciera, luego tendría que contarte una verdad embarazosa para restaurar mi propio karma, así que prefiero decir la verdad desde el principio. Me gusta mucho estar contigo y te voy a echar de menos, Óscar León.

—Yo también a ti, Emma Gallagher, y no lo digo por decir. Es la verdad.

—Te creo.

—¿Sí?

—Sí. No tienes por qué mentirme y confío en que eres una persona sincera por lo general, porque odio besar a los mentirosos y, en algún momento de mi vida, voy a querer besarte.

—Eso es bueno, porque quiero besarte.

—Pero no esta noche.

—Oh.

—Nunca beso en la primera cita. Quita romanticismo y eso, en una ciudad como París, es un pecado. La gente ya no se toma en serio esas cosas, pero yo todavía sé bien la importancia que tiene la anticipación. Aunque, bueno, no siempre lo cumplo. Una vez besé a un desconocido en la calle; no salió bien, mejor no te lo cuento porque mi imagen queda un poco dañada. El caso es que me encantaría besarte y, aunque a veces lo he hecho con desconocidos, contigo no quiero que sea en la primera cita, porque así me iré a casa y pensaré durante días en lo mucho que me hubiese gustado besarte, en lo bien que hueles y en cuándo tendré la oportunidad de hacerlo. Besarte, digo. Bueno, y olerte, porque hueles muy bien. —Suspiro y sonrío—. En fin, creo que voy a comer postre, al final. ¿Tú vas a querer?

Óscar me mira fijamente con los ojos muy abiertos, igual que la boca, y al final suelta una rica risa y sexy, muy sexy, que me provoca algo extraño en el estómago. Carraspea, asiente y se rasca la barba, otra vez.

—Sí, quiero postre. Y sí, vale, sin beso en la primera cita. Pero, solo para que lo sepas, yo también estaré pensando en ese beso no dado.

—Ay, qué bonito. —Me muerdo el labio y suspiro—. Dios, ojalá pudiéramos besarnos, ¿verdad? —Él se ríe por respuesta y yo frunzo los labios—. ¿Qué pasa?

—Nada, *ma belle*.

El apelativo cariñoso hace que me muerda el labio y, cuando alza una ceja, preguntándome sin palabras, confieso como si no tuviera más alternativa que contarle, otra vez, qué estoy pensando.

—De verdad que es una maldita pena que no vayamos a besarnos.

Su risa llena el restaurante justo antes de que el postre llegue y lo compartamos entre miradas cómplices, una conversación inmejorable y la sensación constante de que esto, sea lo que sea, dejará marcas.

12

Acompaño a Emma hasta su portal, en parte porque quiero asegurarme de que llega bien y en parte porque, pese a tener su cuenta de Instagram, quiero saber dónde vive. Y su teléfono. De Emma quiero cada dato posible en mi mano porque la sospecha de que no quiero que nuestros caminos se separen todavía se convirtió en certeza a los tres minutos de estar juntos, más o menos.

—¿Sabes lo que me encantaría hacer ahora? —pregunta mientras caminamos.

—Sorpréndeme.

—Me encantaría comerme uno de tus caramelos. —Suspira y hace una mueca adorable con la boca. Me he fijado en que es muy de muecas y mohines, lo que la hace aún más adorable—. Sin beso y sin caramelo. ¿Cómo he conseguido privarme de dos cosas tan buenas en una sola noche?

Me río y cojo su mano, enlazando nuestros dedos. Es un gesto íntimo, pero tengo la sospecha de que no le importará. Su sonrisa me lo confirma.

—¿Quién ha dicho que yo bese bien? A lo mejor solo te estás perdiendo una cosa buena.

—Es imposible que beses mal.

—¿Por qué?

—Porque regalas caramelos caseros, tienes una sonrisa increíble y una mirada que traspasa. Tus manos son de oro y... ¡Sería un pecado que besaras mal! Si así fuera, debería haber un formulario para hacer una reclamación formal a quien sea que se ocupe de adjudicar los dones amatorios.

Mi risa se intensifica, me muerdo el labio y la freno un poco. La miro a los ojos y elevo una ceja a conciencia.

—¿Por qué no salimos de dudas? Te beso y decides si tienes que rellenar ese formulario o no.

—Ay, no, no me dejes a mí con todo el peso, que tengo voluntad, pero no tanta —Sonrío y suspira—. Dios, qué ganas de besarte. Pero no, no puede ser. En la primera cita, no.

Me separo de ella, entrelazo de nuevo nuestros dedos y hago que caminemos. Tiene razón, ella no quiere un beso en la primera cita y, aunque yo me muera de ganas, tengo que respetar su decisión. Tengo que hacerlo porque lo último que quiero es que, cuando dé el paso, se arrepienta. Lo mínimo que espero, a estas alturas, son fuegos artificiales cuando mi boca cubra la suya, o al revés.

Emma se para poco después frente a una farmacia, o más bien en el portal que hay junto a esta.

—¿Aquí? —pregunto mirando el edificio.

—Aquí.

—Bonito —murmuro, porque es cierto. Hay pocos edificios feos en París, en realidad.

—Muy bonito, sí —susurra ella mirándome. Entrecierro los ojos, porque no sé si se refiere al edificio o a mí. Conociendo a Emma, hay posibilidades de que sea lo segundo, o será que me gusta pensar eso—. Dios, eres precioso.

Sí, ahí está, era eso. Joder, cómo me gusta esta chica.

—Emma... —murmuro.

—¿Mmm?

—No voy a besarte los labios, ¿de acuerdo?

—De acuerdo.

—Pero voy a acercarme.

—¿A mí?

—Ajá.

Doy un paso hacia su cuerpo y sus ojos azules se vuelven más cálidos aún de lo que ya lo eran. Rozo su frente con mi nariz y cierro los ojos. Creo que daría mi brazo por poder besarla, y los necesito ambos para trabajar, así que estamos hablando de algo de valor.

—Ay, Óscar.

Su suspiro me envalentona, porque está muy lejos de resistirse a que haya contacto físico, aunque no sea juntando nuestros labios.

—Llevo toda la noche deseando saber cómo de suave sería tu jersey.

—Llevo el abrigo ahora, no puedes tocarlo.

—Puedo. Aquí. —Bajo la cara y acaricio su mandíbula con mi nariz. Un poco más y llego a la base de su cuello. Agradezco al cielo que no se haya cerrado del todo el abrigo y aspiro su aroma antes de acariciarla un poco—. Dios, ¿qué perfume usas? Me encanta.

—Lo hago yo con flores frescas. No entiendo por qué la gente se gasta una fortuna en perfumes cuando es tan fácil hacerlos a tu gusto y... Ay, Dios —suspira cuando mi nariz se cuela más abajo y llega a su clavícula—. No vamos a besarnos.

—No vamos a besarnos los labios —murmuro con voz ronca, porque la excitación es mayor que si cualquier otra se hubiese desnudado frente a mí—. Pero esto... esta piel, Emma...

Beso su cuello y, cuando sus manos se aferran a mi cintura, abrazándome, poso una mano en su espalda, pegándola a mí, cierro los ojos e inspiro con fuerza, intentando relajarme. El problema es que su aroma me golpea y me empapo aún más de estas sensaciones que parecen querer llevarme a galope hacia no sé dónde.

—Óscar...

—*Ma belle. Ma chérie. Mon soleil.* Emma... —susurro justo antes de dar un paso atrás y separarme de su cuerpo con todo el pesar del mundo. Beso su frente y sonrío mirándola a los ojos—. Gracias por una cita maravillosa. Y por las flores.

—¿Cuándo voy a verte, Óscar? —La ansiedad derivada de su voz provoca que la mía crezca como la espuma.

—Pronto.

—¿Antes de que vayas a España?

—Iré mañana. El restaurante está cerrado, intentaré reunirme mañana mismo o pasado con la empresa constructora y volver cuanto antes.

—Claro, por el restaurante.

Me muerdo el labio. ¿Sería mucho decir que es por ella, también? No lo sé, creo que sí, de modo que me limito a sonreír, volver a besar su frente e instarla a entrar en casa, porque si se queda no puedo asegurar que no vaya a intentar besarla. Emma parece adivinarlo, porque se ríe mientras entra y, cuando se despide con un gesto de la mano desde el otro lado de la puerta acristalada, me giro y vuelvo a casa con la sensación de haber pasado con ella minutos en vez de horas.

Entro en el ático, busco vuelos para mañana mismo hacia España y le pregunto a Val si va a venir. Ella acepta entre gruñidos, envuelta como está en las sábanas de mi cama y, antes de darme cuenta, he sacado los billetes y he metido en una maleta de mano un par de jerséis y un par de vaqueros. No es como si me hiciera falta, en realidad, porque tengo ropa de sobra en casa de mis padres, pero ir sin maleta me parece un poco excesivo.

Me tumbo en la cama mirando al techo y pienso que quizá me he precipitado. Debería haber ido a España otro día y haber guardado el día libre de mañana para Emma, pero esto es algo que tengo que hacer y, al final, cuanto menos falte en el restaurante, mejor.

—Ha ido bien, ¿eh? —farfulla mi hermana.

—¿Cómo lo sabes?

—Porque estoy en el centro de tu cama y no has protestado como un viejo gruñón.

Me río por respuesta, porque tiene razón, y suspiro acariciando su pelo para que vuelva a dormirse. No quiero hablar de Emma ahora. Necesito que cada sensación y recuerdo, por mínimo que sea, permanezca conmigo y solo conmigo. Aspiro por la nariz y, de inmediato, siento que me falta su aroma. Miro los girasoles que he dejado sobre la encimera y me levanto. Cojo un jarrón, lo lleno de agua y los coloco mientras mi hermana protesta porque quiere dormir. Podría haberlo hecho mañana, pero algo me dice que las flores que Emma regala son más importantes de lo que a priori parece.

El vuelo hacia España va como la seda y, cuando mi hermana y yo nos plantamos en Sin Mar de sorpresa, formamos tal revuelo que parece que hayamos vuelto de la guerra. Mi tía Julieta cierra la tienda que tiene en la que vende disfraces y chucherías envasadas en falsas bolsas de sangre, ojos de zombis y dedos de muerto, entre otras cosas. Mis padres, que justo están de descanso, están tan exaltados que apenas pueden decir coherencias y yo tardo aproximadamente media hora desde mi llegada en percatarme de que he estado demasiado tiempo fuera.

Las casas siguen iguales, y los jardines, y las calles de anchas aceras, pero el tiempo pasa, es inevitable pensarlo, y no me gusta darme cuenta de que mis padres están aquí, echándonos de menos, mientras yo hago mi vida en París lejos de todo lo que siempre he considerado mi hogar. Y el caso es que, ahora mismo, también siento a París como mi casa. Qué difícil es esto de tener el corazón dividido.

—Vamos a hacer una cena por todo lo alto —dice mi padre palmeando mi brazo—. No todos los días vuelve a casa tu hijo por Navidad.

—También ha vuelto tu hija, ¿eh? Gracias por la parte que me toca —protesta Valentina—. Que, por cierto, ya no me voy.

—Ah, ¿no? —pregunta mi padre con tanta esperanza en su voz que me da pena, porque sé que la echa de menos una barbaridad.

—Ah, ¿no? —pregunto yo a mi vez extrañado, porque no me había dicho nada.

—No. Os echo mucho de menos. —Se refugia en los brazos de mi madre, que se ríe y besa su frente. Yo también me río, hasta que habla—. A ver si así Óscar se echa novia, porque al pobre le está costando lo suyo.

—¿Y eso? ¿Todo bien, hijo? —dice mi padre—. ¿Todavía no has dado con Emma? Mira que te lo dije, Óscar, que no puede uno ver marchar a la mujer de su vida y mirar como un papanatas, hombre. Tenías que haber corrido tras ella.

—Papá, ya lo hemos hablado, ni soy un papanatas, ni sabemos si Emma es el amor de mi vida, ni podía dejar el coche y correr tras ella porque estaba mal aparcado.

—¡El amor no entiende de aparcamientos!

—Ni caso, cariño —interviene mi madre—. ¿Quién es la nueva chica? ¿La conocemos?

—Claro, es Emma.

—¿Y entonces por qué me haces pensar que no? —farfulla de nuevo mi padre—. ¡Es que parece que te gusta cabrearme!

—¿Y por qué tendría que cabrearte que la nueva chica sea Emma si se supone que ella te gusta? —planteo en tono pretencioso para picarlo.

Y cae, vaya si cae. Suelta una larguísima retahíla de improperios por los que mi hermana y yo disfrutamos cabreándolo solo para soltar una carcajada cuando Valentina le dice que no se preocupe, porque he conseguido que Emma cene conmigo, así que no soy tan inútil.

—Lo que no sé es si se besaron, pero a juzgar por la sonrisa de tonto con que volvió a casa...

—Raro que vieras mi sonrisa, porque estabas roncando como un cerdito en mi cama.

Mis padres se ríen, mi hermana se enfada y todos entramos en casa con el ánimo de estar en familia y poder lanzar puyas sin ton ni son sabiendo que nadie verá una mala intención real en ello. Mi padre corta jamón de la pata, mi madre saca el vino y, antes de darnos cuenta, la familia se va dejando caer a medida que los trabajos lo permiten para saludar y confirmar la asistencia a la barbacoa de esta noche. Es una locura celebrar nada en el jardín en pleno diciembre, pensaréis, pero en mi familia es muy normal. De hecho, tenemos una parte del jardín con carpa y creo que hay pocas cosas tan amortizadas como esa.

Paso la tarde en el nuevo restaurante, o lo que será el nuevo restaurante, porque ahora mismo no es más que un local en obras. Hablo con uno de los dueños de la empresa constructora y el arquitecto, que me ha hecho un hueco de favor, y no puedo evitar pensar en lo mucho que facilita la vida tener cierta influencia. Injusto, por descontado, porque sé que no todo el mundo puede permitirse organizar una reunión en otro país de un día para otro, pero cierto. No me avergüenza gozar de este privilegio; ya no. Hubo un tiempo en que lo hacía, pero entendí que, al final, todo esto lo he conseguido con mi esfuerzo y no engaño a nadie, ni me quedo con el dinero de nadie. Al contrario, pago bien por los trabajos que me hacen y procuro ser respetuoso y comprensivo en todo momento. La reunión se prolonga algo más de tres horas porque pasamos un buen rato eligiendo materiales. Mis padres, que han venido conmigo, me aconsejan tal como lo hicieron con el restaurante de París y, cuando salimos del local, miro la urbanización que me vio crecer y suspiro.

—Me encantan las vistas —admito en voz alta—. Fue uno de los motivos para quedarme con este local.

Mi madre se abraza a mi cintura, mi padre rodea mis hombros y, cuando el atardecer cae, pienso que es maravilloso estar de vuelta, aunque sea por unas horas.

—Vamos, hijo, tenemos una barbacoa que preparar —dice mi padre.

—¿Va a tocarme cocinar también esta noche?

—No, a no ser que quieras ayudarme. Einar, Nate y yo nos ocuparemos.

—¿Y el poli?

—El poli no veas cómo se puso cuando le dije en verano que los calamares estaban secos, porque lo estaban, vamos a ver, mentira no era.

—¿Se enfadó mucho? —pregunto riéndome.

—Bah, en su línea. Ahora va de digno por la vida y no hace ni el huevo, ¿te lo puedes creer? Ni la lechuga de la ensalada corta. Eso sí, no veas cómo critica, el mamón.

—Es que te gusta mucho tocarle los huevos —suelta mi madre—. Te advertí que te estabas pasando con el temita de los calamares.

—Es un exagerado.

—Estaba nervioso por todo lo que pasó con Vic.

—¿Y por qué lo tuvieron que pagar los calamares?

Me río, porque sé que mi padre, en el fondo, lo entiende, pero por fortuna todo el tema de mi prima se ha acabado solucionando. Tuvo ansiedad y se está tratando, pero la ayuda de Adam, su novio, ha sido vital para ella. Estoy deseando verla en unos días en el camping.

Mis padres siguen discutiendo quién tuvo más culpa de la pelea, si mi tío Diego o mi padre, y para cuando llegamos al jardín de casa y veo al primero dirigirse a mí con una sonrisa enorme, se me olvida todo, menos las ganas de abrazarlo.

—Sobrino —murmura en mi oído palmeando mi espalda con fuerza y acariciando mi nuca un instante antes de separarse de mí—. Tan guapo como siempre.

—Tú, que me miras con buenos ojos.

—Los mejores. Eso sí, tengo algo que decirte... —Se acerca por lo bajinis a mí y, cuando nadie nos oye, o eso parece, habla—: Lo de no correr tras esa chica... fue una cagada. Los chicos y tus padres dicen que parecía especial.

—Oh, no me jodas. Pero ¿cómo son tan chivatos?

—¿Estáis hablando de Emma? —interviene mi tía Julieta desde un extremo del jardín—. ¡Menuda cagada no correr tras ella, Óscar!

—¡Estaba mal aparcado! —intento defenderme.

—Tío, es que fue una cagada enorme. No se deja ir a una chica como Emma —dice Björn antes de suspirar en plan melodramático—. Dime que al menos mereció la pena la espera y la cita de ayer fue increíble, aunque viéndote aquí, me hago una idea de cómo fue...

—Ah, ¿sí? ¿Y eso por qué?

—A ver, te costó un mes dar con ella, quedáis, por fin, y ni siquiera veinticuatro horas después, estás en un país distinto. Pinta a que la cagaste.

—¿Quedaste con Emma ayer? ¿Y la cagaste? —pregunta mi padre—. ¿Qué hiciste, hijo?

—¿Le pediste matrimonio? Eso asusta mucho —dice mi tía Julieta sin venir a cuento.

—¿Hablaste de cocina todo el rato y no dejaste que hablara ella de sus gustos? —Esa es mi tía Esme, que está claro que no conoce a Emma.

—¿Fuiste demasiado lanzado? A algunas chicas no les gustan los hombres demasiado lanzados —sigue Amelia, mi otra tía.

—A ti, sí, ángel. Vikingo lanzado a por tu amor y triunfó.

Ella se ríe, le recuerda que incluso él tuvo que ser paciente para estar con ella y luego toda la familia se pone a diseccionar mi cita con Emma sin que yo haya dicho una sola palabra. Es increíble las películas que son capaces de montarse.

—Entonces ¿qué fue? —pregunta mi madre en tono bajo.

No me extraña que no alce la voz, porque está aprovechando un momento en que mi padre y Marco, al que también considero mi tío, discuten porque uno asegura que la aburrí hablando de cocina y otro que yo no podría aburrir a nadie. ¿Adivináis cuál es cuál?

—Fue una cita maravillosa de la que no pienso contar absolutamente nada, porque es sin detalles y mira las películas que se montan... imagina si encima les doy munición.

Mi madre se ríe, me abraza por la cintura y besa mi brazo antes de asentir.

—Sí, tienes razón, pero no negarás que son maravillosos. Y te han echado de menos. Solo están expresándolo sin palabras.

—¡Mira, Óscar! —grita mi primo Edu enseñándome un plato con un pegote enorme de nata montada y una guinda encima—. Lo he llamado torre de nieve. Te vendo la idea.

Mi prima Mérida aparece de la nada, coge el plato y se lo estampa en la cara con tanta rapidez que apenas podemos parpadear antes de darnos cuenta del giro de los acontecimientos.

—Ups, un terremoto se ha llevado por delante tu torre, Edu.

—¡Te mato!

Mérida se ríe a carcajadas mientras corre por el césped y su hermano la sigue. Emily les grita que dejen de hacer el imbécil y acaba, no se sabe cómo, corriendo también. Mis primos Björn y Lars se suman, bote de nata en mano, mientras mi tía Amelia les grita que hagan el favor de no tirar la comida y el resto de los tíos se debate entre reírse, sumarse o gritar, en virtud de sus caracteres. Y yo me quedo aquí, mirando a esta panda y pensando que esta familia es un caos y no hay ni uno medianamente cuerdo, pero no la cambiaría por nada del mundo.

La cena, contra todo pronóstico, transcurre en armonía y después, a petición de mi tía Julieta, entramos en casa y montamos los árboles de Navidad, sí, de noche y de improvisto, y, además, cuando acabamos en todas las casas, que no son pocas, cantamos villancicos y brindamos con vino y cava, dando por inaugurada la Navidad en la familia León y agregados, como suele llamarnos mi abuelo Javier. Vic participa en el brindis con Adam abrazándola por detrás y prometiéndonos, con voz ronca por la emoción, que no puede esperar para abrazarnos en unos días. Mi tía llora, mi tío se emociona, mi padre llora, y mi tía Amelia, y el resto se emociona y Einar anuncia que hace mucho calor y mejor se quita la ropa. Lars lo secunda y la familia se vuelve loca porque esos dos y su afán por quitarse la ropa desesperan al más paciente.

La madrugada cae sobre nosotros y, cuando quiero darme cuenta, casi ha amanecido, más de uno está borracho y el altavoz sigue reproduciendo la lista de villancicos de algún móvil. Michael Buble entona *Holly Jolly Christmas* y yo solo puedo pensar, de pronto, en que voy a echar de menos a Emma estas Navidades. En eso y en el beso que no nos dimos.

Quizá antes de que acabe el año irme de vacaciones...

Con un poco de suerte...

¿Quién sabe?

13

Emma

—Pues menuda tontería —dice Sarah cuando la película acaba—. No me creo que alguien pueda despertarse por un beso de amor. Creo que ella estaba durmiendo tan tranquila y él llegó a molestar.

Me río y la miro atentamente. Su visión es mucho más realista, desde luego, así que no hago que se retracte. No soy yo de imponer nada a los niños y no voy a empezar con Sarah, a la que estoy cuidando hoy.

La verdad es que no me va mal cuidarla, porque creo que necesito alejarme de Jean Pierre. ¡No puedo creerme que ayer se pasara el kilómetro y medio que duraba la carrera protestando y soltando improperios! Pero ¿es que no ve que lo hago por su bien? La acabó como un campeón y estaba más pendiente de echarme la bronca que de disfrutar la victoria. Tuve que darle una charla muy seria acerca de revisar sus prioridades, porque a veces pareciera que está más interesado en permanecer enfadado con el mundo que en disfrutar sus logros. Él me gritó que lo que tengo que hacer es meterme en mis malditos asuntos y yo le acompañé hasta su casa, me quedé frente a él hasta que se tomó la medicación y subí a la mía a ducharme y refugiarme en una taza de café calentito a tope de azúcar. Luego, como me arrepentí de beber café a esas horas, me tomé una tila doble y así contrarresté. Me acosté prontito y hoy estoy con Sarah desde que su madre se ha ido a trabajar porque está con fiebre y no ha podido ir al cole. Esto de que los niños se pongan malos es un rollo para padres trabajadores que no tienen dónde dejarlos. Menos mal que Sarah me tiene a mí para cuidarla y ponerle clásicos, como este de Disney, aunque no parece que le haya entusiasmado. ¿Y quién puede culparla? Sus pensamientos tienen una parte completamente lógica.

—¿Crees que Jean Pierre va a estar mucho más tiempo enfadado contigo? —pregunta, como si me estuviera leyendo el pensamiento.

—Bah, no creo. Y, ¿sabes qué? Que si sigue enfadado es su problema, no el nuestro.

—No, el mío seguro que no.

Me río y me encojo de hombros.

—Ya, a ver, lo decía por solidaridad. ¿No quieres cargar con tu parte de señor gruñón?

—No —contesta riéndose—. Prefiero jugar a que nos maquillamos.

—Ay, ¿otra vez?

—¡Sí!

—Sarah, *chérie*, estoy segura de que existe un límite de veces que una niña puede maquillar a una adulta y hacerla parecer un payaso.

—¡No te hago parecer un payaso! Te hago parecer bonita. Venga, porfi, déjame maquillarte. Lo voy a hacer tan bien que seguro que encuentras un príncipe de los buenos, de los que no te despiertan de la siesta.

Me río a carcajadas y revuelvo su pelo. Esta niña es genial. De verdad, es una maravilla. No comprendo cómo puede caber tanta sabiduría en un cuerpo tan pequeñito.

—Está bien, maquíllame, a ver si encuentro al amor de mi vida.

Ella no tarda ni dos segundos en ir a buscar su maletín de sombras de ojos con brillantina, pintalabios con brillantina, colorete con brillantina... Todo tiene brillantina, y lo peor es que no puedo protestar porque se lo compré yo. Pensé que sería una buena idea dar alas a su creatividad también en este sentido. Le pregunté a su madre antes, por supuesto, y ella me dio el visto bueno. Ninguna de las dos fuimos capaces de predecir que Sarah dedicaría su tiempo a maquillar a todo ser viviente que se cruzara en su camino. Incluso un día le pintó los labios a Jean Pierre mientras él farfullaba que la muerte no estaba siendo lo bastante rápida en llevárselo, pero yo sé que, en el fondo, disfrutó de cada minuto que pasó con la pequeña. A veces los junto solo porque sí, por placer y porque creo que pueden aportarse mucho uno al otro. La niña contagia al anciano de alegría de vivir y el anciano consigue que la niña aprenda un montón de palabrotas. Todos ganan, menos la madre, que se pasa horas intentando hacer que Sarah olvide dichas palabrotas.

—Te voy a poner este rojo. El rojo puta —dice Sarah entrando en el salón.

La miro en silencio y con los ojos como platos durante un instante. Eso no lo ha aprendido de mí y, por descontado, no se lo ha oído a su madre. Ni siquiera Jean Pierre habría dicho algo así delante de ella.

—Eso no se dice, Sarah. Está el rojo pasión, el rojo cereza, el rojo rosa, pero no existe el rojo puta. Es algo feísimo y tienes que olvidarte de ello ahora mismo, ¿me entiendes? —Ella hace temblar su labio y me siento fatal, pero de verdad creo que es algo que tiene que olvidar ahora mismo, porque no puedo consentir que esta adorable niña empiece a decir cosas tan feas—. ¿Dónde has oído eso?

—En la tele.

—Pues vamos a dejar de ver la tele, me parece a mí.

—Lo siento —murmura al borde del llanto.

—Ven aquí.

Rodeo su cuerpecito con mis brazos y aspiro el aroma que desprende a inocencia. Debería estar prohibido que los niños oigan ciertas cosas en la tele. Ya sé que es inevitable que la vean, pero, *mon Dieu*, ¿es necesario que oigan ciertas expresiones?

—De verdad lo siento —susurra.

—No te preocupes. Simplemente, no lo repitas más, ¿de acuerdo? Y nunca, jamás, le cuentes a tu madre que aprendiste una palabra tan fea. ¿Me lo prometes?

—Te lo prometo.

—Bien, y ahora... píntame los labios de rojo cereza.

Ella hipa, se limpia las lágrimas que habían empezado a caer y se separa de mí un segundo antes de mirar el pintalabios.

—Te voy a dejar bien guapa. Tan guapa tan guapa que todos los hombres se van a enamorar de ti.

—Uy, yo me conformo con que se enamore uno —contesto sin pensar.

—¿Quién? —pregunta ella curiosa.

Me debato unos instantes entre evadirla, mentirle o decirle la verdad. No tardo mucho en encontrar la respuesta. No me gusta evadir las cosas y, desde luego, las mentiras no entran en mi concepto de vida y crianza, aunque sea ejerciendo como niñera, así que suspiro y me encojo de hombros.

—Se llama Óscar y tiene un restaurante cerca de Notre Dame.

—¡Oooh! Me encanta Notre Dame.

—A mí también —respondo sonriendo.

—¿Y es guapo?

—¿No eres muy pequeña para hacer ese tipo de preguntas? —le digo riéndome.

—No. Tengo casi seis años. ¡Casi seis es un montón!

—Tienes razón. Casi seis es un montón. —Suspiro y me retrepo en el sofá mientras ella pinta mis párpados. Ha aparcado el pintalabios para que pueda seguir hablando—. Es muy guapo.

—Uoh.

—Tiene los ojos azules.

—¿Como tú?

—Más bonitos. Y sus labios no son muy gruesos, pero me parecen perfectos. Y tiene barba.

—¿Tener barba es de guapos?

—No siempre. Hay hombres que están más guapos con ella que afeitados y al revés también pasa. En el caso de Óscar, le queda de maravilla.

—¿Y te vas a besar con él? —pregunta con una risita tonta.

—Ojalá algún día, pero de momento no se ha dado.

—Oooh.

—Sí, eso mismo pienso yo.

Me río con su cara de decepción absoluta y, cuando saca el colorete, me concentro en la suavidad con que la brocha pasa por mi piel y pienso en él. No he sabido nada desde el domingo, estamos a jueves y, aunque he revisado mi Instagram en incontables ocasiones, no hay nada nuevo. Intento que la decepción no me domine porque soy de esas personas que piensan que las expectativas que ponemos en los demás son responsabilidad solo nuestra. Es decir, yo no puedo enfadarme con Óscar por no ponerse en contacto conmigo porque él en ningún momento se comprometió a hacerlo. ¿Esperaba que lo hiciera? Sí, pero es algo que parte de un deseo mío, no de un compromiso suyo, así que no tengo derecho a enfadarme ni sentirme molesta. Y, aun así, siento cierto escozor dentro. Ni siquiera sé si está en España todavía, porque tampoco ha subido nada nuevo, pero eso no es novedad. Su cuenta de Instagram está parada últimamente y ahora entiendo que es porque Solange, su gerente, sigue de baja. Es increíble el montón de cosas que sé con solo una cita. ¡Qué maravillosa es la comunicación!

Tendría que haberlo besado cuando tuve oportunidad. Si lo hubiera hecho, ahora no estaría pensando todo el rato cómo será sentir el roce de sus labios en los míos. Cómo se sentirá su boca riéndose sobre la mía o si su barba raspará mucho. No sé nada. Lo único que sé es que Óscar sabe bien cómo poner nerviosa a una mujer, a juzgar por cómo merodeó en mi cuello. Dios, daría lo que fuera por tenerlo ahora merodeando por ahí. Es una verdadera lástima que no me lanzara, pero tampoco podía romper una de mis normas estrella.

—Mira eso, Emma. —Sarah señala el cielo y sonrío de inmediato—. ¡Tres nubes negras! ¿Pedimos un deseo?

—Por supuesto que sí. Cierra los ojos y piensa en ello con fuerza.

Sarah obedece y yo hago lo mismo. Hace mucho tiempo decidí que tres nubes negras juntas tendrían el mismo efecto que una estrella fugaz. Es raro ver estrellas fugaces en París y me parece una lástima que los parisinos no podamos pedir deseos con más frecuencia. Tenemos las estrellas de la noche, claro, pero yo esas las uso para buscar a la que más brilla y comunicarme con mi abuelo. A veces pienso que debería dejar de hacerlo, porque es algo que mis padres me inculcaron para sobrellevar su muerte y, a estas alturas, ni siquiera recuerdo bien su cara, pero entonces algo me tira del pecho y sé que no puedo. Es verdad que apenas recuerdo su cara, si no es por las fotos, pero el amor que me dio todavía está dentro, arraigado con fuerza, haciéndome recordar la sensación de sentirme querida en exceso. Y eso es mucho más importante y maravilloso que los trazos de recuerdos de un rostro.

—¿Qué has pedido? —pregunta Sarah.

—Si te lo digo, no se cumplirá.

—¿Has pedido que Óscar te bese?

Me río y niego con la cabeza. No. No he pedido que me bese, pero he pedido verlo. No me avergüenza reconocer que las ganas me hormiguean en la piel. Quiero abrazarlo y creo que es hora de tomar una drástica decisión.

—Bien, Sarah, haremos algo. Vamos a encender la tele a la de tres. Si la primera voz que suena es de hombre, le escribo yo. Si es de mujer, no lo hago.

—¿Por qué?

—Porque así dejo la decisión en manos del destino y no seré yo quien se rebaje. Si le escribo será porque así lo quiere la vida, ¿entiendes?

—No mucho.

—Da igual, tú hazme caso, que es lo importante. Venga, coge el mando.

Ella se encoge de hombros, obedece y aprieta el botón de encendido mientras yo cruzo los dedos, aunque la verdad es que no sé cuál quiero que sea el resultado. Quiero escribirle, pero quiero mucho más que me escriba él primero. Ay, qué difícil es la vida.

—Mujer. No puedes escribirle —sentencia Sarah.

Mis pocas esperanzas de establecer contacto con él se desvanecen. Es el destino. No puedo ir contra el destino, eso sería imperdonable, así que suspiro y me encojo de hombros a mi vez con desgana.

—¿Quieres ver *Frozen*?

—¡Sí! Pero antes acabo el maquillaje.

Acepto. Dejo que me pinte los mofletes de un naranja intenso. Los párpados de color púrpura con brillantina y los labios rojo cereza. Por supuesto, no se corta lo más mínimo y acabo pareciendo un payaso, pero cuando me acerca el espejo me hago la sorprendida y le aseguro que jamás me he visto más guapa. Sarah me mira tan ilusionada que mi pequeña mentira no me parece grave. Hacer feliz a un niño de este modo no cuenta para el mal karma. Es como lo de Papá Noel. Algo que hace tanta ilusión y crea magia no puede ser malo.

Ponemos la peli de *Frozen*, Sarah se sube en mi regazo y pasa de comentar la película en casi cada escena a dejar de hablar poco a poco. A media película, más o menos, se adormece hasta el punto de tiritar un poco. Frunzo el ceño y toco su frente, porque en casa no hace frío como para tiritar. Su piel ardiendo recibe a mi mano como si de pegamento se tratara y de inmediato me pongo alerta. Acepté cuidar de Sarah porque su madre me prometió que estaba mejor y medicada, así que no puedo darle nada y no sé bien cómo hacer que le baje. Trago saliva, pongo a la niña en el sofá y reordeno mi caótica mente para que haga las cosas de una en una. Primero busco el termómetro que Chantal, su madre, dejó en la encimera. Se lo coloco bajo el brazo y, cuando veo el resultado, las alarmas comienzan a sonar en mi cabeza.

Por suerte, mis padres deben de estar en casa, así que no dudo ni un segundo en llamarlos. Por desgracia no cogen el teléfono, de modo que supongo que papá está inmerso en el trabajo y mamá ocupada con las mil cosas que hace a diario.

—No te preocupes, pequeña. Lo bueno es que viven a una planta de distancia. Subo, los llamo y vuelvo enseguida. Ya verás, tardaré menos de un minuto.

La niña no me contesta, está dormida y, aunque es evidente que respira, le tomo el pulso, no sé por qué. Cojo el abrigo, abro la puerta y cierro con cuidado. Subo a toda prisa por las escaleras, porque no tengo paciencia para esperar al ascensor y porque son solo dos tramos. Entro en casa usando mis propias llaves y recorro el piso de cabo a rabo, pero no hay nadie. Pero ¡bueno! Me parece indignante que se vayan a pasear, comer o simplemente vivir la vida cuando yo me encuentro en una situación como esta. La siguiente opción es Jean Pierre. Ya sé que no tuvo hijos, pero me da igual. En este edificio la mayoría de los vecinos estamos para lo bueno y para lo malo, sobre todo porque somos muy pocos y, si no cuidamos unos de otros, ¿quién lo hará? Jean Pierre no piensa como yo, claro, pero ¿desde cuándo me ha detenido eso de hacer nada? Bajo las escaleras corriendo de nuevo, llego a mi rellano y estoy a punto de bajar a la planta de mi vecino cascarrabias cuando una imagen me para en seco.

Sus ojos azules. Su pelo negro. Su barba. Una bufanda alrededor del cuello, una cazadora y unos vaqueros. Y una sonrisa que no veo a causa de la bufanda, pero aun así hace que me tiemblen las piernas.

—¡Óscar! ¿Qué haces aquí? —digo con sorpresa nada fingida.

—No sabía cuál era tu piso, así que toqué en todos. Me abrió Jean Pierre, pero antes tuve que prometerle que mis intenciones son de lo más honorables. —Su risa vuelve y carraspea—. ¿Estás muy ocupada?

—¿Por qué lo preguntas?

—Vienes corriendo y tu... eh... Bueno, digamos que tienes un poco de cara en toda esa brillantina.

—¿Eh? —Me llevo una mano por inercia a la cara y resoplo—. ¡Oh! —Me río y siento un poco de vergüenza, pero estoy tan sorprendida que el sentimiento pasa algo desapercibido—. Es cosa de Sarah. ¡Ay, Dios! ¡Sarah!

Puede que haya perdido solo medio minuto en saludar a Óscar, pero me siento como la peor cuidadora del mundo.

—¿Sarah? —repite él a mis espaldas—. ¿Qué ocurre?

—¿Sabes algo de niños? —pregunto cogiendo su mano una vez que he abierto la puerta y metiéndolo en casa.

—Pues... algo, sí. ¿Por qué?

—Sarah. La niña que cuido. Te hablé de ella en nuestra cita, ¿recuerdas? —Él asiente de inmediato—. Está ardiendo en fiebre y, según su madre, no le toca la medicación hasta dentro de dos horas como mínimo.

Óscar se quita la cazadora y la bufanda mientras camina detrás de mí. Localiza a Sarah y toca su frente de inmediato, tal como he hecho yo.

—¿Hay bañera aquí?

—Ducha.

—¿Y un barreño donde podamos meterla? Un baño de agua tibia ayudará a que la fiebre baje.

Busco por todo el piso un barreño y solo doy con el de la ropa, que no es muy grande. Lo bueno es que Sarah tampoco, así que lo coloco sobre la ducha y lo lleno de agua tibia mientras Óscar la coge en brazos y me sigue. Se sienta en el váter con ella y se la coloca sobre sus larguísimas piernas. Dios, son muy largas, ¿Cómo es que no me fijé antes? Oh, maldición, no es momento de pensar en eso.

—¿Deberíamos ir al hospital? —le pregunto un poco alarmada—. Es la primera vez que estoy con un niño con fiebre.

—No creo que lo necesite. Con un poco de agua tibia y ropa ligera debería bajarle hasta que pueda tomar de nuevo la medicación.

—No debería dormir tanto, ¿verdad?

—Tendrá mal cuerpo. ¿A ti no te apetece dormir cuando estás enferma?

—Sí, pero ella es muy pequeña.

—Aunque sea pequeña, sus necesidades son las mismas —contesta sonriendo. Parece tan calmado que me obligo a tranquilizarme un poco—. Está bien, Emma, de verdad.

Óscar la sujeta y yo le quito el pijama mientras Sarah lloriquea porque quiere dormir. Cuando la mete en el barreño se acuclilla a su lado y empieza a echarle agua en el pelo y los hombros, pese a sus protestas. Yo me dedico a mirar y sentirme impotente, la verdad, porque una cosa es cuidar de Jean Pierre cuando se pone gruñón o de la propia Sarah cuando no está enferma, pero esto... Yo en esto no tengo experiencia. Martín es mucho menor que yo, pero hace años que no se pone malo y, cuando era niña, dejaba que mis padres se encargasen de eso.

—Es tan pequeñita... —digo en un momento en que la niña se calma, pero cierra los ojos y apoya la mejilla en la mano de Óscar.

—Tengo como medio millón de primos y todos van por debajo de mí. El más pequeño tiene diez años solo, así que he visto esto muchas veces. Está amodorrada por la fiebre, pero de aquí a nada empezará a espabilar, ya verás.

Asiento. Dejo que pasen los minutos y veo cómo poco a poco Sarah reacciona y abre los ojos. Para cuando el baño acaba, mucho después, colabora con Óscar en todo lo que él le dice con voz calmada. Usamos la misma táctica para vestirla que para desvestirla. Él la sujeta en su regazo y yo le pongo un pijama liviano. Le secamos el pelo, la sacamos del baño y, aunque la niña protesta porque tiene frío, Óscar no me deja darle más que una manta ligera. Tiene razón, yo misma sé que el frío se debe a la fiebre y no puedo abrigarla demasiado. Lo sé por experiencia propia, pero he reaccionado fatal ante esto. No sé, supongo que no soy fuerte frente a niños que se sienten débiles. Los niños deberían estar siempre corriendo y saltando, no tiritando de frío y fiebre. De pronto pienso en todos los niños que hay en el mundo en situaciones bastante peores que la de Sarah y entonces me siento todavía peor.

—Emma, *ma belle*, está bien, de verdad. Mira, ya le va bajando —susurra Óscar enseñándome el termómetro.

Un grado. Le ha bajado un grado, pero es algo.

—¿Puedes quedarte con ella un segundo más? Voy a mi piso, está justo enfrente.

Él asiente y yo salgo a toda prisa, entro en mi estudio, voy a la cama y cojo las luces que adornan la estantería que hay justo sobre mi almohada y el pequeño cabecero de mi cama. Las desenrollo como puedo y vuelvo al piso de Sarah.

Óscar me observa en silencio mientras rodeo el sofá con la guirnalda, compruebo las pilas, aunque sé de sobra que están a tope, y las enciendo. Sarah abre los ojos un poco, me sonríe y yo siento, por primera vez, que he hecho algo bueno por ella.

—No me manejo del todo con la fiebre infantil —le digo a Óscar—, pero sé bien cómo iluminar una habitación.

—Esa es una verdad incuestionable, incluso sin luces —susurra él.

Yo sonrío y Óscar me mira de esa forma que me miraba en la primera cita. Como si pudiera abrir una ventana en mi pecho y echar un vistazo a lo que hay dentro; a lo que soy y lo que siento.

Y, como suele ocurrirme con él, lejos de crearme recelo, siento ansias de que se empape tanto como necesite y luego me conceda el mismo privilegio.

¿O será mucho pedir?

14

Está preciosa.

Lo sé. Ya sé que tiene los mofletes llenos de brillantina. Y los labios. Y la frente. Y los párpados y... toda ella está llena de brillantina y colores llamativos, pero aun así está preciosa. Lo único que resta belleza a su cara es la preocupación excesiva que siente por Sarah. La entiendo, ver a un niño enfermo nunca es agradable, pero he visto tantas veces a mi hermana o primos vomitar, tener fiebre, virus, bronquiolitis y distintos grados de enfermedades, por fortuna nunca demasiado graves, que estas cosas ya no me asustan en exceso.

Además, yo venía con el propósito de ver a Emma y explicarle lo ocurrido en esta caótica semana, pero si de paso he podido echar una mano, tanto mejor.

—¿Te ha dejado la madre algo para que coma?

—Sí, en la nevera suele dejarme comida hecha siempre. ¿Debería darle de comer ya? Normalmente lo hace más tarde.

—Bueno, no tendrá mucha hambre, pero un caldo calentito le iría genial.

—Oh. De eso no hay. ¡Puedo ir a comprar! ¿Te quedas con ella?

Se muerde el labio en cuanto acaba y, acto seguido, posa dos dedos sobre ellos, como si intentara recordarse que no debería mordérselos. Y no debería, desde luego, porque el gesto me desconcentra más de lo que estoy dispuesto a admitir.

—Espera, estoy pensando —dice—. No deberías quedarte tú aquí. A fin de cuentas, eres un desconocido para ella y si Chantal llega y te ve en su piso sin mí igual pone el grito en el cielo. No es que crea que no eres de fiar, claro, yo creo que sí lo eres, aunque estoy un poco ofendida porque no he sabido nada de ti estos días, pero no creo que sea el momento de hablarlo ahora y, de todas formas, yo me había prometido no culparte por las expectativas que yo siempre me creo porque, Dios, las expectativas son lo peor, ¿no te parece? Ay, ya estoy divagando, si es que no puede ser. —Se frena, coge aire con fuerza y me mira muy seria—. ¿Puedes ir tú a comprar algo calentito para ella? Te daré dinero y te lo compensaré de alguna forma.

Sus discursos. Dios, echaba de menos sus discursos seguidos y casi sin respirar. No me explico bien cómo es posible que el sentimiento de nostalgia me haya golpeado tan fuerte, cuando solo nos hemos visto unas pocas veces, pero la he echado de menos desde el momento en que acabó nuestra cita hasta ahora, que la tengo delante de nuevo.

—Mejor. ¿Puedo fisgar en la nevera? Quizá encuentre algo con lo que pueda hacerle un caldo.

—Oh, Dios, eso es demasiado.

—No me importa.

—¿Seguro? No quiero aprovecharme de ti.

—*Ma chérie*... Puedes aprovecharte de mí tanto como quieras y no oirás una sola queja salir de esta boca. —Ella eleva la ceja y, sin conocerla demasiado, sé que va a reprocharme algo, así que me adelanto con una sonrisa—. No pusiste demasiadas expectativas en mí. Quería ponerme en contacto contigo.

—Pues no lo hiciste.

—Me resultó imposible. ¿Puedo...? —pregunto señalando la cocina abierta. El estudio no es grande, pero de sí bonito y acogedor.

—Como si estuvieras en tu casa.

Sonrío, me encamino hacia la nevera y la abro para inspeccionar los alimentos. El cajón de las verduras está lleno, lo que es un alivio, porque un caldo sin ellas es un poco estúpido. Saco lo necesario, lo coloco en la encimera y le pregunto a Emma por los utensilios de cocina. Ella me va dando conforme yo lavo y corto y, pasados unos minutos de trabajo en equipo, o más bien conmigo trabajando y ella preguntando cosas como cuántas veces me he cortado los dedos al manejar tan rápido el cuchillo. Muchas, por cierto. Incontables. He contestado sin problemas porque creo que intenta evitar el tema, pero la verdad es que prefiero hablar las cosas cuanto antes, así que aprovecho un momento de silencio suyo para aclararlo todo:

—El primer día en España fue un caos que empezó con mi familia insultándome por haberte dejado correr aquel día que saliste del coche y acabó con todos borrachos, en mayor o menor grado, montando el árbol de Navidad de las seis casas de mi familia, cantando villancicos y peleándonos casi por cualquier motivo. Bueno, eso ellos, yo soy más de mantenerme al margen. El segundo, cuando me levanté, lo primero que hice fue abrir Instagram para escribirte, pero me encontré con la desagradable sorpresa de que me habían robado la cuenta.

—¡No! —exclama ella—. ¿En serio?

—Sí. Rellené los formularios que me pedían, pero acabé hecho un maldito lío porque ni siquiera sé qué correo es el que usó Solange para crearla, así que, de alguna maldita forma, acabé bloqueándola más y tuve que contactar con mi amiga, pero ella tenía la agenda con las contraseñas en el restaurante y me supo fatal hacer que fuese hasta allí solo para eso.

—Evidentemente.

—Jérôme se encargó de todo aquella misma noche y Solange solicitó la recuperación cuanto antes, pero tardaron algo más de veinticuatro horas en devolvérmela. Pude entrar anoche por primera vez, justo antes de volar, y decidí que todo esto era demasiado largo de contar en un mensaje directo de Instagram, así que mis opciones eran pedirte el teléfono y llamarte o venir aquí hoy en cuanto pudiera. Pensé que igual estabas molesta por haber desaparecido tres días seguidos después de nuestra cita, así que no me arriesgué a pedirte el número. Eso sí, pretendo irme a casa hoy con él en el bolsillo. —Paro para respirar y me limpio con el codo los ojos, porque cortar cebolla sigue afectándome como el primer día—. ¡Fíjate! Hoy soy yo quien más habla.

Emma se ríe y me abraza. De golpe. Sin darme tiempo a soltar el cuchillo. Lo hago de inmediato y rodeo su cintura con mis brazos. Sus labios rozan mi mandíbula cuando se gira para mirarme y solo ese gesto consigue inquietarme.

—¡Estoy tan contenta de que no hayas pasado de mí a conciencia...! Pensé que te había asustado al regalarte flores, o con mi charla incansable o con mis manías y supersticiones.

Subo una de mis manos y la giro para acariciar su pelo con el dorso, porque no quiero dejarle el olor a cebolla en el cabello. Sonrío y niego con la cabeza.

—No hay manía o superstición capaz de conseguir que me aleje de ti, *ma belle*. Y con respecto a las flores, siéntete libre de regalarme tantas como quieras. De hecho, fíjate. —Meto una mano en mi bolsillo trasero, saco el móvil, busco rápidamente la galería y le muestro la foto—. Lo prometido es deuda. Están en el restaurante, en vez de en mi casa, porque quería que Jérôme se ocupara de que no murieran tan pronto durante mi viaje.

Pensé que reiría, porque si algo tengo claro es que a Emma la alegría parece acompañarla siempre, pero, para mi absoluta sorpresa, ella se muerde el labio, esconde la cara en mi pecho y la siento contener un sollozo. Me guardo el móvil rápidamente y me pregunto qué habré dicho o hecho para provocar esto. Sin embargo, no pregunto porque algo me dice que ella, cuando se sienta lista, me dará las respuestas que necesito. Y cuando lo hace, minutos después, me maravillo con lo bien que parece entenderla mi mente y mi cuerpo.

—Ningún hombre había hecho tanto por las flores que regalo. Es muy importante para mí, Óscar. Gracias.

—De nada —susurro besando su frente.

Y luego, como en el fondo soy un bastardo egoísta, bajo mi nariz, buscando la suya y hago que se rocen suavemente, preguntándome si es un momento muy malo para besarla. Me muero por conocer su sabor, pero Sarah se queja un poco medio en sueños y Emma se tensa tanto que doy un paso atrás de inmediato, dejándole claro que entiendo perfectamente que no es el momento. Porque no lo es, pero, Dios, ojalá lo sea pronto.

Me dedico a preparar sopa de verduras para Sarah y, cuando Emma vuelve a la cocina, le hablo de las obras del restaurante de Sin Mar para que se relaje, porque no quiero ponerla aún más tensa de lo que ya está a causa de la preocupación por la pequeña. Ella me ayuda, nos ocupamos de hacer que Sarah coma un poco, pero la niña apenas admite algunos sorbos antes de vomitar en el centro del salón. Emma actúa con rapidez, sujetándola del pelo y preocupándose solo de que se calme, sin importarle lo más mínimo acabar manchada, lo que hace que la valore aún más. Y sí, sé que es un poco raro pensarlo, pero hoy día hay pocas personas capaces de preocuparse por otras hasta el punto de aguantarles el pelo si vomitan. Ni aunque esa otra persona sea un niño. Ella aguanta como una campeona y, cuando Sarah lo echa todo, limpiamos, cambiamos a la niña de ropa y volvemos a intentar que coma. Esta vez retiene más y, para cuando su madre llega de trabajar, le hemos dado la medicación y está dormida en el sofá y con fiebre, pero no demasiado alta. Emma le explica la situación y Chantal, la madre, desvía su atención de ella a mí. Cuando acabamos de contarle la mañana que hemos tenido, o que ha tenido Emma desde primera hora, la pobre mujer no sabe cómo agradecernos que nos hayamos hecho cargo.

—Deberías haberme llamado. Tendría que haberme quedado en casa hoy —se lamenta mirando a Sarah con preocupación.

Y lo siento. De golpe. Como hacía años que ya no ocurría. El dolor en el pecho al ver a una mujer luchar por su hijo en solitario. El recuerdo de mi madre trabajando a destajo y dejándome con una niñera a la que pagaba la mitad de su sueldo, si no más, porque no quedaba más remedio. Porque éramos ella, yo y el mundo. Porque a veces la vida es así de injusta y solitaria.

—Está bien, no hay ningún problema —le digo con sinceridad a Chantal cuando vuelve a agradecerme que le haya hecho la sopa.

—Debería haberla dejado hecha yo. No sé en qué estaba pensando.

—No hay problema, de verdad. No me ha llevado más de unos minutos y me alegra mucho que Sarah la haya tomado y retenido. Eso es lo importante.

—Ya, pero...

—Además, Óscar es el mejor en lo suyo. Ahora puedes decir que un chef con tres estrellas Michelin ha hecho sopa en tu cocina. ¿Acaso no es genial? —pregunta Emma.

—Dios, no, eso solo me hace sentir más culpable.

Me río, tiro de la mano de Emma para pegarla a mi costado y le guiño un ojo a Chantal.

—Piensa que no soy más que un amigo que quería ayudar a tu hija. Además, es adorable cuando no está dormida por la fiebre. Y será una gran maquilladora, no hay más que ver cómo ha dejado a Emma.

Esta, como si acabara de acordarse de que aún tiene el peculiar maquillaje por toda la cara, se lleva las manos a las mejillas y se ríe. Chantal, que parece relajarse por primera vez, ríe con ella y yo me alegro de haber distendido un poco el ambiente.

—Debería ir a lavarme esto —comenta Emma—. Si necesitas cualquier cosa, no dudes en llamarme, ¿vale? Estaré en casa.

—Oh, no hace falta que te quedes por nosotras. ¡Solo eso faltaría! Salid y pasadlo bien.

—Tranquila, no teníamos ninguna cita —responde ella antes de que yo pueda hablar. Y estoy a punto de protestar, porque yo sí tenía intención de convertir nuestro encuentro de hoy en una segunda cita, pero entonces ella pasa una mano por mi cintura y aprieta mi costado—. Aunque no voy a negarme a que me hagas la comida a mí también.

Sonrío y afianzo mi agarre sobre sus hombros antes de guiñarle un ojo y sonreírle, porque el plan no podría gustarme más.

—Dalo por hecho.

—Listo, entonces. —Emma vuelve a sonreír a la madre de Sarah—. Lo que necesites, ya sabes dónde estamos.

—Y hay un poco más de sopa en la nevera —le digo—. Por si la quieres tomar o guardarla para ella.

—Millones de gracias, de verdad. Y ahora, id a disfrutar del día. Yo voy a darme una ducha y tumbarme con ella en el sofá. Tarde de chicas.

Sonreímos, nos despedimos y, cuando salimos de su piso y Emma abre la puerta del suyo, no me aguanto las ganas de tirar de las puntas de su pelo y llamar su atención.

—Esto es una segunda cita, ¿verdad?

—Hum. Bueno, veamos: tienes una buena excusa para haberte perdido del mapa durante días, me has ayudado a cuidar de mi vecinita enferma e incluso le has hecho una sopa. Y, lo más importante de todo es que me has visto con este espantoso maquillaje y no has salido corriendo, así que creo que sí, te has ganado que esto sea una cita.

Me río, la acompaño al interior y, en cuanto la puerta se cierra, elevo una ceja y me meto las manos en los bolsillos, porque dependiendo de su respuesta, igual es buena idea tenerlas donde no sufra la tentación de tocarla.

—¿Y qué normas tienes con respecto a los besos y la segunda cita?

Su risa llena el estudio y aprovecho para echar un rápido vistazo. Me alegra sobremanera, quizá más de la cuenta, ver que, como yo, vive en un espacio abierto, aunque sea bastante más pequeño. La cama está a la izquierda y, para mi sorpresa, las luces que ha puesto antes alrededor de Sarah no son las únicas que tiene, pues las estanterías que hay justo encima del colchón, en la pared del cabecero, están llenas de ellas. Parecen cientos y no puedo evitar preguntarme cómo se verá la cama con todo a oscuras y esas pequeñas luces encendidas.

En el centro hay una mesa con cuatro sillas, justo entre dos ventanales, y a la derecha una chimenea, cosa que me encanta, porque yo también tengo una, dos sillones negros, una mesa bajita y una alfombra mullida. La cocina es lo único que está aparte y, como si me hubiese leído el pensamiento, Emma me introduce en ella a través de una puerta. Es muy pequeña. Mucho. Pero tiene todo lo necesario. El baño está también aparte, pequeño pero funcional.

—Era el estudio que usaba mi padre para escribir —me explica Emma—. Ellos viven arriba.

—¡Vaya! ¿Qué novelas escribió aquí? Mi vena de fan siente curiosidad.

Emma se ríe, me menciona un par de títulos que, por supuesto, he leído, y me contengo de hacer más preguntas, porque no quiero parecer un fanático, pero sé que en el futuro haré varias, y ella, a juzgar por su sonrisa, también lo sabe.

Cuando el recorrido por el estudio acaba y volvemos al salón, me guía hacia los ventanales y señala el cielo.

—Tengo una norma más. O superstición. O creencia. Puedes llamarlo de distintas formas. ¿Quieres saber de qué se trata?

—Por supuesto.

—Cuando se juntan tres nubes negras, puedo pedir un deseo. Hacen la misma función que una estrella fugaz.

—¿En serio?

Ella mira el cielo y yo aprovecho para dejar de estar a su lado y colocarme detrás de su cuerpo.

—Ajá. De verdad.

—¿Y puede ser cualquier deseo?

—Sí.

Mis manos acarician sus costados y, aunque se sobresalta un poco, pronto sus dedos buscan los míos. Cuando hago caso a la caricia que me pide sin palabras, ella enreda nuestras manos y, para mi sorpresa, cruza mis brazos justo sobre su estómago, lo que hace que su espalda roce mi pecho. Beso su coronilla e intento, por todos los medios, mantener la calma.

—¿Y qué pasa si el día está lluvioso y gris en general? ¿Puedes pedir un montón de deseos?

—Siempre que los grupos sean de tres y distintos, sí.

Mis labios bajan por su pelo, acariciándolo, aspirando su aroma, recreándome en la sensación de tenerla pegada a mi cuerpo. Llego a su oído y lo acaricio con mi nariz justo antes de susurrar en tono bajo:

—¿Y qué pasa si dos son negras y una blanca?

—No sirve. Tienen que ser tres negras —murmura con voz trémula.

Sonrío. Me encanta saber que la desconcierto hasta el punto de sonar así, ansiosa, nerviosa, tan desconcertada como yo me siento a su lado.

—¿Sirven aquellas? —pregunto señalando un grupo de nubes sin soltar sus manos.

—No. Solo hay una negra.

—Entiendo... —Mi nariz vuelve a bajar, mis labios acarician el lateral de su cuello y, cuando la siento suspirar, me obligo a hablar—. Entonces ¿si consigo ver ese grupo de tres nubes negras, podré besarte?

—No he dicho eso.

Su sonrisa roza mi cara y me río, provocando con mi aliento que se erice su piel.

—Has dicho que podía pedir un deseo.

—Sí, pero...

—Mi deseo más inmediato es besarte. Necesito besarte, Emma. Y no es lo único que necesito, pero odiaría intimidarte en nuestra segunda cita.

—Tú no intimidas, Óscar —susurra ella con una risa ronca y sexy a morir—. Pero tientas. Dios, cómo tientas. Y lo peor es que eres perfectamente consciente del poder que tienes sobre las mujeres. Sacas a pasear tus levantamientos de ceja, tus sonrisas torcidas y tus palabras susurradas en los momentos exactos en que sabes que se convertirán en plastilina en tus manos.

—Me ofendes —contesto riéndome entre dientes, sin dejar de acariciar su cuello con mi nariz.

—Oh, *mon Dieu*, y encima eres mentiroso. ¡El karma te hará pagar por eso! —Mi risa se intensifica y ella se gira entre mis brazos y me enfrenta. Su tono es de indignación, pero la diversión brilla en sus ojos—. Eres un diablo.

—Un diablo con muchas muchas ganas de besarte.

—Entonces te recomiendo mirar atentamente al cielo hoy, porque solo lo conseguirás si esas tres nubes se juntan.

Se escapa de mi cuerpo justo cuando estoy a punto de llegar a su boca y su risa llena el estudio justo antes de que un suspiro de resignación salga de mi garganta. Miro el cielo y deseo, como pocas veces en mi vida, que el cielo de París se torne negro y arranque a llover como nunca para que esas nubes acudan a mí.

Mientras tanto, y fiel a mi palabra, voy a la cocina de Emma y abro el frigorífico para preparar la comida, pero el contenido del interior es tan pobre que me veo en la necesidad de reñirla seriamente.

—¡Aquí no hay más que porquerías! ¿Esto es lo que comes a diario?

—No, como fuera la mayoría de los días, o en casa de mis padres. La cocina no es lo mío. ¡Y no todo son porquerías! Hay dónuts.

—Los dónuts son porquería.

—¡No me ofendas en mi casa, Óscar León!

Me río, pero saco un paquete del frigorífico y le señalo a Emma uno de ellos.

—¡Ni siquiera están en buen estado! Tienen moho, ¿lo ves?

—Ah, bueno, es que había oferta en el súper y me traje cuatro paquetes. Tienen ya una semana, no te creas.

—¿Cuatro pa...? ¿Te has comido los tres que faltan tú sola en una semana?

—Algo menos, ¿qué pasa?

—¿Como que qué pasa? Esto es azúcar puro. Entre esto y los cafés que tomas no sé cómo consigues mantener tu nivel de azúcar en un estado saludable. Dime que al menos comes verduras a diario.

—Casi.

—¿Casi?

—¡Casi! ¿Vamos a discutir por las verduras que como? No me estás cayendo bien ahora mismo, la verdad. Como poca verdura, sí, ¿y qué? La verdura es buena, lo entiendo, pero los dónuts son mejores. Y si quieren que coma más verduras, ¿por qué no inventan algo milagroso que consiga que estén ricas?

—Ya han inventado algo milagroso para conseguir que estén ricas, *ma belle*. ¡Se llama cocinar!

Emma abre la boca tan ofendida que no puedo evitar echarme a reír. Da un zapatazo enorme en el suelo, para mostrar su disconformidad, pero solo consigue que me parezca tan adorable que apenas puedo mantener mi pose de chef indignado. Apenas, pero lo logro, porque si esta relación va a seguir fluyendo Emma tiene que comer mejor. De eso, por fortuna, empiezo a encargarme yo desde hoy mismo.

—No se me da bien la cocina. La última vez que lo intenté con una receta de tu Instagram, no aclaraste que el papel que hay que poner en el horno no es cualquier papel y empezó a arder en la bandeja ¡Deberías avisar de esas cosas! ¿Cómo pretendes que los que no sabemos cocinar demasiado bien aprendamos si no explicas conceptos básicos? Como profesor, me vas a permitir decirte que no eres el mejor.

—Las recetas a Instagram no siempre las subo yo —contesto elevando las cejas—. Pero, aun así, ¿cuál era esa que dices?

—Patatas al horno.

—Patatas al horno. —Ella asiente y a mí la carcajada me invade tan rápidamente que no puedo contenerla, pese a saber que me estoy jugando que se enfade, y mucho—. ¿Quemaste una bandeja de patatas al horno?

—¡No! ¡Quemé el papel que puse en la bandeja de las malditas patatas al horno! —Mi risa se intensifica y ella vuelve a dar un zapatazo, cruzándose de brazos—. ¡No es gracioso!

—¡Claro que no lo es! —exclamo sin dejar de reír—. Te has propuesto intoxicarte o quemar tu cocina y me parece algo muy serio.

—Te estás portando como un tonto —farfulla—. No cocino bien, ¿y qué? Tengo otras virtudes. Además, ya te he dicho que muchos días como en casa de mis padres, o en los bares. Se está perdiendo la sana costumbre de salir a comer fuera y tengo que decir que me parece fatal. París siempre ha sido una ciudad llena de cafeterías, bistrós o pubs a rebosar de personas dejándose alimentar y calmando su sed. ¡Era parte del encanto de la ciudad! Ahora todo el mundo parece apuntarse a la moda de cocinar cosas imposibles para personas un poco torpes. ¡Solo un poco torpes! No sé hacer patatas al horno, ¿y qué? ¡Tengo dónuts, unos padres y un montón de restaurantes abiertos, por suerte! No lo necesito.

—Lo necesitas, si quieres vivir muchos años.

—¡A lo mejor no quiero!

—Claro que quieres. Tienes que vivir más años que yo, porque no quiero cargar con la pena de tu muerte a cuestas, ¿recuerdas?

—Recuerdo haber dicho justo lo contrario. Que el amor de mi vida moriría después que yo, no antes. Y no he dicho que tú seas el amor de mi vida.

—No. Tampoco has dicho que no lo sea.

—Óscar...

—Voy a cocinar para ti, *ma belle*. Iré a comprar, cocinaré, nos tomaremos un chocolate caliente, para que no digas que soy un diablo, y durante todo ese tiempo miraré el cielo de París y desearé que tres nubes negras se junten para poder besarte. ¿Te parece buen plan?

Ella hace amago de protestar, pero después de procesar mis palabras en su rostro se dibuja un mohín adorable, otra vez, y se mete el pelo detrás de la oreja, dejando ver más brillantina en esta, lo que me hace pensar, a su vez, que es posible que yo también tenga algo en la barba, porque he merodeado por ahí con mi nariz hace solo unos minutos. No me importa, claro, podría tener la barba llena de brillantina rosa fluorescente y sería uno de los tíos más felices de París hoy. ¡Y eso que aún no la he besado!

—El chocolate blanco y con azúcar.

—Blanco sin azúcar.

—Con caramelo.

—¿Chocolate blanco con caramelo?

—De estrellitas.

Me río, me acerco a ella y beso su frente con verdadera devoción, porque creo que estoy enganchándome a ella a tal velocidad que es probable que, de aquí a que acabe el año, en solo unos días, ya no conciba la idea de no tenerla en mi vida este que entra y todos los venideros.

—De estrellitas. Pero antes vas a comer verdura.

—Lo que tú digas. Voy a la ducha. Ve tú a por tus verduras.

—Desde luego, tu plan es mejor, pero doy por hecho que no estoy invitado... ¿verdad?

Su risa me acompaña mientras se mete en el baño.

—¡Las llaves están en mi abrigo!

Suspiro con fingido pesar, cojo las llaves y salgo de casa. Compro lo necesario para preparar una ensalada y pescado al horno. Algo rápido y sano. Compro también carne, porque pienso dejarle comida preparada para que coma algo lo que resta de semana, y el chocolate blanco. Y las estrellitas rosas de brillantina. La brillantina es el tema del día, por lo que veo.

Vuelvo a su casa y me la encuentro vestida con un pantalón de yoga y un jersey de lana mostaza que le sienta de fábula. Hago que me ayude con la comida, protesta, pero, al final, cuando nos sentamos a comer, alaba tanto la comida que me siento más orgulloso que con cualquier halago escrito por el crítico más prestigioso en el periódico de turno.

Preparamos el chocolate juntos y ella me recuerda el día que hicimos galletas en mi casa. Me pide una caja entera para la próxima vez que nos veamos y me río, prometiéndole tantas como quiera. Miro el cielo por millonésima vez, ha anochecido y no ha habido ni rastro de esas nubes, así que suspiro y, aun así, sonrío. Sin beso, está bien, pero a pesar de ello ha sido de los mejores días de mi vida.

Estiro las piernas en el sofá, miro a Emma para preguntarle si le apetece cenar conmigo y, antes de poder abrir la boca, su cuerpo menudo y perfecto se sube sobre el mío a horcajadas, sin darme tiempo a reaccionar, y sus labios cubren los míos en un beso que hace que algo en mi interior se agite y estalle con fuerza. Con tanta fuerza que solo puedo gemir y abrazarla mientras ella intensifica el que voy a catalogar, desde ya, como el mejor beso que me han dado nunca. Sus labios son suaves, su pelo cae sobre mi cara y sus brazos se enredan por detrás de mi nuca. Es como estar en el paraíso, solo que mejor, porque intuyo que allí no tienen a una Emma que bese así.

Su lengua tienta mis labios, pidiendo permiso, y cuando se lo doy, sin titubear ni un segundo, me abandono al placer y pienso, no sin cierto esfuerzo, que daría todo lo que tengo porque este momento no acabara nunca.

Acaba, por desgracia, y lo hace de una forma dulce y sensual. Sus caderas rotan sobre las mías y se me hace imposible ocultar la erección que sus caricias han provocado, pero Emma, lejos de parecer molesta, sonríe y acaricia mi barba.

—A veces, si deseas algo con mucha mucha mucha fuerza, se cumple incluso sin que tres nubes negras se junten. ¿No te parece maravilloso?

—Extraordinario —contesto en un susurro.

Y estoy completamente seguro de que, tanto ella como yo, sabemos que no me refiero solo a las nubes.

15

Emma

Estaba completamente equivocada con respecto a Óscar. No besa bien. Bien se queda corto. ¡Y eso que ha tenido que sobreponerse a la sorpresa! Es otra cosa que me ha encantado. No se esperaba que lo besara en absoluto y eso me hace pensar, otra vez, lo especial que es, porque cualquier otro hombre, después de una tarde entera cocinando, cuidando niños enfermos y tonteando, estaría desesperado por algún contacto más sexual. Óscar tiene ganas y están presentes siempre, pero sin atosigar. No presiona y eso es maravilloso. Extraordinario, como él mismo ha dicho, aunque creo que se refería a mí. Me encantaría saber qué piensa exactamente, pero creo que preguntárselo rompería un poco la magia, así que me limito a intentar besarlo de nuevo. Intentar, porque antes de que mis labios rocen los suyos el timbre de mi puerta suena insistentemente.

—No te muevas —le susurro antes de levantarme.

—Tranquila. Es probable que quiera vivir en este sofá desde hoy mismo.

Me río y voy corriendo a ver de qué se trata. Abro la puerta justo cuando empiezan a tocar de nuevo y me encuentro con mi padre, en todo su esplendor, taladrándome con sus ojos azules a través de unas gafas que lo hacen parecer aún más atractivo de lo que ya es, su barba del color del trigo y su dedo pegado al timbre. Jean Pierre está justo detrás.

—Jean Pierre dice que estás acompañada.

—¿Qué?

—¿Estás acompañada, Emma?

Elevo las cejas, los empujo a los dos y salgo al rellano cerrando la puerta a mis espaldas.

—¿Y qué pasa si lo estoy?

—Es el chef. Lo he visto por el portero, me he sentido en la obligación de avisar a tu padre. La vida está muy mala como para que mujeres jóvenes anden recibiendo en sus pisos a desconocidos.

—¡No es un desconocido, Jean Pierre! Y le has abierto tú mismo porque lo conoces.

—Sí, me ha jurado que tiene buenas intenciones y me ha convencido un momento, pero lo he pensado mejor y la verdad es que no me fío. He llamado a tu padre y le he explicado la situación.

—¿Es verdad, Emma?

—Papá, soy una mujer adulta y no puedes plantarte en la puerta de mi casa para ponerte en plan cavernícola. Puedo quedar con quien quiera. ¡Faltaría más! Me parece deplorable esta actitud y...

—Espera, espera, espera. Yo no vengo a ponerme cavernícola.

—¿Cómo que no? Estás ahí preguntando si estoy acompañada como si estuviera cometiendo un delito.

—De eso nada.

—¡Claro que sí!

—Que no, Emma. Estoy aquí porque Jean Pierre dice que es Óscar León, el chef.

—¿Y?

—¿Cómo que y? ¡Me encanta su cocina! Quiero saludarlo.

Parpadeo un instante, porque el giro que ha dado la situación no me lo esperaba para nada.

—Perdona, ¿qué?

—Perdona, ¿qué? —pregunta Jean Pierre—. Saludarlo para echarlo a patadas, será.

—Dios, no —replica mi padre riéndose—. Soy su fan. Deberías probar su comida, Jean Pierre. Ese chico es una maravilla. Voy a llamar a tu madre, que se ha quedado comprando pan. Si se da prisa, todavía lo puede pillar. No se va aún, ¿no? Podrías entretenerlo, hija.

—*Mon Dieu!* —exclama Jean Pierre—. ¡Te digo que tu hija está encerrada con un hombre que podría ser un depravado y tú quieres saludarlo! ¿Y qué será lo próximo? ¿Cenar con él?

—Pues no es mala idea.

—El mundo está perdiendo el sentido por culpa de padres como tú, Ethan Gallagher.

—¿Qué pasa aquí?

Miro el rellano en el que acaba de aparecer mi madre y me río, porque esto se ha puesto aún más interesante. Estoy nerviosa, no voy a negarlo, porque no sé cómo va a solventarse esta situación, pero sé que de aquí saldrá una anécdota buenísima y eso siempre es motivo de celebración.

Para cuando dejo de lado mis pensamientos, Jean Pierre ya le ha contado toda la situación a mi madre, haciendo especial hincapié en que Óscar es un hombre altísimo y estamos en mi casa los dos a solas.

—De hecho, justo antes de que interrumpierais estábamos dándonos nuestro primer beso —digo como si nada. Las exclamaciones de sorpresa llegan desde los tres bandos y me río con sus caras. Es inevitable—. Y, Dios, cómo besa. —Suspiro y me centro en mi madre—. Tiene muchas muchas papeletas para convertirse en mi próximo gran amor, mamá.

—Ay, cariño. —Mi madre se ríe y su pelo rubio se agita.

Me encanta cuando ocurre eso. Primero, porque me hace pensar en lo guapa que es, pese a que los años han pasado por ella de manera inevitable. Y segundo, por cómo la mira mi padre cuando ocurre. Como si acabase de sonar la música más increíble del mundo. Me fijo en él y lo veo. La sonrisa, la mirada profunda, las ganas de besarla, diría. Es tan patente que apenas contengo un suspiro. Dios, de verdad que me encantaría tener algo así en un futuro.

—Abre la puerta, mi vida. Queremos saludar —dice mi padre.

—¿Te digo que acabamos de darnos el primer beso y quieres entrar a saludar?

—¡Sí! Puedes seguir besándolo después. Me parece cortés y de educación básica saludar, ya que estamos aquí. ¿Crees que no oirá cómo cuchicheamos?

—Dios, espero que no.

—Estas paredes son muy finas. Se oye todo —dice Jean Pierre mirando mal a mis padres—. ¡Todo! Llevo años diciéndolo. Incluso estando dos plantas por encima de mí, os oigo. ¡Y no es agradable!

—Lo sentimos muchísimo, Jean Pierre. —Mi madre hace el esfuerzo de parecer avergonzada.

—No es verdad, no lo sentimos. Si me oyes discutir con mi mujer, bien. Si me oyes hacer el amor con ella, bien también. Estamos vivos, Jean Pierre. ¡Es así como debe ser!

—¡No tengo por qué escucharlo!

—Cómprate una casa en el bosque, entonces. ¡París no se hizo para el silencio!

—En eso tengo que estar totalmente de acuerdo —intervengo, porque lo veo una necesidad.

El tema se intensifica en un instante. Nos enzarzamos en una discusión sobre qué es lícito hacer y qué no en una comunidad en la que las paredes, en efecto, no dan toda la intimidad del mundo. Y en esas estamos cuando la puerta se abre y Óscar asoma con ojos curiosos y prudentes.

—¿Todo bien, *ma belle*?

Sonrío, porque me encanta que me llame así, y estoy a punto de contestar cuando mi padre se interpone con la mano estirada y una sonrisa pequeña, pero educada.

—Buenas noches, hijo. Soy Ethan Gallagher, el padre de Emma.

—Nos conocemos —dice Óscar estrechando su mano y devolviéndole una sonrisa mucho más amplia—. Charlamos alguna que otra vez en mi restaurante.

—Te acuerdas, entonces.

—Imposible olvidarlo. Soy un gran fan tuyo.

—¿En serio? El sentimiento es recíproco. A mi mujer y a mí nos encanta tu comida. ¿verdad, doctora?

Mi madre pone los ojos en blanco por el apelativo que usa y que, según me cuentan, usaba mi abuelo para referirse a ella. Siempre me ha parecido bonito que mantuvieran estas costumbres para mí, pero además es que, con el tiempo, las han hecho suyas.

—Es cierto que nos encanta. Yo soy Lía, la madre de Emma, por cierto.

—Lo sé, también me acuerdo de ti. Curiosamente, solo olvidé las caras de vuestros hijos cuando vinisteis a cenar.

—No es curioso. Hemos puesto siempre mucho empeño en hacerlos pasar desapercibidos —comenta mi madre—. Mi marido es un poco sobreprotector con nuestra intimidad como familia.

Mi padre asiente, estando completamente de acuerdo. Jean Pierre, en cambio, gruñe y golpea el suelo con su bastón.

—¿Y para qué? Para acabar permitiendo que se encierre en el piso con cualquiera.

—Hola, Jean Pierre —saluda Óscar—. Pensé que con nuestra charla te habías quedado un poco más tranquilo.

—¡Pues ya ves que no!

—Oye, viejo gruñón, sé bueno —le espeto—. Y ahora, me alegra mucho haberos saludado, y seguro que a Óscar también, pero es que justo íbamos a cenar.

—Oh, podríamos cenar juntos.

Miro a mi padre de hito en hito y niego con la cabeza, riéndome. ¡No vamos a cenar juntos! El problema es que Óscar dice que, por él, no hay problema, porque justo ha preparado una carne para mí para que coma esta semana y puede agregar algunas cosas con lo que ha comprado esta tarde. Eso hace que mi madre lo alabe y le dé las gracias por llenar mi nevera de cosas saludables, mi padre le diga que necesita la receta de su gazpacho y Jean Pierre se meta en casa alegando que sigue sin fiarse, pero ya que todo el mundo elogia su comida y se ha presentado la oportunidad, no va a ser el único que se queda sin catarla.

Una hora después todos estamos alrededor de mi mesa, atestándola con nuestra presencia, porque no está hecha para tantos comensales, y devorando todo lo que Óscar ha preparado con la ayuda de mi padre y los consejos no pedidos de Jean Pierre, que ha considerado oportuno corregir a Óscar en más de una ocasión mientras este cocinaba. ¡A un chef profesional! Este señor está perdiendo el norte por días.

—Tener a la muerte respirándote en la nuca te vuelve demasiado osado, Jean Pierre —le digo en un momento dado.

—¡Que no me estoy muriendo, muchacha!

—¿Has elegido ya qué vamos a hacer mañana de la lista?

—¡No pienso hacer ni una maldita cosa más!

—¿Ir a los mercadillos navideños, dices?

—¡No!

—¡Qué idea tan maravillosa! —Sonrío, como si el plan hubiese salido de él, y hasta me permito aplaudir—. Muy bien, así me gusta. Buscaremos un puesto en el que personalicen adornos y compraremos unos a juego. ¿Qué te parece?

—No pienso comprar una maldita cosa. Yo no voy a celebrar la Navidad.

—Estar muriéndote no me parece excusa para...

—¡Que no me estoy muriendo!

—*Ma belle*, si dice que no se está muriendo, tal vez es que no se está muriendo —sugiere Óscar, pero cuando lo miro elevando una ceja alza las dos manos y mira a su plato—. Pero, después de todo, yo solo soy un pobre cocinero que no debería haberse metido.

—Es lo mejor —asevera mi padre después de masticar un trozo de carne—. En serio, Óscar, no merece la pena meterse entre esos dos. Yo he dejado de intentar que Emma le organice la vida y Jean Pierre se lo tome con buen humor.

—Además —sigue mi madre—. De una manera extraña e intensa, ellos se entienden bastante bien.

—¡No nos entendemos! —exclama Jean Pierre—. Ella me obliga a hacer cosas que no quiero y vosotros lo permitís porque la habéis malcriado. Esta, y ese chico que tenéis, son dos claros ejemplos de que, a veces, un buen correazo a tiempo educa más que las palabras.

—En mi casa no se pega bajo ningún concepto, Jean Pierre —dice mi padre—. Soy escritor. Las palabras son mi única arma.

—¡Y así te han salido!

La discusión se alarga en el tiempo. Jean Pierre se enfada aún más, yo le preparo un café, porque creo que tiene la tensión baja, y mis padres preguntan a Óscar una receta detrás de otra. Él, por su parte, pregunta a mi padre por su trabajo y a mi madre si tiene pensado publicar algo más, porque ella lo hace de modo mucho más esporádico desde que publicó su propia historia personal y se sintió demasiado expuesta. Óscar se interesa tan sinceramente por ellos que acaban contándole todo lo que tienen programado para el año que viene, que no es poco. Se los ha ganado, y no me extraña, porque Óscar

León es especial. Dios, sí, lo sé, digo esto en cada capítulo que me toca narrar, pero de verdad, ¿no lo pensáis? ¡Es un ser maravilloso! Y besa como los ángeles, eso vosotros no lo sabéis, pero para eso estoy yo: para contároslo.

Los minutos pasan con tanta rapidez que, cuando quiero darme cuenta, estoy en la puerta de mi piso despidiéndome a solas de Óscar y dictándole mi número de teléfono. En cuanto lo guarda se mete el móvil en el bolsillo trasero y tira de mi cintura, pegándome a él.

—¿Cuándo voy a verte de nuevo?

—Pronto —musito con una sonrisa.

—¿Cuándo es pronto?

—No lo sé. De momento, tú tienes que trabajar en tu restaurante. Ese al que has faltado todo el día de hoy.

—No, todo el día, no. Estuve esta mañana organizando lo esencial con Jérôme y mañana, siendo viernes y plena Navidad, estaré todo el día allí, igual que el sábado.

—Eres taaaan trabajador —murmuro sonriendo antes de besar su barbilla.

—Merezco un beso por eso.

—O dos —susurro.

—O tres —dice él sonriendo justo antes de bajar la cabeza y besarme.

Dios, cómo besa. Dejo que sus labios acaricien los míos y su lengua, tentativa, se abre paso al cabo de pocos segundos. Es maravilloso sentirlo así y me pregunto, no por primera vez, cómo sería abrazarlo así, justo así, pero sin ropa.

El pensamiento hace que mis mejillas ardan y él lo nota, porque alza las cejas, preguntándome sin palabras, y cuando me río y niego, suelta una risita engreída que me hace poner los ojos en blanco.

—¿Guardas el domingo y el lunes para mí? Quiero pasar mis días libres a tu lado.

Asiento, lo beso de nuevo y, cuando se marcha, prometiendo escribirme al llegar a casa, me apoyo en el quicio de la puerta, suspiro y pienso en lo bonito que es empezar una historia de amor. ¿No os parece? La gente suele tener demasiada prisa por empezar, normalmente. Quieren llegar cuanto antes al primer beso, al primer encuentro sexual, a la primera promesa, pero creo que se equivocan. A veces, lo mejor de todo es justo esto: la anticipación. El no saber cuándo o cómo sucederá. Es como algo parecido a lo que sentía de pequeña esperando a Papá Noel o los Reyes Magos, que mis padres también celebraban aun estando en París.

No, es todavía mejor, porque aquí ni siquiera sé qué día es el que llegan los regalos, pero sé que llegarán, y solo eso basta para que el pellizco de mi estómago se intensifique y ruja con fuerza, pidiendo más.

El viernes se me pasa en llevar a Jean Pierre a los mercadillos, donde protesta lo indecible, pero acaba regalándome una bola de cristal preciosa. Yo, a cambio, le compro un chocolate caliente y un ramo de lirios blancos, porque auguran cosas buenas. Él farfulla que no necesita flores, pero en más de una ocasión lo pillo oliéndolas con disimulo, así que me siento más feliz de lo que nadie imagina. No sé nada de Óscar en todo el día, pero no me importa, porque me advirtió que estaría liadísimo.

El sábado, en cambio, decido que no puedo esperar hasta el domingo para verlo. Paso por la floristería en la que compro casi siempre las flores y decido elegir un ramo para llevárselo al restaurante.

—Oh, la flor más bonita de París entrando en mi tienda —dice Amélie, la dueña.

Tiene edad de sobra para estar jubilada, pero sigue aquí, al pie del cañón, regentando una floristería no muy grande, pero bonita como pocas en París. Las flores emergen de la fachada, como por arte de magia. Del techo del interior cuelgan macetas y pequeños molinos de viento, al igual que cascabeles, y en las estanterías, los nomos se mezclan con las hadas y las flores, dotando al lugar de una magia especial. Hay flores caras, baratas y otras que ni siquiera se venden, pero Amélie cuida con esmero porque asegura que otorgan encanto al lugar. Aquí siempre huele bien. Esta tienda huele a lo que debería oler París siempre. A cítricos, dulzura, alegría, momentos felices, y a veces, solo a veces, a desamor, e incluso a muerte. Huele, a través de sus plantas y flores, a la vida, y eso es motivo suficiente para que yo venga como mínimo dos veces en semana. El carácter de Amélie hace el resto. A menudo le encanta jactarse de que una de las películas más famosas de Francia y que, además, transcurre en nuestro barrio, lleva su nombre. Le gusta contar que se inspiraron en ella y, aunque es mentira, podría haber sido totalmente cierto. De hecho, de haberlo sido, Amélie Poulain sería aún más increíble de lo que ya es.

—Necesito algo especial, querida Amélie. Necesito algo que hable de amor, cuando todavía no se puede decir con palabras.

—¿Estás enamorada, mi niña? —pregunta con ojos brillantes.

—No, pero voy camino de estarlo. ¿No es increíble? —suspiro de pura felicidad y me muerdo el labio—. Es realmente maravilloso. Me siento en la cima del mundo y solo nos hemos besado un par de veces...

—Rosas rojas. Son un clásico, lo sé, pero si un hombre es capaz de aceptar un ramo de rosas rojas sin sentir vergüenza, es que es un hombre merecedor de un millón de besos, como mínimo.

Me río y acepto, porque creo que tiene toda la razón del mundo. Le pido que me lo prepare y, mientras, inspecciono el lugar en busca de algo que llame mi atención tanto como para reservarlo y poder llevarlo a casa a mi vuelta. Elijo un abeto de no más de quince centímetros de alto con brillantina dorada espolvoreada por encima. No es muy bonito, pero tiene brío.

—Serás muy feliz en mi casa, pequeño. Ya verás —murmuro.

—*Et voilà!* Fíjate en esto —dice Amélie, llamando mi atención.

Observo el impresionante ramo de rosas rojas envuelto en papel y sonrío. Maravilloso.

Las pago y salgo corriendo. Hoy el día está lluvioso y no se descarta que nieve, así que me arrebujo en el abrigo y entro en el metro con la intención de sonreír a cuantas personas se crucen conmigo, porque nunca se sabe cuándo una sonrisa puede salvar el día de alguien. Llego a la Isla de la Cité y camino a toda prisa, ignorando incluso a Notre Dame por dos razones: entrar en calor, la primera, y verlo a él, la segunda.

Sin embargo, cuando por fin estoy frente a la puerta y las pequeñas y cálidas luces del cartel del Déjà Vu me saludan, la inseguridad se apodera de mí. Es un ramo enorme y a lo mejor no le gustan.

Cierro los ojos con fuerza, muevo la cabeza, negando, y cojo aire. Las flores guardan mi esencia más pura. Es mi forma de expresarme con las personas a las que quiero y con las que sé que voy a querer, así que no hay marcha atrás. Voy a entrar, dárselas, pedirle un beso y volver a casa con las consecuencias de todos mis actos y la cabeza bien alta.

Doy un paso hacia el interior y la primera barrera me la encuentro cuando el recepcionista me pregunta mi nombre y si tengo reserva. Le digo que no, que solo vengo a ver a Óscar y, aunque al principio no puede ocultar su recelo, al final me pregunta mi nombre completo para trasladar mi mensaje. Lo hace con educación y celeridad, dejándome claro que Óscar no se ha ganado su prestigio solo por la cocina, aunque sea gran parte del mérito. Su equipo trabaja con una eficacia que se ve a simple vista y eso siempre es un enorme plus. Observo a la gente que entra y sale del restaurante y, mucho antes de estar realmente lista para hacer frente a su presencia, Óscar aparece ante mí con la chaquetilla de trabajo puesta, lo que quiere decir que está guapo a rabiar, las mejillas un poco encendidas y una sonrisa preciosa en la cara.

De pronto, el ramo me pesa una barbaridad, probablemente por los nervios, y como si se hubiese dado cuenta, lo sostiene con cuidado y me lo arrebata al tiempo que me da un beso tan dulce que me cuesta la vida despegarme.

—Espero que sean para mí, porque no sé si me gusta la idea de que regales rosas rojas a alguien más.

—¿Qué te hace pensar que no me las han regalado a mí? —Entrecierra los ojos con la duda pintada en la cara y, cuando me río, me imita—. ¿Te gustan?

—Son preciosas. Pero solo las acepto si te quedas con una.

—¿Y eso por qué? —pregunto mientras él saca una rosa del ramo ante la atenta mirada del recepcionista.

—Bueno —murmura con voz suave y calmada—. Me gusta pensar que te quedas con una parte de todo lo que poseo.

Sus palabras... Dios, sus palabras hacen que París se derrita, y no por el frío. Me alzo sobre mis puntillas y acepto la rosa al tiempo que lo beso, otra vez.

—Te veo mañana, *mon soleil* —murmuro antes de salir corriendo.

Él me llama un par de veces, pero no hago caso. Lo sé, ya lo sé, es una locura venir hasta aquí solo para regalarle flores y salir corriendo, pero es que esta sensación, justo esta emoción en el pecho es lo más increíble que he experimentado en mucho tiempo y necesito disfrutarla al máximo.

Quizá, con suerte, cuando lo vea mañana, los efectos de sus besos, sus palabras y su voz llamándome en la lejanía todavía me hormigueen en la piel.

¿Y acaso no sería increíble?

Verdaderamente increíble.

16

Entro en casa pasada la medianoche. Estoy cansado, agotado, más bien, y el nudo de ansiedad de mi pecho no se ha disuelto ni siquiera cocinando hasta la extenuación.

Tendría que haber corrido tras ella. Dios, las ganas eran tantas y tan fuertes... Me he pasado el día entero maldiciéndome por no haberlo hecho. De pronto, cuando la vi correr y alejarse de mí, otra vez, sentí que nada más importaba, salvo ir tras ella. Una locura, porque claro que importan más cosas. Mi restaurante, para empezar. Y lo tengo claro, no es que lo dude, pero es que Emma... No sé explicarlo. Emma crea adicción. Su personalidad es pegamento puro, del que no se va con nada. Se adhiere a la piel de uno en cuanto la conoce. Y me he sentido, por un instante, como cuando huyó de mí aquella primera vez. Como si no fuese a dar con ella nunca. Es una tontería, porque sé dónde vive y tengo su teléfono, pero el flashback ha sido tan intenso que, aun siendo tardísimo y sabiendo que posiblemente esté dormida, le escribo un mensaje.

Oscarleon: Acabo de llegar a casa. Voy a poner las rosas en agua, darme una ducha y meterme en la cama, pero tenía que escribirte. Me han encantado, pero eso ya lo sabes. Y me hubiese encantado más que entraras, pero no pasa nada. Mañana... Mañana el día es nuestro. Espero que estés dormida, pero, si no lo estás... Nada. Si no lo estás, duerme y descansa, ma belle ☺

Suelto el teléfono en la mesa y lo miro un instante. He estado a punto de decirle que, si no está dormida, puedo ir a su casa a verla, pero es una locura. Es demasiado... No, es demasiado. Además, mañana vamos a pasar el día juntos y es mejor que sea así. No he necesitado demasiado tiempo para deducir que Emma es una chica que sigue sus propias normas. Se guía por su instinto, en parte, y por lo que su cabeza le dicta. La cosa es que esta le dicta cosas extrañas y maravillosas, según estoy descubriendo.

Pongo las rosas en agua y las coloco junto al tatami de madera, entre una pila de libros y una lámpara de pie. Podría ponerlas en la mesa, pero... me gusta tenerlas cerca. Me gusta que Emma sea tan valiente como para regalarme flores y deduzca que no me importa, porque así es. Me gusta, porque me hace especial a sus ojos. Significa que confía en mi capacidad de ver más allá. Me encanta pensar que ella cree que entiendo las palabras que no dice. Dios, es un pensamiento enrevesado, pero, aun así, tiene cierta lógica en mi cabeza.

Me meto en la ducha, abro el chorro del agua y la pongo tan caliente como soy capaz de soportarlo. Hasta el punto en que mi piel, blanca por defecto, se vuelve roja y arde. Abro el efecto lluvia de la ducha y agacho la cabeza solo para que el agua me acaricie la nuca. Intento que la tensión se vaya y, después de unos minutos bajo el agua, en que siento incluso cómo me adormezco, salgo, me pongo un bóxer y me voy derecho a la chimenea. La enciendo sin esfuerzos, porque esta mañana la dejé solo con las brasas; el frío en París se deja notar al punto de necesitar una fuente de calor constante, ya sea en calefacción o chimenea. A mí me gusta más lo segundo, porque al vivir en un espacio abierto pronto siento el calor natural y, normalmente, si no estoy tan cansado como hoy, me encanta tumbarme semidesnudo, sabiendo que fuera hace un frío glacial, y leer al amparo del fuego natural. Es de esos placeres que no necesitan de demasiado y, sin embargo, aportan muchísimo.

Vuelvo a la cama, me debato unos instantes entre leer al menos un par de páginas o dormir y, al final, gana lo segundo. Estoy demasiado cansado. Reviso el móvil, por si Emma me hubiese contestado, pero ni siquiera ha visto mi mensaje, así que cierro los ojos y creo que tardo en dormirme menos de lo que dura un pestañeo.

La mañana, en cambio, es caótica. El despertador no suena y, cuando abro los ojos, es porque alguien toca en mi portero de manera incansable. Por un segundo pienso que será algún trabajador, porque suelen hacerlo cuando hay alguna emergencia en la cocina, pero cuando me levanto dando traspiés y activo la cámara del videoportero veo, alucinado, que es Emma. Pulso el botón que le da acceso y corro hasta el armario para ponerme un pantalón de pijama. Vuelvo a la puerta y abro justo cuando ella entra en el rellano.

—Oh, Dios, ¿te he despertado?

Joder. Está preciosa. Que sí, que solo se ve el abrigo abotonado hasta el cuello y unos vaqueros, pero es ella. Es su cara, incluso con el gorro de lana calado hasta las cejas. Son sus ojos azules y su sonrisa y sus pecas y... Es Emma. Y que el solo hecho de que sea ella se me atragante es otra cosa más que acojona, pero aun así no me paro a pensarlo.

—Dime que no habíamos quedado en algún sitio concreto y llego tarde de cojones —le ruego.

Su risa llena mi piso mientras entra, obligándome a hacerme a un lado, y empieza a quitarse el gorro, el abrigo y el bolso cruzado que trae.

—No, pero te he escrito esta mañana y, al no contestarme, me he preocupado, porque no pareces de esos hombres que se olvidan de contestar a las mujeres con las que tienen algo, aunque ese algo aún esté por determinar. Te he llamado, pero tampoco me lo has cogido, así que he empezado a pensar: ¿y si anoche se cortó un dedo con uno de esos cuchillos mortales que seguro que usa? ¿Y si le dio un mareo al lado de la parrilla, se desmayó y justo se dio en la cabeza y ahora está en coma? ¿Y si algún comensal tuvo un infarto de esos tan aparatosos que salen en las películas, se murió y el pobre está agobiado intentando no pensar que ha tenido un cadáver en su restaurante y que eso, quieras o no, da mala fama? ¿Y si...?

—¿La opción de que me he quedado dormido no se te ocurrió? —pregunto elevando las cejas.

Ella suspira, se rasca la frente de un modo encantador y niega con la cabeza.

—La verdad es que no.

—Ya...

Me muerdo el labio para que no se me escape la risa, pero no puedo evitarlo y, cuando se da cuenta, frunce el ceño de inmediato. Dios, hasta los ceños fruncidos son adorables en Emma.

—No deberías reírte de mí por tener pensamientos un poco catastróficos.

—¿Un poco? —Su ceño se frunce más y me río entre dientes mientras voy hacia ella. La abrazo, rodeando su espalda y pegándola a mi pecho, y beso su frente primero, y su nariz después. Me quedo a escasos centímetros de su boca, pero sin besarla—. No me río de ti. Me parece bonito que te preocupes así por mí.

—¿Te parece bonito que te imagine muerto?

Me río, esta vez sin mucho disimulo, y ella acaba sonriendo conmigo.

—Me parece bonito que pienses en mí tanto como para venir hasta aquí si crees que estoy en peligro. O agobiado por las posibles muertes de mis comensales. O triste por cualquier otro tema.

—Es que soy adorable.

—Lo eres —contesto riéndome—. ¿Puedo besarte ya?

—No, porque soy yo quien he venido a verte. Debería besarte yo.

—Oh. Bien. ¿Puedes besarme ya?

Emma se ríe y estampa sus labios en los míos cuando el eco de su risa aún no se ha apagado. Y así, de la nada, el mundo explota.

Es una jodida maravilla para mis sentidos.

Es dulce, pero en cuestión de segundos su lengua pasea por mi labio inferior y, en cuanto abro la boca, me da un mordisco que me pone a punto de una taquicardia y me demuestra que Emma es una mujer que sabe perfectamente lo que se hace. Tiene que ser consciente de que, cuando gira la lengua justo como lo ha hecho en este instante, cualquier hombre es capaz de perder el sentido. La abrazo con más fuerza y ni siquiera me importa estar vestido solo con un pantalón de pijama y que mi erección sea la cosa más evidente del mundo, porque esto lo provoca ella y quiero que lo note. En respuesta, Emma gime en mi boca y se aparta con la misma fuerza con la que hace un segundo se apretaba contra mí. Cierra los ojos, suspira y, cuando los abre, casi puedo ver la tormenta desatarse en ellos.

—La culpa es de tu cuerpo. Tienes un cuerpo precioso, Óscar León, y no es justo que me tientes con él de esta forma.

Miro hacia abajo, a mi torso desnudo y a mi pantalón, hinchado hasta el límite, y sonrío. Intento que sea con seguridad, pero no sé si lo consigo porque, Dios, estoy demasiado excitado.

—Voy a darme una ducha —digo con la voz más ronca de lo que me gustaría—. Me voy a vestir y luego vamos a salir por ahí, porque si nos quedamos aquí… —Carraspeo y la miro de arriba abajo. Vaqueros y una sudadera roja con estampado. Casual, nada del otro mundo y, sin embargo, hasta eso me pone—. Si nos quedamos aquí voy a pasarlo regular.

Su risa llena cada rincón del piso antes de que me pierda en el baño. Eso sí, me aseguro de coger ropa, porque imagino que Emma no apreciaría demasiado mi costumbre de salir del baño desnudo, o casi.

La ducha es rápida, porque realmente no la necesito, ya que anoche me di una, pero no es la intención de mantenerme aseado la que me ha metido aquí, sino la de calmarme. Y, si anoche puse el agua todo lo caliente que era capaz de soportar, hoy la he puesto tan fría que, al salir, me castañeaban los dientes. Eso sí, no tengo ni rastro de mi erección y estoy fresco como una rosa.

Emma, por su lado, tiene las mejillas un poco encendidas y observa uno de mis libros con atención. Al menos lo observa hasta que me ve.

—¿Listo?

—Listo. ¿Cuál es el plan?

—Primero voy a llevarte a desayunar, porque es evidente que estabas dormido cuando llegué, y luego... Bueno, París es nuestro. ¿No es maravilloso?

Lo es. Lo es durante todo el día y, a medida que avanzan las horas y paseamos en bicis alquiladas, entramos en un museo, comemos o nos vamos a ver las luces de la ciudad solo por placer, sin un rumbo concreto, me doy cuenta de que lo más maravilloso de París es que tiene a Emma entre sus calles. Eso hace de la ciudad un sitio impagable y el lunes, cuando corremos de la nieve a través de un césped cualquiera de la ciudad y ella me pide que salte las flores para no pisarlas, comprendo, sin necesidad de palabras, que mi adicción por ella va a crecer hasta límites incuantificables. No puedo ni siquiera imaginarme cuán adicto voy a volverme, pero sé que será mucho. Mucho, mucho, mucho.

A Emma le gusta el café tan dulce que repele, los dónuts, saltar pasos de peatones seleccionando colores, las flores, rellenar la soledad de la gente con listas, la gente que se ríe sin motivos y yo. Le gusto yo, no sé cómo, ni por qué, pero sé que ser el receptor del cariño de alguien tan especial ha conseguido que la nube en la que me he subido yo solito se llene de felicidad y confusión, porque creo que voy hacia un punto de no retorno que me da miedo, la verdad. Sin embargo, no por eso voy a dejar de recorrerlo.

El lunes por la noche le pido que cenemos en mi piso, pero se niega y alega estar agotada. No es verdad, simplemente no quiere que acabemos en la cama. Lo entiendo, sé que Emma tiene sus propios ritmos y, si para ella aún es pronto, lo respeto totalmente. Eso no significa que no esté muerto de ganas de desnudarla y enterrarme en su cuerpo, pero también creo que, cuando lo hagamos, será especial.

La llevo a casa, me despido con un beso que se alarga hasta el punto en que los dos acabamos gimiendo contra su fachada, y quedamos en vernos al día siguiente.

El martes, no obstante, se me hace imposible verla. El trabajo y los preparativos de Navidad me absorben y, aunque hablamos por teléfono, la echo de menos. El miércoles ella planea llevar a Jean Pierre a mirar tumbas. Me parece tétrico, se lo digo, pero alega que cree que es buena idea elegir dónde quiere pasar uno la eternidad. A mí no me llevaría ni loco, pero no sé cómo ha conseguido que su vecino lo haga. Yo creo que, en el fondo, al bueno de Jean Pierre le va la marcha. El caso es que me quedo sin verla, porque cuando vuelve a casa está exhausta para venir al restaurante y yo acabo tan tarde que no quiero perturbar su sueño.

El jueves me planto en su casa con chocolate caliente y unos cruasanes que devoramos justo antes de besarnos como adolescentes en la parte trasera de un coche prestado, solo que estamos en su sofá, la chimenea está prendida pero el calor que a mí me abrasa es el que me nace dentro.

El fin de semana el trabajo me absorbe de tal manera que apenas puedo pensar. La Navidad siempre es así, por fortuna. No me quejo, hubo un tiempo en que soñé con hacer esto justamente y lo disfruto, aunque eche de menos a Emma y me duela cada músculo del cuello por la tensión.

El domingo volvemos a pasarlo juntos, y el lunes de descanso, pero me paso el día al teléfono con mi padre porque los obreros han reventado la arteria principal de agua en el restaurante y, por lo visto, eso es algo tan importante como para pararlo todo y ocuparse de sanear las instalaciones por completo, ya que estamos.

—El «ya que estamos» en una obra sale más caro que alquilar un Ferrari por horas, hijo —dice mi padre.

Me río, le doy la razón y, cuando cuelgo, Emma se ofrece a darme un masaje.

—¿Desnudos?

Su risa llena su apartamento y, cuando la cosa empieza a ponerse interesante, su padre se presenta en casa y me pregunta por mi receta de gazpacho, otra vez. Trae hasta la libreta de notas y, cuando acabo de charlar con él, han pasado dos horas, le he dado más recetas de las que me hubiese gustado, porque a fin de cuentas eso es algo privado y que me ha costado años elaborar, y Emma le dice a su padre, sin medias tintas, que molesta y que tiene que irse.

—Bueno, vale, pero Jean Pierre va a subir a cenar. Te lo digo porque me ha dado todas las quejas hace un rato. Que ya no quieres saber nada de él, dice.

Emma se pinza el labio inferior, me mira y se va a la estantería que hay justo encima de su cama. Saca una lista y un boli y apunta algo. Vuelve, me la entrega y la abro bajo su mirada y la de su padre.

Hacer que Jean Pierre cocine algo rico con un gran chef y suelte, al menos, dos carcajadas.

Levanto los ojos hacia ella y, cuando me encuentro con la esperanza brillando en ellos, sonrío y asiento.

—Me parece un buen punto en tu lista, ma belle.

Ella se ríe tan aliviada que me sorprendo, no por primera vez, de lo fácil que es hacer feliz a Emma.

Jean Pierre se descubre como un alumno gruñón, pero aplicado, y cuando quiero darme cuenta, a la cena se han sumado los padres de Emma y su hermano Martín, a quien ya me presentó hace unos días. Todo es tan cotidiano que siento como si llevara haciendo estas cosas un siglo, pero lo cierto es que no es así y, el sentimiento de pertenencia a Emma, a su apartamento e, incluso, a su familia, en gran medida, hace que el miedo me trepe por la columna. Nunca me he sentido así, y no es que me niegue, pero soy una persona prudente por defecto y esto... esto no tiene nada de prudente. Estoy lanzándome al vacío y no sé si saldrá bien, pero cuando Emma me besa frente a sus padres y me da las gracias por hacer feliz a un pobre moribundo, solo me queda reírme y pensar que sí, que estoy haciendo lo correcto porque cada pequeño nudo de ansiedad que pueda nacerme, ella lo desenreda con un beso. Es impresionante.

La semana previa a la Nochebuena es caótica, porque es la primera vez que voy a coger vacaciones un poco más largas en Navidades. Mentiría si dijera que no estoy arrepentido. Me comprometí hace unos meses, en verano, cuando mi madre me confesó que me echaban de menos más de lo que admitían y que les encantaría pasar unos días conmigo sin agobios. Y, aunque la Navidad es una época fuerte, confío plenamente en mis trabajadores y decidí que, si hay una época para volver a casa unos días y disfrutar de ellos, es esta. El problema es que ahora está Emma, y la idea de marcharme mañana, 22, hasta el 1 de enero me provoca placer, por la parte en la que voy a ver a mi familia, pero también rechazo, porque no quiero dejarla aquí. Y no tengo ni idea de cómo gestionar eso.

—¿Me vas a echar de menos hoy cuando estés entre fogones? —pregunta Emma, sacándome de mis pensamientos.

Estamos tumbados en mi sofá viendo una película. No es ni mediodía, pero ella es de esas personas que alegan que cualquier momento es bueno para ver una película que haga que el corazón se apriete en un puño. Es una peli romántica, pero bastante mala, así que no me extraña que la ignore para centrarse en mí.

—¿Lo dudas? —pregunto acariciando su frente con mi nariz.

Ella niega con la cabeza y sonríe, pero no es una sonrisa alegre, de esas que Emma acostumbra a esbozar.

—Hoy he visto un perro triste. Eso augura cosas malas.

Intento no reírme. Sé que para Emma estas cosas son importantes. Es muy muy supersticiosa, pero de cosas que ella se inventa. Si ve un perro que cree que está triste, piensa que pasarán cosas malas. Si ve tres nubes negras juntas, pide un deseo. Si va caminando y pisa un charco con el pie derecho, pasará algo bueno. Y así, infinidad de cosas. Ella alega que a la gente le cansa, pero a mí me parece adorable y no creo que pueda cansarme de estas cosas nunca. Es maravilloso observar a alguien con una percepción distinta de la vida. Interesante, fascinante, especial.

La beso con suavidad y acaricio su barbilla.

—Todo estará bien. ¿Sabes lo que necesitas? —Ella niega con la cabeza y sonrío—. Venir a cenar hoy al restaurante y dejar que me ocupe de servirte yo mismo. Primero cocinaré para ti y luego lo llevaré a tu mesa personalmente. ¿Qué te parece?

—Que no quiero darte más trabajo del que ya tienes —susurra subiéndose sobre mi regazo.

Suspiro. Dios, esta parte cada vez me cuesta más. O menos, según se mire. Cuando Emma se sube sobre mí, me besa, merodea por mi cuello e incluso acaricia mi torso, mi cuerpo reacciona con tanta fuerza que ha empezado a ser doloroso. Realmente doloroso.

No le digo nada, claro, sé que ella tiene las mismas ganas que yo de acabar con la tensión sexual, pero busca el momento adecuado y...

—Aunque hay una forma de que acepte. —Elevo las cejas y ella sonríe—. Prométeme que luego podré subir con el chef a su piso y quedarme a dormir.

Sus labios encuentran los míos y sus caderas rotan sobre mi erección con tanto ahínco que solo me queda gemir y mirarla a los ojos cuando nuestros rostros se separan apenas unos centímetros.

—¿Segura?

—Eres el hombre más especial del mundo, Óscar León. El más especial de todos.

No sé por qué dice eso, pero tampoco me paro a preguntar. Lo que sí hago es agarrarla del trasero, alzarla y tumbarla en el sofá, colándome entre sus piernas.

—Emma... —gimo cuando me clavo en su centro y ella, lejos de cortarse, alza las caderas buscándome—. *Mon cœur*...

Ella se ríe, muerde mi labio inferior y luego arquea la espalda, ofreciéndome su escote. Lo beso con suavidad y me muerdo el labio con fuerza, obligándome a no ir más allá, porque llevo demasiado tiempo preguntándome qué hay debajo de su sujetador y no voy a joderlo adelantándome ahora, pero, Dios, me cuesta la vida.

—*Mon soleil* —susurra—. *Mon beau et brillant soleil.*

Cierro los ojos, beso el centro de su escote y me levanto del sofá deseando que el día transcurra cuanto antes y la cena llegue de inmediato, porque necesito servir a Emma de todas las maneras en que mis manos, como cocinero primero y amante después, puedan.

Ya por la noche, Emma entra en el restaurante ataviada con un vestido rojo que hace que mi cabeza cortocircuite de mala manera. Preciosa. Dios, está preciosa y quiere estar conmigo. Todavía no me explico cómo el niño asustadizo, inseguro y devoto de la cocina ha logrado convertirse en alguien merecedor de que una mujer así le preste atención, pero aquí estamos.

La guío hacia una mesa cercana a la cocina y le pido que me deje elegir por ella lo que cenará. Acepta encantada a cambio de un beso y lo hago: la beso frente a todo mi equipo y el resto de los comensales y lo hago con tal orgullo que, al volver a la cocina, creo que mi pecho está hinchado al doble de lo normal.

El primer plato le gusta tanto que suspira de placer. Solo suspira, pero yo me excito en el acto. Joder, lo sé, me paso la vida excitado, pero es que poder cocinar para ella: poder alimentarla con lo que creo en la cocina hace que pueda expresar todo lo que siento, aunque no sé si ella será capaz de entenderlo. Es algo primitivo. Una necesidad que me nace en las entrañas.

El problema viene cuando Jérôme me habla de que hay una mesa que quiere saludarme.

—Estoy con Emma. Esta noche, solo estoy con Emma.

—Lo sé, amigo mío, pero esta mesa... No puedes decir que no. Es una cena romántica. —Lo miro elevando una ceja.

—Como si son la Bella y la Bestia.

—Nate y Esme —dice por respuesta.

—¿Aquí?

—Viaje exprés romántico.

Sonrío. No puedo evitarlo. Salgo de la cocina, beso a Emma en los labios, solo por placer, y recorro el restaurante hasta llegar a la mesa en la que mis tíos me esperan.

—¡Óscar!

El abrazo de mi tía es inmediato. Tan inmediato como mi sonrisa. Le devuelvo el gesto con fuerza y cierro los ojos. Luego me separo y la observo: está preciosa, pero eso no es una novedad, porque siempre lo está. Miro a su lado, a mi tío y me río cuando abre los brazos de par en par.

—Sobrino. —Me dejo envolver por su abrazo hasta quejarme, porque en esta familia abrazar hasta que duele es algo literal—. Te echábamos de menos.

—Yo también a vosotros —admito—. ¿A qué debo la visita?

—Viaje exprés. Tu tío se empeñó en pasar una noche en París antes de celebrar la Navidad en familia. Llevamos todo el día aquí, en realidad, pero no podíamos irnos sin saludarte. Lo comenté con tu padre por teléfono y él se ocupó de hablar con Jérôme para conseguir una mesa, de modo que fuera una sorpresa para ti.

Me río y no me extraña nada que mi padre se meta en las cosas de mi restaurante. Álex León puede vivir en otro país y, aun así, arreglárselas para colar en mi propio negocio a gente que él considera familia, porque lo son.

—Haré que os sirvan ahora mismo. Yo os veré luego, si acaso, porque esta noche estoy muy ocupado.

Ellos lo entienden de inmediato, sobre todo cuando le señalo a mi tía la mesa de Emma, que nos mira con curiosidad. Estoy a punto de llamarla para presentársela cuando mi tía me frena.

—Hazlo luego. Ocúpate de su cena, primero.

—Eso sí, tenían razón los chicos y tus padres. Es preciosa.

Me río con las palabras de mi tío Nate y agradezco en silencio que sean los más discretos de la familia. Luego recuerdo algo y me freno en seco, temiéndome lo peor.

—¿Dónde dormís hoy?

—Tranquilo —dice mi tía riéndose—. Tenemos reservada una suite maravillosa dotada de un montón de cosas para hacer un montón de otras cosas explícitas que no voy a detallar. —Eleva una de sus cejas y hace una mueca divertida. Frunzo el ceño y los dos se ríen—. Exacto.

Bufo un poco porque no veo divertido que mis tíos y padres disfruten tanto haciendo ese tipo de insinuaciones, aunque ellos se partan, y me voy a la cocina para servir el próximo plato a Emma y explicarle quiénes son, por si quiere conocerlos ya o más tarde. El problema es que, apenas he llegado a su mesa cuando la presencia de dos nuevos seres en mi restaurante me hace saber, de pronto, que mi noche va a ser de todo menos tranquila. Eso, y que lo de servir a Emma en exclusiva se me acaba de complicar un poco más.

—¡Ya está aquí lo más bonito de París! —exclama Ethan Lendbeck, recorriendo el pasillo para abrazarme con tanta fuerza que me mueve del sitio.

—Lo más bonito soy yo, pero no sabe cómo hablar sin demostrar lo capullo que es.

Su hermana, Daniela, espera pacientemente que el primero me suelte para darme también un abrazo. Y todo está bien, de verdad, adoro a estos chicos y también son como de mi familia. De hecho, ya oficialmente lo son, porque Adam, el gemelo de Eth, está con mi prima Victoria, pero es que el pálpito de que aquí hay algo más me tiene en tensión y...

—Por cierto, hemos dejado las maletas con Raoul, el recepcionista. Ya las subiremos cuando tengas un hueco —dice Daniela.

—Subirlas ¿adónde? —pregunto con la tensión mordiéndome la nuca.

—¿Adónde va a ser? A tu casa, hombre. ¡Nos quedamos contigo hasta mañana! Nos vamos a España juntos. ¿Qué te parece la sorpresa?

—Nos ayudó tu padre a organizarla —revela Daniela.

De puta madre. En serio. De putísima madre. Cierro los ojos, contengo una maldición y me prometo aquí mismo hablar con mi padre y empezar a ponerle normas muy serias con respecto a la gente que cuela en mi jodido restaurante y en mi puñetera casa.

Miro a Emma, que clava sus enormes y dulces ojos en mí, creo que ahora mismo tiene tantas preguntas que es un milagro que no se ponga a dispararlas en modo automático. Quiero darle respuestas, pero es que antes, no sé por qué, la imagino desnuda entre mis brazos, revolcándose en mi colchón toda la noche, y luego miro a Ethan y Daniela, que esperan con toda la parsimonia del mundo que diga algo, pero me es imposible, porque estoy muy entretenido intentando tragarme el nudo de frustración que tengo atravesado en la garganta desde hace unos segundos.

Y en esas estoy cuando Emma toca mi brazo con suavidad. Miro a un lado y la veo de pie, junto a mí. ¿Cómo se ha levantado de la silla sin que me dé cuenta? Ah, sí, claro, que estoy muy ocupado maldiciendo en silencio como para pensar en nada más.

—¿Todo bien, *chéri*?

—Todo bien, preciosa —dice Ethan—. ¿Y tú eres...?

Ah, no. Mira. Una cosa es ser como familia y otra que este venga a mi puñetero restaurante a adoptar su actitud de melofollotodo con Emma. Estoy a punto de hablar, pero ella dice su nombre y él coge su mano y se la lleva a los labios con toda esa galantería que es capaz de sacar cuando alguien le interesa. Yo aprieto los dientes y procuro controlarme, pero no puedo. ¡Es que no puedo!

Qué mal va a acabar esta noche, joder.

¡Qué mal!

17

Emma

—No toques tanto, Lendbeck —dice Óscar al chico que acaba de besar mi mano.

Me río, porque no pensé nunca que fuese un hombre inseguro con respecto a esto nuestro, pero es evidente que Ethan le pone nervioso. Sí, lo llamo por su nombre porque sé quién es. Prácticamente todo el mundo sabe quién es Ethan Lendbeck. En parte por su trabajo y en gran parte porque, hasta la fecha, ha tenido dos relaciones formales públicas, aunque cortas: una con una cantante internacional y otra con una modelo de una famosísima firma de lencería. De hecho, en YouTube hay un vídeo suyo haciéndole un baile de lo más erótico (y público) a esta última en un pub de Los Ángeles. Se hizo viral y creo que estuvo en todos los teléfonos del mundo. Siempre pensé que era una pena que no dejaran al chico vivir su vida en intimidad, pero ahora que lo veo y me fijo en su pose, en su forma de hablar con Óscar y en su relajación aparente —aunque es obvio que está llamando la atención de varios comensales—, creo que, en realidad, a Ethan Lendbeck Acosta no le importa lo más mínimo ser la comidilla de ciertos medios cada equis tiempo. Y me parece genial: sabe el efecto que tiene en el mundo y ha decidido que no le importa. ¿Hay algo más bonito que la aceptación? No lo creo.

Aparte de eso, su hermano está saliendo con una prima hermana de Óscar, que también es famosa por provocar numerosos escándalos. En realidad, en la familia de Óscar hay varios famosos, pero nunca me paro a pensar en ello. Supongo que ser hija de un escritor de renombre, también, hace que no me recree demasiado en eso.

—Es un gesto tan bonito este de besar las manos de las chicas, ¿verdad? —comento a nadie en particular—. Soy Emma, por cierto. Emma Gallagher, y soy algo de Óscar, pero aún no hemos definido el qué, aunque quizá deberíamos, ¿no? —planteo mirando a Óscar, pero sin darle tiempo a contestar—. O, bueno, a lo mejor eres de esos que no quieren ponerse una etiqueta. La verdad es que es algo que no hemos hablado. Una vez estuve con un chico que odiaba las etiquetas y, aun así, me presentaba a sus amigos como «conocida». ¿Y acaso no es eso otra etiqueta? Distinta, pero etiqueta, ¿a que sí? En fin, soy alguien que hace cosas con Óscar, pero sin etiqueta. Cosas íntimas, aunque no tan íntimas como me gustar...

—Bien, *chérie*, creo que es hora de cortar —dice Óscar rodeando mi cintura con una mano—. Y hablaremos de esa etiqueta hoy mismo —susurra solo para mí.

—Pero déjala que siga, hombre. Dios, eres adorable. —Ethan me sonríe y señala la mesa—. ¿Estás cenando sola? Porque puedo acompañarte.

—Podemos —puntualiza la chica que lo acompaña—. Me están matando los pies. La gente que dice que los tacones de firma no duelen es muy muy mentirosa. Estos Manolos van a acabar conmigo, de verdad.

Daniela Lendbeck, su hermana. También es famosa y tiene sus propios escándalos, aunque es más comedida que Ethan. Creo que todos en su familia son más comedidos que él. La chica es impresionante en fotos, pero en persona es... ¡Guau!

—¿Cómo has conseguido conocerla y no enamorarte de ella de inmediato? —le pregunto a Óscar.

Él me mira elevando las cejas y la susodicha suelta una carcajada que hace que me lo pregunte aún más.

—Óscar es un genio en la cocina y me encanta comer todo lo que sale de sus manos, pero no tengo mucho interés en su cuerpo, ni él en el mío.

—Exacto —dice el propio Óscar—. Además, yo soy más de rubias.

Me guiña el ojo cuando lo miro y me río, un poco ruborizada porque adoro que diga esas cosas. Me hace sentir importante y eso siempre es bonito, ¿no?

—¿Cómo has viajado con esos zapatos? —pregunta Óscar—. Mejor aún, ¿cómo es que habéis viajado un día antes de ir a España?

—Mi piojo necesita que le dé el aire —contesta Ethan.

—Como vuelvas a tu discurso, te quedas sin dientes. Te lo juro, Ethan. No vas a poder comer ni papillas.

—Dice que tiene novio, ¿tú te crees? —sigue Ethan—. Un imbécil, encima. ¡Se ha ido con él de vacaciones a los pocos días de conocerlo! Ha perdido el norte. Ese tío ni siquiera ha pasado mi test, así que he decidido que necesita tiempo a solas con alguien que la haga ver las cosas con perspectiva. Elegir destino fue fácil, me encanta París y me encanta tu comida.

—Ni siquiera voy a comentar nada, porque no quiero ponerme agresiva y romperle las pelotas delante de esta chica tan simpática. No a todo el mundo le gusta la sangre y no quisiera ser responsable de interrumpir tu evidente cita con ella, Ósc.

—Óscar. Y la estáis interrumpiendo de todas formas. Levanta, Daniela, Emma está cenando sola mientras le sirvo.

—¿Y dónde me siento a cenar?

—En ningún sitio, si no tenéis reserva.

—Madre mía, qué genio —exclama Ethan riéndose—. Si aquí cabemos de sobra.

—No, Eth, en serio. Aquí, no.

—¿Y dónde quieres que me siente? —inquiere el chico abriendo los brazos y mirando en derredor—. No creo que ninguno de estos agradables comensales agradezca que interrum... Un momento.

Sus ojos se clavan en la mesa que Óscar ha saludado antes. Su sonrisa se ensancha de inmediato y la carcajada que llega de la pareja me deja claro que son conocidos.

—¡El mundo es realmente pequeño! —exclama Daniela.

—¡Lo es! —contesta Ethan—. Piojo, levanta, ya tenemos sitio para cenar.

—Genial, porque de verdad que no puedo más.

—Están de cena romántica, así que dejadlos en paz —dice Óscar—. Subid a casa y no molestéis a nadie. ¿Tan difícil es?

—Yo sin cenar no puedo dormirme, Ósc —afirma Daniela—. Tengo pesadillas.

Óscar resopla y, cuando va a comentar algo, Ethan coge mi mano de nuevo, la aprieta y me acerca a su cuerpo en un movimiento tan sutil y suave que me pregunto si no me habré deslizado sin darme cuenta.

—Emma, preciosa, ¿quieres venir a cenar con nosotros? No me gusta pensar en ti aquí, solita.

—Oh, no te preocupes, creo que...

—Eth, corta el rollo, en serio.

La voz de Óscar es seria. Dura, diría, pero eso no lo amedranta.

—Una palabra tuya, te echo sobre mi hombro y huimos de aquí para siempre.

Me río. No puedo evitarlo, es un donjuán.

—Ah, ¿sí? ¿Y adónde iríamos?

—Lejos, tan lejos como quieras. Conozco varias islas desiertas. Puedo hacer un imperio para ti con palmeras y troncos, piénsalo. No cocino como él, pero bailaré para ti cada noche, y cada amanecer. Con ropa o sin ella. Te daré hijos preciosos, si tenemos la suerte de que se parezcan a ti. Pescaré, subiré a palmeras para recoger cocos, haré lo que sea para que seas la mujer más feliz del mundo. Y la más satisfecha, por descontado.

—¿Coger cocos? —pregunta Daniela antes de soltar una carcajada y mirar a Óscar—. ¿Puedes explicarme cómo este cazurro consigue follar tanto? ¿Cómo es que le funcionan esas cosas?

—Es encantador, guapísimo y tiene una fama que le precede. Si me preguntáis a mí, ha conseguido crear la imagen perfecta para que todas las mujeres se pregunten cómo sería pasar una noche con él. —El cuerpo de Óscar se tensa tanto que me río y me giro, besando su brazo—. Todas, menos yo.

—¿Segura?

—Segura. A mí me van más los chefs de palabras suaves y manos pacientes.

—¿Manos pacientes? Uy, qué mal suena eso —replica Ethan antes de suspirar—. En fin, en vista de que no quieres ser la madre de mis hijos, voy a intentar encontrar un lugar donde sentarme y rumiar mi pena.

Óscar intenta decirle algo, pero da igual, Ethan y Daniela se dirigen hacia la mesa de la pareja, y hablan en un tono lo bastante alto como para que yo oiga la conversación sin esfuerzos, sobre todo porque no están a tanta distancia de nosotros.

—Estáis de suerte, porque hoy nos sentimos generosos para compartir mesa con nuestros tíos favoritos.

Daniela pone carita de niña buena a modo de saludo.

—Nosotros no somos vuestros tíos —contesta mi tío Nate antes de levantarse—, pero tengo un abrazo de sobra de todas formas.

Ellos no lo piensan. Se tiran a los brazos de la pareja, que los acoge con risas y la invitación de sentarse a cenar.

—Entonces ¿pagáis vosotros? —dice Ethan.

—Acabas de fastidiar nuestra cita romántica. No te pases tanto, campeón —responde él.

—Para eso está la familia —dice Ethan antes de guiñarle un ojo y volverse hacia mí—. ¡Eh, preciosa! ¿Seguro que no quieres acompañarnos?

—Pues... —Miro a Óscar, que suspira resignado antes de preguntarme.

—¿Quieres? No te aburrirás, desde luego.

Estoy tentada, porque parecen divertidos, pero no es eso lo que me apetece.

—¿Podemos seguir nuestro plan original? —Los hombros de Óscar se relajan justo antes de sonreír y asentir. Sin embargo, sigue sin parecer contento—. ¿Todo bien?

—¿Has oído lo que ha dicho Daniela acerca de las maletas?

Hago memoria rápidamente y no me cuesta demasiado caer en la cuenta.

—Oh.

—Sí. —Óscar suspira lleno de frustración y me insta a sentarme de nuevo. Cuando lo hago, se sienta a mi lado—. Me encantaría echarlos, pero... Bueno, son familia. —Se aprieta los ojos con dos dedos y suspira—. Tengo mucha familia, como ya habrás podido comprobar por las infinitas veces que nos han interrumpido.

—No pasa nada, *mon soleil* —susurro antes de besar sus labios con dulzura—. Solo espero que guardes todas esas ganas para cuando volvamos a vernos, ya el año que viene.

Mis palabras son tensas y tristes. El tono no pasa desapercibido ni para él, ni para mí. Óscar se va mañana a pasar la Navidad con su familia y, aunque es lo lógico y me parece bien, me pone muy triste pensar que no voy a verlo en tanto tiempo. Había ideado pasar la noche entera entre sus brazos para compensar, pero ahora que ha ocurrido esto...

—Podríamos ir a tu apartamento cuando acabe aquí —susurra él sobre mis labios.

—No, imposible. El destino ha hecho aparecer a tu familia por alguna razón.

—Emma, cielo...

—De verdad lo creo, Óscar. No puede ser esta noche. De haber sido así, todo habría salido a pedir de boca. Y no pasa nada, de verdad. Yo, por mi parte, pienso esperar a que vuelvas.

Él suspira y asiente, pero no contesta. Sé que, a veces, le cuesta un poco creer a pies juntillas en mis teorías, pero aun así respeta cada decisión que tomo sin cuestionarme y solo por eso se merece que me haya enamorado de él con tanta intensidad. A él no se lo digo, pero creo que lo sabe, porque son ya varias las veces que hemos hablado de amor y, aunque insiste en que mis enamoramientos no han sido amor verdadero hasta ahora, acepta lo que pienso y lo respeta. Es un gran hombre. Un hombre que mañana viaja al sur de otro país y estará rodeado, seguramente, de mujeres que sabrán ver todo lo que tiene para ofrecer. Y yo, que nunca he sido celosa, ahora me siento... rara. Una especie de inseguridad me recorre la columna y me murmura cosas feísimas en el oído.

—Ven conmigo de vacaciones —dice entonces Óscar.

—¿Qué? —pregunto anonadada.

—Ven conmigo, Emma. Pasaremos las vacaciones en el camping con mi familia, estaremos juntos y entraremos al año abrazados. Con suerte, besándonos. Si vienes conmigo, ni siquiera necesito cumplir la tradición de las uvas.

Me muerdo el labio con fuerza para reprimir el impulso de hacerle caso. Dios, quiero ir con él, de verdad que quiero, pero casi en el mismo momento en que me viene la aceptación a la cabeza, pienso en Jean Pierre, pasando la Navidad solo. En mis padres. En mi hermano. Cierro los ojos. Yo tengo una familia propia con la que pasar estos días, no puedo avisar en cuestión de horas de que me voy. No sería propio de mí.

—No puedo —susurro abriendo los ojos, que había cerrado para pensar mejor, y enfrentándome a su mirada ansiosa—. Mi familia... Y luego está Jean Pierre. Es probable que sea su última Navidad y no quiero abandonarlo.

—Emma, Jean Pierre no está enfermo, no se está muriendo.

—Yo siento que sí.

Él suspira, hace amago de hablar y, al final, asiente y sonríe, aunque no es una sonrisa alegre, y no puedo culparlo porque, maldita sea, quiero hacer caso a mi corazón e irme con él, pero siento que hacerlo sería incorrecto. Él acaricia mi mejilla con suavidad y vuelve a besarme, ajeno a las mesas de comensales, sus trabajadores y su propia familia, que nos observa a no demasiada distancia.

—Está bien, *ma belle*. Está bien. Nos veremos en cuanto yo vuelva.

Asiento, pero el ánimo me abandona y él lo nota enseguida. Desde ese punto, intentamos no pensar en la despedida, o en que no podremos pasar la noche juntos, pero creo que ninguno de los dos lo consigue. Tanto es así que, cuando me acabo el postre, le digo que me voy a casa. Me duele la cabeza, seguramente por los nervios y la tensión, y él se ofrece de inmediato a acompañarme. Intento negarme, pero la verdad es que no puedo renunciar a unos minutos más a su lado, así que, después de presentarme oficialmente a sus tíos, dejo que coja el coche y, durante todo el camino, jugamos a los coches de colores. Nos reímos, contamos cosas de nuestra vida que el otro no sabe y, al menos yo, me regodeo en la idea de que cada vez cuesta encontrar más cosas que no hayamos contado ya. Nos conocemos. Lo hacemos porque hemos hablado horas de todo y nada. Siento que, por primera vez, he respetado de verdad las pautas que mi cuerpo me pedía hasta ahora. Calma, anticipación, tensión sexual. Y es una lástima que no podamos resolverlo esta noche, pero vivimos en la ciudad del amor, así que me animo pensando que será al volver, con mucha más calma. En sintonía con esto que hemos empezado.

Sin embargo, cuando me despido de Óscar, después de besarlo a placer y prometerle que lo echaré muchísimo de menos, entro en casa y lo primero que me asalta es el pensamiento de que, pese a lo que dijo en el restaurante, se ha ido y no hemos puesto una etiqueta a lo nuestro.

«No importa», me digo. A mí me gusta tomar la vida como viene. Pero lo cierto es que, al imaginarlo lejos de mí, sin saber siquiera lo que somos, algo duele dentro como no pensé que lo haría.

—Ay, amor, qué maravilloso y complicado eres.

Cuando nadie me responde sonrío con cierta tristeza y me encierro en el baño para quitarme el maquillaje y ponerme el pijama.

Diez días no son tantos.

En diez días no cambian los sentimientos de una persona, ¿verdad?

Aunque nunca se sabe, pero...

Cierro los ojos, suspiro, me pongo el pijama y luego, como no encuentro consuelo, hago lo único viable en estos casos: subo a casa de mis padres, les cuento la situación y me dejo animar por ellos.

Mi padre me guía a mi dormitorio de soltera y allí, ante mi mirada, enciende los cientos de luces que colocaba cada noche para que yo pudiera dormir. Aún hoy, en mi estudio, las enciendo yo misma. La oscuridad me da miedo desde siempre, pero es algo que no confieso a mucha gente, porque no todo el mundo comprende la compleja calma que puede aportar un puñado de luces con más significado espiritual que literal.

Mis padres hacen que me tumbe con ellos y, después de que mi padre susurre un par de nanas destinadas a relajarme, consigo sonreír, pero no olvidar el tema que me tiene así.

—Entre saber que son las últimas Navidades de Jean Pierre, y esto, van a ser unas fiestas muy tristes —murmuro a nadie en concreto en algún punto de la noche.

—Ay, Emma, mi niña...

El susurro de mi madre se queda colgado en el aire y yo cierro los ojos y me duermo intentando evitar el pensamiento de que, a estas horas, debería estar entre sus brazos, desnuda y saciada, pero el destino no ha querido y, aunque es una verdadera lástima, estoy segura de que todo esto ha ocurrido por una razón.

El destino jamás se equivoca, ¿no?

18

Decir que el camino a casa después de dejar a Emma resulta nefasto para mis emociones es quedarse muy corto. Me siento mal, desconcertado, inseguro, y no es un sentimiento que me guste. Ya viví así mucho tiempo cuando era niño y me costó mucho llegar a ser un hombre seguro de sí mismo. Esta faceta no me gusta y, sin embargo, no la cambiaría por nada, porque es fruto de lo que estoy sintiendo por ella.

Aparco el coche y entro en el restaurante para avisar a Ethan y Daniela de que voy a subir a casa y pueden venir conmigo, porque imagino que estarán cansados del vuelo. No es que me apetezca compartir con ellos mi espacio, pero son familia, y nuestra familia permanece unida hasta cuando la paciencia está bajo mínimos y pensamos en lo bonito que sería estar solo en la vida en ciertos momentos.

No lo pienso de verdad, habla por mí la desidia que me provoca saber que Emma está en su casa y yo aquí, y no debería dejar que la amargura se me note, pero en cuanto enfrento la mesa de mis tíos y veo que Eth no está, no puedo evitar sonar un poco áspero.

—¿Adónde ha ido? —pregunto.

—Al baño —me informa Daniela—. ¿No hay coulant de chocolate blanco?

—No, lo hemos eliminado temporalmente de la carta.

—Me parece fatal.

Pongo los ojos en blanco a modo de respuesta. No estoy para sus críticas culinarias ahora mismo, la verdad.

—En cuanto Ethan vuelva, nos subimos a casa. Quiero aprovechar y dormir lo máximo posible antes del vuelo de mañana.

—Sí, nosotros, de hecho, nos vamos ya —asiente mi tío—. Mañana tenemos el mismo vuelo.

—¿Cómo sabíais cuál era mi vuelo?

—Por tu padre —responde mi tía.

—Cómo no... —murmuro—. En fin, Daniela, en cuanto venga Eth, nos subimos a dormir.

—Pues no parecía que tu plan de esta noche consistiera en dormir.

—No me tientes, cielo —le digo en tono serio—. Confórmate con haberlo roto y que no os haya mandado a un hotel, porque te aseguro que todavía estoy a tiempo y ganas no me faltan.

—Qué carácter, de verdad. —Suspira y se acerca a Esme—. Con lo mono que era de pequeño, ¿verdad?

Ella se ríe y da un sorbo a su copa de vino.

—Todavía lo es, solo que ahora las frustraciones son más... intensas.

Mi tío oculta una risa con un resoplido y lo miro mal. Le soltaría un par de cosas ahora mismo, pero es que lo suyo no es nada para como se ha portado Ethan, que se ha pasado media cena hablándole a Emma de las ventajas de huir con él. Yo, a este chico, no lo entiendo, y no me entra en la cabeza cómo es que las tiene haciendo fila. Me siento con ellos a esperar que vuelva para poder subir a casa y doy un sorbo a la copa de vino de Daniela. Intento relajarme, pero poco después aparece Ethan con los labios manchados de carmín y frunzo el ceño.

—¿Tú no estabas en el baño? —pregunto.

—Sí. Estaba. Me confundí y entré en el de señoras sin querer.

Había allí una chica que me ha enseñado una cosa superinteresante... —dice con una sonrisa perezosa.

—Lo tuyo es increíble, en serio —le reprendo.

Ethan se limita a reírse y Daniela, que no tiene ningún reparo a la hora de meterse donde nadie la llama, pasa un dedo por los labios de su hermano y luego frota las yemas entre sí.

—Me encanta este color. ¿Sigue la chica por aquí? Podría preguntarle la marca y número de tono.

Mi tía la mira de hito en hito, claro, normal, porque es que la preguntita... Al final, por su propio bien y muy acertadamente, la ignora y se concentra en mi tío.

—Nate, deberíamos irnos. No queremos llegar muy tarde al hotel, ya sabes...

No veo su mirada, porque está centrada en él, pero no lo necesito para intuir lo que en realidad quiere decir, porque mi tío se levanta de un salto y, en cuestión de minutos, se despide de nosotros, junto a mi tía, y se marchan.

En cuanto nos quedamos solos insto a los Lendbeck a subir a casa de una vez. Ellos obedecen, pero antes Daniela sujeta las mejillas de su hermano con una mano y vuelve a pasar el dedo por sus labios con la otra.

—Es que es muy muy bonito.

Ethan se ríe entre dientes por respuesta, ella lo imita y yo los miro fijamente pensando que los Lendbeck Acosta, el día que repartieron la moderación y la vergüenza, estaban jugando al escondite. Eso, o se la dieron toda al hermano mayor, Júnior.

Media hora después, con los dos metidos en mi puñetera cama, lo que pienso es que en esta familia tenemos que empezar a marcar límites inmediatamente. No puede ser que mi cama sea de dominio público, vamos, es que me parece increíble.

—El sofá es cama. ¿Por qué nadie entiende que el sofá es cama?

—Porque la cama es más cómoda —dice Ethan—. Y, tío, en serio, calla y duerme un poco, que estoy molido.

—Dios, y yo —sigue Daniela—. Me parece fatal que os hayáis negado a hacerme un masaje en los pies. Si supierais lo que he sufrido con esos tacones...

—Callaos los dos inmediatamente. En serio. No quiero oíros más.

—Qué genio. Cualquiera diría que eres un hombre enamorado...

No contesto a las palabras de Daniela. No por nada, sino porque ni yo mismo sé exactamente si soy un hombre enamorado. O sí, quizá sí lo sé, pero me da pánico admitir que Emma ha conseguido que sienta cosas que no he sentido nunca antes. Más importante aún: ha hecho que me pregunte si no sería posible que ella fuese mi... Bueno, no sé, la mujer de mi vida.

—¿Qué ocurre? Estás más tenso que una tabla —susurra Daniela.

—Es que le has soltado lo de estar enamorado y eso no se le hace a un hombre antes de dormir. Está acojonado ahora.

—No estoy acojonado, Ethan.

—Yo lo estaría.

—Yo no soy tú.

—¿No te acojona estar enamorado de Emma?

Guardo silencio. Trago saliva. Igual no soy tan valiente como pienso. Lo primero que me viene a la mente como réplica es «yo no estoy enamorado de Emma», pero inmediatamente después me ha sobrevenido el pensamiento de que sería mentira. Y, aun así, decirlo en voz alta se me atraganta, seguramente porque, si lo hago, el pensamiento pasará a ser una realidad, y no sé si estoy listo. No sin antes saber qué siente ella.

Sí, sé que piensa que está enamorada, pero no sé si es ese tipo de amor que dice sentir de todos, y que se le va en cuanto la relación se vuelve real, o amor de verdad. Ella alega que los dos son de verdad, claro, pero yo creo que no. Yo creo que lo primero es la atracción natural, el cosquilleo de las primeras veces. Y eso puede ser el inicio del amor, sí, pero para mí, el Amor en mayúsculas es lo que le sigue a esos sentimientos. Las segundas, terceras e infinitas veces. Conocer a una persona tanto como para convertir su cotidianidad en una costumbre tuya. Hacer de la vida en conjunto lo normal y que estar separados sea raro. Eso que he visto toda la vida en mis padres, aun con sus rachas malas, que las han tenido, es lo que de verdad considero el amor. La forma en que mi padre preparaba café para mi madre cada mañana, porque sabía que ella, sin cafeína, apenas era capaz de encadenar un puñado de palabras coherentes. La manera en que mi madre le preparaba un baño cuando él volvía de trabajar taciturno y sin ganas de hablar y, en vez de presionar, lo dejaba lidiar con sus sentimientos en la bañera y luego lo abrazaba, consciente de que no necesitaba más. Alcanzar ese grado de confianza con alguien es lo que yo considero amor de verdad, y Emma también, pero ella cree en dos tipos de amor y a mí me da miedo de que me esté aplicando ese en el que no creo...

Dios, tengo tal embrollo en mi cabeza que, cuando hago amago de contestar, por fin, a la pregunta de Ethan, oigo un ronquido suave, lo miro y me doy cuenta de que se ha quedado dormido. Los dos, en realidad. Suspiro y pienso que mucho mejor así, porque es mejor guardar todo lo que pienso para mí mismo, al menos de momento.

El inicio del vuelo es caótico, porque Daniela y Ethan se empeñan en que tenemos que sentarnos juntos, pero, como es normal, no tenemos asientos juntos. Eso los lleva a intentar convencer a la persona que se sienta con ellos de que me cambie el sitio y, cuando se niega, a intentar convencer para que se cambien a los dos compañeros míos.

Tal es el numerito que mis tíos hacen como si no nos conocieran. ¡Y no puedo culparlos!

—En serio, es un vuelo muy corto, no tenemos que armar todo esto —murmuro entre dientes y con un bochorno considerable.

—La familia tiene que estar unida en todo, hasta en los vuelos —dice Ethan—. Di tú que esta mierda se cae en pleno vuelo. —Una señora que hay justo delante de mis asientos se gira con tal cara de pánico que Ethan le palmea la cabeza. Como si fuera un jodido perro, sí—. Imagino que habla usted español y me ha entendido. Bueno, pues no se preocupe, que no tiene que pasar nada, señora. Usted rece mucho, que cuanto más respaldo llevemos, mejor.

—Ni caso —sigue Daniela—. Mi hermano se pone muy trágico en los vuelos. Lo que es una estupidez, porque cogemos un montón, pero no se acaba de acostumbrar.

—Sí que estoy acostumbrado, lo que pasa es que me gusta contar con todas las posibilidades y, que el avión se caiga, es una de ellas.

—Cada uno se muere cuando le llega su hora —asevera el marido de la señora. Bueno, marido, hermano, o lo que quiera que sea—. En su hora y en su día. Ni antes, ni después.

—Pues como hoy sea el día del piloto...

—Ethan, ya está bien —le advierto—. Siéntate y cállate un ratito.

Él suspira, pero obedece, y los compañeros que me habían tocado se van, mirándome antes con lo que me parece pena. No me extraña, deben de pensar que viajar con estos es un suplicio, y razón no les falta.

El vuelo es tranquilo, por suerte, pero la llegada a España... eso es otro cantar. Digamos que mi familia, y los Acosta, tienen especial amor por hacer recibimientos escandalosos en los aeropuertos, así que no me extraña encontrarme a un grupo de primos jaleándonos a nuestra llegada y, más tarde, en el camping, a toda la familia armando un revuelo que parece que lleguemos de la guerra, de verdad.

—Mamá, tienes que dejar de llorar. Nos vimos hace nada y voy a estar aquí diez días —le digo a mi madre en un momento dado, durante la comida.

—Ay, hijo, es que os he echado mucho de menos y tener a toda la familia junta me pone tonta.

—¿Sabéis qué me pone tonta a mí? —pregunta Daniela—. Ese pedazo de monumento que viene llegando, por fin.

Miramos hacia la puerta y nos encontramos con un chico vestido de traje que, según me informan, es Shane, el famoso novio. Un novio al que Dani se engancha como un mono a un árbol, besándolo como si no hubiese un mañana. Ethan maldice y se toma como una ofensa personal que haya venido al camping, su hermana le grita que deje de meterse en su vida, Ethan grita que no le grite, Daniela grita a sus hijos que hagan el favor de dejar de gritar y mi tía Julieta se quita la camiseta y grita que podríamos darnos un baño en la piscina. En diciembre. Yo de verdad que no sé cómo no hemos acabado, al menos la mitad de los primos, en un manicomio, porque con padres y tíos así...

El resto del día transcurre en más o menos calma y, ya por la noche, cuando Júnior Acosta me propone echar unas canastas, ni lo pienso. Es una costumbre que instauramos hace años y ahora, muchas veces, cuando los demás se van de fiesta, nosotros nos quedamos en la cancha sudando y charlando de nuestras cosas. No es que no salgamos, que lo hacemos, pero no a diario, como nuestros primos y hermanos, ni con la única intención de emborracharnos, como algunos de ellos.

—¿Cómo te va con tu chica francesa? —pregunta en un momento dado.

Me río, le paso el balón y aprovecho para atarme bien una zapatilla.

—Bien, muy bien. Me hubiese ido mejor si no se hubiesen plantado tus hermanos ayer de sorpresa, pero bueno... más expectativas para el reencuentro.

—¿Sigues pensando que lo vuestro va en serio?

—Sí. —Suspiro y me froto las sienes un poco—. Aunque...

—¿Aunque?

Miro a mi amigo con un deje de duda. Ese que no he permitido ver a nadie y, cuando me pasa el balón, tiro a canasta y ni siquiera me recreo en que he encestado.

—No tenemos una etiqueta como tal. Anoche le dije que nos pondríamos una, pero, al final, el ambiente se volvió tan melancólico con eso de tener que despedirnos que no lo hablamos, y ahora no sé si... —Chasqueo la lengua y niego con la cabeza—. No sé si ella piensa que somos libres de ir con otras personas, o de verdad va a esperarme todos estos días.

Júnior se acerca a mí con paso seguro y, cuando llega a mi lado, no dejo de pensar en lo sorprendente que es que sea rubio y de ojos azules, cuando sus padres y hermanos son todos morenos. Ha salido a su tía Wendy y a su abuelo paterno, pero, aun después de toda la vida conociéndolo, a veces es raro. Todavía recuerdo cómo me acogió en su grupo cuando nos conocimos, siendo yo un niño, y agradezco a la vida que me pusiera en su camino, porque es un tío increíble.

—Según me contaste, esa chica es distinta a las demás. Especial.

—Sí, lo es.

—Entonces no veo por qué dudas de ella.

—No es que dude, tío, es que... Es tan especial que me da miedo que alguien más pueda verlo, ¿sabes? Alguien mejor que yo.

Frunzo el ceño, porque ni siquiera sabía que tenía este tipo de pensamientos hasta que lo he soltado. Mi amigo también lo frunce, pero por distintas razones.

—¿Te acuerdas de cuando éramos niños y te colaste por mi prima Candice? —Me río. Aquel enamoramiento infantil de la hija de Fran

Acosta no duró más de un verano, pero es imposible olvidarlo—. Ni siquiera se lo dijiste porque diste por hecho que ella no querría estar con alguien como tú.

—Bueno, de niño era un poco pringado.

—Eras un crío genial, tenías a toda la familia loca. En el buen sentido, no como tu hermana y tus primos. —Nos reímos y chasquea la lengua—. A Candice le gustabas, ¿sabes?

—¿En serio? —pregunto elevando las cejas.

—Sí, me lo dejó ver en alguna ocasión, pero tú no te lanzaste, ella tampoco y yo no era nadie para meterme en medio. Además, ¿qué teníamos? ¿Nueve años? ¿Diez?

—Más o menos —contesto riéndome—. Recuerdo que estaba deseando venir al camping, porque era el único sitio en el que tenía amigos. —Suspiro con cierta nostalgia, no por el pasado en sí, sino por lo que sentía al llegar aquí—. Era una liberación. Ni siquiera creo que estuviera enamorado como tal de Candice, pero era una chica y no me trataba como si fuera un bicho raro. Me bastaba con eso.

—A eso me refiero. Sigues viéndote a ti mismo como a un bicho raro, cuando lo cierto es que nosotros nunca te vimos así. Si esa chica, Emma, es especial, como dices, esperará por ti, aunque lleguen otros, porque se habrá dado cuenta de lo increíble que eres. El único que todavía no se lo cree eres tú.

—No es eso. —Niego con la cabeza, convencido—. No es que ya no tenga seguridad en mí mismo. Es que ella es genial. En serio, Oli, es extraordinaria. Increíble de verdad. Tan increíble que podría tener a cualquiera y ninguno seríamos dignos de ella, pero puede que otros resulten más llamativos que yo, ¿sabes? —Chasqueo la lengua—. Mierda, eso está sonando inseguro al máximo.

Júnior se ríe por respuesta, me quita el balón y tira a canasta.

—Es el tipo de inseguridad que sienten los tíos al enamorarse, me parece.

—¿Y qué sabes tú de tíos enamorados?

—¿En experiencia propia? No mucho, pero no tengo más que mirar a mis padres, tíos o a tu propia familia para darme cuenta de que, incluso los más lanzados, se vuelven un tanto inseguros cuando del amor de sus vidas se trata.

El amor de mi vida...

Vuelvo a guardar silencio, pero no puedo quitarme el pensamiento de que apenas llevo unas horas separado de ella y ya siento que algo me come desde dentro. Algo poderoso que empieza a arrasar con todo, incluso con los pensamientos lógicos que me he obligado a tener hasta ahora.

Ese pensamiento, junto a las constantes ganas de volver a sus brazos me hacen pensar que, después de todo, quizá va siendo hora de asumir que Emma no está de paso y su huella, para bien o para mal, será imborrable en mi vida.

19

Acabo el partido con Júnior y nos vamos al bungaló que nos hemos cogido para nosotros. Bueno, para nosotros y para Edu y Eyra. Al primero, sus hermanas lo han echado de mala manera del suyo alegando que, ahora que va siendo un hombre, no puede compartir espacio con ellas. A mí me parece que solo se lo han quitado de encima para que no se chive de todo lo que hacen, pero me guardo mi opinión para mí mismo. Y a Eyra nadie la ha echado de ningún sitio, pero es una lapa de Edu, quizá porque tienen la misma edad, no sé, pero el caso es que siempre siempre siempre va con él y, si no, se enfada, así que nos han tocado los dos a nosotros que, se supone, somos los más responsables.

—¡Dile a Lucifer que, como vuelva a apagarme la tele justo cuando tiro a puerta, la vamos a tener! —exclama Edu en cuanto entramos en el bungaló.

Están los dos en el sofá, él con el mando de la Play en la mano y ella con una cara de pena impresionante. La miro bien y ella, a su vez, me devuelve una mirada tan inocente que me resulta imposible pensar que ha hecho algo aposta, sobre todo con lo buena que siempre ha sido.

—Fue sin querer, de verdad.

Sonrío de inmediato. Tiene la dulzura de Amelia, igual que el pelo, aunque los ojos son, indudablemente, de su padre.

—Sin querer, mis huevos —Edu la señala con el dedo—. No hagas eso. No te portes ahora como un angelito, Satanás, a mí no me la das.

—¡Eduardo! —exclamo—. ¿Cómo puedes hablarle así? Si dice que ha sido sin querer, pues será que ha sido así, ¿no?

—¡Los cojones!

—¡Eh! Te controlas o te mando a dormir con tus padres, ¿qué prefieres?

Él monta un espectáculo propio de adolescentes y yo resoplo y me tiro en el sofá mientras espero que Júnior se dé una ducha. La otra opción era dormir con Valentina, pero como ella lleva adheridos a Björn y Lars, preferí esto. Ahora no sé si arrepentirme, la verdad.

—Tu móvil ha sonado algunas veces —dice Eyra—. No quería espiar, pero una de las veces pasé por el lado y vi que se trataba de Emma. Es la chica con la que sales, ¿no?

Asiento sin darle una respuesta en palabras, porque las prisas me pueden. Voy hacia la encimera, donde dejé el teléfono cargando, y veo que, en efecto, tengo varios wasaps de Emma.

> Emma: ¡Hola! ¿Qué tal te ha ido tu primer día de vacaciones? Yo he llevado a Jean Pierre a una clase de costura. No le ha gustado nada porque es un gruñón, pero ahora es un gruñón que sabe coser el bajo de un pantalón. ¿No es genial? Luego he ido a comer con Martín y he pasado por la floristería de Amélie de vuelta a casa.

Descargo la foto que me ha enviado de unas flores preciosas. Reconozco el tipo, además, pero antes de poder procesarlo leo el siguiente mensaje.

> Emma: Es un ramo de flor de lis. ¿Sabes que es la flor nacional de Francia? Seguro que sí, pero bueno, te lo digo de todas formas.

Representa, entre otras cosas, la virginidad, la pureza y la inocencia. Yo no soy virgen, pero me gusta pensar que, de todas formas, me quedan bien y encajan en mi estudio.
Estoy hablando sin sentido de flores, pero es que te echo de menos y no sé qué otra cosa comentar contigo. Oh, sí, he intentado hacer magdalenas para Nochebuena con la receta que dejaste en mi estudio. No ha sido la mejor idea de mi vida.

Adjunta una foto con su encimera hecha un desastre. Los ingredientes están dispersos por todas partes y la bandeja de horno aguarda en el centro, llena de unas magdalenas achicharradas que han debido dejar un olor a quemado importante en toda la estancia. Me río, no puedo evitarlo, porque nunca pensé que acabaría perdiendo el sentido por una mujer incapaz de cocinar nada. Aunque, ahora que lo pienso, es casi mejor, porque a mí me encanta cocinar para ella y a ella le encanta disfrutar de mi comida. Como dos piezas de puzle...

Salgo de mis pensamientos justo cuando me entra otro mensaje suyo.

Emma: ¿Te he dicho ya que te echo de menos? Dios, sí. Y solo llevo sin verte veinticuatro horas. En fin, espero que lo estés pasando bien, pero ojalá encuentres un hueco, aunque sea pequeñito, para acordarte de mí. Un beso enorme, *mon soleil*.

Me debato unos segundos entre llamarla por teléfono o contestarle por escrito y, cuando veo a Eyra y Edu volver a discutir, me decanto por lo último. Si tengo que gritarles, prefiero que Emma no me oiga.

Óscar: No he encontrado un hueco, sino muchos para echarte de menos. Anoche dormí con Ethan y Daniela y apenas pegué ojo.

Me sobraban dos cuerpos y me faltaba uno: el tuyo. Esta noche me faltarás de nuevo. Y todas, hasta que vuelva a París. Las flores son preciosas, pero quiero verte. ¿Me mandas una foto?

Su respuesta no se hace de rogar. Me llega en forma de selfi. Está sin maquillar, lleva puesto el pijama y reconozco su cama por las luces que brillan en la parte alta de su cabecero. Su pelo rubio cae liso por los laterales de su cara y sus pecas parecen brillar, no sé si por las luces, pero, de cualquier modo, está preciosa.

Emma: Estaba a punto de ir a dormir. Pensé que saldrías de fiesta, aprovechando las vacaciones. ¿Me mandas una?

Me hago un selfi, aún en la cocina, apoyado en la encimera, y se lo envío antes de coger una botella de agua del frigorífico y tirarme en el sofá. Por suerte, Edu y Eyra han trasladado su discusión, esta vez por las camas, a su habitación. Y Júnior sigue en el baño.

Óscar: Estás preciosa. Y no, hoy no salgo de fiesta. He estado jugando al baloncesto con Júnior (hermano de Oli y Ethan, te hablé de él) y ahora me daré una ducha y me meteré en la cama. ¿Mañana tienes muchos planes?

Emma: No demasiados. Llevar a Jean Pierre a cantar villancicos, comprar un postre decente y echarte de menos. Todavía más que hoy. Estás guapísimo sudado. Me hace pensar en cómo estarás si consigo que sudes, aunque sea, la mitad, pero sin ropa.
¿Debería decir estas cosas teniendo en cuenta que no hemos tenido sexo aún? A lo mejor no debería, pero lo he pensado, y ya sabes que no soy muy buena reteniendo pensamientos.
¡Oh! Hoy he visto un gato con un jersey azul. Me ha parecido

monísimo y también me ha parecido que me daría buena suerte, porque me encanta el azul y, en fin, era un gato precioso. A lo mejor nos apunto a Jean Pierre y a mí a clases de hacer punto solo para tejer jerséis así de monos para Punto y coma.

En apenas unos segundos, paso de ponerme tonto por su declaración de verme desnudo y sudado, a reírme por sus intenciones de tejer jerséis para los gatos que se presentan en su estudio cada equis días para comer y luego desaparecen. Yo tengo la teoría de que tienen dueño y solo vienen a comer extra, pero a Emma le da igual, porque los alimenta y mima de todas formas.

Óscar: Por partes:
1. Dudo que puedas arrastrar a Jean Pierre a más de una clase de hacer punto.
2. Me alegra que el gato de jersey azul vaya a darte suerte.
3. Puedes imaginarme desnudo siempre que quieras. Y si encima me lo cuentas, mejor, porque yo te imagino desnuda a menudo. Sudada, sin sudar y a medias.

Emma: Si anoche hubiésemos acabado la noche juntos, ahora tendrías una foto mía desnuda, pero no me parece apropiado mandarla cuando no nos hemos visto en la realidad, ¿verdad? Sería del todo inapropiado.

Óscar: Lo sería, pero, Dios, quiero verte...

Me muerdo el labio y luego, pese a todo, pienso en que, realmente, después de esperar este tiempo, no quiero verla a través de una pantalla. Quiero tenerla a escasos centímetros de mí. A una caricia de distancia. Así que le escribo de nuevo antes de que me responda.

Óscar: A mi vuelta, voy a librarme del turno de cenas. Quiero que tengamos todo el tiempo del mundo para desnudarnos. Quiero quitarte la ropa con lentitud, mirándote a los ojos. Sintiendo tu piel en mis manos... Te deseo tanto, *chérie*.

Emma: Es una verdadera lástima que estés en otro país. De verdad, una increíble y verdadera lástima...

Óscar: Nueve días. Solo nueve días.

Emma: Serán nueve días eternos.

Estoy a punto de contestarle, pero entonces los gritos de la habitación me previenen de que es hora de intervenir. Salgo de la cocina al mismo tiempo que Júnior lo hace del baño y entramos a la misma vez. Justo a tiempo de ver a Edu amenazar con tirar por la ventana el teléfono de Eyra.

—¡Eh! ¿Qué demonios haces?

—¡Le ha escrito a Carlota desde mi móvil y le ha dicho que estoy colado por ella! —grita él—. ¡Carlota no me gusta, es su amiga quien me mola! Esta niña es Lucifer y ahora va a pagarlo, porque pienso reventar su móvil.

—Yo solo quería ayudar —me dice Eyra a punto de llorar—. Pensaba que la que le gustaba era Carlota y quise darle un empujoncito.

—Pero ¡mira que eres mentirosa! —Me mira y resopla—. Te lo estás tragando, ¿a que sí?

—¿Por qué tendría que mentir? —pregunta Júnior—. No seas imbécil. Suelta el teléfono de tu prima.

—¡Pero...!

—Que lo sueltes, Eduardo —le ordeno—. Suéltalo inmediatamente o vamos a tener un problema. Si se ha equivocado, basta con que aclares la situación con la tal Carlota. Y tú —le digo señalando a Eyra—. Deja de fisgar el móvil de tu primo, ni de nadie. Invadir la privacidad es algo muy feo.

—E ilegal —añade Júnior.

Mi prima hace tal puchero que algo se me retuerce en el estómago. Estoy seguro de que no lo ha hecho con mala intención, pero aun así debería entender que, si ya está mal hacerlo con cualquiera, con Edu, que tiene un genio tan explosivo, todavía más.

La discusión se alarga un poco más, pero, al final, Edu cede y le da el teléfono a nuestra prima. Esta le pide perdón, él le dice algo en latín que suena feísimo, no sé por qué, y yo me arrepiento, no por primera vez, de compartir bungaló con ellos. ¡Y solo es la primera noche!

—Ya lo siento por ti, que te ha tocado tragar con ellos también —le digo a Júnior justo antes de meterme en el baño para ducharme.

—La otra opción eran Ethan y Daniela, así que no me quejo.

Me río y pienso en Vic y Adam, que tienen que dormir con ellos. Pobrecitos, de verdad. ¡Pobrecitos!

Entro en WhatsApp, le escribo a Emma, pero, al no responderme, doy por hecho que se ha dormido, así que me meto en la ducha y me voy a la cama cansado, pero contento, pese a echarla de menos.

El día previo a la Nochebuena transcurre con normalidad en el camping, si por normalidad entendemos que alguien organiza un concurso de comer polvorones que acaba con mi padre y mi tío Diego disputándose el primer puesto a voces con las bocas llenas y sin que los demás entendamos nada, y que mi hermana ha pensado que era una idea genial hacer una carrera con los patinetes... por el carril de arena de la playa. Y lo fuerte no es que se le ocurran esas cosas, lo fuerte de verdad es que casi toda la familia vaya detrás a intentarlo.

Están locos, es un hecho, pero son unos locos maravillosos y, aunque me cueste un poco reconocerlo, los echo de menos casi cada día desde que estoy en París.

—¿Qué piensas? —pregunta mi madre, sentándose a mi lado en un momento dado.

—En ellos. En vosotros —admito—. En lo mucho que me alegra estar aquí.

—¿Sí? ¿Seguro?

—Claro, ¿por qué lo dices?

—Bueno, estás raro. Como desconcentrado. O a lo mejor son imaginaciones mías.

Me río, no sin esfuerzo, y hago un gesto con la mano, restándole importancia.

—Son imaginaciones tuyas. Yo estoy perfectamente.

Pero lo cierto es que, en la cena de Nochebuena, al día siguiente, parece que me hubiesen implantado dos pies y manos izquierdas. Y los cuatro miembros son inútiles, porque no dejo de tirar cosas, despistarme y desconcentrarme por todo. Por suerte, los camareros contratados por mi tío Fran son magníficos y muy competentes, más aún teniendo que trabajar en una noche como esta, pero eso no quita que mi comportamiento esté levantando el interés de muchos. Al menos hasta que Ethan interviene con un baile del todo surrealista junto a mi familia. Un baile que sale fatal y en el que la mayoría acaba en el suelo por culpa de un efecto dominó provocado, cómo no, por mi tía Julieta.

Aun con el espectáculo que montan, no me libro de las preguntas de algunos. Entre ellos mi prima Vic, que se acerca a mí al finalizar los postres y me aparta hacia un rincón, donde me ofrece una copa de vino dulce mientras ella disfruta de una tónica con limón. Pienso en la Vic del pasado y me doy cuenta, no sin sorpresa, de lo mucho que ha cambiado. No es que ahora no beba alcohol, pero lo hace al mínimo. Ha asimilado sus problemas de ansiedad con tanta entereza que ya no le importa hablar de ello con la familia. Dudo que sea consciente de lo orgullosos que todos nos sentimos de ella. No todo el mundo manejaría la situación con su entereza, aunque al principio, cuando todo estalló, le costara un poco asimilarlo. Todavía no ha dejado de salir en algunos medios por el último escándalo que protagonizó, sin querer, pero se nota que el viaje que ha hecho con Adam le ha sentado de maravilla. Eso, y el negocio que acaba de emprender con Daniela.

—La madurez te sienta de maravilla, primita.

Ella se ríe y se tira de un mechón verde manzana. Lleva el pelo con los colores del arcoíris, pero le queda tan bien que creo que ya sería raro verla con su tono castaño natural. Y eso que tenemos a Emily, que es su gemela y sí que lo tiene natural. Ahora que lo pienso, también sería raro ver a Em con los colores del arcoíris. Creo que es cosa de la personalidad, que al final, por mucho que físicamente sean iguales, se refleja en cada una individualmente, y eso es maravilloso.

—La madurez, el buen sexo... Todo influye. Lo último, más.

—Soy consciente. Todos lo somos, porque tu padre montó antes un numerito, cuando Adam y tú os perdisteis.

—Lo suponía, pero no me importa. Ha valido la pena. Todo. Hasta el catarro que probablemente coja por...

—Suficiente. —Ella se ríe y yo doy un sorbo al vino antes de hacerlo, también—. ¿Estás bien? ¿Eres feliz?

—Sí —asiente y sonríe, pero frunce un poco los labios—. Algunos días es difícil, y os echo mucho de menos, pero él... —Señala a

Adam, que está riéndose con Ethan mientras Daniela les echa la bronca. Me juego el culo a que le han hecho algo a Shane—. Él lo vale todo —sigue mi prima—. Y, por primera vez en mucho tiempo, estoy segura de estar haciendo lo correcto y lo que de verdad quiero. Es un alivio, la verdad.

—Me alegro. Se te ve bien. Serena. Es mucho decir para como estabas últimamente.

—Sí. —Se ríe—. ¿Y tú? ¿Vas a contarme qué te tiene tan raro? Aunque ya me hago una idea...

—Ah, ¿sí?

—Sí. Esa desconcentración solo la da el amor... ¿me equivoco?

—No demasiado —digo sorprendido.

—Bueno, es evidente y... —Chasquea la lengua uy se ríe—. Bah, ¿a quién quiero engañar? Tu padre nos ha dicho a Adam y a mí que estabas sufriendo por amor.

Esta vez, el que chasquea la lengua soy yo. Busco a mi padre con la mirada y lo diviso echándole la bronca a Valentina, Björn y Lars, mientras estos agachan la cabeza y hacen como si estuviesen arrepentidos.

Hay mucha gente echando la bronca esta noche, ahora que me fijo.

—Será cotilla...

—Está preocupado.

—Lo sé. Lleva desde que llegué intentando pillarme a solas.

—Y lo va a conseguir.

—¿Cómo lo sabes?

—Porque está esperando que yo te suelte. —Nos reímos y empuja su hombro con el mío—. Solo dime si te hace feliz.

—Muy feliz, pero aún está empezando. —Suspiro y me froto la barba—. En realidad, llevamos un tiempo, pero vamos lento. Como aprender a caminar, ¿sabes? No es una queja, desde luego, pero... No sé, me hace sentir inseguro. A veces quisiera que pase el tiempo y poder sentirme un poco más calmado.

—Suerte con eso, primito. —Vic me sonríe con tanta dulzura que se me hace difícil pensar en la chica que este mismo verano se ahogaba en sus propios pensamientos y temores—. A día de hoy, todavía siento, a veces, que las inseguridades me comen con respecto a Adam.

—¿En serio?

—Sí, desde luego. Y creo que es normal. Lo quiero tanto que temo perderlo. Es parte del amor, Óscar. —Me quedo pensando un instante en sus palabras y, cuando hago amago de contestarle, palmea mi rodilla—. Se acabó tu tiempo, primito. Yo me voy con mi hombre y tú...

—Tenemos que hablar.

La voz de mi padre irrumpe entre nosotros y mi prima suelta una risita antes de besar mi mejilla, irse hacia Adam y abrazarlo, pese a que Daniela no ha terminado de gritarle, ni a él, ni a Ethan.

—¿Qué pasa con Emma?

—A saco, ¿eh? —pregunto riéndome.

—Es que algo pasa. Estás raro. Se te caen las cosas, cocinas descentrado y me esquivas. Tú no eres así, Óscar. Eso es más propio de cualquiera de tus primos o de tu hermana, pero no de ti.

Podría ofenderme, pero tiene razón. Yo nunca he sido así. Siempre he confiado en mis padres, me he abierto con ellos porque... Bueno, no sé, porque en el cole no tenía muchos amigos, pero también porque siempre he sido muy consciente de que solo quieren lo mejor para mí. Puede que influyera el hecho de que mi padre llegase a mi vida cuando yo ya tenía cierta percepción de la vida. Que me alegrase tanto tenerlo como padre que ni siquiera me planteé la opción de no contarle mis cosas. Eso, y que mi padre es el mejor padre del mundo, aunque suene poco objetivo.

—Todo va bien, de verdad. Vamos avanzando y, de hecho, le pedí que viniera conmigo.

—¿Y por qué no está aquí?

—Porque, como es lógico, quería pasar esta noche con su familia. Además, está Jean Pierre y... Bueno, es complicado.

—¿Sigue el señor mal de salud?

Me río. Jean Pierre no está mal de salud. Tiene la tensión baja, pero nada más. A Emma se le ha metido en la cabeza que va a morirse, pero creo que está proyectando en él algún tipo de miedo psicológico, aunque, de momento, me guardo esos pensamientos para mí mismo. Lo cierto es que hasta mis padres saben ya de la famosa lista.

—Está bien, pero ella no quería dejarlo solo tantos días.

—Qué gran chica es, de verdad. ¡Qué especial! No se te puede escapar, Óscar. Hazme caso, yo casi dejo escapar a tu madre por idiota. No seas como yo.

Me río y me dejo caer un poco en el sillón en el que estoy.

—Creo que me estoy enamorando, papá.

—Óscar, ¿de verdad lo crees? —Suspira y niega con la cabeza—. Hijo, siento ser yo quien te lo diga, pero tú ya estás enamorado.

—¿Y por qué sientes ser tú quien me lo dice?

—Porque según tus tías soy el más lento de la familia, así que, si yo me he dado cuenta, el resto debe de ir muy por delante. Lo que significa que eres aún más lento que yo. Qué pena más grande.

Suelto una carcajada y lo abrazo porque, joder, Alejandro León es genial. Él acaba riéndose también y me riñe medio en broma, medio en serio, cuando vuelco parte del contenido de mi copa en sus pantalones.

—Ahora en serio, si crees que estás enamorándote, no te pierdas en pensamientos tontos y sé sincero con ella, pero sobre todo contigo mismo. Te mereces ser feliz, y solo lo serás cuando seas tan valiente como para asumir tus sentimientos y ser consecuente con ellos.

—Ese es un gran consejo —susurro.

—Lo sé. He aprendido algo a lo largo de la vida. Eso, y que hubo un día en que yo mismo tuve que aplicármelo.

Me guiña un ojo y mira a mi madre, que nos observa desde la lejanía visiblemente emocionada. Me río y palmeo la pierna de mi padre.

—¿Qué le pasa? No ha dejado de llorar desde que llegamos.

Mi padre suspira y sonríe, pero lo hace con dulzura, como siempre que habla de ella.

—Algún día, cuando tengas hijos y los veas crecer, enamorarse y empezar a ser seres independientes, te darás cuenta de lo bonito y, a la vez, lo duro que es darte cuenta de que ya no eres el centro de su universo.

—Papá...

—Te ve, Óscar. Ella siempre te ve, aunque estés lejos. Sabe que estás a punto de dar un paso más en tu vida. Que esta chica es distinta, y está sensible, pero para bien, así que no te preocupes. Solo... mímala, ¿vale? Yo haré lo que pueda por mi parte.

Me guiña un ojo y sonríe justo antes de irse a su lado y sacarla a bailar.

Los veo mecerse al ritmo de la música, veo a mi madre esconder la cara en su cuello, y a mi padre limpiar una de sus lágrimas con un beso, y pienso que eso es justo lo que quiero. Y lo quiero con Emma. Sin dudas. Sin miedos, a estas alturas. Un baile entre las dos personas que más me han importado en la vida durante mucho tiempo es todo lo que he necesitado para verlo. La quiero en mi vida a largo plazo. A tan largo plazo como duren mis días, y si esa certeza no fuera suficiente, tengo la firme intención de averiguar si ella se siente igual en cuanto regrese a París.

Y el pensamiento, la aceptación, más bien, es lo que consigue que pueda relajarme, por fin, y disfrutar del resto de la noche con mi familia.

El día de Navidad el camping es un caos. Papá Noel ha llegado al restaurante en el que anoche celebramos la cena. Aprovechamos que permaneció cerrado para nosotros para dejar todos los regalos bajo el árbol y esta mañana hemos montado un espectáculo de lo más interesante, todos en pijama, para averiguar cuáles pertenecían a unos y a otros, porque no todos tenían el nombre. Ha habido de todo: desde intento de apropiación indebida hasta casi agresión física. Somos un grupo de lo más entretenido, eso no se nos puede negar.

La comida es ruidosa, copiosa y compuesta, principalmente, por las sobras de anoche, como manda la tradición. Lo que quiere decir que hemos servido todo en una mesa larga, a modo bufet, y cada uno se sirve lo que quiere. Así estamos solo los de la familia y yo puedo descansar.

Y en esas estoy, intentando decidirme entre una crema de whisky o una copa de champán, cuando la puerta del salón se abre y aparece Ethan llamándome a gritos.

—¡Papá Noel olvidó darte un regalo!

Me levanto con el ceño fruncido y pensando, no sé por qué, que fuera me espera un coche. A ver, que mi coche no está mal, pero sería un detallazo que me compraran uno.

Sin embargo, no tengo que salir del restaurante, porque mi regalo entra en él por su propio pie. Y no es un coche; es mejor. Mucho mejor. Lleva un pantalón negro y ceñido, botines con un tacón de infarto, una chaqueta rosa y el pelo recogido en media cabeza con un lazo rosa, como la chaqueta. También lleva un ramo de rosas blancas entre los brazos y la sonrisa más temblorosa que le he visto nunca.

Es tan jodidamente perfecta que, por un momento, me pregunto si no será un sueño. Pero entonces habla y todas mis dudas se despejan.

—Feliz Navidad, Óscar León.

20

Emma

Un pie detrás de otro, Emma. No es tan difícil. Dios, qué grande es este sitio. Y cuánta arena de playa. No ha sido buena idea traer botines de tacón. Y hace frío, la chaqueta es demasiado fina. Me crecí más de la cuenta pensando que, como es el sur y Óscar siempre dice que hace buen tiempo...

Ay, yo no sé si esto ha sido buena idea.

Pero sí. Sí, lo ha sido. Es el destino. Jean Pierre tenía razón. Todo empezó el día de Nochebuena, cuando me puse a llorar y él me dijo refunfuñando que lo que tenía que hacer era venir en busca de Óscar y dejar de hacer drama. Le expliqué que no podíamos separarnos esta Nochebuena porque es la última para él, pero se enfadó un montón y me ordenó coger un avión. Me negué, no pensaba ir a ningún sitio en Nochebuena, pero se enfadó tanto que les contó a mis padres lo ocurrido y, al final, entre todos me convencieron de venirme hoy, día de Navidad, y pasar el resto de las fiestas aquí. No son tantos días, me digo. Jean Pierre estará bien porque Martín me ha prometido llevarlo a patinar. Mi vecino dice que antes se traga los patines, pero mi hermano me ha prometido que lo va a conseguir y yo confío en Martín al cien por cien. Aun así, me costó, pero mi padre me la jugó y no pude negarme. Después de la cena, cuando ya estaba en mi estudio y en pijama, apareció, junto a mi madre, y me acompañó en mi búsqueda de estrellas. Algo instaurado de pequeña, cuando mi abuelo murió: cada noche busco la estrella que más brilla y, cuando la encuentro, le doy las buenas noches, imaginando que mi abuelo Martín me observa desde allí. O que es él. ¿Y por qué no? Yo no sé si de verdad hay algo después de la muerte, pero me gusta pensar que sí. Me ayuda pensar que sí. Y algunos días, cuando todo ha salido mal y he vivido demasiadas cosas feas, la idea de dar las buenas noches a mi abuelo me ha animado. ¿Cómo va a ser malo tener ese tipo de fe? Algo que aporta calma no es malo, a no ser que sea droga. Si es droga sí, es malo.

El caso es que mis padres bajaron y me propusieron un trato: «Si esta noche el abuelo está a la derecha, cogerás un avión mañana. Si está a la izquierda, te quedas con nosotros. Que decida el destino, pequeña». Me pareció una buena idea, así que me asomé a la ventana, busqué y a mi derecha, sobre el cielo parisino, una enorme estrella me saludaba y casi casi parecía sonreír. Lo juro. No pude resistirme. No me quedó más remedio. Si el destino habla, no puedo decir que no.

He cogido un avión, un taxi y ahora estoy aquí, arrastrando una maleta inmensa y sosteniendo un ramo de rosas blancas por un carril aún más inmenso, porque uno de los chicos de recepción me ha dicho que la comida familiar es en el restaurante, que está cerrado solo para ellos. El chico me ha dado la información después de que yo le contara que soy algo de Óscar, pero no sé el qué. Le he contado nuestro primer encuentro, y que no se avergüenza si le regalo flores, y lo de las magdalenas que quemé el otro día, porque a él no le habría pasado. Le he contado, incluso, que Óscar está guapísimo sudado después de jugar al baloncesto en este mismo camping, y creo que al final me ha dejado pasar porque estaba aburrido de oírme. Quizá tendría que haberle dicho que soy la novia de Óscar y ya está, pero como no estoy segura, no he querido mentir o meter la pata. El problema es que cuando estoy nerviosa hablo mucho, porque el filtro que retiene mis pensamientos, que de por sí es endeble, desaparece del todo. Me avergüenza, en realidad, porque no son pocas las veces que me han dado un corte para que deje de hablar, pero no puedo evitarlo. Es como las personas que tienen un tic en un ojo y empeora si se ponen nerviosas. Yo hablo. Hablo sin control. Y pienso, pienso mucho y demasiado rápido, a veces.

—Oh, Dios. ¡Dime que has venido para aceptar mi oferta de huir juntos!

Me sobresalto al oír esa voz porque, de primeras, no veo a nadie, pero apenas un segundo después Ethan Lendbeck aparece ante mí con una preciosa sonrisa y los brazos muy abiertos. Me veo envuelta entre ellos antes de tener tiempo de reaccionar y, cuando lo hago, no puedo menos que sonreír, al menos hasta que me doy cuenta de que estoy aplastando mis preciadas rosas.

—¡Hola! Qué bien encontrarte, porque estoy un poco perdida. He venido a ver a Óscar de sorpresa, pero no sé bien dónde está el restaurante, pese a las indicaciones de un chico supermajo que hay en la recepción. Se llama Jorge y, ahora que lo pienso, no le he dado propina. Quizá debería volver y hacerlo. ¿Tú crees que lo habré ofendido por no habérsela ofrecido? Pero si voy ahora y lo hago, igual se lo toma a mal, ¿no? Dios, estoy hablando un montón, perdón, es que estoy nerviosa. He venido a ver a Óscar, aunque eso ya lo he dicho, ¿verdad? —Cierro los ojos e inspiro con fuerza antes de abrirlos y centrarme en él, que me observa sin perder la sonrisa—. Estoy muy nerviosa. Dios, qué mal. Eso también lo he dicho ya.

Su risa llena el camino antes de besar mis mejillas con suavidad, coger mi maleta y agarrarme de la mano que acaba de quedarme libre.

—No te preocupes por nada, dulce Emma. Desde ahora, yo me ocupo de todo.

—Eres un encanto.

—¿Me da eso puntos para que dejes a Óscar y te fugues conmigo? —Me río y él aprieta mi mano—. Se va a volver loco cuando te vea.

—¿Tú crees?

—¡Estoy seguro! No te imaginas lo mucho que nos regañó la noche que aparecimos en el restaurante de sorpresa. Yo no me arrepiento, porque te conocí y fue una noche... interesante, pero Óscar es un poco intenso y, por otra parte, entiendo que no es lo mismo dormir con mi hermana y conmigo, que contigo. Yo, si tuviera que elegir, también me quedaría contigo. Siempre. En serio, todavía podemos dar la vuelta, subir al primer avión que salga del aeropuerto y empezar una nueva vida juntos.

Me río y agradezco su parloteo, aunque algo me dice que lo hace para que yo me sienta mejor con el mío. De cualquier forma, funciona, porque llegamos al restaurante sin que casi me dé cuenta y, cuando estoy en la puerta, me pide que espere un segundo fuera, porque va a presentarme. Al principio no lo pienso, acepto sin más porque los nervios no me dejan pensar con claridad, pero cuando lo oigo gritar que Papá Noel se dejó un regalo y entro, me encuentro con que hay mucha gente pendiente de nosotros. De mí. Mucha gente. MUCHA gente. Sabía que la familia de Óscar es grande, pero verlos a todos así, de sopetón... Ni siquiera sé cómo encuentro las palabras para hablar, pero lo hago. Creo que es de las pocas veces en que he agradecido no ser de esas personas que se quedan mudas en público.

—Feliz Navidad, Óscar León.

No es uno de mis discursos, pero es algo. Sonrío, porque no quiero parecer asustada, pero lo cierto es que lo estoy. Dios, estoy muy asustada porque no sé si toda esta gente va a romper a reír cuando vean el enorme ramo de rosas, o si estoy avergonzando a Óscar. Una cosa es que lleve bien el tema en París, incluso en su restaurante, donde la mayoría de las personas son desconocidas, si obviamos a sus trabajadores, pero su familia...

No puedo pensar más. Sus labios están en los míos. ¿Cómo han llegado a mí tan rápido? Y sus manos, sus suaves y preciosas manos acarician mi cuello mientras sus pulgares se pasean por mis mejillas. Y Óscar huele tanto a Óscar que no puedo más que pensar en lo muchísimo que lo he echado de menos. Solo han sido unos días, ya lo sé, ni siquiera una semana, pero me bastaron solo unas horas sabiendo que estaba en otro país para tener la certeza de que estar sin él no iba a ser algo bonito.

—El mejor regalo de Navidad de mi vida —susurra en mis labios—. Emma. Mi dulce y preciosa Emma.

Sonrío en su boca, no como algo premeditado, sino como un acto reflejo a sus palabras y a lo que siento. Sus dientes rozan mis labios y, cuando muerde el inferior, abro los ojos sorprendida, no por su gesto, que es algo que le encanta hacer, y a mí más, sino porque acabo de oír un silbido seguido de aplausos. Muchos aplausos. Ay, Dios, ¿cuánto tiempo llevan aplaudiéndonos?

Óscar, consciente de que me he descentrado, se separa de mí a duras penas, pero no hace ni caso a su familia. Coge las rosas de mi brazo, que a estas alturas están un poco aplastadas ya, y las huele antes de sonreír y besar mi frente.

—Me encantan.

—Significan pureza y virginidad, por eso se han usado casi siempre en bodas, pero también se usan cuando una parte de la pareja quiere construir con la otra un futuro en común y duradero. Y te las he traído porque yo... Bueno... —Me retuerzo las manos—. Es evidente por qué las he elegido y traído, ¿no? Pero no quiere decir que tengas que responder nada, solo son una muestra de mis sentimientos, pero no necesariamente tú tienes que sentir lo mismo. Entiendo muy bien que no puedo obligarte a...

—Emma, me encantan —susurra con voz ronca—. Y, si pudiera, te daría uno exactamente igual ahora mismo.

Me atrevo a mirarlo a los ojos y lo veo: el amor brillando en ellos. De verdad, de verdad que no es una metáfora, que sus preciosos ojos azules brillan lo indecible y es la primera vez que me doy cuenta de que Óscar y yo no tenemos etiqueta, pero ya estamos muy por encima de la mayoría de ellas. Aun así, no dejo de sorprenderme cuando él me rodea por la cintura y besa mi oído con suavidad, susurrando un «ven aquí» que me llega al alma antes de que se dirija al montón de personas que nos miran expectantes.

—Emma, te presento a mi familia al completo. —Los señala a todos y me fijo en que algunos me saludan con las manos, otros sonríen y Eli, su madre, llora. Ay, Dios, he hecho llorar a la madre de Óscar. Soy lo peor—. Familia, esta es Emma, mi novia.

Vale. Ahora sí que llora su madre. Y yo. Bueno, no lloro como tal, pero sí me emociono, porque oírlo decir esas palabras en público ha sido precioso y toda una declaración de intenciones. Cuando además me mira, con una ceja elevada y la pregunta pintándole el rostro, solo puedo reírme y asentir, besando su jersey y dándole a entender que estoy feliz de ser su novia. Oye, que las etiquetas ya no eran necesarias, pero, después de todo, es muy bonito verlo ponernos una y hacerlo con tanto orgullo.

Rezo para no ponerme a dar un discurso y me tomo como una señal de Dios, mi abuelo Martín o el destino que Eli venga a darme un abrazo a toda prisa.

—Me alegra muchísimo volver a verte, cariño. Estás preciosa.

Agradezco el cumplido, pero más el abrazo, porque me brinda la oportunidad de agarrarme con fuerza a su cuerpo antes de separarme y enfrentarme al montón de desconocidos que aguardan decirme algo, a juzgar por la mayoría de las caras.

—¡Ey, Em! —Lars se me abalanza y me abraza. Un segundo después, lo hacen Björn y Valentina también—. Qué alegría verte. Me alegra que mi primo te recuperara. Fue una cagada dejarte salir corriendo.

—Una cagada —sigue Björn—. Pero ¡al final parece que no es tan inútil como pensábamos!

—¡Eh! —exclama Óscar ofendido.

Yo me río y no me da tiempo a hablar, porque Álex León me estruja entre sus brazos y luego, cuando Óscar intenta recuperarme, en cierto modo, le da una colleja en el brazo y me aprieta más.

—A ver, que me la estáis agobiando, joder. ¡Dejad de acercaros como zombis! De uno en uno, venga. Primero mis hermanas, luego mis sobrinos y mis cuñados los últimos.

—¿Por qué cuñados últimos? —pregunta un hombre rubio y guapísimo en un español extraño.

—Porque los más feos se tienen que quedar para el final.

—¡Eso lo dirás por estos, que mi poli todavía tiene porte y aguante para conquistar a quien quiera! No lo hace porque está loco por mí, ¿a que sí?

—Sí.

—Pelota, tío —dice un chico negro, también superguapo, pese a su edad.

—Tú calla, que eres el más pelota de todos.

—¡De eso nada!

—De eso todo. ¡Einar! ¿Quién es más pelota con su mujer, este o yo?

—Este.

—Eso va por ti —replican los dos a la vez.

Se enzarzan en una discusión que acaba con sus supuestas mujeres metiéndose también, lo que da ventaja a todos los primos de Óscar, que aprovechan para besarme las mejillas mientras Álex me sigue sujetando y Óscar intenta, en vano, que me pegue a él.

—Tú no te asustes, que somos muchos, pero no mordemos —me repite una y otra vez.

—¿Y los Acosta cuándo vamos? —pregunta Daniela Acosta.

Reconocerla es fácil, gracias a su marido, que está a su lado y a él es imposible no conocerlo con un simple vistazo. Me saludan, también con besos y abrazos, y cuando quiero darme cuenta estoy un poco mareada y soy incapaz de retener más de tres o cuatro nombres, pero, ay, qué maravillosa es esta familia. Se lo digo a Álex, que se ríe y me dice que sí, que sí, pero que no me acerque mucho a su hermana Julieta. La susodicha se ofende, le hace un gesto feísimo con un dedo y vuelve a arrancar una discusión donde prácticamente todo el mundo tiene algo que decir y lo hace al mismo tiempo.

—Ahora entiendo que no hables tanto como yo —le digo a Óscar en un momento en que consigue ponerse a mi lado, aunque su padre aún no me ha soltado—. Es imposible encontrar hueco aquí para hablar.

Él se ríe, enlaza mis dedos en los suyos y, cuando se percata de que su padre no va a soltarme en un tiempo indefinido, me besa.

—Óscar, hijo, sin lengua, que yo me alegro mucho por ti, pero hay cosas que un padre preferiría no ver. En fin, Emma, ¿tú dónde quieres dormir? ¿Con Val y los chicos, o con nosotros? Tenemos una habitación libre ahora que nuestros hijos duermen en otros bungalós.

—Eh...

Miro a Óscar, que resopla y, esta vez, da un tirón de mi mano nada disimulado que deja claro que es hora de soltarme. Álex lo hace, pero sin prisas, y cuando por fin mi costado roza el de mi chico (qué bien suena esto) me encargo de abrazarlo por la cintura y procuro no soltarme más. Él pasa un brazo sobre mis hombros y se ríe antes de contestarle a su padre.

—Duerme conmigo, papá.

—Eso no va a poder ser.

—¿Y eso por qué? —pregunta mi chico con una sonrisa interrogativa.

—Porque, a ver, está aquí toda la familia y...

—Sí, como lo estaba el verano que te liaste con mamá, ¿no? De hecho, hasta había un niño durmiendo en el cuarto de al lado cuando te colabas en su bungaló y... Oh, espera, que el niño era yo.

—¡Boom! —exclama Valentina—. Te ha pillado, papá. Deja de portarte como un cromañón. Yo, el día que tenga novio, me lo llevo a dormir a casa.

—¡Sí, hombre! ¡Lo que me faltaba a mí!

—Es lo que hay. La vida moderna.

—La vida será moderna pero la casa es mía.

—¡También es de mamá!

—¡Y mamá me apoya a mí!

—¡Mamá, dile que no!

—¡Rubia, dile que sí!

—Huyamos, ahora que podemos —susurra Óscar antes de sacarme del restaurante justo cuando toda la familia se enzarza en una discusión al respecto de dejar dormir a novios y novias en las casas paternales o no.

Suelto una carcajada en cuanto estamos fuera y tiro de la mano de Óscar para que frene un poco, porque estos botines siguen sin estar hechos para este terreno.

—¿Siempre son así? —pregunto, aún entre risas.

—No, ahora estaban cortados porque no te conocen.

Mis carcajadas vuelven y Óscar se frena en seco, me abraza y me alza de tal forma que nuestros ojos quedan a la misma altura.

—Dormirás conmigo.

Es una pregunta, aunque el tono interrogativo no exista.

—¿Y Júnior? ¿No dormías con él? ¿Y tus primos?

—Me encargaré. Será fácil. O no. Pero da igual. Dormirás conmigo.

Me río. Puede que parezca que hay muchas respuestas posibles, pero no es así. Solo hay una, y él la ve en mis ojos antes de que la pronuncie, por eso sonríe cuando hablo.

—Contigo.

—Siempre.

Su nariz roza la mía, mis pies siguen suspendidos en el aire y el frío se deja sentir, aunque no lo haga con tanta fuerza como en París. Aun así, cuando sus labios rozan los míos siento que, el año que está a punto de empezar, la primavera llegará antes. No se explican de otra forma estos brotes que ya crecen en mi interior.

—Siempre —repito.

Lo siguiente que sé es que sus brazos me llevan casi en volandas por un camino de arena blanca y consigue, de alguna forma, que el ramo de rosas permanezca intacto y con nosotros.

Observo las palmeras moverse por el aire invernal, oigo el mar a lo lejos y, sin embargo, si cierro los ojos e inspiro, es como si estuviéramos en París, lo que me lleva a la única revelación posible: y es que Óscar León esconde en alguna parte, entre sus ojos azules y sus hábiles manos, el superpoder de convertirse en hogar.

21

Entro en el bungaló tirando de Emma con una mano y sujetando las rosas con la otra. Cierro la puerta con el pie, suelto el ramo con cuidado en la mesa y me giro para abrazarla. Otra vez. Que esté aquí, que haya venido solo por mí, es lo más bonito que ha hecho ninguna mujer antes por mí, no por el gesto en sí, sino por lo que le habrá costado. Sé bien que este gesto, en Emma, vale mucho más que en cualquier otra persona, porque siente que tiene la obligación de acompañar a Jean Pierre en lo que ella considera sus últimos días.

—¿Tienes frío? —pregunto cuando la noto temblar.

—Un poco, pero también es emoción.

—¿Emoción? ¿Por qué? —pregunto sonriendo y besando su oreja.

Ella se aleja un poco de mí, me mira a los ojos e imita mi sonrisa, aunque en ella es mejor. En ella todo es mejor.

—Porque estoy aquí, contigo, y sabía que sería bonito, pero no pensé que me mirarías como quien observa un glacial derretirse a escasos centímetros.

Me acerco, la beso y niego con la cabeza.

—Te miro como el glacial que se derrite, más bien.

Emma se alza sobre sus puntillas, buscando mi boca, y se la doy. Yo a Emma le daría cualquier cosa que quisiera sin hacer preguntas, y esa certeza, que hasta ayer me acojonaba, ahora empieza a encontrar un sentido. Como si fuera correcto. Como si no hubiera posibilidad de querer a Emma más que de esta manera que me nace, porque todas las demás parecen erróneas.

Su cuerpo se ciñe al mío y, cuando hago amago de abrazarla aún más fuerte, la enrosco, no sé bien cómo, en mis caderas. Enlaza los tobillos en mi espalda y, por un instante, no sé bien dónde tocar, porque me apetece hacerlo en todas partes al mismo tiempo. Elijo su culo. Joder, yo por su culo mataría, estoy seguro.

—*Ma belle* —gimo cuando mordisquea mi labio—. ¿Quieres parar?

—Dios, no.

Me río entre jadeos, porque secretamente estaba rezando para obtener esa respuesta, y la llevo al dormitorio. La deposito en la cama pequeña y pienso, por una milésima de segundo, cómo convencer a Júnior de que nos deje también la suya. En un principio las dos estaban unidas, formando una de matrimonio, pero al repartir habitaciones las separamos. Ahora no dejo de pensar que tengo que conseguir que mi amigo duerma en el sofá, aunque tratándose de Júnior probablemente no ponga demasiadas pegas. Cuando la mano de Emma, fría y titubeante, se cuela bajo mi jersey, dejo de pensar en los posibles arreglos y me concentro en lo verdaderamente importante: ella.

En cuanto me estiro sobre su cuerpo, sosteniéndome sobre mis antebrazos colocados a ambos lados de su cuerpo, siento cómo sube las rodillas y acaricia mis costados con sus piernas.

—Más cerca —jadea—. Más cerca de mí, *mon soleil.*

Su acento. Dios, su acento afrancesado cuando habla en español me puede. Me supera. Me enamora aún más. Pego mi cuerpo al suyo y dejo que note lo que provoca. Ella me recibe con un suspiro placentero que se extiende sobre mi cuerpo. Beso sus labios una última vez y abandono su boca en busca de su cuello. Lo mordisqueo, lo lamo mientras ella tironea de mi jersey. Me alzo lo justo para librarme de él y, en cuanto lo consigo, siento sus manos acariciar mi torso. Meto una mano bajo su trasero y la pego más a mí, encajando nuestras caderas. He tenido tantas ganas de llegar a esto que ahora no sé siquiera por dónde empezar. Por suerte, Emma me lo pone fácil abriéndose ella misma la chaqueta y guiando mi cabeza hacia su escote. La blusa que lleva es ligera; demasiado para diciembre, así que doy por hecho que se tomó al pie de la letra eso de que aquí hace menos frío que en París. Espero que traiga más ropa de abrigo, pero ahora mismo no puedo pensar mucho más en ello, porque uno de sus pechos casi se sale del escote y aprovecho para tirar de la tela de su blusa con mis propios dientes y descubrir la suave y tersa piel que esconde. El sujetador, rosa pálido y de encaje, me pone aún más frenético de lo que ya estaba y pienso vagamente que, como tenga braguitas a juego, voy a hacer un ridículo espantoso. Me separo un poco, la miro y, cuando recibo una sonrisa dulce e invitadora por respuesta, bajo la tela y dejo al descubierto, por primera vez ante mí, su pecho por completo. Y, joder, ya sabía que sería preciosa pero no imaginé que... O sea...

—Perfecta —susurro—. Bella. Dulce. Preciosa. Perfecta.

No puedo encadenar una frase entera y Emma debe de entenderlo, porque sus ojos se dulcifican al instante. Bajo mi lengua hacia su pezón derecho, lo lamo, mordisqueo a placer y, cuando sus gemidos son tan intensos que pienso seriamente que podría correrme en los pantalones, más aún con el balanceo que nuestras caderas han adquirido por nuestra cuenta, me separo un poco y soplo sobre él.

—Óscar ... —gime arqueándose, pese a tenerme encima—. Más, por favor, más.

Paso al otro pezón y hago exactamente lo mismo mientras sus manos empiezan a tironear de mi cinturón. ¿Por qué demonios me pondría cinturón? Cuando por fin consigue desabrocharlo rodeo su cuerpo y nos hago girar a ambos. La coloco sobre mis caderas y, esta vez, soy yo quien tironea con su chaqueta y su blusa al mismo tiempo. Cuando lo consigo, el sujetador cae por sus brazos y se queda sobre mí, semidesnuda, jadeante y con el pelo despeinado.

—*Mon Dieu... Ma belle...*

Ella gime en respuesta, seguramente porque se me oye tan necesitado que apenas puedo elevar el tono de voz. Se agacha y busca mi boca, sus pezones rozan mi torso y los dos gemimos al contacto. Sus caderas rotan sobre mí y, cuando hago amago de quitarle el pantalón de una vez, la puerta se abre y Edu y Eyra entran gritando. Yo tiro de Emma a toda prisa para pegarla a mi pecho del todo y que no la vean semidesnuda y ella ahoga una exclamación de sorpresa porque, joder, ni siquiera hemos cerrado la puerta del dormitorio.

—¡Tu padre dijo que teníamos que traerte la maleta de Emma! —grita mi primo tirando de la maleta y colocándola en el centro del salón—. ¡Yo no quería porque ya me imaginaba que andabais haciendo guarrerías, pero él me dijo que, o la traía ahora mismo, o podía olvidarme de salir esta noche!

—Pensábamos que iba de farol —sigue Eyra con cara de arrepentimiento—. Pero luego papá y el tío Diego se rieron y dijeron que, de farol, nada. Y que vengáis al restaurante, que vamos a repartir los regalos.

—¡Ya nos dimos los regalos esta mañana! ¡Largaos de aquí!

—¡Que no podemos! —exclama Edu—. Que dice mi padre que, con todos los calentones que los niños le hemos jodido, ya es hora de que empecemos a devolver favores.

—Me cago en...

Cierro los ojos frustrado y oigo la risa de Emma en mi cuello. Risa de verdad, no una sonrisa a medias. Mi mano sigue enredada en su pelo para que su torso esté pegado al mío, así que no la veo, pero igualmente frunzo el ceño.

—*Ma belle?*

Ella suelta tal carcajada que me retumba el pecho. Joder, ojalá estuviéramos solos, porque ese sonido ha reverberado justo en...

—¿Qué le pasa? ¿Está bien? ¿Te ayudo a incorporarla? —pregunta Edu en tonito repelente.

Miro a mis primos y pienso que es alucinante lo de esta familia. ¡Alucinante de narices! No tienen bastante con venir a París sin invitación cada vez que les place, robarme la cama sin pedir permiso y avasallar prácticamente mi vida, que encima se dedican a joder esto. Y es que lo peor es que puedo imaginarlos perfectamente partiéndose de risa en el restaurante mientras recrean esta escena en sus cabezas. Podría gritar a mis primos que se fueran y Eyra lo haría, seguramente, porque no está habituada a que yo grite y sería un shock para ella, pero Edu... Edu es harina de otro costal. Acabaría haciéndome el lío y cabreándome aún más.

—Fuera, vamos a vestirnos —digo en tono cortante.

—Imposible —responde Edu—. Ha dicho que no nos movamos de aquí por nada del mundo. No podía moverme ni aunque te pillara con los pantalones en los tobillos, palabras textuales de tu padre, así que, en verdad, estoy agradecido de que seáis tan lentos para quitaros la ropa.

—¡Eduardo! —exclamo mientras las carcajadas de Emma se intensifican. Yo creo que esto es una especie de ataque, shock o como se le quiera llamar. No es normal que se ría tanto en semejante situación. Miro a mi prima Eyra y señalo la puerta del dormitorio—. Acércate y ciérrala.

—Pero es que mi padre ha dicho...

—¡Eyra, o cierras la puerta, o te vas a pasar lo que me resta de vacaciones aquí sin probar una sola cucharadita de mis postres!

La chica, que tonta no es, corre y la cierra de un portazo mientras Edu le suelta que es una facilona y se vende con nada y ella le contesta que no, lo que pasa es que con el chocolate no se juega. Cierro los ojos y masajeo la nuca de Emma, aunque es la mía la que tiene tal tensión que, si girase rápido el cuello, me lo partiría. Ella, por el contrario, sigue riéndose, aunque un poco menos.

—¿Estás bien? —murmuro en el oído de Emma, ahora que parece que ha conseguido calmarse.

Ella gira sobre mi cuerpo hasta caer en la pequeña cama. Me incorporo sobre un codo para mirarla y, joder, ojalá pudiéramos quedarnos. Miro sus pezones, erguidos y pidiendo mi atención y me relamo. Literalmente me relamo.

—*Mon soleil*... me encanta que me mires así.

—Así, ¿cómo?

—Como si quisieras comerme entera.

—Es que quiero.

Su risa vuelve, pero esta vez me río con ella y bajo para besarla y acariciar sus costados. Y puede que la base de sus pechos. Y puede que, sin querer, acabe acariciando sus pezones.

—No podemos. De verdad, me encantaría que no me importara tener fuera a dos adolescentes deseando que salgamos y pendientes de lo que hacemos, pero me importa, porque me ponen nerviosa, y tensa, y pienso que se me escapará un gemido en cualquier momento y, Dios, sería superbochornoso. Y, por otro lado, necesito volver a sentirte casi sin ropa encima de mí. Aunque lo ideal sería sentirte sin ninguna ropa, pero tampoco voy a pedir tanto y...

—¡Si habéis empezado otra vez voy a tener que entrar! —grita Edu en ese momento—. No quiero, porque ya tengo bastantes traumas por culpa de mis padres y todas las veces que los he pillado en acción, pero si no me dejáis más remedio, ¡lo haré!

Maldigo en alto, Emma suelta una risita y, al final, nos levantamos de la cama. Ella se pone la blusa, pero cuando hace amago de ponerse también la chaqueta la freno.

—¿No tienes ropa más de abrigo? Si luego salen fuera vas a pasar frío con eso.

—Sí, algún jersey debo de tener, aunque...

—¿Aunque?

—Bueno, me da un poco de corte cambiarme de ropa y que todos piensen que es porque hemos estado teniendo sexo. Seguramente me daría menos si de verdad lo hubiésemos tenido, porque, conociéndome, habría acabado soltándolo a la primera de cambio y luego todos nos habríamos reído, pero así, si digo que no lo hemos tenido, quizá no me creen, y si digo que lo hemos tenido, sería mentira, y ya sabes lo mucho que odio mentir. —Suspira y se frota la nuca un poco, desordenándose aún más el pelo—. Creo que voy a quedarme así, mejor.

Sonrío, porque la entiendo. Quiere causar buena imagen y, pese a lo bien que la ha acogido la familia, sigue nerviosa, así que lo soluciono sacando un abrigo mío del armario y haciendo que se lo ponga. Le queda inmenso, pero mejor, así está más abrigada.

—¿Y tú?

—Tengo en el restaurante la chaqueta, no te preocupes. Además, me encanta verte con mi ropa.

—Uh. ¿Fetiche?

—De todo lo que tenga que ver contigo.

Emma se ríe, da un saltito y se engancha en mi cuello, besándome y haciendo que la sostenga en brazos, algo a lo que no pongo ninguna pega, sino todo lo contrario.

La puerta se abre dando paso a mis primos, otra vez, pero detrás están Valentina, Björn y Lars.

—Ay, Dios, qué adorables sois —dice mi hermana justo antes de sacar el móvil y hacernos una foto.

—Oye, tío, tu padre está atacadísimo diciendo que tenemos que abrir algunos regalos todavía y que solo faltáis vosotros —sigue Björn.

—Este hombre necesita otra distracción. Está claro que sus hijos llenamos todos sus pensamientos y eso no es sano.

—Dímelo a mí. Menuda hemos tenido a cuenta de los novios y el sexo bajo su techo. Yo opino que, si el día de mañana tengo novio, puedo hacerlo no solo en mi dormitorio, sino en otras zonas como, por ejemplo, la ducha, pero se ha puesto frenético a gritar que de eso nada. ¿Tú qué opinas, Ósc?

—Óscar —digo con cansancio—. ¿Y qué opino yo? —pregunto. Ella asiente y los vikingos lo hacen por imitación, como siempre—. Opino que bastante tengo con lo mío, como para meterme en tus líos, hermanita.

Ella resopla, Björn y Lars le toman el pelo, Edu nos apremia para que nos demos prisa y Eyra se acerca y abraza a Emma sin decir ni media palabra hasta que mi chica sonríe y pregunta:

—¿Y esto? No es que me queje, me encantan los abrazos, pero...

—Yo no había podido saludarte todavía y tienes que recibir un abrazo de todos para entrar en la familia. Así debe ser.

—Oye, siendo así, yo tampoco he podido abrazarte.

Se acerca sonriendo de tal manera que lo cojo del pecho de la sudadera y tiro para ponerlo a mi altura. Es un adolescente, pero aún no ha alcanzado su altura plena y pienso aprovecharme de la ventaja corporal.

—¿Estás intentando apretarte con mi novia porque te ha gustado?

—Puf, no, tío, para mí es una vieja. —Emma ahoga un sonido y él la mira y le guiña un ojo—. Sin ofender, que estás para hacerte de todo.

Hago amago de protestar, pero Emma se me adelanta:

—¡Ni siquiera tengo treinta!

—Pues eso, una *milf* francesita y...

—¡Eh! —exclamo.

—Eres un imbécil, Edu —le espeta Eyra.

—Sí que lo es —convengo yo antes de apretar mi agarre—. Y como te pases de listo, voy a ocuparme de convertir tu vida en un infierno, enano.

—Mi madre no me deja respirar por las notas, mi padre está empeñado en hacerme un hombre de provecho con ejercicio y me mata a entrenamientos y aquí, Belcebú —dice señalando a Eyra— no deja de seguirme por todas partes. ¿Y tú vas a convertir mi vida en un infierno? Pues no tienes que superar a gente ni nada.

Oigo unas risitas de fondo y miro a Val y mis primos, que intentan disimular como pueden, pero al final Björn suelta una carcajada y alza las manos.

—Tío, no le falta razón.

—Y no olvidemos que tengo que ver a mi hermana morrearse con Lendbeck a la mínima oportunidad. Esos dos sí que están enfermos. —Me mira, ladea la cabeza y sonríe—. Aunque todavía no he tenido que interrumpir ningún polvo de ellos por órdenes paternas.

A Emma las risas le vuelven, yo suelto a mi primo porque no tiene remedio, abrazo a mi chica y la insto a salir de aquí antes de que toda la familia acabe entrando en el bungaló para comprobar si hemos tenido sexo o no. Solo espero que, cuando la noche caiga, porque está claro que antes no van a dejarnos a solas, Júnior consiga mantener a Eyra y Edu entretenidos y Emma y yo podamos... Dios, ojalá podamos.

Llegamos al restaurante y pregunto por esos regalos que, según mi padre, no nos hemos dado. Él me señala a Diego con los ojos antes de inventarse una historia acerca de que Santa Claus ha dejado uno más que ha aparecido justo ahora.

—Que yo ya no creo en Santa, tito, de verdad.

—Pues qué pena, porque eras el único inocente que nos quedaba en la familia. Necesitamos la magia que solo dan los niños. —Mira a

Vic y Adam, que están junto a una mesa. Él sentado y ella encima de él—. ¿Cuándo os vais a poner manos a la obra?

Mi prima suelta una carcajada que su chico secunda antes de alzar una mano.

—Eh, que yo no tengo inconveniente, pero diría que Victoria no tiene muy despierto el instinto maternal, ¿no?

—Va a ser que no —dice ella riéndose—. Además, Óscar es mayor que yo, tendrá que ir antes.

El problema de esa declaración es que me ha pillado dando un trago a un vasito de vino y justo se me ha ido por otro lado al punto de que mi tío Einar ha venido a palmearme la espalda con tanta fuerza que por poco acabo en el hospital por una vértebra fuera de su sitio. Cuando consigo calmarme miro a Emma, que vuelve a reír a carcajadas antes de que mi padre tire de su mano y le entregue un paquetito.

—Santa dejó esto para ti. Pensábamos hacer que Óscar te lo llevara a París, pero así es mucho mejor.

Emma lo mira con la boca abierta, pero no menos que yo. Observo a mi madre, que se acerca a mí y me abraza por la cintura antes de besar mi pecho.

—¿Y esto? —pregunto en un susurro.

—Tu padre pensó dártelo a ti para que se lo dieras a ella... —murmura con una sonrisa—, pero creo que así será mucho mejor.

Emma desenvuelve el paquete y abre la cajita de madera en la que mi padre ha metido el regalo y saca un coche de bomberos en miniatura que hace que yo tenga que carraspear no una, sino varias veces.

—Es precioso —dice ella con una sonrisa sincera.

—Es... —Carraspeo otra vez y evito la mirada de mi padre, porque si lo miro ahora igual me dejo en ridículo a mí mismo—. Cuando mis padres aún no estaban juntos yo ya había entrado en su casa porque mi madre y mi tía Esme eran íntimas, te lo conté, ¿te acuerdas? —Emma asiente y yo sigo bajo la atenta mirada de toda la familia—. Me encantaba ese camión de bomberos que siempre estaba en el cuarto de mi padre, junto a su colección de cochecitos. Me gustaban todos, pero ese era especial.

—Siempre intentaba cambiármelo por cosas que, para él, eran importantes —dice mi padre interviniendo—: una receta, cromos, incluso chuches.

—No lo conseguí —sigo—. Pero cuando se me cayó el primer diente, el ratoncito Pérez lo dejó debajo de mi almohada y...

Carraspeo de nuevo y se me hace tan complicado seguir que giro la cara un poco, besando la cabeza de mi madre, que vuelve a llorar. Aunque esta vez no puedo culparla. Emma me mira, está justo frente a mí y no habla, pero también está emocionada. Y entonces, como si estuviera esperando para dar el golpe de gracia, mi padre acaba su faena.

—Se lo regalé a Óscar sin que él supiera que era el mío con exactitud, pero da igual. Lo importante es que fue el primer regalo para el que, ya por aquel entonces y dentro de mí, consideraba mi hijo. Era mi familia, aunque no lo supiera. —Mi padre sonríe y mira el camión de bomberos, que reposa en manos de Emma, con cariño—. Mi niño creció, estudió y se marchó a París para convertirse en el increíble hombre que es ahora, dejando ese juguete en casa.

—Papá... —murmuro, porque de pronto me siento fatal, pero él me corta con una sonrisa sincera.

—Es lo normal, Óscar. Es ley de vida, pero cuando conocí a Emma yo... No sé, supe que era especial. Y cuando me contaste que la habías encontrado y habíais quedado algunas veces yo ya sabía que había algo, así que pensé traer el camión aquí y dártelo para que, si en un futuro lo vuestro salía adelante, pudieras regalárselo de la misma forma que yo te lo regalé a ti: para hacerle saber que la consideras tu familia. El problema es que ella se nos ha adelantado a todos y, al venir aquí, nos ha dejado algo clarísimo a tu madre y a mí: cualquier mujer que viaje en el día de Navidad desde París a un camping perdido en el sur de España solo para dar una sorpresa a nuestro hijo merece que empecemos a considerarla familia. Así que, Emma, este regalo ya no es de mi hijo. Es de mi mujer y mío, y es para decirte que, para nosotros, tú ya eres de nuestra familia.

Emma se muerde el labio justo antes de asentir con fuerza y lanzarse hacia los brazos de mi padre, que la recibe con una risa y los ojos cerrados. Yo miro a mi madre, que sigue llorando y, cuando Emma se abalanza sobre ella, se ríe, pero sin dejar de llorar, y me concentro en el resto de la familia, donde la mayoría sonríe con sinceridad y unos pocos también lloran, porque en esta familia las lágrimas llegan fáciles, como las risas, y es entonces cuando me doy cuenta de algo que es más poderoso de lo que pudiera parecer: y es que no soy el único que se ha enamorado de Emma.

Y ese sentimiento me llena de plenitud y me aterroriza a partes iguales, porque no puedo ni pensar en perder a Emma, pero ahora, además, me duele el alma solo de pensar qué pasaría si mi familia la perdiera.

Intento recomponerme. Emma está aquí porque quiere; me quiere, aunque aquella declaración que hizo al principio de conocernos, de que suele aburrirse pronto del amor, me ronde por la cabeza de pronto.

Miro el juguete que sostiene entre sus manos y niego para mí mismo. El día que lo recibí yo ya tenía un padre, aunque no lo supiera, así que quiero pensar que ahora he encontrado a la mujer de mi vida.

Y me da igual que sea pronto, que ella no diferencie mucho entre amor verdadero y atracción inicial o que el miedo a perderla me atenace la garganta.

Me da igual, porque si algo tengo claro es que no voy a permitirme perderla nunca. No puedo permitirme perderla nunca.

Llámalo promesa, destino o karma. Lo único que sé es que haré hasta lo imposible por hacerla feliz y mantenerla a mi lado, cueste lo que cueste.

22

Emma

Qué bonitas y necesarias me han parecido siempre las personas que saben expresar lo que sienten sin miedo a ser rechazadas. O, mejor aún: con miedo, pero haciéndolo de todas formas. Eso es mucho mejor, porque son personas bonitas, necesarias y, además, valientes, que es una cualidad de poco uso y que queda bien con todo.

Después de acabar llorando con el camión de bomberos de Óscar, su padre, su madre y el resto de la familia, estamos merendando un poco de pastel de chocolate hecho por Óscar, que se ha encargado de toda la comida desde ayer.

—Pero, desde mañana, comemos en el otro restaurante de Fran, en el pueblo o en casa. Lo que prefieras.

—¿Este no es de Fran? —pregunto.

—Sí, pero este solo se abre en temporadas altas o bajo reserva para eventos, como ahora para nosotros. Digamos que lo tienen como refuerzo por si se quedan sin sitio en el principal.

Eso explica muchas cosas, como el hecho de que la familia haga uso de él de manera exclusiva. Por lo visto, según he entendido, no es la primera vez que se lo quedan para celebrar cualquier cosa. Desde un cumpleaños hasta las Navidades, porque en el césped de los Acosta, que es donde normalmente hacen las celebraciones en verano, ahora hace un frío importante.

—¿Y hasta cuándo te quedas? —pregunta una de las tías de Óscar.

Tiene el pelo castaño, la piel pálida y unos impresionantes ojos verdes que han heredado sus hijos, aunque en estos, al ser negros, como su padre, aunque de piel más clara, destaca mucho más. Destaca tanto que, cuando conozco a Noah, me quedo embobada mirándolo un buen rato. Tanto rato que Óscar carraspea y me pide que deje de mirar a su primo como si fuera el último caramelo de la tienda. Su primo se ríe y, cuando le pido perdón y le juro que normalmente no me quedo mirando los chicos tan fijamente, me asegura que no hay problema y que puedo mirarlo tanto como quiera.

—¿Y a qué te dedicas? —pregunta Ariadna, su hermana, en un momento dado.

—Oh, a todo y a nada, en realidad. Estudié psicología, pero... no es lo mío. Luego hice un posgrado especializado en marketing, pero tampoco acaba de llenarme así que... A veces cubro turnos sueltos en una cafetería, pero normalmente paseo algunos perros y cuido de Sarah, la hija de una vecina. —Frunzo el ceño, dándome cuenta, de repente, de que suena un poco mal que a estas alturas de mi vida no tenga una profesión fija—. El problema es que aún no sé que quiero ser de mayor.

—Pero ya eres mayor —dice Diego, el más pequeño de la familia.

—Sí, ese es el segundo problema.

Algunos en la familia se ríen, pero yo soy consciente, de pronto, de que igual piensan que soy una niña mimada, y no es así. Quiero decir, como en casa de mis padres muchos días, sí, y vivo en un piso propiedad de ellos, pero aun así intento no ser una carga y valerme por mí misma. Claro que, si comparamos mi situación con la de Óscar, que a estas alturas ya tiene un restaurante de fama y va camino de abrir el segundo... Dios, no, Emma, no hagas eso, está fatal que te menosprecies, y menos delante de su familia. Me repito que yo valgo mucho, que tengo otras cosas que también importan, porque un puesto de trabajo no es lo que da valor a una persona, pero lo cierto es que, cuantos más segundos pasan, más cala en mí el sentimiento de que quizá piensen que soy poca cosa para él. Ay, Dios, ojalá no piensen eso, porque me encanta esta familia y me gustaría pertenecer a ella mucho tiempo y...

—¿Sabes que yo trabajaba de zombi en un parque de atracciones cuando conocí a mi marido?

Julieta se sienta a mi lado y me sonríe. Es una tía de Óscar. Una con fama de ser una bocazas, por las cosas que me ha contado él mismo.

—No. Bueno, sé que tienes una tienda donde vendes disfraces y gominolas con forma de ojos, apariencia de sangre y demás. Me parece genial. Precioso. O sea, no es que la sangre sea preciosa, pero la idea de vender líquido con sabor a piruleta y aspecto de sangre a los niños es buenísima.

—Era zombi —dice cortándome—. Zombi en la casa del terror de un parque de atracciones. Fui dando tumbos por ahí, literalmente, hasta que un boleto de lotería encontrado en nuestra urbanización acabó con una yincana en la que el premio era el importe. Ganó nuestra familia y decidí lanzarme a mi sueño de tener una tienda. Lo que quiero decir es que yo también me sentía como una fracasada antes de eso, así que entiendo todo lo que estás pensando ahora mismo.

—Ella no es ninguna fracasada —repone Óscar en tono serio. Tan serio que pongo una mano en su brazo.

—Tranquilo, cielo.

—Relájate, sobrino. Ya sé que no es una fracasada. Le he dicho que entiendo que se sienta así, no que lo sea.

—No se siente así. —Óscar me mira y frunce el ceño de inmediato—. ¿Verdad que no?

—No. O sea. No sé. Es raro que a estas alturas no tenga una profesión definida. Nunca lo he pensado hasta ahora, pero la verdad es que tú eres un triunfador y yo hago de canguro de niños y perros. Es decir, si lo miras así, es un poco deprimente, pero siempre pensé que mi vocación llegaría en algún momento. —Suspiro y miro a Julieta—. En fin, tú tenías un sueño, según me cuentas. Yo no sueño con vender sangre, la verdad. Ni como chucherías, ni verdadera, principalmente porque esto último es un delito y sería demasiado bochornoso acabar detenida por traficar con sangre. Además, ¿de quién la sacaría? ¿De Jean Pierre? Es un señor mayor al borde de la muerte, seamos serios, nadie querría su sangre. Y luego tengo a Sarah, que es prácticamente un bebé. Dios, solo pensarlo es una cosa horrible, ¿verdad? En fin, no, definitivamente, vender sangre no es lo mío.

Julieta me mira fijamente unos instantes antes de romper en carcajadas. Me doy cuenta entonces de que la familia se ha quedado en completo silencio y todo el mundo ha oído mis divagaciones. Oh, lo he vuelto a hacer, ¿no? Bueno, es vergonzoso, ciertamente, pero en algún momento iban a darse cuenta de mi pequeño problema con esto de irme por las ramas, así que más vale que haya sido pronto; de este modo podrán acostumbrarse cuanto antes o tacharme de bicho raro. No me molesta lo último, en realidad, porque sé que lo harían por incomprensión, y no porque yo no les guste. Las personas somos así, tendemos a etiquetar a los demás para sentirnos bien con los sentimientos que nos provocan, y eso no significa que seamos malos. Bueno, salvo cuando se trata de etiquetas despectivas, entonces es malo. Malísimo.

—Me gusta esta chica. Me gusta mucho. —Julieta alza mi mano, esa que sujeta el vaso de vino aún, y hace que lo choque con el suyo—. Brindo por ti, sobrina. Y por el día que descubras qué quieres ser de mayor.

Sonrío y estoy a punto de contestarle cuando varios en la familia alzan los vasos en un brindis silencioso y beben. Es una tontería, un gesto nimio, pero me emociona, porque significa que no me juzgan y confían en que, en algún momento de mi vida, encuentre lo que quiero ser para siempre. O no, más bien, a qué quiero dedicarme, porque yo, ser, quiero ser feliz, y eso no dejo de intentarlo cada día.

—Y hablando de yincanas —dice Diego, el marido de Julieta, levantándose—. Julieta y yo hemos estado pensando...

—Qué novedad —interrumpe Álex.

La familia se ríe, Diego lo mira mal y, cuando todos se callan, continúa:

—El caso es que hemos recordado aquella yincana de hace años y, aunque hemos hecho alguna que otra en familia, hemos pensado que ninguna ha estado a ese nivel.

—No, ninguna nos ha dado dinero como para construir un negocio o restaurar un clásico —sigue Álex.

—O invertir en una casa —añade Amelia enlazando los dedos con su marido, el rubio grandullón y guapísimo.

—Sí, vale, ya sabemos que ganasteis pasta y la gastasteis como mejor se os ocurrió —comenta Mérida, la hija mediana de Diego y Julieta—. ¿Podemos volver a lo importante? Dale, poli, dispárales nuestra idea.

—¿Mérida ha tenido una idea? Eso, más que ser una novedad, da miedo —afirma Björn.

—No te metas con tu prima, niño —replica Diego—. O va a empezar a meterse ella con esas melenas que llevas y entonces...

—¿Qué pasa con melena vikingo Júnior? —dice el marido de Amelia, Einar, creo recordar.

—No pasaría nada, si no se pasara todo el santo día toqueteándosela frente al espejo —responde Mérida.

—Esa frase, sacada de contexto... —murmura Ethan.

—¿Ahora querer verme bien es un pecado?

—Ser un vanidoso es un pecado. Creo. —Emily, la gemela de Victoria, frunce el ceño—. No estoy muy puesta en pecados.

—Y ahí está la explicación de que te haya parecido buena idea ponerte ese vestido. —Valentina se ríe y Vic, la exinfluencer, se mete.

—¿Qué le pasa al vestido de mi hermana?

—Es de florecitas.

—¿Y qué? Es precioso.

—Me gustan las flores —declara la propia Emily.

—Y a mí, si sirve de algo.

Intervengo sin pensar, pero nadie me presta mucha atención. Supongo que eso es una muestra de lo bien que me he integrado. De eso, y de que están más pendientes de la respuesta de Valentina.

—Es de flores y gatitos. Gatitos. Es cursi y no te hacía cursi.

—No es cursi, a mí podría ponerme cachondo —interviene Ethan.

—Como que no ibas a meterte tú en la valoración de un vestido —dice Daniela, su hermana—. Que, por cierto, es bonito, pero sería espectacular con más escote o si fuera más corto.

—Pero ¡si tú llevas una diadema con orejas de gato! —exclama Mérida, ignorando a los hermanos Acosta—. Es que no me jodas, y todo porque le hemos soltado la verdad al melenas.

—Se llama Björn —apunta Valentina.

—Bah, tranquila, es envidia porque ella no tiene este pelazo.

—Ni estos músculos.

Lars interviene y, en cuestión de milésimas de segundo, se quita el jersey mostrando un torso casi perfecto. Casi, porque perfecto, para mí, es el de Óscar. Aun sin unos abdominales tan marcados y con más vello. Lo miro de reojo y lo veo riéndose entre dientes. Está guapísimo, pero de pronto desearía estar de nuevo en el bungaló con él sin nada arriba y... Ay, Dios, me está mirando. Y se ríe. Claro, se ríe porque tengo las mejillas superencendidas, si es que me lo noto perfectamente. Es porque no dejo de pensar en sexo y lo sabe. Tiene que saberlo. Su mano se cuela entre mis rodillas, aun con las piernas cruzadas como las tengo, y aprieta mi muslo por detrás haciéndome dar un respingo. Se ríe otra vez. Dios, ojalá estuviéramos a solas.

—Pero ¿a ti quién te ha metido? —exclama Edu.

—Me meto yo solo, ¿qué pasa?

—Que estás deseando llamar la atención, tío —contesta el pequeño de los Corleone—. Solo te ha faltado sacarte la chorra aquí en medio.

—De eso nada.

—De eso todo, te encanta despelotarte.

—¡No he me despelotado! —Se baja los pantalones haciendo que algunos se rían, otros se enfaden y yo suelte una exclamación—. ¡Ahora sí me he despelotado!

—Madre mía, qué bochornito de familia —dice Emily antes de dar un sorbo a su taza de té.

—¿Veis? Le encanta sacarse la chorra.

—¡No me he sacado la chorra!

Se agarra la cinturilla del bóxer y ahí, justo ahí, es donde su madre grita y su padre suelta una carcajada.

—¡Ni se te ocurra, Lars! Hablo completamente en serio.

—Pero ¡si todo el mundo ha visto ya lo que escondo!

—Lo que no entiendo es que estés tan orgulloso de despelotarte si, total, lo que tienes no es para tanto y, con este frío, solo vas a quedar en ridículo —le suelta Adam, que se ve que habla poco, pero cositas de provecho.

—¿Ridículo? Ahora verás.

Tira de la cinturilla con más fuerza, Amelia grita, Esme se coloca frente a él y Óscar le amenaza con no hacerle jamás su carrillera en salsa si se le ocurre quedarse desnudo del todo frente a mí.

—¡Si quiere ser de la familia tiene que aceptarnos con lo bueno y con lo malo! —exclama él—. ¡Mi culo y lo que no es culo son parte de la familia!

—Razón no le falta —afirma Valentina justo antes de coger un pastelito de la mesa con toda la parsimonia y como si su primo y sombra no estuviera a punto de quedarse como su madre lo trajo al mundo.

Suelto una carcajada, no puedo evitarlo, pero me doy cuenta, tarde, de que ha sido del todo contraproducente, porque Lars se ha venido arriba, pensando que actuaba bien, y ha vuelto a intentarlo. No le ha funcionado porque Björn ha tirado de su hombro y lo ha sentado de golpe, pero ha estado a nada. De verdad, a nada.

—Compórtate de una jodida vez —le dice su hermano.

Y, para mi absoluta consternación, eso es suficiente para que Lars se suba el pantalón y se meta el jersey de un tirón. Su madre respira, su padre hace verdaderos esfuerzos por no reírse y yo pienso que Björn debe de tener algún tipo de don para conseguir que su hermano entre en razón tan rápido. Y algo me dice que Val lo lograría, también, pero no le ha dado la gana. Cuando veo la sonrisita que le dedica a Mérida, sé que estoy en lo cierto. Esta le devuelve un corte de mangas, mi cuñada responde con un beso y luego las dos se echan a reír de la nada, demostrándome que esta familia juega en una liga a la que no estoy acostumbrada. Una liga en donde vale saltarse todas las normas para luego volver al redil y que todo sea como si nada hubiese ocurrido. Una liga donde todos gritan y se meten unos con otros, pero acaban riéndose a carcajadas y abrazándose casi por cualquier motivo. Una liga caótica, sin leyes, ruidosa y, aun así, una de las mejores ligas que he visto nunca.

Lo que queda de tarde se nos va así, socializando y con Óscar tocándome a la mínima oportunidad. Y conmigo devolviéndole cada caricia. No es de extrañar que, cuando por fin cenamos y cada uno decide irse a su bungaló, esté tan excitada que apenas pueda pensar. Caminamos hacia el nuestro y, cuando entramos, nos encontramos con Júnior y su maleta hecha.

—¿Te vas? —pregunta Óscar, sorprendido.

—Sí, hora de volver al nido. Me voy a quedar en casa de mis padres.

Según me contó Óscar, ellos tienen una casa en una zona amurallada dentro del propio camping, pero estas Navidades habían quedado en que Vic y Adam se quedarían en un bungaló para tener algo de intimidad. Ethan y Daniela se volvieron locos y se sumaron de inmediato, porque por lo visto no entienden de intimidad e incluso en Los Ángeles se cuelan a menudo en la casa de la piscina, donde viven, sin permiso. Júnior se vino a este bungaló para tener a sus hermanos vigilados, sobre todo cuando vuelven de fiesta, y ahora que estoy yo...

—Me sabe fatal echarte de aquí. Puedo dormir en el sofá, de verdad.

—No, tranquila —contesta riéndose—. En realidad, Adam me ha dicho que está hasta los huevos de Daniela y Ethan, así que voy a obligarlos a venir a casa conmigo.

—¿Y crees que funcionará? —inquiere Óscar.

—Tendrá que hacerlo, porque Vic me ha dejado claro que, o los saco de su bungaló, o se van ellos a la casa y me quedo yo con Ethan y Daniela en el suyo. Que puede parecer lo mismo, pero en casa tengo más metros para tomar distancia de ellos. Son un tanto intensos.

—Me he dado cuenta, sí —respondo riéndome.

Júnior se va después de despedirse de mí con un abrazo y de Óscar con un guiño cómplice que me ruboriza sin poder evitarlo, y nosotros nos quedamos con Edu y Eyra. Al principio pienso si no volverán a ponerse como esta tarde, pero parecen estar agotados, así que se duchan, se ponen los pijamas y se meten en el dormitorio.

—Ven aquí... —Óscar tira de su abrigo, en el que sigo envuelta, y me lo quita por los hombros con suavidad—. ¿Vamos al dormitorio?

—Necesito ducharme —susurro entre besos.

Besos que ha comenzado a darme y que espero que no acaben en horas.

—Espera un poco. Cuando acabe contigo vas a necesitarlo más.

Y ya está. Esa declaración sirve para que me ponga aún más tonta, porque me parece precioso y excitante que sea capaz de hablar con esa confianza y seguridad en sí mismo. Y porque está excitado de nuevo, a juzgar por el bulto que se clava en mi estómago. Y porque, Dios, es perfecto.

—Solo acepto si seguimos directamente por donde lo dejamos.

—Dios, cómo me gustan los tratos así —dice él riéndose.

Me lleva en volandas al dormitorio, nos tumbamos y apenas he tenido tiempo de quitarme la chaqueta cuando los gritos de Edu han llenado el bungaló. Óscar maldice y grita. Grita, y eso ya es mucho decir en Óscar, lo que significa que su paciencia está bajo mínimos. Sale del dormitorio soltando maldiciones y entra en el de sus primos chillándoles. Edu asegura que Eyra le ha metido en la cama una serpiente. Eyra llora y jura que no tiene ni idea de cómo ha llegado el animal allí y Óscar la saca a toda prisa del bungaló, pero le cuesta un rato calmar a Eyra y hacer que Edu se tranquilice, porque no deja de gritar a su prima y claro, así, mal.

Yo me ofrezco a hacer infusiones y un rato después, mucho rato después, cuando volvemos al dormitorio, estoy tan cansada y sobrecargada de emociones que apenas puedo pensar.

—No debería ser así —murmura Óscar pasándose una mano por el pelo y resoplando.

—¿Qué?

—Nuestra primera vez, joder. No debería ser en un bungaló con dos adolescentes a un tabique de madera de distancia. Dos adolescentes dispuestos a jodernos la vida.

Su estrés es tan evidente que me apiado de él, voy hacia donde está, sentado en el borde de la cama, me subo en su regazo y lo abrazo antes de separarme y mirarlo con una sonrisa.

—Yo he venido a estar contigo, *mon soleil.* Con sexo o sin él. Voy a tenerte en algún momento, lo sé. Quizá no hoy, pero mañana, o pasado, o cuando volvamos a París. Voy a tenerte y vas a tenerme. Dios, creo que nos he imaginado tantas veces desnudos y gimiendo que, cuando por fin nos vea a ambos en acción, será como recrear una película. Solo tenemos que tener un poquito más de paciencia.

Él asiente y sonríe, besa mi frente y luego me ayuda a vaciar el contenido de la maleta. Estoy agotada. Realmente agotada. Por eso no protesto cuando él me insta a darme una ducha justo antes de gritarle a sus primos que se duerman de una puñetera vez.

—Estos dos quitarían las ganas de procrear hasta a los del Opus, joder —murmura justo antes de que yo entre en el baño ocultando una sonrisa, porque lo último que necesita es pensar que me hace gracia su frustración.

Media hora después el bungaló está en completo silencio, lo que es bueno, pero también está en completa oscuridad, lo que no es tan bueno. No me gusta la oscuridad. Creo que no he dormido a oscuras desde... pues desde que tenía cuatro años, más o menos, cuando mi abuelo se fue. Y sé, como psicóloga, que es algo totalmente sugestivo y que no pasa nada, pero esta noche no he buscado la estrella que más brilla, lo que ya me hacía sentir mal, y ahora esto, y...

—¿Qué ocurre? —pregunta Óscar.

Imagino que me siente tensa como una tabla, pero me da reparo confesárselo todo. Es cierto que ha visto las luces en mi estudio y sabe que las enciendo a menudo, pero creo que piensa que es más decorativo que otra cosa. No le he contado aún el significado, porque no sé cómo va a tomárselo. O sea, sé que no se reirá de mí, pero ¿hasta qué punto es normal que una mujer adulta tema a la oscuridad por nada en concreto y algo tan inmenso como el miedo a perderse dentro?

—Tengo que mirar el cielo un momento —susurro.

—¿El cielo? —Asiento y él, después de unos segundos, besa mi coronilla—. Vamos.

Esta parte sí la sabe. Se la confesé en su momento y, lejos de reírse o darme su opinión, me dijo que es algo muy dulce y no lo comentamos más, porque no hemos dormido juntos, básicamente. Ahora me demuestra, otra vez, por qué es inevitable enamorarse de él. Y es que ha cogido el nórdico y ha tirado de mi mano hasta el porche; me ha hecho sentar en un banco y luego se ha sentado a mi lado, tapándonos a ambos. Después ha guardado silencio mientras yo observaba el cielo y, pasados unos instantes, ha señalado con la barbilla hacia la izquierda.

—Allí —susurra—. Fíjate. Es la que más brilla.

Sigo su dirección y, cuando me centro en la estrella grande y brillante, sonrío. Es él, lo sé. Es mi abuelo, y el hecho de que esta noche la haya encontrado Óscar quiere decir algo, ¿verdad? Seguro que sí. Dejo caer mi cabeza en su hombro y así, con las estrellas alumbrándonos, un airecillo helador que procede del mar y los brazos de Óscar rodeándome, me adormezco.

Cuando abro los ojos de nuevo estoy en la cama y no sé qué hora es, pero el día clarea por la ventana. Me restriego los ojos, me siento en la cama y entonces, solo entonces, me doy cuenta de que no. Que el día no clarea. Que la luz procede de los pies de mi cama, donde cientos de luces de Navidad brillan envueltas en una maraña de cables conectados a la pared del fondo.

Miro a Óscar, que duerme a mi lado en calma, sin tener ni idea de lo que ha hecho. Sin ser consciente de que este gesto, haberse fijado en esto de alguna manera, ha puesto mis sentimientos a su merced, si es que no lo estaban ya.

Que hay algo aún más bonito que las flores, las sonrisas e, incluso, la buena suerte, y es un chico haciendo que el mundo vibre con un detalle del que no conoce la historia, pero sí lo suficiente para saber que es importante.

23

Las luces. Siempre supe que eran importantes, pero nunca pensé que estaban relacionadas con el sueño. O no tan íntimamente, al menos.

Salir con ella a contar estrellas fue fácil. Casi rutinario, aunque no lo hubiésemos hecho nunca. Abrazarla parecía correcto. Igual que besarla. Estar con Emma cada vez es más natural. Como si no hubiese otro sitio en el que pudiéramos estar.

Y, aun así, cuando se durmió entre mis brazos lo sabía; que algo no estaba bien, y no era solo la frustración sexual, porque con esa ya, por desgracia, tenemos experiencia. Era algo más, una tensión que creció de pronto en su menudo cuerpo y no se fue ni siquiera cuando la deposité en el colchón, completamente derrotada. Y entonces apagué la luz, con una mano sobre su cuerpo, y lo supe. Lo supe por la forma en que, inconscientemente, reaccionó, tensándose aún más. Como si su cuerpo fuese capaz de adivinar que estábamos a oscuras. Me pareció algo curioso, pero también me llevó de inmediato a todas esas luces en su apartamento. De ahí, a robar las luces que adornaban el tronco de una de las palmeras del camping solo fue un rato y un montón de protestas de Edu y Eyra, que me tuvieron que acompañar en pijama y con los ojos casi pegados del sueño que tenían.

No conté con que el manojo de luces sería enorme, pero tampoco me supuso un problema: lo hice todo una bola y lo puse como pude a los pies de la cama para conectarlo en la pared del fondo. El cuerpo de Emma se relajó casi de manera instantánea y yo me quedé alucinando, no solo por el hecho en sí, sino por lo poderosa que puede ser la mente cuando te sugestiona con algo. Es increíble.

Y fue anoche, de madrugada, cuando despertó, que los besos me supieron distintos: a agradecimiento, a palabras que no dijo, pero estuvieron ahí para los dos.

El amanecer nos descubrió abrazados, excitados y sin poder aliviarnos, porque mi bungaló volvía a ser el camarote de los hermanos Marx. Intenté no frustrarme, pero ver a Emma vestirse frente a mí, quedándose en ropa interior, me llenó de un rencor hacia mi familia que, si bien no va a llegar al odio, sí puede rozar el resentimiento, porque yo tendría que disfrutar de esta parte y luego poder desnudarla y hacerle de todo. Y dejar que ella me hiciera de todo a mí.

Por eso el resto del día he sido un gruñón. Me he portado como un borde durante el desayuno, que se ha alargado hasta más del mediodía. Me he negado a ocuparme de la barbacoa que han improvisado en el jardín más tarde y, para rematar, he puesto el grito en el cielo cuando se han pasado la tarde entera, en serio, ENTERA, organizando la yincana de mañana. La maldita yincana familiar que acabará con la unión de todos nosotros para siempre, porque no ha llegado el día y ya hoy ha habido empujones y reproches a mansalva. Y en medio Emma, riéndose de todo, abrazándome, besándome e intentando calmar mi mal humor, sin demasiado éxito, porque cada vez pienso más que no quiero compartirla con mi familia y menos que, en realidad, esto es algo bonito, porque significa que han encajado como piezas de puzle. Y no es que el sexo me resulte vital, pero el deseo me está consumiendo. Si al menos supiera cómo es estar con ella en ese sentido... Si tuviera un jodido recuerdo del que tirar, sería más sencillo.

—Hijo, hemos pensado que esta noche vamos a cenar todos juntos en el restaurante, otra vez. Fran se ha enfurruñado un poco, pero...

—Mira, papá, no te ofendas, pero yo ni hambre tengo ya —replico de mal genio.

—¿Cómo no vas a tener hambre? ¡Eres chef, Óscar! Por supuesto que tienes hambre.

—Sé bien lo que tengo y lo que no. Soy mayorcito.

—Bueno, pero algo tendrás que cenar. Y lo más importante: no vas a dejar a Emma sin comer nada, ¿verdad? Tienes que cuidarla, Óscar, parece mentira que te lo tenga que decir tu padre. Yo, cuando veía que tu madre comía poco, me las ingeniaba para que se comiera aunque fuera un plato de arroz cocido con tomate, que ya sabes que la cocina no es lo mío, pero yo el interés siempre lo he puesto en lo importante, que es tu madre. No puedes dejar que Emma se vaya a la cama sin cenar, que está muy delgada. Di tú que le da un bajón de azúcar y...

—Papá, ¿tú estas cosas las pensabas cuando estabas soltero?

—¿Por qué lo preguntas? —me dice muy serio.

—Porque, hasta donde yo recuerdo, cuando era niño y te conocí a ti solo te interesaban las mujeres, las chucherías y los batidos de chocolate.

Mi padre me mira muy serio, se rasca la barba y, después de pensar a saber qué cosas, contesta:

—¿Sabes lo peor? Que todavía se me pasan los días pensando en una mujer, la mía, en chucherías y en batidos de chocolate. Así que, respondiendo a tu pregunta, sí, estas cosas las pensaba cuando estaba soltero.

Resoplo, porque es inútil, e intento negarme, pero es que al hombre le falta llevarme al restaurante por las orejas. Miro a Emma con la disculpa pintada en la cara y ella se ríe, pero está tensa. Nerviosa. Necesitamos intimidad, maldita sea. Ha venido desde París para estar conmigo y en el tiempo que lleva aquí ya he tenido que compartirla con toda la familia. ¡Y aún se quejan de que casi no pasan tiempo con ella! Pero ¿qué quieren? ¿Un contrato blindado y unas esposas para encadenarse a ella? De verdad que, si Emma sobrevive lo que resta de días a esta familia, soy capaz de pedirle de rodillas que no me deje jamás.

Para cenar piden pizza, porque yo me niego a cocinar, Fran dice que bastante hace dejándonos el sitio como para meterse en la cocina y el resto son una panda de vagos, básicamente.

—Ahora, cuando acabemos la cena, Emma, te voy a enseñar a jugar a la videoconsola —dice Edu, consiguiendo que los hombros se me tensen aún más.

—O puedes jugar conmigo, si quieres —interviene mi primo Diego, el único al que no guardo rencor, porque es demasiado pequeño y me sabe mal—. Me sé un juego que, si pierdes, me tienes que dar un beso. A veces juego con papá y mamá, aunque ellos me dan el beso en la cara, pero tú, si quieres y pierdes, me lo puedes dar en la boca. Te lo digo porque ya tengo diez y estoy a punto de dar otro estirón, que me lo noto mucho últimamente. Si quieres me das un beso y luego, cuando dé el estirón, me caso contigo. Me falta nada. Me lo noto.

Lo miro con la boca abierta, como el resto de la familia que estaba próxima a él y ha oído el discurso. Emma lo mira con una media sonrisa sorprendida, pero es la primera en reponerse riéndose, abrazándolo y besando su frente, aunque eso haga que el crío arrugue la nariz.

—Me lo puedes dar en la boca —repite.

—Tú primero ocúpate de crecer.

—¿Y luego te casas conmigo?

—Creo que, con esa labia, cuando crezcas no van a faltarte candidatas para organizar una boda, no te preocupes.

—Pero a mí me gustas tú.

—Ay, Dios, eres lo más adorable que he visto en mucho tiempo —murmura Emma justo cuando suenan varios «Oooh».

El niño se encoge de hombros y se va con su madre, que lo mira con una mezcla de ternura y sorpresa muy parecida a la del resto de la familia, solo que, a ella, como madre, también se le cae la baba.

Yo, por mi lado, miro a Marco y le doy un codazo.

—¿Tu hijo acaba de intentar levantarme la novia en mis narices?

Él se ríe a carcajadas antes de dar un sorbo a su botellín y asentir vigorosamente.

—Es digno hijo de su padre.

Me río, mal que me pese, y cuando veo a mi padre acercarse me tenso de nuevo. Verás tú, que viene a decirme que después de cenar vamos a jugar al parchís o alguna chorrada por el estilo.

—¿Qué pasa ahora? —pregunto, ya de mal humor.

—Emma tiene frío.

Miro a mi chica, que me devuelve la mirada y una sonrisa. No parece que tenga frío, pero supongo que será verdad.

—¿Y?

A ver, igual estoy siendo más borde de lo aconsejable, sobre todo para mí, así que intento bajar el tono. Al menos lo intento, hasta que hable.

—Vamos al bungaló a por una chaqueta y así tenemos una charla.

—Mira, papá...

—No es una sugerencia, Óscar. Vamos.

Aprieto los dientes y lo sigo. Puede que no siempre esté de acuerdo con él, pero es mi padre y el tonito de cabreo, cuando lo pone, me tensa, aunque no me guste aceptarlo de viva voz. Lo sigo y escucho cómo me habla de intentar levantar mi estado de ánimo, porque no es sano estar siempre enfadado por todo.

—Y eso me lo dices tú, que vives atacado de los nervios —contesto un poco, bastante a la defensiva.

—Bueno, hijo, que solo te he dicho que te calmes y disfrutes de las vacaciones. Parece que sea un suplicio estar con tu familia.

Chasqueo la lengua mientras subimos los escalones del bungaló y abro la puerta.

—No lo es, papá, te juro que no lo es porque os adoro, pero tú tienes que entender que yo, ahora mismo, solo...

Me quedo en silencio cuando entro. En silencio y en blanco. Petrificado, porque frente a mí el escenario que muestra es tan confuso que, por un momento, pienso que nos hemos equivocado de cabaña.

Hago amago de salir, pero entonces veo la consola de Edu sobre la mesa y me doy cuenta de que, sí, es la nuestra.

Solo que la mesa ya no tiene miles de cosas encima de mis primos y mías, sino que está montada con platos, cubiertos, copas y un decantador de vino. Eso, y un pequeño ramo de flores naturales, evidentemente cogidas del propio camping, justo en el centro. El mismo ramo que está replicado por todo el salón, más o menos. Decenas de ramitos repetidos de distintas maneras y colocados para dotar al espacio de un aroma dulce y una vista, sin duda, bonita.

—¿Qué...? —pregunto.

—Yo quería poner velas, pero Fran me dijo que no, que ya ha tenido más de un disgusto con las velas y que, si quiero más intimidad, apague las luces y me conforme con la que entra por las ventanas de fuera. —Suspira y se restriega la nuca—. Ya sabes cómo es.

—Papá...

—Es para Emma y para ti, hijo. No es que te haya preparado yo una cena romántica. Y, para ser justos, la idea fue de tu madre, pero está entreteniendo a Emma, así que te he traído yo. Eso sí, colaboré en todo.

—Pero no entiendo... Si no has dejado de interrumpirnos desde que llegamos.

—Eso tiene explicación.

—Sí, que no te gusta pensar en tus hijos practicando sexo.

—Esa, la primera. —Se ríe y suspira—. La segunda es que me daba pena que no fuera un poco más especial, aunque a mí debería darme exactamente lo mismo, pero ya sabes cómo soy. Si no me meto en algo, no me quedo tranquilo. —Suspira, otra vez, y palmea mi brazo—. Mira, hijo, no voy a darte ningún discurso. Aquí tienes esto, la cena está en la cocina, preparada por Fran, y el postre, en el congelador. El bungaló es vuestro toda la noche porque tu madre y yo vamos a quedarnos con Eyra y Edu, así que solo... disfruta. Disfrutad los dos.

—No sé qué decir.

—No tienes que decir nada. Solo ve a por tu chica y dedícate, por fin, a lo que más te interesa en este momento, que es ella. A ver si con suerte mañana estás de buen humor y ganamos la maldita yincana.

Me río, mal que me pese, pero no por sus palabras, sino por lo que significa todo esto. Porque es muy difícil estar a malas con una familia que, sí, es entrometida, jaleosa y demasiado grande, algunos días, pero luego mis padres hacen estas cosas y yo... yo no sé ni qué decir, así que no digo nada. Le doy un abrazo enorme, palmeo su espalda y, cuando nos separamos, nos quedamos mirándonos a los ojos.

—Nunca pensé que el día que mi hijo mirase a otra mujer de la misma forma en que yo miro a la mía iba a llegar tan pronto.

—Hombre, un niño no soy —contesto riéndome.

Él, en cambio, solo suspira, otra vez, y niega con la cabeza.

—No, no lo eres.

Sonríe, palmea mi espalda y sale del bungaló antes de susurrar un «buenas noches» que dice mucho más que cualquier otra palabra.

Yo, por mi lado, me debato entre las ganas de ir corriendo a por Emma y la seguridad de que tengo que hacer esto bien, así que rescato las luces que robé anoche de la palmera y hago que la bola vuelva a convertirse en una ristra que, estirado, coloco por encima del respaldo del pequeño sofá y las paredes. No son velas, de acuerdo, pero iluminan, que es lo más importante.

Vuelvo al restaurante a toda prisa y con el corazón tronándome en los oídos, porque pensar que algo pueda torcerse ahora me pone frenético. Eso, o que ella no quiera. Aunque, si se trata de eso, no hay más que hablar, por descontado. Pero me daría pena, sin duda.

La busco en todo el salón cuando llego y la encuentro hablando con Vic mientras ambas miran algo en el teléfono. Voy hacia ella, cojo su mano y tiro sin despedirme siquiera de mi prima.

—*Mon soleil?* —pregunta ella—. ¿Todo bien?

Su francés. Dios, cuando me habla en francés apenas si soy capaz de mantener la cordura, lo que es un problema, porque la mayor parte del tiempo mezclamos los idiomas.

—Tengo un juego para ti —contesto mientras caminamos agarrados de las manos y la guío hacia el bungaló.

—¿Un juego?

—Bueno, no. No es un juego. Es una pregunta al destino. Una de esas que tanto te gustan.

Ella me mira con interés y yo la abrazo y guardo silencio. Cuando llegamos a los escalones del bungaló la retengo, la coloco delante de mí, la abrazo por la espalda y hago que caminemos así hasta la puerta. Emma no dice nada, pero su curiosidad es evidente. Ya con la llave dentro de la cerradura susurro en su oído:

—Si hay más verde que colores, serás la primera en quitarse la ropa.

—¿Qué...?

—Cosas del destino. ¿Aceptas?

—Pero no sé de qué hablas —contesta con una risita nerviosa.

—Es parte del encanto de dejar tu vida en manos del destino. —Beso su oreja y muerdo su lóbulo—. Y tu cuerpo en las mías, si gano.

Emma no habla, pero asiente. Está nerviosa y no me extraña, porque no estoy explicándome, pero es que creo que es mejor que lo vea por sí misma, así que abro la puerta y entramos ambos en el saloncito.

Miro rápidamente los ramos en los que me fijé antes y me paso la lengua por el labio, porque ya imaginaba lo que iba a encontrar, siendo invierno y que no hay muchas flores abiertas en esta época. Menos aún si son naturales del camping. Me separo de Emma, cojo uno y me pongo frente a ella, mostrándole las hierbas frescas y aromáticas que mi madre ha usado para hacer la mayor parte de ellos. Las flores son pocas y no todas están abiertas, así que no puedo evitar que mi sonrisa se ensanche antes de guiñarle un ojo.

—Más verde que colores. Me temo que tu destino te ha hecho perder, *chérie*.

Emma suelta una carcajada, coge las flores y pasa los brazos por detrás de mi cuello, enganchándose a mí y haciendo que tenga que alzarla en brazos para que nuestras caras queden a la misma altura.

—Te equivocas. El destino nunca me ha hecho ganar tanto, Óscar León.

24

Emma

Todo es precioso. La mesa lista para cenar. Las luces decorando el pequeño salón y las flores. Dios, las flores son preciosas. Pero lo mejor, sin duda, es Óscar. Su sonrisa tiene el tercer puesto, su mirada el segundo, sí, definitivamente, y el primer puesto, sin dudar, se lo lleva la forma en que se muerde el labio para no morderme a mí. Casi puedo sentir sus ganas comiéndoselo por dentro. Las siento porque son un reflejo de las mías, también, así que bajo de su cuerpo, me alejo un poco y me quito su abrigo, que hoy había vuelto a prestarme.

—De acuerdo, los dos somos conscientes de que soy incapaz de esquivar mi destino, así que cuanto antes cumpla con mi parte del trato, mucho mejor, ¿no te parece?

—Oh, sí, me parece —contesta con una sonrisa torcida que acelera mi pulso.

Luego, para acabar de ponerme frenética, se sienta en la silla que hay junto a la mesa y se sirve una copa de vino que ya hay en el decantador.

—Siéntete libre de ir tan lento como quieras, *ma belle* —susurra con voz ronca antes de dar un sorbo—. Tenemos toda la noche.

—¿Vas a quedarte ahí sentado mientras me desnudo? —pregunto, más alterada de lo normal.

Óscar frunce los labios, como si pensara en ello realmente, pero los dos sabemos que tiene la respuesta clara.

—Sí, de momento.

—¿De momento?

—No puedo prometer que la necesidad de tocarte no me invada de aquí a... ¿milésimas de segundo?

Me río, tiro del dobladillo de mi jersey granate y me lo saco por la cabeza, quedándome solo con el sujetador. No es un estriptis, no sabría cómo hacer uno sin parecer patosa, así que me limito a mirarlo a los ojos y ser yo misma, porque creo que Óscar es un hombre capaz de valorar lo que eso significa: sin posturas fingidas, sin imitar a una especie de álter ego devoradora de hombres. Yo no soy así. Yo soy Emma Gallagher, una chica enamorada deseando que su novio la toque cuanto antes porque cuando lo hace, algo vibra en su interior. Algo que no es físico, pero se siente con la misma intensidad que un huracán aproximándose y avisando que va a arrasar con todo. Suelto el botón de mi pantalón y muevo las caderas para bajarlos. Solo cuando llego abajo me percato de que no me he quitado los botines que, en este caso, van por fuera del pantalón. Frunzo el ceño; esto no va a ayudarme a parecer una gatita sexy. Ay, Dios, ¿he dicho gatita sexy? ¿Ese no es un apelativo sexista? Creo que sí. Maldición, no debería estar pensando en apelativos sexistas, ¿verdad? Creo que no. O sea, es algo que tener en cuenta, pero en este momento lo principal debería ser desnudarme para Óscar. Tengo que conseguir quitarme los botines, aunque estén enrollados en los pantalones, y hacerlo con dignidad.

Mi respiración se altera, y no es por la excitación, sino porque aquí abajo la cosa se está complicando más de lo que me gustaría. No lo entiendo, en las películas queda precioso que la chica se desnude para el chico. No hay botines por encima del pantalón, ni calcetines que desluzcan, como estos de sandías estampadas que yo llevo. Las protas de las pelis no se enredan en su propia ropa de tal forma que acaban cayendo de lado, cual bolo derribado, en el sofá. *Mon Dieu*, el bochorno está siendo horrible. Estoy segura de estar completamente colorada, y no sé cómo estará Óscar, porque no me atrevo a mirarlo, pero seguro que el espectáculo no está provocándole la erección de su vida.

Intento, en vano, recuperar la dignidad a tirones, pero eso nunca funciona. Me siento en el sofá, tiro de las perneras y consigo, de alguna manera, sacarme los pantalones, los botines y un calcetín al mismo tiempo. El otro calcetín me lo quito a toda prisa y entonces, solo entonces, me atrevo a mirar a Óscar. Estoy lista para enfrentarme a su risa, pero, como siempre, me sorprende levantándose, acercándose a mí y sentándose en el sofá, a mi lado.

—Ven —susurra con voz intensa, como si estuviera conteniéndose.

Obedezco y me siento a horcajadas sobre él. Para mi sorpresa, está excitado, pero no es eso lo que me ayuda a superar mi pequeño momento de bochorno, sino el beso suave y cálido que deja en el centro de mis pechos mientras sus manos rodean mis tobillos.

—Definitivamente, ser bailarina de ningún tipo tampoco es mi fuerte.

Él sonríe y se echa hacia atrás apoyando la nuca en el respaldo del sofá y mirándome sobre su cuerpo. Acaricia mis pantorrillas, mis muslos y mis costados con tanta delicadeza que se me acaba erizando la piel. Traga saliva justo antes de que sus pulgares rocen mis pezones sobre la tela del sujetador y, cuando me arqueo un poco, su respiración trastabilla.

—Ha sido el mejor estriptis de mi vida.

—Mentiroso.

—Yo no miento, Emma.

Su mano sujeta la mía y la lleva con decisión hasta su estómago. Lo acaricio por encima del jersey, pero Óscar hace que baje más, me empuja un poco hacia atrás y cuela su mano, y por tanto la mía, entre nuestros cuerpos, colocándolas en su bragueta.

—No miento nunca —repite—. Y mi cuerpo tampoco.

Gimo de anticipación, porque me encanta provocar esto, pero sobre todo por poder acariciarlo sobre la ropa. Aprieto y él cierra los ojos un segundo, como si necesitara recuperar cierto autocontrol.

—Ha sido desastroso.

—Ha sido maravilloso.

—Dios, debes de estar muy enamorado —digo riéndome.

Él abre los ojos y lo veo. Lo veo de verdad. No necesita responder con palabras porque es muy evidente y, aun así, se acerca a mí, acaricia mi mentón y besa mi barbilla antes de susurrar sobre mi boca:

—Más de lo que puedes siquiera imaginar.

Mis ojos se cierran en respuesta, supongo que es una reacción que refleja el placer que recorre mi espina dorsal al oír sus palabras. Me muerdo el labio inferior y, cuando Óscar lame el punto que hay justo debajo de mi oreja derecha, en el cuello, no puedo evitar aferrarme a sus hombros y balancear un poco mis caderas. Es ahí, justo en ese instante, cuando él se levanta conmigo en brazos y me lleva al dormitorio.

—La idea era que cenáramos antes —susurra—. Usar la comida como preliminares, pero no puedo esperar más. Necesito tocarte, *ma belle*. Necesito...

Me mira, tumbada ya en la cama, manteniéndose sobre su antebrazo en mi costado, con nuestras piernas enlazadas, y casi puedo ver la pregunta en sus ojos. Si ahora mismo dijera que quiero cenar, lo haríamos. Pararía y cenaríamos charlando de cualquier cosa, o provocándonos, o usando la comida, como bien ha dicho él, a modo de preliminares. Lo haría porque él me daría cualquier cosa que yo pidiera, estoy segura. Pero es que creo que Óscar y yo ya hemos tenido preliminares suficientes para una vida entera, así que solo me sale alzar mis labios y buscar los suyos, en una invitación silenciosa. Lo beso hasta que gime y el sonido vibra en mi boca; hasta que los dos nos sentimos a punto de perder la cordura. Paso la lengua por su labio inferior, buscando ir un paso más allá, y cuando su boca se abre introduzco la lengua y la enlazo con la suya, invitándolo a entrar en un baile que lleva llamándome desde la primera vez que lo vi.

Enredo mi mano en el pelo de su nuca y, cuando Óscar baja para besar mi cuello, me maravillo otra vez de lo negro que es su cabello. Casi brilla entre mis dedos blancos y, al contraste con su piel, el efecto es hipnotizador.

Óscar hace amago de meterse entre mis piernas mientras besa la base de mis pechos, pero las cierro y me niego. Él me mira confundido, pero sonrío y me agarro a su jersey.

—Te toca —susurro—. Desnúdate.

—Tú no estás desnuda aún.

—Oh, vamos, esto solo es ropa interior.

—¿Solo? —Su pregunta suena sexy y, cuando sus dientes enganchan el borde de mi sujetador, ahogo un gemido—. En cuanto vaya fuera, me desnudo para ti.

No lo pienso. Me incorporo tan rápido en la cama que casi lo tiro por la inercia. Óscar se ríe y yo desabrocho el sujetador y lo dejo caer por mis brazos con naturalidad; del mismo modo me quito las braguitas. Me quedo desnuda completamente por primera vez en su presencia y, lejos de amedrentarme, me tumbo en la cama de nuevo, estiro los brazos por encima de mi cabeza y me arqueo en su dirección.

Él se relame, literalmente, y se muerde el labio inferior con tanta fuerza que me sorprende que no sangre.

—Tu turno, *mon soleil* —murmuro—. Todo eso... —digo señalando su ropa— fuera.

Y lo hace, tira de su jersey con celeridad y, a diferencia de mí, cuando baja sus pantalones se ocupa antes de sacarse los zapatos y calcetines, así que en cuestión de un minuto solo tiene puesto un bóxer negro e hinchado al máximo que me acelera el pulso. Su torso es fuerte y fibrado. No tiene los abdominales hiperdefinidos de Lars, por ejemplo, pero está fuerte y es... perfecto. Es perfecto de verdad. Estiro una mano en su dirección y, cuando se acerca, me arrodillo en la cama y me ocupo de bajar yo misma el bóxer. Óscar gime cuando mi dedo índice recorre la base de su erección, y es ese sonido de sorpresa y placer lo que me impulsa a agacharme y besarlo, primero, justo antes de probarlo por primera vez.

Pensé que ya había oído a Óscar gemir; creí que sabía cómo sonaba excitado, pero es evidente que me equivoqué, porque el sonido que sale de su garganta ahora es tan excitante que consigue que la presión entre mis muslos crezca solo con oírlo. Acaricio sus caderas y paso las uñas por su pelvis y su estómago, que se contrae con cada succión que hago. Intento abarcarlo por entero, aunque sea complicado porque, bueno, digamos que es un hombre muy bien proporcionado en altura, y cuando mi boca se llena con su sabor preliminar el propio Óscar me separa de su cuerpo y me tumba en la cama.

—Si sigues con eso esto acabará mucho antes de empezar. Además, llevo demasiado tiempo queriendo ponerte las manos encima, *chérie*.

Su voz... *Mon Dieu*, es tan grave que podría rasgar el aire. Cierro los ojos cuando sus labios pasean por mi vientre, hacia mis pechos, y cuando su lengua se enreda en uno de mis pezones me preparo para el latigazo que ya sentí la primera vez que hice esto. Lo que ocurre es que no se le parece. Nada se parece a lo que siento cuando Óscar abre mis piernas y deja caer su erección sobre mi centro al mismo tiempo que lame y besa mis pezones. El roce de su piel directamente contra mí hace que gima y me arquee buscando más de todo: su boca, su erección, la presión de su cuerpo.

Tan placentero es que, cuando su boca baja y, por ende, su cuerpo lo hace con él, me quejo. Él se ríe entre dientes, consiguiendo que el aliento que escapa de su boca me haga cosquillas, lo que también me hace maldecir porque, Dios, eso excita aún más y, al parecer, a veces, cuando me excito, maldigo. Es curioso, pero no me había dado cuenta hasta ahora. Supongo que ha tenido que llegar el hombre correcto a hacerme ver que no siempre soy dulce como un caramelo.

Su lengua enreda en mi ombligo y, cuando llega a su destino, entre mis pliegues, me arqueo con tanta fuerza que Óscar tiene que bajarme, abriendo su palma sobre mi estómago y manteniéndome pegada a la cama. El problema es que esperaba que fuese lento, dulce, de hecho, y él ha decidido empezar chupando mi clítoris con fuerza y casi, casi arrancándome un orgasmo instantáneo que me habría hecho quedar fatal. No es que ahora vaya a quedar mucho mejor, a juzgar por la forma en que él me acaricia con su lengua, pero habría sido mucho peor llegar al clímax nada más empezar.

—Tan húmeda, tan lista para mí...

Puede que sean sus palabras, o quizá es que introduce dos dedos en mi interior de una vez y, de nuevo, sin avisar, pero el caso es que me deshago en su boca. Literalmente siento que me deshago cuando el orgasmo me arrolla y solo me da tiempo de exclamar su nombre y clamar alguna que otra incoherencia en francés. Óscar, lejos de apartarse, insiste en lamer mis pliegues y, cuando pongo una mano en su frente para que se retire, pues estoy sensible como pocas veces, se ríe, muerde mi muslo e insiste hasta que me doy por vencida. En cuestión de segundos me doy cuenta de que no ha sido buena idea. O sí, Dios, sí, ha sido la mejor idea del mundo, porque él consigue que un segundo orgasmo me sobrevenga cuando el primero aún retumba en las paredes de mi cuerpo. ¿Cómo demonios lo consigue? No tengo ni idea, pero sé algo. Sé que Óscar León no es ningún jovencito inexperto en esto del sexo, igual que sé que todo esto lo tiene al borde de una taquicardia, porque en mi subida hacia el segundo orgasmo lo he oído gemir conmigo, solo que él ni siquiera se está acariciando.

Arqueo la espalda una última vez y veo mi estómago vibrar por las ondas de placer que ha provocado en mi cuerpo. Sus ojos, azules y algo más oscuros de lo normal, me observan ardientes, esperando que baje de mi ascenso y conecte con él.

En cuanto lo consigo, besa mi muslo y sube a mi altura, donde no dudo en besarlo y aprovechar la coyuntura para hacerlo girar en la cama.

—Vamos al sofá —murmuro—. Quiero que lo hagamos con las luces rodeándonos.

—Tus deseos son órdenes para mí —susurra con voz suave y ronca.

Hago amago de levantarme y, cuando apenas me he incorporado en la cama, siento sus brazos rodearme y llevarme al sofá a pulso. Me deposita en él para ponerse encima, pero niego con la cabeza y le indico que se siente. En cuanto lo hace me subo a horcajadas sobre él y cojo sus manos, entrelazándolas con las mías. Busco su erección con mi entrepierna y la rozo, aprisionándola entre mis pliegues y su propia pelvis y haciendo que Óscar gima y cierre los ojos.

—Deja que vaya a por un condón —musita.

Tiene las mejillas encendidas, seguramente por la excitación, y sus ojos están tan vidriosos que, si lo viera alguien ajeno ahora, pensaría que está drogado. Su pelo desordenado por mis manos es la guinda perfecta. Está tan guapo que me corta la respiración. Lo beso y suelto sus manos, enlazando mis brazos detrás de su cuello e intentando que cada parte de nuestros cuerpos se roce.

—Tomo la píldora —afirmo.

Y quiero decirle que estoy limpia, que me hago análisis cada cierto tiempo y hace mucho, mucho tiempo que no tengo sexo, pero no sé si deberíamos hablar tanto en este momento y, además, en cuanto las palabras han salido de mi boca Óscar ha gemido y me ha rodeado por la espalda, pegándome más a él, así que doy por hecho que la confianza es mutua y no necesitamos usar el preservativo. Lo haría, si se tratase de otra persona, pero Óscar León... Con él ya no hay barreras que sirvan, ni físicas, ni emocionales, y si hay alguien en este mundo digno de mi confianza, ese es él.

—Ven aquí —susurra justo antes de elevarme lo justo para que su erección se coloque en la entrada de mi cuerpo.

Me dejo caer con lentitud, llenándome de él, no solo físicamente, sino disfrutando de la sensación de tenerlo en mi interior. Del conocimiento de que esto que estamos haciendo es solo un paso más en una unión que, a cada minuto, siento más irrompible. Y cuando su pubis roza mis labios y lo tengo por completo en mi interior, solo me sale gemir y mecerme con él, porque es la sensación más placentera del mundo. Dios, de verdad es lo más satisfactorio que he hecho hasta ahora. Gimo en su boca y él acaricia mi trasero justo antes de agarrarlo y guiar los movimientos que hacen que entre y salga de mí.

—*Mon Dieu*... —murmuro—. Podría morir así y lo haría feliz. Tan tan tan feliz.

Óscar no se ríe, como esperaba, solo me mira con una pasión que empieza a desbordarnos a ambos y sube una mano para sujetar mi nuca y enredar entre sus dedos mechones de mi pelo.

—Emma... —Giro mis caderas y él gime—. Dios, Emma... *mon amour*.

Y ya está. Dos palabras y pierdo la poca cordura que me queda, dejándome llevar en un baile que se me antoja cada vez más tortuoso, porque por mucho que mueva mis caderas en la dirección que el placer de mi cuerpo me indica, nunca parezco tener suficiente. Y él debe de pensar lo mismo, a juzgar por la forma en que sus labios se enredan, ávidos y hambrientos, en mis pezones, o mi cuello, o mi boca.

En algún momento sus manos parecen estar en todas partes, mis gemidos son tan seguidos que apenas puedo respirar con comodidad y mi boca está llena del sabor de su piel. No puedo más, estoy tan al límite que me extraña no estallar en miles de pedazos y, cuando sus dedos encuentran mi clítoris y lo acarician grito su nombre y me arqueo de tal forma que Óscar tiene que sujetarme por la espalda, seguramente temeroso de que caiga hacia atrás. Lo hace, al menos, hasta que el sonido más gutural y maravilloso sale de su garganta y siento cómo se hincha en mi interior antes de alcanzar un orgasmo que, a juzgar por cómo murmura mi nombre y aprieta mi carne, está complaciéndolo tanto como a mí.

Intento recuperar la compostura, pero apenas consigo volver a su cuerpo a tiempo de verlo abrir los ojos y, cuando una sonrisa lenta y perezosa se abre paso en su cara, lo sé; que este amor no es de esos que se acaban pronto. Que esta vez no voy a aburrirme así como así y que lo quiero. Dios, lo quiero mucho.

Y debe de verlo, porque, cuando intento salir de su cuerpo para ir al baño, asearme y recuperar un poco la calma que acabo de perder por completo, me sujeta y niega con la cabeza.

—Ven... —susurra justo antes de besarme y abrazarme contra su cuerpo.

Lo ha visto. Lo sé. Sé que ha visto sin ningún tipo de filtros lo que siento y no me importa, pero ahora mismo estoy tan sobrepasada por la intensidad con que mi cuerpo ha disfrutado del suyo y mis sentimientos se están desbordando, que agradezco que no diga una sola palabra. Se limita a abrazarme mientras entierro la cara en el hueco de su cuello, me acurruco y dejo que su cuerpo se desinfle poco a poco dentro de mi interior, porque soy incapaz de alzarme y dejarlo salir.

Será que quiero disfrutar de los últimos estertores del orgasmo.

Será que el calor que emana de él es lo único que consigue que no tenga frío.

Será que sus manos acariciándome y sus labios besándome me hacen ver que él tampoco quiere que rompa nuestra conexión física.

O será que mi cuerpo ha llegado al mismo punto que mi alma y ahora los dos, de mutuo acuerdo, han decidido pedir a gritos que no deje a Óscar León salir de mí de ninguna de las maneras.

25

La luz que se filtra por la ventana me hace fruncir el ceño antes siquiera de poder abrir los ojos. Lo hago, a duras penas, y miro la hora en mi teléfono: las diez menos cuarto de la mañana. Dios, es como si solo hubiese dormido cinco minutos. Siento el cuerpo que se remueve rozando el mío por completo y sonrío. No han sido cinco minutos, pero casi casi...

Miro a Emma dormir entre mis brazos. A lo largo de la noche nos hemos ido moviendo hasta que he acabado en el centro, como es costumbre en mí, con ella enredada entre mis brazos, con su espalda rozando mi pecho, haciendo la cucharita. Tengo el brazo un poco dormido, pero antes me lo amputaría que quejarme.

—¿Estás despierto? —pregunta con voz soñolienta y los ojos aún cerrados.

—Sí.

—¿Quieres sexo otra vez?

Me río sobre su cuello, donde había empezado a dejar caricias distraídas.

—¿Tienes algo en contra del sexo matutino?

—En absoluto, pero hace mucho tiempo que no tengo sexo y ya sabes que odio mentir, así que deberías saber que tengo un poco irritadas ciertas zonas. Que tu barba haya merodeado entre mis muslos tanto tiempo no ayuda, creo que me has arañado, pero te perdono porque, Dios, los orgasmos fueron realmente buenos. Esa lengua tuya sabe bien lo que hace, Óscar León. Y tus manos... Bueno, digamos que tu don con ellas no se limita a la cocina.

Se gira entre mis brazos mientras intento contener la risa. Ella me mira con los ojos hinchados, una rozadura en la clavícula, probablemente de mi barba, también, y el pelo hecho una maraña de mechones rubios.

—Joder, qué bonita eres —murmuro.

Emma abre un poco los ojos con sorpresa y se ríe, besándome y subiéndose sobre mi cuerpo, haciéndome girar hasta quedar boca arriba.

—Y, aunque eres muy dulce la mayor del tiempo, a veces dices ese tipo de cosas que también me gustan. —Mi sonrisa vuelve y ella se mece contra mi erección matutina—. En serio, eres incansable.

—No soy yo quien está empezando un baile sobre mi polla, *chérie*.

Emma estalla en carcajadas, echa la cabeza hacia atrás y no puedo evitarlo. Juro que no puedo. Me siento y muerdo su cuello con suavidad, pero lo suficientemente fuerte como para que su risa se ahogue y sus manos se enreden en mi nuca.

La noche ha dado mucho de sí y, aun así, es como si no pudiera apartar mis manos, ni mi boca, de ella.

—Eres tan adorablemente vulgar por las mañanas —susurra cuando dejo de besarla.

Las risas escapan de mi cuerpo antes de poder contenerlas, pero no puedo evitarlo. La aprieto más contra mi cuerpo, pero se ríe y me empuja.

—¿Adónde vas? —pregunto con el ceño fruncido cuando baja de mi cuerpo y de la cama.

—Sorpresa. Quédate aquí. No puedes salir de este cuarto hasta que yo lo diga, ¿de acuerdo?

—Pero...

—¿De acuerdo?

Miro su sonrisa ilusionada y, aunque no sé lo que planea, acepto, porque... Bueno, porque yo de Emma aceptaría cualquier cosa, por mucho que ese pensamiento me tense.

Ella se pone mi jersey, las braguitas y sale del dormitorio, cerrando la puerta y dejándome a solas con mis recuerdos de la noche pasada. Pienso en sus ojos la primera vez que hicimos el amor. En lo vidriosos que estaban, pero sobre todo en lo que me mostraron cuando el orgasmo dio paso a la relajación física y mental y las barreras cayeron. Ella me quiere. No me lo dijo, pero no hizo falta. Me quiere tanto como yo la quiero y, que no nos lo digamos con esas dos palabras, no hace de esto algo menos importante, porque estoy convencido de que, aun sin haberlas dicho, nos queremos más que muchas parejas.

Me acuerdo también de la cena fría que comimos, porque no teníamos paciencia para calentarla. Y eso, en ella, puede ser normal, pero en mí, que soy tan meticuloso, dice mucho. Además, qué demonios, la cena estaba fría, pero buenísima. Sobre todo, la parte en que me comí el postre de entre sus pechos y... Vale, no es buena idea seguir esa línea de pensamientos con esta erección y Emma fuera del dormitorio.

Medito, durante unos instantes, cómo de mala idea es salir del dormitorio y asaltarla donde quiera que esté, pero resuelvo al cabo de pocos segundos que, si quiere darme una sorpresa, es mejor respetar su deseo. Además, con suerte, después ella cumplirá los míos.

Los minutos se me van así, fantaseando, recordando, pensando en cómo será nuestra vida cuando volvamos a París y en cuántas posibilidades habrá de convencerla de dormir conmigo ya la primera noche. Porque puede parecer una tontería, pero es que por mi cama ha desfilado tanta gente, que me pregunto cómo quedará con alguien que de verdad yo desee allí.

Y en esas estoy cuando el olor llega a mis fosas nasales. Me siento en la cama y hago amago de salir, pero justo entonces la puerta se abre y aparece Emma con la sonrisa más dulce del mundo y una bandeja que... A ver... Hay algo quemado, porque se huele, pero además hay algo mezclado con... algo más, que se ve regular.

—Desayuno en la cama. ¿Qué te parece? Y, antes de que digas nada, ya sé que no tiene la mejor pinta del mundo, pero piensa que he aprovechado los recursos y que lo importante, de todas formas, es el resultado. Esto lo haces tú todo el tiempo, ¿no? Mezclar ingredientes y sacar algo rico.

—Pero ¿por qué todo el mundo piensa eso? —pregunto un tanto ofendido—. A ver, sí, mezclo ingredientes, pero lo hago correctamente.

—¿Y yo no?

—Eh...

Cierro la boca, porque soy un hombre listo y sé bien cuándo estoy a punto de perder una batalla y meterme en una guerra, pero Emma no se rinde. Coloca la bandeja en mis piernas y se cruza de brazos, retándome a decir una sola mala palabra en contra de su desayuno. Yo miro la bandeja intentando animarme, pero es que de cerca es aún más feo. El mejunje ni siquiera sé de qué está hecho, si aquí no había alimentos como para que quedara así. Pienso, durante un instante, si ofrecerme a hacer un desayuno de verdad, pero creo que eso la ofendería, así que me limito a coger la cuchara que me ofrece, clavarla en el cuenco de cuajarones amarillos, líquido blanco y algo grumoso que no sé qué es y llevármelo a la boca.

Si no me da una arcada en este mismo instante es porque tengo un paladar generoso y puedo tolerar casi cualquier sabor por agridulce, picante o amargo que sea. El problema es que esto no es agridulce, picante o amargo. Esto es asqueroso. Y el problema aún mayor es que decirle eso a Emma es herir sus sentimientos, así que me las ingenio para sonreír y alzar el pulgar en señal de «ok».

—Buenísimo. ¿Qué es?

Su sonrisa se ensancha tanto que sé, sin dudar, que he acertado con mi reacción.

—Cosas.

—¿Cosas?

—Sí. Cosas que me han parecido saludables, porque sé que eres un chico sano, como buen chef. Hay leche, huevos y avena. Como la avena la noté dura, la regué antes con un poquito de zumo. Iba a regarla con agua, pero pensé que el zumo sabe mucho mejor. El zumo es mío, pero tranquilo, pone que es sin azúcar, así que no pasa nada.

Me pongo un par de dedos sobre mi bigote, bajo la nariz, solo para contener, de alguna forma, las arcadas, porque yo tengo un paladar fuerte pero no a prueba de bombas y esta mujer pretende matarme. Trago saliva con todo el trabajo de mi corazón y cojo una cucharada más. Cuando me la trago sin vomitar, dando gracias al cielo, le ofrezco el tazón.

—Oh, no, gracias. Yo voy a comer dónuts del restaurante.

—¿No piensas probarlo?

—No, te lo he hecho a ti, que eres el *realfooder*.

Quiero decirle que no es una cuestión de ser o no *realfooder*, es una cuestión de tener un mínimo sentido del gusto para mezclar ingredientes, pero como no quiero discutir y parece tan entusiasmada, tomo una cucharada más. Esta vez me ha costado más aguantarme el asco y estoy tan, pero tan desesperado por librarme del resto que, cuando mi tía Julieta entra en el bungaló sin llamar antes, lo agradezco y todo.

—Oh, estáis vestidos. —Se guarda el móvil en el bolsillo de sus vaqueros con una mueca de disgusto—. Pensé que ganaría la apuesta.

—¿Apuesta?

—Tu padre está enfadado porque la yincana va a empezar y aún no habéis aparecido. Quería venir a buscaros, pero entonces el poli dijo que os teníamos que dejar en paz porque seguro que estabais cansados después de una noche... movidita. —Hace el gesto del sexo con sus manos y pongo los ojos en blanco—. Total, yo dije que no, que seguro que estabais en pleno matutino. Él, que no. Yo, que sí. Y al final apostamos: el que gane manda y se pone arriba esta noche. —Nos guiña un ojo y se ríe—. En fin, tendré que soportar el suplicio de que un poli grande, de cuerpo espectacular y dotes amatorias de diez me dé candela esta noche. Qué disgusto, ¿eh?

Emma se ríe, pero yo no. Yo solo puedo mirarla horrorizado.

—¿Has entrado aquí con tu móvil para hacernos una foto a mi novia y a mí teniendo sexo?

—No estáis teniendo sexo.

—Pero tú pensabas que sí.

—Pero no lo estáis teniendo.

—Pero tú...

—¡Eh! ¿Qué es eso? Me muero de hambre.

Se acerca a la cama con total parsimonia, como si yo no estuviera desnudo y Emma, casi. Se sube, me quita el cuenco y, cuando lo mira, pone tal cara de asco que no hacen falta las palabras. Aun así, las usa.

—¿Qué coño es esto?

—Un desayuno sano —dice Emma—. Yo voy a desayunar dónuts, pero Óscar es de comer solo cosas saludables, así que...

—¿Te has comido esto? —inquiere mi tía mirándome.

Me encojo de hombros por respuesta y, cuando la veo llenar la cuchara del mejunje, me pregunto si será capaz de comérselo. Por supuesto, lo es, y ella no está tan entrenada como yo, así que la primera arcada le llega con tanta fuerza que me aparto, por si acaba vomitando aquí mismo.

—Oh, Dios, ¿estás bien? ¿Qué ha pasado? ¿Tienes algún tipo de virus estomacal? —pregunta Emma.

Yo la miro con la boca abierta y, lo admito, un poco embelesado porque, joder, qué capacidad de convicción y autoestima tiene como para pensar antes que tiene un virus estomacal que su desayuno, simplemente, es asqueroso. Que estoy enamorado, pero no soy tonto. Mi tía Julieta niega con la cabeza y me mira con los ojos como platos.

—¿Te has comido más de una cucharada de esto? —Asiento de mala gana, restándole importancia, y carraspeo. Ella se aclara la voz, traga un poco de mi agua, que es lo único con buena pinta en mi bandeja, y niega con la cabeza—. Joder, sí que estás enamorado hasta las trancas. —Emma se tensa, yo también y mi tía, lejos de darse cuenta, se encoge de hombros y baja de la cama—. En fin, tu padre dice que tenéis que estar en diez minutos en la entrada del camping y yo no me retrasaría, porque el próximo en venir, será él.

Sale del bungaló mientras nosotros miramos hacia la puerta por la que acaba de marcharse. Bueno, yo miro hacia la puerta. Emma me mira a mí. Lo hace seria, tan seria que estoy a punto de preguntarle qué le pasa, pero entonces ella coge la cuchara y la mete en el famoso cuenco.

—*Ma belle*, no creo que haga falta...

Pensé que iba a metérmela a mí en la boca, no sé por qué, pero no. Se la come ella y, nada más sentir el sabor, lo escupe todo sobre el cuenco y lo tapa con una servilleta. Bebe agua, pero las arcadas le sobrevienen una y otra vez. Cuando por fin consigue calmarse, segundos después, me mira con sus preciosos ojos muy abiertos.

—Oh, Dios, de verdad estás enamorado de mí.

Abro la boca para decir algo, pero lo cierto es que, al principio, no sé el qué. Que esto sea lo que le haya demostrado que estoy enamorado de ella es raro, pero, por otra parte...

Acaricio su mejilla con el dorso de mis dedos y sonrío un poco. No negaré que el corazón me late más deprisa de lo recomendado y, aun así, me las ingenio para parecer seguro de mí mismo. Si el Óscar de hace veinte años me viera estaría jodidamente orgulloso de mí.

—¿De verdad tenías dudas de eso?

—No me lo has dicho con palabras exactas —murmura.

—No, es verdad. —Ella guarda silencio, pero su mejilla se gira hacia donde mi mano la acaricia—. ¿Las necesitas?

—¿Mmm?

—Las palabras. ¿Las necesitas?

Sus ojos se abren y, antes de que sus labios se muevan, la tumbo en la cama y me cuelo entre sus piernas, sin importarme que el cuenco se haya volcado y probablemente vaya a causar un estropicio en las sábanas.

—Oh, Dios...

—Estoy completa y absolutamente enamorado de ti, Emma Gallagher.

—Oh, Dios...

—¿Quieres más? —Beso su mentón y enlazo nuestras manos por encima de su cabeza—. Creo que supe que iba a enamorarme de ti la primera vez que te vi tomar café. ¿Más? —Ella se muerde el labio con tanta fuerza que se le pone muy rojo y yo paso la lengua por él, aliviando la picazón, si la hubiera—. El día que me regalaste flores se me aceleró el pulso, porque ninguna mujer antes ha hecho algo así y, más aún, nunca pensé que me gustaría tanto. ¿Más? —Esta vez asiente, emocionada hasta las lágrimas—. Cuando me regalaste rosas en el restaurante y saliste corriendo tuve pánico de perderte de nuevo. ¿Más? —Asiente de nuevo y la beso con fuerza y rápidamente antes de seguir—. La primera vez que te besé, pensé que París podía tener un apagón cuando quisiera, porque eres tú quien la enciende cada noche.

Emma pestañea y las lágrimas caen de sus ojos, me bebo el recorrido de la derecha con los labios y, cuando estoy a punto de ir a la izquierda, ella me frena y besa mis labios con tal dulzura que me deshago. Ni siquiera el sabor de su mejunje en nuestras bocas consigue que nuestras lenguas se retengan.

—Toda la vida esperando sentir amor verdadero por alguien y resulta que no hubiese podido ni aun queriendo, porque el amor... El amor eres tú, Óscar León.

La beso de nuevo, porque con eso me ha dicho más que cualquier otra con una frase directa y sin metáforas, y estoy a nada de besarla de nuevo cuando la puerta del bungaló se abre con tanta fuerza que nos sobresaltamos los dos.

Mi primo Diego está en el marco con una mano sobre sus ojos, pero con los dedos abiertos de tal forma que puede vernos perfectamente.

—¡Me ha dicho tu padre que no mire, pero que no me vaya hasta que salgáis! ¡Ah! Y que tenéis cinco minutos antes de que venga la caballería pesada, que son él, el tío Diego, el tío Einar, el tío Nate y mi padre. ¡Uala! ¿Emma está desnuda? ¿Puedo mirar? Mi amigo Salva dice que algunas mujeres desnudas tienen tres pechos. ¿Es verdad?

Cierro los ojos y maldigo al niño, al padre y a todos sus tíos, sobre todo a ese que, además de tío suyo, es padre mío. ¿Cómo han podido cargarse un momento así? Miro a Emma con toda la impotencia del mundo, pero lo que encuentro... Bueno, digamos que lo que encuentro es mejor que cualquier sentimiento que yo tenga. Y es que Emma está riendo a carcajadas y, joder, no lo sabéis, pero os prometo que no hay una sola canción en el mundo que se asemeje a este sonido.

Ni una sola.

26

Emma

Siempre he sido del pensamiento de que en la vida hay que saber ser observador. Lo de hablar mucho y no tener filtro está muy bien, pero además hay que saber ver los detalles; las sutilezas que, a simple vista, escapan a nuestros ojos.

Bueno, en el caso de la familia León, Acosta y agregados, la sutileza brilla por su ausencia y, si algo me queda claro observándolos pelearse a lo grande por decidir las normas del juego, es que la intensidad, como concepto, está concentrada casi por completo en esta familia. No he visto a nadie ofenderse tanto por un juego en la vida. Mi hermano Martín tiene mal perder, pero la verdad es que, cuando jugábamos a algo, intentábamos que él ganara y ya está. Yo no soy competitiva y mis padres tampoco, así que no nos costaba. Aquí es evidente que todos son competitivos y adoran la rivalidad, así que, después del impacto inicial, intento disfrutar un poco del caos.

De momento, solo tienen claro que los grupos serán por familia. Es decir, yo voy con Óscar, su hermana y sus padres, los Acosta van juntos por su lado, y Julieta y Diego con sus cuatro hijos. Este asunto ha costado un buen rato porque Adam y Vic querían estar juntos, pero al final, por votación mayoritaria, se ha decidido que, hasta que no tengan hijos, cada uno jugará en la yincana con sus padres y sus hermanos, y fin de la historia.

—Y ojito con dejarla ganar, ¿eh? —le advierte Ethan a su hermano gemelo—. Aquí venimos a por el bote completo. Los asuntos de amores los dejamos fuera de... Hola, bonita. —Deja de estirar en cuanto una chica morena y guapísima pasa por su lado—. ¿Quieres jugar a la yincana? Solo tienes que casarte conmigo y darme un hijo. Si firmas un contrato y empezamos a practicar hoy mismo, no hay problema.

La chica se ríe, Adam bufa y Júnior le da una colleja.

—¿Le echas el discurso a este y tú te pones así? ¡Concentración!

—Madre mía, ya se ha puesto en modo sargento —dice Daniela—. Oye, ¿a mi novio cuándo le dais el dorsal?

—¿Qué novio? —pregunta Adam.

—Adam... —interviene su padre.

—Ese de ahí con mallas ajustadas que marca un paquete que te mueres.

—Daniela... —la reprende su madre.

—Ese no es de esta familia —responde Júnior—. No estáis casados, ni tenéis hijos.

—¡Es mi novio!

—Eso no basta.

—¿Cómo que no? ¡Emma juega con Óscar y su familia!

—Claro, es que está con Óscar. Tendrá que ir con su familia, ¿no? —plantea Ethan.

—Pero ¡si es lo mismo que yo con Shane!

—¿Quién es Shane? —pregunta Ethan.

—¡Mi novio!

—¿Qué novio? Tú no tienes novio —sigue Adam.

—Idos a tomar por culo.

—Oye, relaja, que mi novia tampoco está conmigo. —Adam se gira y mira a Vic, que le hace un puchero desde el grupo de su familia—. Nena, ¿nos vamos? Que le den a la yincana.

—Ah, no. Imposible. Yo quiero estar contigo, pero si no puedo... tendré que machacarte.

Adam alza las cejas y la mira de arriba abajo con una sonrisita que... Bueno, digamos que el ambiente entre los dos se carga de tal tensión sexual que hasta yo lo noto. Miro a Óscar, que pone los ojos en blanco, tira de mi mano y nos lleva hacia sus padres.

—La cosa va así —dice Álex con tono de entrenador de equipo nacional de cualquier deporte—. Adam y Vic están desconcentrados por no estar juntos, así que tenemos que aprovecharnos. Ethan y Daniela van a pelearse a la mínima, así que no son un problema. Los vikingos, tampoco. Lars probablemente se recree en sus músculos más de la cuenta, Björn estará más pendiente de reñirlo que del juego y Eyra aún es pequeña. Einar y Amelia no son competitivos, ya los conocéis. Son pan comido. Hay que ir a por Nate, Esme, Noah y Ari. —Nos fijamos en la hermana del que ya es mi suegro, que estira apoyada en un árbol mientras sus hijos hablan tranquilamente con ella y su padre—. Son una máquina perfectamente engrasada, pero podemos con ellos.

—¿Y Marco y Erin? ¿No participan?

—Sí, pero sus hijos son pequeños aún, no tienen posibilidades.

—En la carrera me los ventilo a todos, papi. Tú tranquilo.

Miro a Val y no tengo ninguna duda de que la mayor parte de las probabilidades de ganar esto recaen en ella. La chica es una deportista nata. No es que sus padres u Óscar no lo sean, pero ella tiene más fondo y se nota. Y yo... bueno, en resistencia no puedo aportar mucho, pero seguro que hay alguna forma de colaborar para que ganemos.

Después de que todos los equipos planteemos la estrategia, nos reunimos en el centro de la entrada para poner las bases y el orden de los juegos. Los jueces absolutos serán Javier y Sara, abuelos de Óscar, y Fran Acosta, junto a su mujer, harán de árbitros. Fran nos explica las pruebas que se ha inventado en esta yincana y todos atendemos con la concentración al máximo, o eso parece.

La primera prueba me parece sencilla. Juegan cuatro personas de cada equipo. En el carril principal del camping hay cuatro puntos señalados, cada uno se pondrá en uno de ellos. El primero se coloca una cuchara en la boca y una pelota de pimpón sobre ella. Tiene que ir a gatas hasta llegar al siguiente, que irá al siguiente y, a su vez, al siguiente, hasta llegar al cuarto. No es complicado, en eso todos estamos de acuerdo, pero de alguna forma la mayoría de las familias acaba discutiendo por quién entra en el juego y quién se queda fuera.

—Me quedo yo fuera —afirma Val.

—Eh, creo que sería mejor que me quedara fuera yo —repongo—. No soy muy buena poniéndome a cuatro patas.

Óscar me dedica una mirada tan llena de intenciones que se me escapa una risita.

—Ay, Dios, no. No vale hacer insinuaciones sexuales —advierte Álex—. Díselo, rubia.

—Álex...

—No, en serio, chicos, ya es bastante saber que mi hijo tiene un montón de sexo, como para tener que tragarme las insinuaciones.

—Con lo que tú has sido toda la vida, ¿eh, papá? Yo creo que ahí, en alguna parte de tu cabeza, hay un trauma con esto de no aceptar que tus hijos tengan sexo. Si es lo más maravilloso del mundo que seamos activos y...

—Valentina, no atormentes a tu padre —dice Eli—. Y vamos a concentrarnos en esto. A ver, Val no puede ser porque no podemos permitir que sus rodillas se resientan ni un poquito, así que te toca a ti, Emma.

—Vale, pero si pierdo, no quiero que nadie se enfade. Es probable que pierda, ¿sabéis? En el cole nunca me cogían para jugar a nada, y no lo entiendo, porque es verdad que no soy la más deportista del mundo, pero, oye, yo ponía ganas. Ponía muchísima ilusión en lo que hacía y procuraba animar a todos los miembros de mi equipo. Normalmente me encargaba de las charlas motivacionales, y sí, es verdad que nadie me las pedía, y que una vez que me pusieron de arbitro me distraje, pero porque al lado del campo de fútbol había un césped con unas flores preciosas y me daba miedo que el balón cayera sobre ellas, así que me fui a cogerlas. Más vale cortadas que muertas, ¿verdad? En fin, que era muy buena animando, aunque nadie me lo pidiera, pero a fin de cuentas esas cosas no se piden. Quedan mucho mejor si salen del corazón, ¿no? Sin embargo, creo que no lo valoraban mucho. —Suspiro y frunzo los labios—. ¿Estoy quedando como una fracasada?

—Nah. A mi hermano no lo cogían jamás para nada.

Óscar se ríe, palmea mi trasero y me guiña un ojo.

—Es verdad. Era aún más fracasado que tú.

—Me encantaría que todos esos niños crueles que te trataron mal en el cole supieran de lo que eres capaz —le digo sinceramente a Óscar. Él vuelve a guiñarme un ojo y yo me ruborizo—. Dios, sí, eso también.

—Voy a vomitar.

Me río y miro a Álex con cara de culpabilidad.

—Ya no digo nada más, prometido. Ni una palabra más.

Óscar se ríe a mi lado, besa mi frente y, cuando lo miro, niega con la cabeza. Y parece una tontería, pero aquí, rodeada de su gente, me siento en familia. Es como si los conociera de toda la vida y no necesitara medir mi forma de ser. Aceptan mis divagaciones, se ríen conmigo, que no de mí, y me tratan con tanto cariño que es imposible no pensar que puede que yo me haya enamorado primero de Óscar, pero no descarto hacerlo rápidamente de toda su familia, incluyendo a esa que no es de sangre, como los Acosta, que en este momento están discutiendo a gritos quién se pone en el último puesto del camino. A gritos altísimos. Es otra cosa que he descubierto de todos ellos: a la mínima de cambio se ponen a gritar.

Al final conseguimos, de alguna forma, organizarnos. Me toca ser la primera en llevar la cucharilla y lo agradezco, porque no quiero ni pensar que me tocara la última y tener que ver cómo todos acaban antes que yo.

Así pues, el juego arranca, yo voy lo más rápido que puedo, le paso la cuchara y la pelota a Eli y me levanto para ver cómo ella se la lleva a Álex y este a Óscar, que es el último. Ganamos, pero no lo cuento con demasiada emoción porque no lo he visto como un gran mérito, teniendo en cuenta que Julieta y Diego se han enzarzado en una discusión; Ethan y Daniela se han empujado tan fuerte que se han revolcado por el suelo, los vikingos se han distraído, bueno, Lars se ha distraído con una chica que ha venido a animarlo a gritos, y Esme, Nate y sus hijos son rápidos, pero no tanto como nosotros. Marco y Erin han sido los terceros. Aun así, lo celebramos como si hubiésemos ganado el Mundial de fútbol.

En la siguiente prueba, sin embargo, no ganamos. Se trata de escalar palmeras y coger las tarjetas que Fran ha colgado allí con el palo de limpiar la piscina (es un hombre de recursos). En las tarjetas está dibujado el recorrido por el que hay que echar una carrera hasta la playa. La primera en subir es Nollaig y, además, lo hace con tal habilidad que me quedo con la boca abierta. En la carrera, en cambio, gana Valentina. Yo lo averiguo cuando llego a la playa prácticamente la última. Bueno, no, la última es la chica que sigue gritando a Lars, que ha aprovechado el minidescanso para acercarse a él justo cuando se quita la camiseta para secarse el sudor. Eso dice él, yo no me creo que esté sudando en diciembre, por muy al sur que esto esté. Óscar tampoco lo cree y ha murmurado entre dientes algo acerca del «maldito nudismo» que siempre tiene que practicar, de una forma u otra.

—Hola, hombretón. Oye, ahora que ya habéis parado, ¿te vienes conmigo a tomar algo?

—Imposible.

—Oh, vamos. Podemos ir a tomar algo...

—Me gustaría mucho —dice él con una sonrisa—. De verdad. Me encantaría porque estás que... uf. Pero es que no puedo.

—¿Y eso?

—Eso es mi hermano y tampoco puede —dice señalando a Björn, que está justo a su lado distraído haciéndose el moño de nuevo. A mí la carcajada me brota mucho antes de poder retenerla, igual que a varios en la familia, pero él parece ajeno a todo—. Es que estamos en medio de una cosa familiar de vital importancia.

—¡Ja! ¡Primeros en la próxima prueba! —grita Einar alzando una tarjeta antes de ponérsela en la boca, apretar los dientes y sacar músculo—. Soy bestia puta ama, ángel, mira.

Amelia suelta una risita, le quita la tarjeta y lo besa de una forma que hace que sus tres hijos reaccionen: el mayor poniendo los ojos en blanco, el mediano frunciendo el ceño y la niña con una sonrisa soñadora. Es otro punto a favor de esta familia: se gritan mucho, pero se quieren con la misma intensidad, pese a los años que llevan juntos.

La siguiente prueba es hasta la zona del bosque, pero perteneciente al camping. Allí esperan seis hachas y un montón de troncos ya caídos.

—La prueba consiste en cortarlos en trozos de treinta centímetros, más o menos.

—¿Estás aprovechando la prueba para recopilar leña? —pregunta alguien.

—De algo tenéis que servirme, aparte de dar un por culo increíble —contesta Fran con soltura.

Las reacciones son de distinta índole y, cuando por fin se aclaran, seleccionan a los participantes. En nuestro grupo el elegido es Álex por mayoría. Óscar tiene muy buen fondo físico pero su padre es bombero y, a ver, se supone que eso da más fuerza, ¿no? No sé, yo me he limitado a votar lo mismo que Óscar porque me fío de él. En el resto, después de otra tanda de discusiones, ganan Marco, Diego, Nate, Björn y Daniela. En esto último no están de acuerdo ninguno de sus tres hermanos, pero la chica no ha dejado mucho lugar a réplica, la verdad.

—Quítate la camiseta, que no te moleste —le indica Lars a su hermano, que pone los ojos en blanco y se ríe—. Bueno, pues me la quito yo, que no se me va el calor, no sé qué pasa.

Me río y no puedo evitar mirar sus músculos de reojo. Un carraspeo a mi lado hace que mire a Óscar con culpabilidad y deje un beso distraído en su brazo.

—Si nos toca el árbol de la derecha, ganamos —le digo de pronto—. Es un presentimiento.

Él se ríe entre dientes, se coloca detrás de mí y pasa los brazos por encima de mis hombros, enlazándolos sobre mi clavícula y pegándome a su torso.

—A mí me da igual quién gane. Yo solo quiero acabar con esto, ir al bungaló, ducharme y después ducharte a ti. —Besa mi cuello y, cuando me estremezco, sopla con suavidad, erizándome la piel, y roza su nariz con mi sien.

—¿Puedo lavarte el pelo? —le planteo mirando hacia arriba.

Él alza las cejas y sonríe de esa forma tan suya que me vuelve loca.

—Puedes lavarme, tocarme, lamerme y morderme lo que quieras.

—¡Oye, tito Álex! Óscar acaba de decir que se va a llevar a Emma a follar en la ducha, ¿qué te parece? —pregunta Mérida de la nada.

Yo me enciendo por completo, Óscar me suelta y riñe a su prima, que está mucho más cerca de lo que yo pensaba, puesto que nos ha oído, y Álex deja caer el hacha y nos mira con los ojos abiertos como platos.

—¡Mérida, joder! ¡No me distraigas! ¡Y vosotros comportaos! Aquí no se va nadie hasta que no ganemos y...

—¡Se acabó! —grita Diego antes de volverse y chocar la mano de su hija—. ¡Esa es mi chica!

—Estoy tan orgullosa de ella que a lo mejor le pago las tetas nuevas que quiere y todo —dice Julieta.

—No vamos a pagarle tetas a la niña —murmura Diego.

—¿Y por qué no? —replica la aludida—. ¡Ya soy mayor de edad!

—Estás en etapa de desarrollo todavía. Ya crecerán —responde su padre.

Se oyen varias risitas, claro, porque con su edad, si no han crecido, no creo que lo hagan mucho más. Aun así, yo la entiendo, porque también soy de tener poco pecho, así que me acerco a ella y paso un brazo por sus hombros antes de hablar:

—¿Sabes? Realmente eres preciosa así, tal como eres. No necesitas una cirugía estética, lo que necesitas es aprender a quererte más, te lo digo yo, que aprendí hace mucho que tener un escote pronunciado no me hacía más atractiva. O sí, para algunos babosos, puede, pero para el hombre correcto eso no será más que una nimiedad y... ¡Oh! ¿Eso son violetas? ¡¡Qué maravilla!!

Me acerco al hueco en el que las he visto y me arrodillo para coger un ramito.

—Me encanta esa chica, Óscar —oigo que dice Mérida—. No se te ocurra dejarla ir, ¿eh? Todavía quiero tetas, pero ahora cuando piense en lo pequeñas que son me vendrá a la mente su discurso. Es como una agenda de Mr. Wonderful en persona.

Miro sobre mi hombro a tiempo de ver a Óscar riéndose y mirándome con tal dulzura que estoy a punto de derretirme. Ay, Dios, qué guapo es, y qué suerte que se haya fijado en mí. Es una auténtica delicia. Cojo las flores, suspiro y se las llevo, porque no sé qué hacer con ellas y no se me ocurre nada mejor que regalárselas al hombre del que estoy enamorada. Él las acepta con una sonrisa y un beso. Y, cuando nos separamos, me fijo en que la familia nos mira con distintos grados de sonrisa. Nadie se ríe de mí por regalar flores, nadie hace bromas de ello, y Álex ha perdido al juego, pero era de esperar porque no era el tronco de la derecha, pero aun así se acerca, pasa un brazo sobre mis hombros y sonríe.

—¿Cuándo voy a ganarme yo un ramo de flores? Piensa que gran parte del motivo por el que te has enamorado de él es la forma en que lo educamos.

Me río, paso un brazo por su cintura y le prometo regalarle un ramo en cuanto vea unas flores que necesiten ser arrancadas o me llamen a gritos, como las violetas.

En las siguientes pruebas hay un poco de todo. Ganamos. Perdemos. Gritamos, bueno, yo no grito, pero ellos sí, y nos exaltamos como si nos jugáramos la vida en cada cosa que hacemos.

Para cuando solo falta una prueba, la carrera de sacos, nosotros ya hemos perdido la posibilidad de ganar la yincana, pero, aun así, participamos en todo. En realidad, ahora mismo el premio se disputa entre los Acosta y los Corleone. Es increíble, pero tienen una sincronización casi perfecta. Más incluso que Esme y Nate con sus hijos, lo cual me ha sorprendido, al parecer, solo a mí, porque Óscar dice que Julieta y Diego siempre consiguen un equilibrio fuera de lo común en lo que hacen, aunque nadie se explique cómo lo hacen.

El caso es que el trono está muy reñido y ambas familias están con el modo competitivo por las nubes. Incluso Vic y Adam se miran retándose con la mirada, pese a que empezaron sin ganas la yincana.

—¿Estás listo para que te machaque, Lendbeck?

—Estoy listo para ganar esto y luego llevarte de paseo. Hay un mirador que te echa de menos.

Adam le guiña el ojo, Vic suelta una carcajada y Diego frunce el ceño tanto que, por un momento, creo que la frente se le perderá entre las arruguitas que se le forman al fruncirla.

El ambiente se tensa tanto que, los que ya no tenemos posibilidad de ganar, decidimos no participar. Así pues, me siento en el regazo de Óscar, que se ha sentado el borde de una jardinera.

—No te pierdas nada de esto: va a ser interesante y luego todos tendremos que hacer de jueces.

—Muy bien, familia, reunión —dice Oli.

—Cuidadito con lo que aconsejas a tus hijos, Lendbeck. Te estoy vigilando. —Diego se señala los ojos y luego lo señala a él en actitud chulesca—. Te tengo controladito.

—Ya quisieras —responde este entre risas.

Las familias se reúnen, cuchichean, discuten un poco y, al final, se abrazan entre ellos y se colocan en la línea de salida. Cada uno tiene un saco. Los Acosta han dejado, en efecto, a Shane fuera, que los mira con cara de aburrimiento, así que están igualados en número.

La carrera empieza medio bien, si no tenemos en cuenta los gritos, empujones y maldiciones. Siempre me ha sorprendido sobremanera lo extenso que es el español a la hora de incluir en su idioma insultos de todo tipo. Hablo tres idiomas y ni el francés, ni el inglés, pueden competir con el español en este ámbito. Si, además, la familia es un poco original, pasa que acabas más entretenida con los gruñidos que con el juego en sí.

La cosa está muy reñida hasta que Vic empuja a Adam, haciéndolo caer. Se le tira encima y susurra algo en su oído que hace que se guarde la maldición que tiene en la punta de la lengua y suelte una carcajada antes de besarla abrazándola y sin importarle lo más mínimo que sean un verdadero estorbo para el resto de sus familias.

—Es como Romeo y Julieta, ¿verdad? —le comento a Óscar retrepándome contra su cuerpo—. Dios, qué romántico.

—Si no tenemos en cuenta que acabaron muertos... —contesta él con voz risueña en mi oído—. Y los pelos de mi prima, claro.

—Es maravilloso. ¿Crees que me quedaría bien ponerme el pelo multicolor?

—Me gustas rubia. Me encantas rubia, pero si a ti te gusta, seguro que te queda bien.

Me giro, lo miro a los ojos y muerdo su mandíbula con delicadeza.

—Buena respuesta.

Él se ríe y está a punto de contestarme cuando oímos los gritos. Miramos de inmediato la carrera. Mérida se acaba de levantar la camiseta frente a Ethan y Júnior, que han tropezado a la vez. Diego se ha cabreado con su hija, Julieta se ha cabreado con Diego por cabrearse tanto y Daniela ha intentado calmar los ánimos, pero solo ha conseguido acabar cabreada, así que han dejado a Oli con el enorme trabajo de amansar las aguas. Mientras tanto, Daniela hija ha acabado la carrera superando por los pelos a Mérida, que ha pasado de todo y ha seguido saltando a toda prisa.

Daniela grita, se quita el saco y se tira sobre los brazos abiertos de Shane, que la besa con tantas ganas que me hace sonreír. Los León y agregados gritan, protestan y declaran que la yincana al completo ha sido un tongo porque es imposible que gane la hija de una de las dueñas del camping, pero nada impide que los Acosta se alcen con el premio, que no es más que una caja de bombones y un trofeo de futbolín que Fran tenía en su despacho desde hace años, lo que solo me demuestra que esta familia es tan maravillosa que hace lo que sea por el mero hecho de estar juntos, más que por el resultado final.

Y, aun así, Daniela alza el trofeo —una copa— con orgullo, lanza un discurso dirigido básicamente a su familia y suelta un obscenidad increíble a Shane, que se ríe mientras toda la familia la riñe por ser tan vulgar, aunque lo cierto es que muchos se ríen por lo bajo.

Yo, por mi lado, me giro en los brazos de Óscar y acaricio su mejilla antes de acercarme a su oído y susurrar:

—Ahora que todos parecen entretenidos, ¿crees que es buena idea ir a por esa ducha conjunta?

La respuesta llega en forma de dedos entrelazados y una huida rápida y efectiva hacia el bungaló. Me aguanto la risa hasta que estoy en el baño, desnuda y entre los brazos de Óscar. Y no sé si será el clima, la adrenalina después del deporte o la barba que roza mi clavícula ahora mismo, pero no puedo dejar de pensar que, cuando nos marchemos, echaré de menos este lugar.

27

Es curiosa la forma en que volver a París siempre me hace sentir que abandono mi hogar y, al mismo tiempo, que vuelvo a él. Y más curioso aún porque ha sido así desde el inicio, cuando apenas me sostenían en la ciudad un puñado de billetes y un montón de sueños en la cabeza. Es una sensación constante de división entre Sin Mar y la Ciudad de la Luz. Así, cuando estoy en suelo francés, echo de menos el hogar en el que crecí, y viceversa pasa exactamente igual.

Esta vez, al menos, para superar la confusión de sentimientos tengo a Emma, que acaricia mis dedos mientras el taxi nos lleva derechos a su piso. Yo quería que se quedara en el mío, pero extraña mucho a su familia, a Sarah y a Jean Pierre, así que he decidido acompañarla yo al suyo.

—¿Te quedarás a dormir? —pregunta cuando ya estamos llegando.

—Sí, por supuesto —contesto.

Ella me recompensa con una sonrisa de vuelta y la beso en respuesta. Mañana tendré que madrugar, porque siendo sábado y después de tantos días fuera, será una jornada intensa para mí, pero la idea de dormir solo me resulta tan atractiva como hacerlo con doscientas arañas, así que no me ha costado demasiado tomar la decisión.

Acabar el año con ella entre mis brazos ha sido una de las cosas más bonitas de los últimos tiempos. Yo, que pensaba que estar con mi familia unos días libres era el mejor plan del mundo, no tenía ni idea de que podía mejorarse infinitamente con la chica correcta sumándose a todos los planes. La cena fue caótica, como todas en mi familia, y la fiesta se prolongó hasta que los rayos del día nos saludaron, así que no es de extrañar que después de haber dormido apenas el trayecto en avión los dos estemos agotados. Y, aun así, cuando Emma baja del taxi y miro su trasero enfundado en unos vaqueros apenas contengo las ganas de desnudarla y sé, porque lo sé, que antes de dormirnos entraré en su cuerpo. A no ser que ella no quiera, pero a juzgar por la sonrisa pícara que me dedica en cuanto se endereza del todo, diría que es muy consciente de lo que provoca en mí y cuáles son mis planes.

Antes de eso, sin embargo, hacemos una parada en el piso de Jean Pierre, que nos abre la puerta con un gruñido e intenta esconder a toda costa una sonrisa cuando Emma lo abraza.

—¡No sabes lo contenta que estoy de que no te hayas muerto en mi ausencia! —dice mi chica a modo de saludo, haciéndome reír—. De verdad, Jean Pierre, no te habría perdonado jamás que te murieras estos días. Ya es bastante malo que abandones este mundo, pero me habría parecido tristísimo que lo hicieras sin que antes comiéramos unos macarons por la basílica del Sacré Cœur. ¿Cómo no se me ha ocurrido antes? ¡Vivimos aquí, por el amor de Dios! Es casi un pecado que no te haya llevado ya, pero no te preocupes; mañana, en cuanto amanezca el día, te llevo a desayunar, a dar un paseo y luego subimos a la basílica. ¿Te parece?

—¡Ni hablar! Va a hacer muy mal tiempo. Yo mañana voy a quedarme aquí leyendo y oyendo la radio.

Emma suspira y, para sorpresa del propio anciano, se echa a reír y lo abraza aún más fuerte.

—*Mon Dieu*, cómo te he echado de menos —murmura.

Y ella no lo ve, pero yo, desde mi posición, sí soy testigo de primera fila de la sonrisa que ilumina el rostro de Jean Pierre. De eso y de la forma en que sus ojos se empañan un poco, aunque se recupere justo a tiempo de separarse de ella y adoptar su actitud adusta de siempre.

—Doy por hecho que las vacaciones no han conseguido rebajar tu intensidad. En serio, tus padres deberían hacer algo con eso. —Me mira y frunce el ceño—. O quizá deberías hacerlo tú.

—Si sirve de algo, prometo que hemos hecho tanto ejercicio que no entiendo cómo sigue teniendo esa energía.

Jean Pierre suelta una ristra de maldiciones que me hacen reír, Emma pone los ojos en blanco y luego me pide que me porte bien. Yo me limito a alzar las manos en señal de inocencia y seguirlos a ambos al piso superior, donde tocamos en la puerta de Sarah y Chantal. Cuando esta última abre la puerta descubrimos que, tanto ella como su hija, están disfrazadas y lucen gafas de sol con cristales rosas.

—Oh, Dios mío —murmura ella quitándoselas de inmediato y mirándome un tanto avergonzada—. Estamos jugando a tomar el té.

Me río por respuesta y pienso, sin poder evitarlo, en lo joven que parece Chantal. En eso y en lo sola que está, por lo que me cuenta Emma. Cuando mis ojos caen sobre Sarah no puedo evitar que cierto nudo me apriete la garganta, porque hubo un día, hace muchos años, en que yo fui como esa niña. Y aunque siempre fui consciente de lo mucho que había trabajado mi madre para sacarme adelante, verlo reflejado en ellas, siendo adulto, ha sido un baño de realidad y me ha hecho pensar que, si para mí ya ha sido duro salir adelante en ciertos momentos de mi vida, no puedo imaginar cómo fue para mi madre, teniéndome a mí a su cargo y con una familia que la repudió en cuanto decidió tenerme. Suspiro y, de pronto, me carcomen las ganas de llamarla y decirle que la quiero. Y que gracias. Muchas gracias por todo porque ha sido, de lejos, la mejor madre que podía haber tenido nunca.

Emma rechaza el té con Sarah y Chantal porque quiere ver a sus padres. Jean Pierre, en cambio, acepta, y sorprendentemente se parte de risa cuando Sarah le dice que tiene que ponerse un tutú como el que ellas llevan para sentarse a tomar el té.

—Bueno, vale, pero no pienso ponerme unas gafas rosas. ¡Eso sí que no!

—Pero ¡si son bien bonitas! —exclama Sarah.

—Son de niña.

—Mamá dice que no hay cosas de niña o de niño. Hay cosas para personas y ya está.

Sonrío y miro a Chantal, que a su vez observa a su hija con el orgullo pintado en los ojos. La puerta se cierra y suspiro antes de abrazar a Emma, que me mira con curiosidad.

—¿Qué? —pregunto mientras caminamos hacia el ascensor.

—Te recuerda a tu madre, ¿verdad? —Me quedo mudo de sorpresa y, cuando entramos en el ascensor, ella besa el centro de mi torso y se aprieta contra mi cuerpo—. Estos días me habló de vosotros cuando solo erais dos. Tú ya lo habías hecho un poco, pero saber de su boca cómo fue... Bueno, te he visto mirarla de una forma que me ha hecho pensar que te recuerda a tu madre.

—No es un recuerdo del todo nítido —admito—. Pero hay muchas escenas sueltas, momentos que pasamos juntos, como las noches antes de irme a dormir o los ratos que, pese a haber trabajado de guardia, me llevaba al parque sin haber dormido, solo para que yo jugara. Y eso que no era un niño muy sociable, ya sabes... pero daba igual, ella esperaba con paciencia que me cansara y disfrutara antes de ocuparse de sí misma. Mis recuerdos de antes de que llegara mi padre son... de ella. Todos de ella siendo la mejor madre y superheroína del mundo. En serio, Em —susurro—. La mejor.

Su sonrisa se ensancha y hasta se emociona un poco, lo que hace que frunza el ceño, pero niega con la cabeza y besa mi pulgar cuando lo paso por su mejilla para limpiar la lágrima que se ha escapado.

—Me gusta que tú me llames Em —dice en un murmullo—, pero sobre todo me gusta ver hasta qué punto eres empático con las situaciones ajenas. Ya lo eras, de niño, según tengo entendido, pero ahora más.

—Hay algo más —le digo acariciando aún su ceño—. Dime qué es.

Ella se ríe, se alza de puntillas y me besa saliendo del ascensor hacia el descansillo. Niega con la cabeza, como si no fuera nada, pero de todas formas habla en tono bajo antes de tocar en el timbre de sus padres.

—Me da pena no recordar mucho de mi abuelo. Tengo ráfagas, su imagen distorsionada y algunas escenas imborrables en la cabeza, como una fotografía con un mínimo movimiento. Me veo a mí misma dentro de una bañera y con él soplando a través de un pompero, llenando el baño de lo que yo pensaba que era magia. Recuerdo mis carcajadas, pero poco más. Y su cara... —Hace una mueca y patea una piedra invisible—. Si no fuera por las fotos, no la recordaría. Es así, y no consigo recordar los detalles... A veces, cuando estoy sola o tengo un mal día, siento que la nostalgia me puede. Siento que lo echo de menos, pero al mismo tiempo me enfada no recordarlo más, porque así es como extrañar algo que recuerdas solo a medias. Como si, a veces, me faltara algo. Es culpa de esa sensación que recuerdo vagamente que sentía al estar con él. Mis padres lo han sido todo, ¿sabes? Absolutamente todo para mí, y he sido más feliz de lo que cualquiera pueda pensar con ellos, pero es como si una parte minúscula de mi cerebro me recordara que hubo un tiempo en que alguien más fue mi mundo entero, y lo perdí, y ni siquiera soy capaz de recordarlo con nitidez. —Chasquea la lengua y me mira con unos ojos tan atormentados que me siento impotente, porque me encantaría hacer algo, lo que fuera, por ayudar a calmar los sentimientos que le provocan esos pensamientos—. Es supertriste, ¿verdad?

No contesto de inmediato. Primero la beso, asegurándome de que corresponde a mi caricia, y luego me separo lo justo para frotar mi nariz con la suya y sonreírle un poco.

—Es lo más normal del mundo. Tienes derecho a echar de menos a tu abuelo, aunque no lo recuerdes. Fue importante para ti y eso es lo que prima. Y sentir cierta melancolía al pensar en él no hace que quieras menos a tus padres, o seas una desagradecida. Solo te hace un ser humano con sentimientos completamente normales. Y reales.

Emma me mira en silencio, no responde a mis palabras, pero sus ojos... En sus ojos hay tal intensidad que no puedo menos que abrazarla con cuidado, porque a veces, cuando se pone así, tengo la sensación de que sería capaz de partirse en dos si aprieto demasiado. Entendí en algún punto que Emma es, de largo, la persona más positiva que conozco y, aun así, a veces se deja arrastrar por la melancolía de una forma tan profunda que me hiere, porque haría cualquier cosa para que no se sienta así, pero no puedo. Aprendí hace mucho que hay sentimientos con los que tenemos que lidiar nosotros mismos. Puedo estar a su lado cada vez que lo piense, abrazarla, besarla e intentar animarla, pero al final será ella la que tenga que decidir hasta qué punto se deja arrastrar por esos sentimientos.

—Quiero hacer el amor con la chimenea encendida hoy —susurra de pronto, su voz amortiguada por mi jersey y chaqueta abierta presionando en su boca.

La calidez se extiende por mí mucho antes de ser capaz de formular una palabra. La abrazo con más fuerza y beso su pelo.

—Dalo por hecho, *chérie*. Dalo por hecho.

La puerta se abre repentinamente y nos encontramos con Martín, su hermano, que justo está saliendo. No puedo evitar pensar que es una mezcla perfecta de sus padres, aunque se parece mucho más a su padre. Él arranca a Emma de mis brazos con tanta facilidad que me sorprendo. La envuelve entre los suyos y la aprieta tanto que estoy tentado de llamarle la atención; luego oigo la risa de Emma y me relajo.

—Hola, pequeño —saluda ella pasando una mano por su espalda—. Yo también te he echado de menos.

Martín no contesta, pero cuando se separa su alegría es tan sincera que no puedo evitar contagiarme. Entiendo que la haya extrañado, aunque hayan sido solo unos días. Emma tiene el poder de volverse completamente imprescindible y, echando la memoria a mis días en el camping sin ella puedo dar fe de que, si no está, se la echa de menos con una intensidad apremiante.

—Iba a ir a tomar algo con los chicos porque pensé que te habías ido al piso de Óscar, pero ya que estás aquí, me quedo. —Me mira, pero no deja de abrazar a su hermana—. ¿Me la has cuidado, tío?

Intento no reírme, porque el tono serio de su voz es, incluso, un poco sobreactuado, pero no dejo de valorar la preocupación por su hermana, así que asiento con determinación y le dedico una sonrisa relajada.

—Creo que no se me ha dado mal.

—Puedo cuidar de mí misma, ¿sabéis? —dice ella poniendo los ojos en blanco—. ¡Hombres! ¿Por qué tenéis que hacer esas cosas? En estos tiempos, ya no es atractivo. ¿Sabes cuál hubiera sido una respuesta buena de verdad? —me pregunta—. «Ella se cuida de maravilla sola.» Esa habría sido una respuesta sexy de verdad. No soy un perro, no es que tengas que encargarte de mis necesidades, ¿verdad?

—Hay necesidades de las que me encargo, aunque esto no es una queja, ni muchísimo menos —contesto en tono sugerente.

—Dios, suficiente información —exclama su hermano con tono aprensivo.

Emma en cambio se ríe y, en su carraspeo, advierto que sus mejillas se han sonrosado un poco. Cuando su padre aparece en el recibidor del piso, me lo señala con los ojos.

—Anda, valiente, repite eso delante de él.

—Soy valiente, *ma belle*, no estúpido.

Su risa vuelve a llenar la sala y Ethan frunce el ceño antes de abrazarme brevemente. Me encanta este hombre. Es intenso, pero a su manera. Le gusto y me tiene respeto y ver eso es genial. Que lo demuestre con tanta facilidad me da una idea de por qué Emma es tan buena hablando de lo que siente o quiere. Está educada y criada en un ambiente en el que priman el amor y la comunicación y quiero pensar que eso se nota. En el mío también es así, pero la intensidad de los León es distinta. Es más... bueno, más intensa, valga la redundancia. Somos muy extremistas sintiendo y, a veces, nos pasamos. Contamos con ese pequeño defecto en toda la familia y lo tenemos asumido ya.

Pasamos al interior y pedimos la cena en uno de los restaurantes predilectos de Emma, competencia mía, además. Se ríen un poco de mí porque se dan cuenta, sin demasiado esfuerzo, de que intento sacar los ingredientes a cada plato. Lejos de avergonzarme, me encojo de hombros y achaco que son gajes del oficio y que yo podría hacerlo mejor.

—Seguro que sí —contesta Emma con orgullo.

Y esa confianza ciega en mí me pone casi más que esos vaqueros, que ya es decir.

Al acabar la cena bajamos a su estudio, encendemos la chimenea y, en cuanto cerramos la puerta de cristal, me deshago de mi jersey y tiro de su cadera para pegarla a mí.

—Las luces —susurra—. Enciende las luces.

La tumbo en la cama entre besos y mordiscos leves y me coloco de rodillas para prender las guirnaldas del cabecero y estanterías. Cuando todo está como ella necesita, me ocupo, por fin, de sus vaqueros. De eso y de su piel y el modo en que parece encajar en la mía. Le hago el amor con lentitud, disfrutando de la intimidad sin miedo a que nos interrumpan en cualquier momento, como ocurría en el camping. Lamo el hueco de sus pechos y subo para besar sus labios y empujar en su interior con dolorosa parsimonia. Emma me recibe entre gemidos que cada vez suben más de tono y clavando sus dedos en mi espalda. Sus mejillas están encendidas, sus labios hinchados por mis besos y los propios mordiscos que ella se da y su pelo rubio no podría estar más despeinado. Está, en definitiva, más guapa que nunca, y aunque no se lo digo, ella adivina mis pensamientos, porque sonríe con una sensualidad que me desarma y, empujándome de pronto, me hace caer en el colchón boca arriba. Sube a horcajadas en mis caderas, vuelve a unir nuestros cuerpos y se eleva como una jodida diosa mientras yo acaricio sus caderas y me deleito en la idea de que una mujer tan increíble quiera estar conmigo.

—Si alcanzas el orgasmo tú antes que yo, este año será maravilloso.

Gimo cuando sus caderas rotan y las aprieto con una sonrisa.

—¿Y si lo alcanzas tú?

—También, pero menos.

Me río y subo una mano hasta su pecho. Pellizco su pezón y, cuando ahoga un gemido, siento que me pongo aún más duro.

—Creo que prefiero hacer que te corras tú antes —susurro con voz grave.

—Imposible.

—No hay nada imposible.

—Vamos a dejarlo en manos del destino.

Sus músculos interiores se aprietan en torno a mi erección y suelto un gruñido en respuesta.

—Tramposa —murmuro.

Su risa llena el estudio justo antes de que se ponga a trabajar sobre mi cuerpo en serio. Y pierdo, claro, no me ha quedado más remedio porque ella ha hecho esa cosa de... Joder, casi podría llegar a un nuevo orgasmo solo de pensarlo.

—Gané.

Intento recuperar el resuello mientras ella se ríe de mí y, cuando consigo abrir los ojos, sonrío lenta y perezosamente antes de sentarme, agarrar su cintura con suavidad y, cuando está relajada, girar con ella hasta tumbarla en la cama. Salgo de su cuerpo antes de besarla y sustituyo mi erección por mis dedos.

—Tienes razón, ganaste. A ver si hago bien mi parte dándote tu premio.

Ella se ríe, pero tras apenas unos segundos sus gemidos llenan la estancia. Cuando poco después se arquea contra mis dedos suplicando por más lo sé; que ninguna mujer jamás me hará sentir esto solo mirándola disfrutar.

Que mi nombre exhalado en gemidos salidos de su boca vale más que cualquier promesa que pudiera hacerme cualquier otra.

Que tener el honor de ser quien provoca sus orgasmos me convierte en el capullo con más suerte del mundo.

Que por una noche entre sus brazos sería capaz de arrastrarme por el fango o escalar la montaña más alta sin bombona de oxígeno.

Que bastaría una mirada suya para encender París y ponerlo a sus pies.

28

Emma

—¿No te parece bonita la forma en que un ramo de flores sirve tanto para animar, como para pedir perdón, como para reafirmar, como para mil cosas más? —le pregunto a Amélie en un momento dado.

Estamos en su tienda y, mientras yo elimino las malas hierbas del pequeño parterre que tiene en un lateral de esta, observo el mostrador sucio. Frunzo el ceño; debería hacer eso antes, así que suspiro y dejo lo que estoy haciendo.

—Creo que lo bonito no es que el ramo de flores sirva para tantas situaciones —contesta ella sentada en un viejo taburete y manipulando un arreglo floral—. Lo realmente especial es que las flores se convierten en un catalizador de sentimientos. Guardan dentro un millón de palabras que, a veces, no se pueden, no se deben o no se saben decir.

Pienso en ello unos instantes antes de asentir con determinación. Tiene toda la razón del mundo. Amélie, otra cosa no, pero en lo referente a flores, es la que más sabe del universo.

Por eso, entre otras cosas, me sentí tan mal cuando, a principios de año, al ir a verla después de mi regreso de España, me encontré con que estaba pensando cerrar la tienda. Ella ya está muy mayor y, aunque no ha querido jubilarse hasta ahora, empieza a pesarle el trabajo y ya no puede mantener el ritmo que el negocio exige. Le rogué que no lo hiciera, porque cerrar una floristería tan bonita en París, más aún en Montmartre, me parecía un delito. ¡Un delito y algo demasiado triste para poder explicarlo siquiera con palabras! En esta ciudad ya no puedes hablar con niños desconocidos, ni tirar pétalos desde lo alto de un monumento, ni bailar en medio de la calle cortando el tráfico unos instantes, ni dar de comer a las palomas porque de inmediato aparece alguien, normalmente con autoridad, para detenerte, y eso ya es algo deprimente, pero si encima las floristerías pequeñas desaparecen... Dios, es un desastre. ¿En qué se convertirá París si las flores abandonan la ciudad? Solo el pensamiento hace que se me salten las lágrimas. No es de extrañar, pues, que me ofreciera a echar una mano en la tienda. Trabajar con ella para que el negocio siga a flote. Al principio se negó, porque el sueldo que puede pagarme no es demasiado alto, pero me conformé con lo que podía ofrecer y la convencí de que, el resto, me lo cobraría en flores. Después de todo, son mi único capricho. No soy una mujer que gaste demasiado, así que con tener lo suficiente para pagar gastos y la comida de cada mes me doy por satisfecha. Sé que debería ser más ambiciosa, pero es que estoy convencida de que el dinero solo es el medio para pagar cosas que nos hacen felices y, a mí, por suerte, lo que me hace feliz no me cuesta demasiado. Como estas flores, mis paseos con Jean Pierre o cierto chef que ha conseguido volverme loca en apenas unos meses.

Sonrío como una tonta al pensar en él. Estamos a finales de marzo y todavía me siento como en una nube cada vez que me mira o toca; no digamos si se le ocurre besarme. Y cuando hacemos el amor... Dios, hacer el amor con Óscar León roza lo mágico. De verdad, no es porque yo sea una romántica empedernida, es porque sus manos, su boca, el roce de su barba y esa forma de mirarme consiguen que me sienta la mujer más especial del mundo. Es tan increíble que, algunos días, las inseguridades y el miedo a perderlo me hacen estar un tanto melancólica. Amélie dice que es normal; que el amor, si no genera cierto temor, no es amor del bueno. Jean Pierre, en cambio, dice que él jamás dudó de su Fleur. Yo creo que la muerte ha llenado a su esposa de ese halo de perfección que solemos dotar a las personas que se van. De pronto, al sentir su ausencia, lo malo deja de existir y solo recordamos las cosas buenas y bonitas. Es por eso por lo que el ser humano es tan extraordinario, aunque parezca un ser abominable si ves un rato las noticias. ¡Y es que las noticias son otro problema! Entiendo que en el mundo pasan cosas malas, pero ¿cuesta tanto meter una o dos noticias buenas cada día? No sé, no es tan complicado y también pasan cosas buenas, estoy segura.

Por ejemplo, ayer Sarah decidió darle su paga semanal a un señor que vive a dos calles de nuestro portal, entre cartones y mantas viejas. ¿Por qué no puede eso salir en las noticias? ¡Las generaciones venideras traen esperanza! A mí lo que me parece es que el mundo tiene demasiado interés en mostrar solo la parte fea de la humanidad, que sí, que existe, pero también está la bonita. Y por cada noticia mala, alguien, en alguna parte del mundo, hace el amor, tiene un hijo, adopta una mascota, da su paga a alguien con menos suerte en la vida, encuentra un trabajo o se declara, entre otras muchas cosas. Lo que pasa es que vivimos en una época en la que resaltar el drama que nos rodea ceba ese resentimiento general que existe en las personas. La gente está enfadada y lo grave no es eso, sino que les gusta estar así. Y si no, solo hay que entrar en las redes sociales y fijarse en cuántas personas usan un nombre falso y se amparan en él para derramar su odio contra los demás. ¡Es tan deprimente!

—Dónuts —digo suspirando después de mucho reflexionar—. El problema es que la gente no come los suficientes dónuts. ¿No te parece, Amélie?

Ella me sonríe, como si no tuviera ni la más remota idea de a qué vienen mis palabras, y sigue preparando su arreglo.

—¿Vendrá a recogerte hoy ese apuesto novio tuyo?

—No, voy yo a él —contesto con una sonrisa que me llena la cara, pero, sobre todo, el alma—. Tiene que estar en el restaurante, así que daré un largo paseo y dormiré en su casa hoy.

—Es un buen chico.

—¿Verdad que sí? Jean Pierre dice que no me fíe de él, pero creo que hablan en su lugar los celos. La verdad, no entiendo por qué se siente así porque me he ocupado de que mi relación con Óscar no interfiera en nuestros planes. ¡Es más! Él se ha sumado en más de una ocasión y, sin su ayuda, habría sido muy complicado hacer que Jean Pierre entrara en aquel Ferrari.

Suspiro recordando el día que le regalé un paseo en Ferrari a Jean Pierre. Me pareció una idea buenísima, pero a mi vecino no tanto. Por desgracia, conducir no es lo mío y lo demostré en la primera vuelta, cuando casi estampo el coche contra la pared frontal. Por fortuna, Óscar venía con nosotros y se ofreció a ser quien lo condujera. Yo me quedé mirándolos desde fuera y pensando en lo dichosa que era. Aquel día, cuando Jean Pierre bajó del coche, me gritó que si estaba cerca de la muerte era solo porque yo me había propuesto que le diera un infarto en cualquier momento. Refunfuña mucho, pero en el fondo lo disfrutó, yo lo sé.

Luego está aquel otro día que monté un caballete en la Place de du Tertre y, entre retratistas y pintores, obligué a Jean Pierre a pintar una visión alegre de su París. La que él consideraba su ciudad. Lo hice porque sé que, hasta que Fleur murió, era un enamorado de nuestra ciudad y me parece imperdonable que pierda ese amor a las calles que han visto cómo su vida llegaba hasta este punto. Entiendo su dolor, pero París no es el culpable, sino la vida, y ni siquiera con esta puede enfadarse. Jean Pierre cruzó los brazos, pero no me rendí.

Óscar apareció con un café para cada uno, el mío con un montón de azúcar, pese a que no le hacía gracia que lo tomara así, y se sentó en un banco a charlar con el pintor que había a nuestra derecha. Cuatro horas estuvimos allí hasta que mi vecino se dio cuenta de que no íbamos a marcharnos hasta que yo no estuviera satisfecha. Y si lo hizo, según él, fue porque la vejiga iba a reventarle. Da igual, el caso es que pintó, a su manera, a una mujer bailando en esa misma plaza con su falda de vuelo mecida por el viento, igual que el pelo, y lo que parecía una sonrisa inmensa en la cara. Objetivamente, no era un dibujo muy bonito, pero a mí me hizo llorar. Lo abracé y luego besé a Óscar y dejé que él calmara la intensidad de mis sentimientos.

—Ojalá me quieras tanto como para pintarme bailando en esta plaza si me muero antes que tú —le dije.

Él sonrió con dulzura y me prometió que, si muero antes que él, lo hará. Y luego me aseguró que no voy a morirme antes que él, pero le dije que sí y le hice recordar que ya había dicho, en nuestra primera cita, que si un día encontraba al amor de mi vida me pedía morirme antes.

—¿Soy el amor de tu vida? —preguntó repentinamente serio.

Y de pronto lo vi: las dudas que había albergado con respecto a que él fuese uno más de esos que yo había confesado que acababan aburriéndome. El deseo de querer ser más y la profunda satisfacción cuando asentí con una sonrisa y lo besé.

—¿No lo soy yo de la tuya? Porque sería superdeprimente no serlo, ¿verdad que sería superdeprimente, Jean Pierre?

Él gruñó en respuesta, pero toda su atención estaba puesta en Óscar. Y, de repente, su seriedad me puso nerviosa, por si no lo era; si yo no significaba para él, lo mismo que él para mí, iba a sentir que un peso enorme se alojaba en mi alma. Perdería una parte de mí para siempre y sabía, sin dudar, que no la recuperaría nunca, porque perder al amor de tu vida te convierte en un ser incompleto, no hay más que ver a Jean Pierre. Y en esas estaba cuando Óscar tiró de mí y me llevó al centro de la plaza. No sonaba ninguna canción, pero él me pegó a su cuerpo y me hizo bailar mientras yo me reía y me agarraba a sus brazos.

—Si me muero antes que tú, ven aquí y píntanos a los dos, bailando y felices. Dibuja una sonrisa infinita en mi rostro y quédate con el recuerdo de que fuiste lo que más quise en el mundo.

Las lágrimas acuden a mis ojos mucho antes de poder refrenarlas y, cuando él besa mis párpados, solo puedo dejarlas caer y besar en respuesta sus labios, esperando que entienda que, al revés, el sentimiento es exactamente el mismo.

—¿Por qué lloras, niña? —pregunta Amélie, rescatándome de mis recuerdos.

Sonrío y niego con la cabeza, sintiéndome un poco boba, pero satisfecha de tener un recuerdo tan bonito que consiga emocionarme solo con evocarlo.

—Son lágrimas buenas, Amélie, no te preocupes.

Ella me mira con cierta preocupación, pero al ver cómo entono una canción, se encoge de hombros y sigue en su tarea.

Yo, por mi lado, me encargo de ordenar un poco la tienda antes de despedirme y marchar hacia el barrio de Óscar. Tardo casi una hora en llegar caminando, en metro sería mucho menos tiempo, pero, a estas horas, me fío más de la calle que del suelo subterráneo de la ciudad. Además, me encanta ver París a través de las luces que la iluminan.

Llego al restaurante, saludo a Raoul, el recepcionista, le pregunto por su novia y, cuando me cuenta que justo ha tenido un virus, pero ya está mucho mejor, le deseo una pronta recuperación y sigo adelante. Atrás quedaron los días en que tenía que esperar que llamase a Óscar. Ahora entro en Déjà Vú como si fuese mi casa, porque la siento un poco así, y cuando entro en la cocina y casi todos me saludan con entusiasmo sonrío, feliz de pertenecer a esta otra familia de Óscar.

Óscar, que está esferificando algo de un verde brillante que supongo que será aceite de oliva, o puede que manzana verde. No lo sé, pero seguro que está increíblemente bueno y, de pronto, tengo un hambre voraz. Él está tan concentrado que no se percata de mi presencia, provocando algún que otro entornar de ojos y alguna risita disimulada. Y es que Óscar, entre fogones, pierde tanto la noción del tiempo que ni siquiera es consciente de lo que ocurre a su alrededor. Es tan maravilloso el amor que siente por lo que hace que a menudo, cuando lo veo trabajar, me contagio y acabo olvidando que, aunque él se ocupa de la mayoría de mis comidas ahora, sigo haciendo algunas sustentadas básicamente en porquerías envasadas. A decir verdad, dudo que esto cambie, porque entonces ¿qué diría eso de mí? Una cosa es que esté enamorada y otra que, de pronto, deje mis prioridades de lado. Puede que Óscar sea el amor de mi vida, pero hay límites y, definitivamente, abandonar los dónuts por él no es una opción, al menos de momento. Es una suerte que, cuando se lo digo, se parta de risa y me asegure que mi cabezonería solo lo anima más a convertirme en una *realfooder* de esas que tan de moda están. No caerá esa breva, pero dejo que se ilusione porque lo quiero y, Dios, su seguridad en sí mismo y ese puntito egocéntrico me excitan como pocas cosas en la vida.

Cuando él se incorpora un poco para observar su trabajo yo carraspeo y miro por encima de su hombro.

—¿Puedo comerme tres?

El respingo que da provoca las risas de casi todos sus empleados, que estaban más pendientes de nosotros de lo que admitirán jamás.

—*Ma belle!*

Su risa sorprendida mientras me envuelve entre sus brazos hace que aspire con ganas. Cuando el olor a deliciosa comida se mezcla con su perfume e invade mis fosas nasales no puedo menos que ronronear en busca de más atenciones. Óscar me besa y, al separarse de mí, me fijo en cómo brillan sus preciosos ojos azules.

—*Mon Dieu*, eres tan guapo. ¿Cómo he tenido tanta suerte contigo?

—¡Él tiene más! —exclama Solange, que acaba de entrar en la cocina.

Los trabajadores vuelven a reír y darle la razón, ella se acerca con una sonrisa y me besa las mejillas con un afecto que siento como real. La conocí hace unos meses y, cuando la reincorporación al trabajo se le hizo cuesta arriba por dejar solo a su bebé, me ofrecí a hacer de canguro. Ella no aceptó, porque son demasiadas horas y no quería cargarme con tantas cosas, teniendo en cuenta que yo ya tengo a Sarah y la tienda de Amélie, pero aquello me abrió un camino directo a su corazón y, desde ese mismo día, sermonea a menudo a Óscar en relación con la suerte que ha tenido al dar conmigo. Yo me río y la dejo hacer y mi chico, lejos de mostrarse reticente, le da la razón todas y cada una de las veces y me acaricia distraídamente, como ahora, que su mano sube y baja por mi costado. Eso me reafirma aún más, así que era un hecho seguro que iba a querer a Solange tanto como la quiero.

—¿Has cenado? —me pregunta Óscar ignorando a Solange. Niego con la cabeza y aprieta mi costado con suavidad—. Acomódate en tu sitio. Te pongo algo ahora mismo.

«Tu sitio.»

¿Acaso no es maravillosa la forma en que dos palabras pueden hacernos sentir como en casa? Mi sitio no es más que un taburete pegado a una de las enormes encimeras, en una esquina donde no interfiera en el trabajo de nadie. Hace ya un tiempo que Óscar me propuso cenar allí, si no me importaba el jaleo de la cocina, y acepté encantada después de preguntar a los trabajadores si estaban de acuerdo, porque, a fin de cuentas, ese también es su espacio y no quería interferir. Ellos aceptaron de buena gana y, aunque al principio pensé que era para tener a Óscar contento, ahora puedo decir con orgullo que me los he ganado casi a todos. Casi, porque hay algunos a los que apenas conozco aún, pero dadme tiempo.

Mi cena es servida por el mismísimo Óscar y, aunque al principio me sabía mal que lo dejara todo por mí, tardé poco en creerle cuando me prometía que podía ocuparse de su trabajo y de mí al mismo tiempo. Y así es, yo no lo entretengo y él solo me pone la comida y sigue a lo suyo. A menudo cenar viéndolos a todos trabajar como una maquinaria perfectamente engrasada es entretenimiento suficiente para no aburrirme.

Cuando acabo pruebo el nuevo postre compuesto por chocolate negro puro, frutas del bosque, hojaldre caramelizado y crema de cerezas con macadamias que está de muerte. Dios, no entiendo cómo pueden mezclar tantas cosas en un plato tan pequeño y conseguir esta explosión de sabores.

—¿Podemos llevarnos un poco más de esto a casa? —pregunto a Óscar cuando se acerca para coger un cuchillo del cajón.

—Podemos —murmura antes de mirar mi pecho descaradamente y guiñarme un ojo—. Pero primero me pido comerlo yo.

Mis mejillas se prenden de inmediato y su risa de fondo por mi reacción no ayuda nada a que mi rubor baje. Es otra de las cosas que he descubierto con Óscar: el sexo y la comida pueden mezclarse más a menudo de lo que parece y Dios, si comer manjares tan increíbles ya es un placer en esta cocina, hacerlo de su cuerpo desnudo es como realizar un tour guiado por expertos por el paraíso.

Miro el plato vacío, pienso en la última vez que utilizamos su crema espumosa de chocolate blanco y el rubor crece tanto que hasta uno de los cocineros me pregunta si hace demasiado calor aquí para mí.

La risa ronca y grave de Óscar, a lo lejos, es tan sexy que, por respuesta, solo me sale suspirar, negar con la cabeza y pensar que es un hecho: he perdido la cabeza por él.

29

El sonido de mi teléfono me saca de mi ensoñación y el cuerpo de Emma, que está encaramado al mío, se remueve en señal de protesta. Murmuro un par de incoherencias y afianzo aún más mi agarre sobre su cadera después de acariciar las nalgas de su trasero desnudo. Estoy deseando dormirme de nuevo, pero la vibración y la música no cesan, así que al final abro los ojos y, al mirar a través de las enormes cristaleras y percatarme de que aún es de noche, la preocupación me avasalla de inmediato. Me estiro para coger el teléfono y cuando veo que se trata del número de Vic mi preocupación crece al doble, porque está genial desde que recibe ayuda, pero esta llamada... Esto no es normal. Descuelgo y, nada más hacerlo, oigo su grito:

—¡Pon FaceTime, mejor!

Frunzo el ceño, pero obedezco. Pulso la tecla correspondiente y casi al instante la imagen de mi prima, con su pelo de colores y el ceño fruncido aparece ante mí.

—¿Qué ocurre? —pregunto preocupado.

—¿Con quién hablas? —murmura Emma antes de abrir los ojos y ver, como yo, la cristalera—. Oh, Dios mío. Es Jean Pierre, ¿verdad? Está muerto. Lo sabía, sabía que el día estaba próximo.

Su cuerpo empieza a salir de la cama y la paro enseguida, entre preocupado y divertido.

—Está bien, *chérie*, no es él. Es mi prima Vic.

Ella se gira, sentada como estaba ya en la cama, y yo recupero el teléfono, que se ha caído sobre el colchón en mi intento de sujetar a mi chica.

—¿Se puede saber dónde estáis? ¿Y quién es Jean Pierre? ¿Sabéis qué? ¡Da igual! Porque lo único importante ahora mismo es esto. ¡Óscar! ¿Me estás prestando atención?

—Sí, sí —murmuro—. Estoy aquí. ¿Qué ocurre?

—Ocurre que vuestra familia siempre la está liando —oigo que dice Adam a su lado. Daniela me lo enfoca y lo veo enfadado como pocas veces—. ¡Controla esto como sea, tío!

No entiendo nada, pero Vic sale de su casa, o sea, la casa de la piscina, donde vive con Adam, y señala la piscina, donde Daniela, Ethan y Valentina hacen el tonto desde el trampolín mientras cantan una estúpida canción infantil.

—¿Qué...? —pregunto.

—¡Tu hermanita se plantó aquí esta mañana diciendo que, antes de decidirse por lo que quiere estudiar, tenía que hablar con Ethan y Daniela! —exclama Adam—. Se han bebido la botella más cara del vino de mi padre, una de ron que guardaban para momentos especiales y se han cargado el cristal de la mesita que hay junto al sofá apostando quién era capaz de romperla con el culo. Con el culo, Óscar. —El novio de mi prima está tan enfadado que sus ojos brillan y puedo verlo incluso a través de la cámara del teléfono—. No voy a llamar a tus padres porque sé que estarán durmiendo, pero alguien tiene que controlar a ese demonio que tienes por hermana.

—Oye, oye, oye —mi prima Vic interviene y abre el plano, así que ahora puedo verlos a los dos—. Vale que mi prima es un poco intensa, pero los que han hecho mayores destrozos son tus hermanos, ¿eh?

—Es por la mala influencia. Dani y Eth estaban mucho más calmados últimamente.

—Uy, sí, estaban tan calmados que tu hermana tiene una multa por tirarse a su novio en la vía pública y a tu gemelo le falta dormir entre nosotros, de tanto como invade nuestro espacio.

Emma y yo nos quedamos en silencio observando la disputa, ya totalmente despejados de nuestro profundo sueño. Me fijo en que mi chica se ha subido la sábana hasta tapar su desnudez y lo agradezco, porque lo último que necesito es que vean más de lo necesario a través de la cámara.

—Nena... —dice Adam—. No voy a discutir contigo qué familia tiene más mequetrefes en su haber.

—Mejor, sí.

—Pero, dado que la tuya es más numerosa...

—Es más importante la intensidad que la cantidad y en eso la tuya va sobradita, campeón.

Y así, de la nada, sin comerlo ni beberlo, asisto en directo a una discusión de la pareja del momento. Y me gustaría criticarlos, pero no puedo, porque Ethan está haciendo el pino desde el trampolín, Daniela acaba de hacerme un calvo y Valentina está gritando que piensa surfear con un cartón por el césped. No sé dónde están Oli y Daniela, pero espero que no sean testigos de primera mano de la que están armando en su casa, porque es bochornoso.

—¡Eh, chicos! ¿Estáis bien? —pregunta Ethan justo cuando la discusión ha subido de tono.

Vic y Adam se miran, suspiran y luego, de tácito acuerdo, bajan el teléfono y se abrazan, o se besan, imagino, porque los oigo murmurar y pienso, seriamente, que se han olvidado de que tienen testigos.

—Échalos a todos, nena. Necesito estar dentro de ti en menos de diez minutos.

—Hazlo tú. Te tienen más miedo. —Algo debe pasar que no vemos, ni oímos, pero luego ella se ríe y suspira—. Lendbeck, deja de rozarte así conmigo o seremos los próximos en montar un espectáculo.

—*Mon Dieu*, es mejor que Netflix —susurra Emma.

Yo la miro y suelto una carcajada, porque esta familia es tan surrealista que me parece mentira que Emma no salga corriendo. Sin embargo, en todos estos meses he descubierto que, si hay alguien capaz de lidiar con la intensidad de los León y los Acosta, esa es ella. Es mi risa, supongo, lo que hace que Adam y Vic maldigan y se enfoquen de nuevo.

—Olvidé que estabais ahí. Hola, Em.

—Que olvides con tanta facilidad que estoy al otro lado de la línea y me has llamado cuando aquí todavía es de madrugada es un tanto preocupante.

—Las culpas al fotógrafo, que me tiene todo el día como una vaporera.

Las risas de Adam llegan nítidas a través de la cámara y entonces lo vemos de nuevo, justo detrás de Vic, abrazándola desde atrás, imagino, a juzgar por la cercanía que tienen.

—Bien, la cosa irá así: tú te ocupas de tu hermana y yo de los míos.

Podría decirle que estoy en la otra punta del mundo, prácticamente, y que no servirá de nada, pero lo cierto es que sé que hay un alto índice de posibilidades de que me haga caso y, al menos, se controle un poco, así que asiento y, cuando mi hermana aparece frente a la cámara con los ojos abiertos como platos y sonriendo mientras nos saluda no me queda otra que adoptar cara de gruñón.

—Para empezar, ¿se puede saber qué estás haciendo en Los Ángeles? Para seguir: ¿no te da vergüenza armar ese escándalo en una casa que no es la tuya? Y para acabar: ¿saben papá y mamá que estás allí? Y más te vale que contestes primero lo último y sea con un gesto afirmativo.

Ella asiente de inmediato, se pinza el labio y muestra tal arrepentimiento que sé en el acto que finge. Lo sé porque la conozco y, aunque es muy buena actriz, he vivido infinidad de veces sus caritas de gatito de *Shrek*, así que no surten ningún efecto en mí... casi nunca.

—Lo saben, Ósc, te lo juro. Estaba agobiada en Sin Mar y creo que ya casi, casi sé lo que quiero hacer, pero hablé con Eth y me invitó a venir. Dijo que podía quedarme en la habitación que Daniela no usa.

—¡Ey, Ósc, hola! —exclama Daniela apareciendo—. Tiene razón, yo casi nunca duermo con Shane, pero lo hago con Eth porque... Bueno. —Se encoge de hombros—. Es mi hermano y tiene que aguantarme. El caso es que mi cama está libre, y la de Adam, así que no hay problema.

—Sí hay problema —replica Adam—. El problema es que Eth se empeña en meterse en nuestra casa, tú te metes tras él y ahora, Val, se mete tras de ti.

—Ni con buen sexo se le rebaja lo gruñón a este hombre, de verdad —dice Daniela con indiferencia.

Intento no reírme, porque quiero ponerme serio con Val, y al final lo consigo. Le hago prometer que no estará mucho tiempo por allí, que se portará bien y que me llamará cada día para contarme cómo va.

—Te pareces demasiado a papá —farfulla.

—Hazlo, Valentina. PrométELO.

—¡Ya se lo prometí a él!

—Y mira lo bien que estás cumpliendo, ¿eh?

Ella se muestra arrepentida y Emma aprieta uno de mis muslos, seguramente pidiéndome calma.

—Te lo prometo.

—Y llamarás a papá y a mamá cada día, también. Conociéndolos, te echarán muchísimo de menos.

Ella asiente y dice que sí, que no hay ningún problema. Unos minutos después la noto más calmada, así que me despido de ella y le pido que me pase con mi prima Vic.

—Gracias, primito. Te debo una —dice ella sonriendo.

—No hay problema. Llámame de nuevo si vuelve a cruzar la línea. —Ella asiente y yo sonrío—. Estás bien, Vic.

Mi prima eleva una ceja y sonríe.

—Eso no era una pregunta.

—No. No lo era.

La sonrisa que recibo es suficiente para tranquilizarme un poco. A veces, aunque no quiera admitirlo, me preocupa que ella esté tan lejos. Ya sé que tiene allí a los Acosta, pero saber que lo ha pasado mal y no he estado a su lado me pesa, de alguna manera, así que verla tan bien, tan centrada después de todo, aun con su intensidad aflorando en cada conversación, me relaja muchísimo.

Nos despedimos después de que Adam aparezca en escena y susurre algo en su oído; algo que la enciende tanto como Emma se enciende cuando yo le hablo de derramar en su sexo mi vino favorito, por ejemplo, así que agradezco mucho el corte de comunicación, me tumbo en la cama y suspiro antes de buscarla entre las sábanas.

Está sentada con las piernas cruzadas, la sábana ya dejada caer y mirándome con una sonrisa.

—¿Te he dicho alguna vez «Te quiero»? Así, con esas dos palabras.

Sonrío, porque Emma y yo nos hemos dicho un montón de veces que estamos enamorados, que jamás hemos sentido esto por el otro, pero nunca con esas dos palabras. Y, hasta este momento, ni siquiera había pensado en ello, porque creo que, al final, lo que importa son los hechos y nosotros, de esos, hemos tenido muchísimos. Aun así, niego con la cabeza y algo se infla en mi pecho cuando sé que va a decirlas.

—Pues te quiero, así, a secas. Te quiero, Óscar León.

Tiro de su mano primero y, cuando se echa hacia delante, enlazo mis dedos en el hueco de su nuca y la atraigo hacia mi boca.

—Te quiero, Emma Gallagher.

—Lo sé. De sobra lo sé, pero qué bonito es oírtelo decir.

Me río entre dientes, la beso y la tumbo en la cama, colándome entre sus piernas y presionando mi incipiente erección contra ella.

—Te lo diré cada día desde hoy mismo, entonces.

Ella sonríe y, cuando mordisqueo su pezón, cambia lo que sea que fuese a decir por un gemido, entierra sus dedos en mi pelo y me empuja hacia abajo mordiéndose el labio y pidiéndome, sin palabras, lo que quiere. Yo sonrío sobre su ombligo y obedezco porque no hay nada mejor para mí que perderme entre sus piernas con mi boca, mis manos o mi erección.

El amanecer nos pilla enredados de la mejor manera posible y, cuando salimos de la cama, lo hacemos cansados, pero tan satisfechos que no nos importa que el día vaya a ser largo.

Y lo es, porque Emma tiene que cuidar de Sarah, pero, aun así, se ha propuesto llevar a Jean Pierre al Aquarium y luego tiene que echar una mano en la tienda de Amélie. Me hace gracia la forma en que habla de la tienda, como si fuese suya, y vivo esperando el momento en que se dé cuenta de que ese es su destino, en realidad. Las flores están unidas a ella y las ama tanto que no las considera un trabajo, pero precisamente por eso creo que ahí es donde tiene que buscar su profesión. En lo personal, tengo más que aprendido que, si lo que haces te gusta tanto que no te parece trabajar, te sentirás cada día como si te hubiese tocado una pequeña lotería. No se lo digo, pero le hago insinuaciones y ella siempre me dice que sí, que es muy feliz en la tienda por ahora pero que ya se verá en un futuro. No presiono, sé que Emma no funciona así y, además, será bonito ver cómo ella misma se va dando cuenta conforme pase el tiempo.

El caso es que nuestros trabajos nos impiden vernos en todo el día, porque además me paso buena parte del día gestionando pequeños problemas del restaurante que ya está abierto en Sin Mar y al que tendré que ir más pronto que tarde. Todavía me agobia un poco esto de tener que dividirme, pero llegar allí y ver a mis vecinos de toda la vida disfrutando de mi comida es maravilloso. Más aún, ver Sin Mar visitada por tantas personas de fuera es increíble, aunque algunos en la urbanización hayan empezado a quejarse de perder un poco la calma. No hago mucho caso, el restaurante está en la entrada y la gente nunca se adentra demasiado; además, los pocos negocios colindantes se han visto beneficiados en cierto modo, así que no me siento ni un poquito culpable.

Por la noche, cuando Emma me llama me asegura que está tan cansada que solo quiere dormir, así que me dice que se va a la cama y yo hago lo propio en mi piso, porque también acabo agotado. No es que me importe ir hasta su barrio, porque adoro dormir con ella y lo hacemos casi cada noche, pero hay días, como hoy, en que solo quiero arrastrarme hasta un colchón y descansar lo suficiente para afrontar el día de mañana.

Eso sí, pongo el despertador supertemprano y, cuando suena, me levanto con una sonrisa, me meto en la ducha y conduzco hasta su piso. Utilizo la llave que me dio hace unas semanas para entrar cuando salgo tarde del restaurante y ella ya duerme y me cuelo entre sus sábanas.

—Buenos días, *ma belle* —susurro en su oído—. Levanta, tengo una sorpresa para ti.

Su reacción es inmediata, se gira, me mira con ojos soñolientos y me pregunta con deliciosa pereza qué es. Me río y me niego a decírselo hasta que se vista. Ella obedece, pero no deja de parlotear en todo ese tiempo. Se coloca un vaquero, zapatillas y un jersey a petición mía, porque necesita ir cómoda a nuestro destino, y luego baja y sube conmigo al coche, donde la premio con un termo de café cargado de azúcar que ella agradece con un beso que me deja jadeante.

—¿Y bien? ¿Cuál es mi sorpresa?

—Ya lo verás. De momento, ponte cómoda y disfruta del paisaje.

Ella lo hace y, durante algo más de una hora, jugamos al juego de los coches por colores, cantamos, bueno, ella canta y yo la miro embobado, discutimos un poco sobre si es mejor cenar pizza congelada o hamburguesa grasienta y, cuando por fin averigua nuestro destino, grita como si le hubiese tocado el gordo de Navidad.

—¡¿A Disneyland?! ¡¿Vamos a Disneyland?

Me rio y acaricio su muslo, palmeándolo un poco cuando su entusiasmo hace que se ponga a llorar.

—*Chérie*...

—No te preocupes, de verdad. Son lágrimas buenas, lo prometo. ¡Es que es tan bonito, *mon soleil*...! Dios, tú eres tan bonito por dentro y por fuera...

Sonrío y me regodeo en el sentimiento de bienestar que me invade al darme cuenta de que, para Emma, de verdad soy lo mejor que se ha inventado. Y, aunque no quiero pensarlo, una parte pequeñita de mí se pregunta si alguna vez se percatará de que, en el fondo, ella merece más. Cuando eso ocurre me detesto, porque me gusta pensar que las inseguridades del niño que fui se quedaron en el pasado, pero a veces... bueno, supongo que es inevitable que nuestros mayores miedos afloren.

La entrada en Disneyland es grandiosa, como todo lo que acompaña a Emma. Compramos esas diademas tan típicas de orejas de Mickey, nos hacemos fotos en la puerta y, cuando la atravesamos, miramos el mapa intentando decidir qué cosas queremos ver, porque es evidente que, en un día, no vamos a recorrerlo todo, pero sí lo más importante.

Las horas empiezan a transcurrir entre atracciones, fotos con nuestros personajes Disney favoritos, comida a mansalva y hasta un disfraz para Emma, que lo luce encantada y se deja fotografiar por mí todo el día sin chistar, salvo para pedirme que salga con ella. Me empapo de su alegría y, para cuando volvemos a su casa, estamos tan cansados que apenas nos dan las fuerzas para ducharnos juntos y meternos en la cama, desnudos, pero sin sexo. La abrazo por la espalda y me duermo mucho antes de tener tiempo de comentar el día de hoy, que es algo que sí hemos hecho en otras ocasiones, aunque lo hayamos pasado juntos.

Sin embargo, el sueño me dura poco, o esa sensación tengo cuando el teléfono suena a todo trapo. Gruño y lo busco a tientas en la mesilla de noche de Emma, pero no lo encuentro. Abro un ojo y veo por su ventana que aún es de noche.

—Maldita sea, Valentina —gruño para mí mismo, porque sé que, con toda probabilidad, ha vuelto a armarla en Los Ángeles.

Me levanto dando traspiés después de que Emma se revuelva y me pregunté por qué no cojo el teléfono.

—No sé dónde está —farfullo intentando seguir el sonido.

—Mira en tu ropa. *Mon Dieu*, tienes que cambiar el tono, en serio, es demasiado estresante.

Me río un poco entre dientes y admito que tiene razón. Visto que a mi familia le importa un bledo molestarme mientras duermo, debería poner un tono más relajado para, al menos, no sentir que me taladra la cabeza mientras lo busco. Doy con él en mi pantalón, tal como ha sugerido Emma, y estoy a punto de decírselo cuando veo el nombre en la pantalla.

«Mamá.»

—Es mi madre —murmuro sin cogerlo, no sé por qué.

Quizá porque hay momentos en la vida en que sabes que todo va a cambiar para mal; que viene un revés. Y aunque no cogerlo no evitará que llegue, el deseo de poder frenarlo de ese modo es intenso.

—Responde, *mon soleil* —susurra Emma.

Está a mi lado, totalmente despejada, acariciando mi espalda y con el semblante tan serio como debo de tener yo el mío. Lo sabe. Ella también lo sabe. No reacciono de inmediato y, al final, es ella quien presiona la tecla y activa el altavoz.

—¿Sí? —pregunto con voz estrangulada.

—Óscar. —La voz entrecortada y llorosa de mi madre al otro lado de la línea me eriza el vello de todo el cuerpo—. Mi vida, tienes que venir a casa.

Siento la tensión apoderarse de cada molécula de mi cuerpo. Trago saliva y pregunto, a duras penas, lo que más temo:

—¿El abuelo o la abuela?

Ella ahoga un sollozo tan fuerte que hipa y casi puedo verla tapándose la boca para intentar controlar sus emociones. Sabía que mis abuelos dejarían este mundo en algún momento, porque ya tienen una edad, pero no todavía. Es demasiado pronto para mí...

—Cariño... —Su llanto se entrecorta y, cuando habla, sé que es probable que esté clavándose las uñas en las palmas de las manos, como hace cuando el estrés la supera—. Mi vida, es papá.

Y así, con cuatro palabras, las piernas se me aflojan y el mundo deja de tener sentido.

30

Emma

Jamás un vuelo me había parecido tan desolador como este. Observo el paisaje español a través de la ventanilla y aprieto mi mano sobre la de Óscar, helada desde que colgamos el teléfono. Hago el esfuerzo de mirarlo, porque odio verlo así: completamente derrotado. Las lágrimas acuden a mis ojos al ser consciente, otra vez, de su sufrimiento. Desvío la mirada y me trago el nudo que pugna por asfixiarme.

Apenas ha hablado desde que colgamos. Al principio estaba tan nervioso y le temblaban tanto las manos que tuve que buscar yo el primer vuelo hacia España. No era capaz ni de sostener el teléfono. Le preparé una tila aprisa y corriendo y llamé a mis padres, no sé por qué: quizá porque necesitaba que alguien me dijera cómo actuar a continuación. Me hubiese encantado tener el poder de dormirlo con solo un chasqueo de dedos, porque así no habría tenido que pasar las largas horas en el aeropuerto hasta que saliera nuestro vuelo, algo más de cuatro horas después de la llamada. Óscar no quiso esperar en casa, así que nos sentamos en la terminal del aeropuerto y observamos a la gente pasar. Mala idea. Hemos sido testigos de reencuentros, abrazos, carcajadas y alguna que otra despedida que solo han conseguido que Óscar cerrara los ojos y se tragara lo que sea que esté sintiendo. Eso es lo peor. Aprieta los dientes hasta que su boca deja de temblar y fija la vista hasta que las lágrimas que batallan por salir de sus ojos se secan sin caer. Jamás habría podido imaginar que echaría de menos su estado nervioso del inicio, pero es que este Óscar me da miedo, porque es una versión acongojada y pequeñita de él. Una versión ausente, también. Me da miedo porque no sé qué está pensando, pero sé que no es nada bueno y, aunque me encantaría sacarlo de su estado, sé que intervenir ahora mismo no es buena idea. Se ha encerrado en sí mismo y es inútil llegar a él, así que intento estar a su lado y rezo para que, en algún momento, se dé cuenta de que estoy aquí y no voy a ir a ninguna parte.

El aterrizaje es tenso, porque él aprieta mi mano y el reposabrazos del avión como si estuviera listo para arrancarle la cabeza a cualquiera que se atreva a no dejarlo bajar en cuanto abran las puertas. Creo que su cara lo dice todo porque, llegado el momento, la gente se hace hueco para dejarlo pasar. Puede que sea su postura rígida, su seriedad extrema o mis propios ojos enrojecidos por no haber podido evitar el llanto al inicio, pero lo cierto es que nadie se interpone en nuestro camino. Salimos del aeropuerto con la maleta de Óscar, que es lo único que tenemos, y gracias al cielo que tenía algo de ropa en su casa, porque ir a la mía habría sido imposible. De cualquier forma, el espacio no ha sido un problema porque él solo ha echado un pantalón y un jersey alegando que en casa de sus padres tiene un montón de ropa. Creo que es lo más largo que ha dicho desde la noticia.

Cogemos un taxi, vamos al hospital y, nada más entrar, preguntamos en recepción por Alejandro León. La chica nos indica la sala de espera de urgencias y, cuando llegamos, agradezco que el hospital sea privado, porque está atestado solo por la familia de Óscar.

Un quejido lastimero resuena en la habitación con tanta nitidez y está cargado de tanto dolor que no necesitamos buscar mucho para dar con ella. Eli se acerca a su hijo, pero no más rápido de lo que él se acerca a ella y la estrecha entre sus brazos. Y es entonces, en este mismo instante, entre los brazos de la mujer que le dio la vida, cuando mi novio se rompe y un sollozo quebrado le brota de las entrañas, enterrando la cara en su cuello, pese a ser bastante más alto que ella. Eli pasa las manos por su espalda e intenta controlarse, pero está siendo difícil para los dos. Está siendo difícil para toda la familia, a juzgar por los ojos llorosos y las miradas cargadas de preocupación.

Siento un brazo rodearme los hombros y un pulgar limpiar mis mejillas de lágrimas que no me he dado cuenta que he soltado. Me giro a tiempo de ver a Björn sonreírme sin despegar los labios, y casi me habría animado, si no fuera por que está haciendo un esfuerzo sobrehumano por no llorar.

—Qué bien que ya estéis aquí, Em —murmura antes de besar mi frente en un gesto tierno, pero cargado de dolor, porque sus labios tiemblan con fuerza, aunque intente controlarlo.

Es quien abre la veda. La familia entera me besa y abraza mientras Óscar y Eli permanecen ajenos al mundo, perdidos en los brazos del otro y sintiéndose, ahora más que nunca, para intentar reconstruirse un poco. Oigo a Óscar susurrar en la oreja de su madre, pero no se entiende lo que dice y mejor, porque creo que esto debe quedar para ellos dos. Sin testigos de las palabras surgidas del dolor, aunque todos los rodeemos. De hecho, creo que la familia piensa igual, porque todos dan un paso atrás, dándoles espacio.

—¿Cómo están ellas? —le pregunto a Nate, que es el que permanece algo más calmado.

Me refiero a las hermanas de Álex, Esme, Julieta y Amelia, que están sentadas en una hilera del fondo, agarradas con tanta fuerza por las manos que es posible que se dejen marcas unas a otras e intentando, sin mucho éxito, mantener la compostura.

—Es difícil decirlo —susurra—. Mal, claro, pero se han cerrado en banda y apenas hablan, más que para dirigirse a los chicos, así que...

Diego se acerca a ellas con tres tazas de lo que parece tila y, aunque las tres se niegan, él las coloca en las manos de todas sin decir nada más, luego se acuclilla frente a Julieta y aprieta sus rodillas, pero ella niega con la cabeza y cierra los ojos intentando, en vano, no llorar. Él besa sus manos, aún unidas a sus hermanas, y se levanta con la impotencia y el dolor reflejados en el rostro. Doy por hecho que esto ha sido así desde anoche, ya lo imaginaba, pero vivirlo... vivirlo es otra historia.

—Emma. —La voz de Eli me saca de mis pequeños pensamientos y, cuando abre los brazos en mi dirección, vuelo hacia ellos. La abrazo con fuerza mientras Óscar nos deja un poco de espacio y su madre acaricia mi pelo con cariño—. Gracias por no dejarlo solo —murmura en mi oído.

—Nunca —respondo, mi voz amortiguada por su propio pelo suelto—. ¿Cómo está?

Hago la pregunta porque imagino que Óscar ya sabe la respuesta, pero me doy cuenta, cuando él me sujeta el costado y me pega a su cuerpo, que no es así. Lo sé por la tensión que lo recorre de arriba abajo e imagino que lo que sea que se hayan dicho ha estado más destinado a darse algún tipo de ánimo que a la información de la situación actual.

—Lo están operando —dice Nate por Eli—. Entró hace apenas una hora, así que aún tardaremos en saber algo.

—A no ser que... —La voz de Eli es amortiguada por Erin, que la abraza con fuerza.

—Nada. No sabremos nada hasta dentro de mucho tiempo, que será cuando acaben con éxito.

Eli asiente, pero su mirada... Dios, su mirada está tan herida que, por un instante, me imagino mirando su pecho y encontrándolo sangrando a la vista de todos. Jamás había visto a un ser querido sufrir así y es tan doloroso que se refleja en mis propios sentimientos, ya doloridos de por sí. Es de esta forma como me doy cuenta de que el amor es maravilloso siempre que todo vaya bien, como por ejemplo lo era para Óscar y para mí hasta recibir la llamada que nos trajo aquí. Es increíble cuando todo va bien, fluye y funciona. Cuando la familia está unida, presente, aunque sea en la distancia, y sin graves problemas. Pero cuando ocurren estas cosas te das cuenta de que el amor también es esto: una esposa rota por dentro y por fuera, incapaz de procesar nada que no esté relacionado con él. Unas hermanas unidas y haciendo fuerza para, de alguna forma, mandarle toda la energía necesaria, unos cuñados que se obligan a sí mismos a ser pilares fuertes para sostenerlos a todos. Unos sobrinos que lloran, pero se animan unos a otros, entre abrazos, besos y palabras de consuelo para que la espera sea más llevadera. Y un hijo que siente que su vida podría irse al traste si su mayor héroe se va; que ve inconcebible que alguien que pensaba invencible esté más cerca del otro mundo que de este.

Cojo aire y decido no pensar en exceso en eso. No me va a llevar a ninguna parte y mi misión ahora es ser fuerte por Óscar y su familia, así que beso la mejilla de Eli y retiro los mechones que han caído frente a sus ojos.

—¿Cómo fue? —me atrevo a preguntar.

—No lo sé. Estaba bien. Cuando se despidió de mí estaba bien —dice ella antes de ahogar un sollozo para poder seguir—. Hubo un fuego en el extrarradio, nada demasiado complicado, y dicen que no tuvo que ver con eso, pero el caso es que, al parecer, se sintió mal. Pensó que sería por el esfuerzo, o por el humo, así que intentó salir, pero no le dio tiempo. Él solo... se desplomó. —Se tapa la boca con la mano y niega con la cabeza—. Su corazón no... Él...

El llanto sobreviene silenciando sus palabras y tanto Óscar como yo la abrazamos. No necesita contar más, por ahora. Sabemos que ha sido un infarto, que está grave y que lo están operando de urgencia. Además, al parecer, tiene alguna quemadura que necesitan tratar. Todo lo demás es secundario y los detalles solo harán que ella se recree más en las preguntas: los porqués, cómos y cuándos no van a ayudarla ahora. Solo sumarán dolor, así que beso su cabeza y no hago más preguntas.

Nos sentamos los tres en el pequeño sofá que hay en la estancia y, después de unos instantes, me percato de que Javier y Sara, los abuelos, no están. Pregunto por ellos pasado un rato y Einar me informa que Javier ha tenido una pequeña crisis de ansiedad y lo están tratando en una habitación aparte. Sara está con él y sus hijas, yernos y nietos van y vienen. Óscar cierra los ojos y deja caer la cabeza hacia atrás con un suspiro cargado de pesar. Ni siquiera puedo imaginar lo que está sintiendo al ver que su familia se desmorona por momentos.

Ojalá pudiera saber cómo ayudarlo. Cómo puedo hacer que el dolor se mitigue, aunque sea un poquito, porque él tiene muchas probabilidades de perder un padre, pero también tiene muchas posibilidades de acabar perdiéndose a sí mismo. Al menos a la versión de sí mismo que ha sido hasta ahora. Y, en vista de lo desalentador que es el panorama ahora, no puedo ni pensar en lo terrorífico que sería eso.

Aun así, de momento solo pienso en tocarlo constantemente para que sepa que estoy aquí. Para que, aunque no hable, ni su cuerpo tenga excesivas reacciones, sienta, de alguna forma, que entre esa nube de dolor que lo cubre estoy yo. Que siempre voy a estar, pase lo que pase. Piense lo que piense.

Y es que, en este instante, daría lo que fuera por estar en su cabeza...

31

—Se va a poner bien —susurra mi madre en mi oído—. Lo hará, mi vida, ya verás.

Me encantaría creerla, pero sus lágrimas no cesan y la tensión de su cuerpo es tal que temo partirla en dos si aprieto mucho. Cierro los ojos con fuerza y beso el hueco de su cuello, su hombro y su mejilla antes de separarme e intentar empaparme de su fortaleza; esa que nos sacó adelante cuando fui niño. La que hizo que eligiese siempre lo mejor para mí, aunque en el camino ella se dejara el corazón, como la vez que dejó a mi padre.

Mi padre.

El hombre que no me engendró, pero me enseñó que, al final del día, de dónde vino la semilla es lo que menos importa. Al final del día solo importa la gente que hay dentro de las paredes de tu casa, y las que están fuera, pero se sienten cerca. Los abrazos antes de dormir, el cuento, el vaso de agua y las caricias de madrugada si tenía una pesadilla, los pañales que cambió a Valentina mientras yo me partía de risa por sus caras de asco. Las comidas que nos hacía con ojeras y pidiéndonos que nos calláramos un poco cuando mamá y él salían de un turno eterno y él solo quería que ella descansara. La forma en que preparaba el café para ella cada día. Cada maldito día, aunque estuviera enfermo o tuviera un millón de cosas que hacer, él se levantaba, ponía la cafetera y preparaba la taza de café justo como le gustaba a ella.

Prepara.

Presente.

Prepara su taza de café justo como le gusta. Todavía no está muerto y espero por todos los dioses, si es que existe alguno, que no se muera, porque eso sí que no podría perdonárselo en la vida.

Es demasiado joven, pienso mientras Emma me abraza y nos guía a mi madre y a mí hacia el sofá. Me siento y pienso que a mi padre le quedan demasiadas cosas que vivir. Todavía tiene que ponerse frenético muchas veces con Val y conmigo por hablar de tener sexo. Tiene que preparar más veces el chocolate que tanto le gusta a Emma. Tiene que ver cómo me caso con ella. Y cómo tengo hijos con ella y... maldita sea, no puede morirse. Mi respiración trastabilla y la mano de Em sujeta mi mano izquierda mientras mi madre se ocupa de la derecha. Las aprieto ambas y deseo, como pocas veces he deseado, tener el don de poder expresar con palabras lo que siento, pero es que me da pánico verbalizar mis miedos y que se cumplan todos, como en una serie de desdichas premonitorias. Esto debe de ser algo que me ha pegado Emma, o quizá es el pánico que me da la posibilidad de perder a mi padre. O tal vez es que, como ser humano, sé que, en el momento en que hable de lo que siento, haré aún más real esta situación. No podré esquivar que mi padre está en la camilla de un quirófano con el torso abierto y su corazón parado mientras una máquina hace el trabajo y los médicos intentan salvar su vida. Ni eso, ni las quemaduras, ni la imagen de él desvaneciéndose en pleno incendio.

¿Y qué pensaría? Esa pregunta está reconcomiéndome al punto de impedirme respirar con normalidad. ¿En qué pensó mientras el infarto se apoderaba de su cuerpo y era consciente de que no iba a llegar a salir por su propio pie? ¿Se acordó de mi madre? Seguro que sí. ¿De nosotros? ¿De Val y de mí? Dios, no tengo ninguna duda. Sé que, durara el tiempo que durase, estuvimos en su cabeza, y eso me alegra, pero me llena de remordimiento, porque no estábamos aquí. Yo estaba en París, y Val...

—¿Val? —pregunto cayendo en la cuenta—. ¿La has llamado?

Mi madre inspira por la nariz y hace lo imposible para controlar el temblor de su barbilla.

—Sí, pero le dije la verdad a medias. —Sonríe un poco irónica—. Ya sabes cómo es, habría vuelto loco a todo el avión de camino aquí, así que le dije que ha tenido un pequeño percance en un incendio y que tenía que volver. Vic tiene la misma versión y Adam sabe la verdad. Se lo contará a ambas cuando estén ya en España, de camino aquí.

Asiento y siento cierta lástima por el pobre Adam, pero sé que es lo mejor para ellas dos. Un vuelo tan largo sabiendo que él está... No lo soportarían. Y Vic sigue teniendo algún que otro problema para volar cuando es mucho tiempo, así que lo mejor es que lleguen a España con la máxima calma posible.

Me retrepo en el sofá aún más y miro a Emma, que no se ha movido de mi lado ni un minuto. La abrazo, pegándola a mi costado, y cierro los ojos mientras pienso en lo mucho que me gustaría hablar con ella; contarle todo lo que me carcome. Sin embargo, no puedo. No puedo porque ya es suficiente ver su mirada de dolor y saber que sufre por mí, además de por la situación. No voy a estar mejor porque no hay nada que ella, ni nadie, pueda hacer para hacerme sentir mejor, pero sí puedo evitarle ver hasta qué punto me encuentro dolido, así que solo suspiro, cierro los ojos y rezo para que el tiempo pase lo más deprisa posible.

Algo más de cuatro horas después, los médicos entran en la sala de urgencia y se encaminan hacia mi madre directamente. No me extraña, ella es matrona en este hospital así que todos la conocen; asimismo, muchos de ellos han tratado con mi padre alguna vez.

—Ha aguantado —le dicen cogiendo sus manos—. Vamos a llevarlo a cuidados intensivos, pero ha aguantado relativamente bien, Eli.

—Es un mastodonte —dice mi tío Diego rodeando los hombros de mi madre y estrechándola contra sí—. ¿Lo ves? Hasta con el corazón parado es un puto mastodonte.

El orgullo que impregna su voz me emociona, porque sé que intenta convencerse a sí mismo de que todo está superado, y me encantaría mantenerme así de positivo, pero lo cierto es que tengo pánico a lo que viene ahora y cuando el médico confirma que está en la unidad de cuidados intensivos, aún dormido y entubado, mis nervios vuelven, porque sé que las próximas horas son críticas y quiero... quiero... Maldita sea, quiero pestañear y que hayan pasado seis meses y todo esto no sea más que una pesadilla del pasado. Quiero eso, pero no va a ocurrir, obviamente, así que abrazo a Emma con fuerza contra mí y oigo cómo el médico nos indica que, si todo va bien, en un ratito mi madre podrá pasar a verlo, aunque aún esté dormido.

Ella asiente, desesperada por poder entrar, y me mira cuando el médico se va y nos quedamos a solas.

—¿Entrarás conmigo?

—Por supuesto —murmuro.

Intento sonar tranquilo, pero lo cierto es que, desde ese punto hasta que nos avisan que podemos pasar a verlo, me da la sensación de envejecer años. Beso a Emma en la frente, cojo la mano de mi madre y dejo que me guíe hacia la zona de cuidados intensivos exactamente igual que hacía cuando tenía siete u ocho años y me llevaba al médico a que me vieran por un resfriado.

Esta vez no es un resfriado lo que nos tiene aquí, pero recuerdo el miedo que sentía de niño a que me pincharan o estar más enfermo de lo que parecía y casi sonrío: si el Óscar de siete años supiera que un día el hombre que más quería del mundo iba a debatirse entre la vida y la muerte en el mismo hospital en el que él se vacunaba pensando que era el drama más grande del mundo, jamás se habría quejado. Por fortuna, ese niño creció pensando que su padre era invencible. Lo pensó el niño, el adolescente y el adulto que era hasta hace solo unas horas.

Atravesamos el umbral que nos indican unas enfermeras y allí, entre dos cortinas, muchas máquinas, cables y un buen puñado de vendas, está él; dormido, aparentemente tranquilo, sin ser consciente de que acaba de librar la peor batalla de su vida. Intento controlar el impulso de ponerme a llorar como un niño y, pese a mis ganas de acercarme y tocarlo, para cerciorarme de que su pulso late, dejo que sea mi madre la primera en hacerlo.

Ella se coloca a su lado con lentitud, lo mira y se limpia las mejillas a toda prisa, como si él pudiera verla y supiera de antemano lo mucho que detesta verla llorar. Sus dedos temblorosos sortean los cables y tubos para acariciar su mejilla, o lo poco visible de ella.

—¿Recuerdas todas las veces que te he dicho que no pensaba prohibirte nunca nada porque, pese a no parecerlo, eres mayorcito para saber lo que tienes o no tienes que hacer? Pues bien: te prohíbo dejarme sola, Alejandro León. ¿Me oyes? Te prohíbo terminantemente abandonarme. —Las lágrimas que caen de sus ojos se estrellan contra las sábanas de la cama, pero ella ya no parece apreciarlas—. Prometiste que sería para siempre. Todavía no ha acabado. No para nosotros.

Hago lo posible por contener mis emociones, pero se desbordan. Lo noto en la forma en que me arde el pecho y me duele la cabeza. En la manera en que mis ojos se desenfocan y apenas soporto oír una palabra más, porque siento que estoy invadiendo un espacio que no me corresponde, pero entonces ella sujeta mi mano y me mira, suplicante.

—Ven, Óscar —susurra—. Tócalo. Deja que te sienta, mi vida.

Obedezco un poco por inercia y otro poco por impulso, me acerco a la camilla y me lleva unos largos segundos decidir dónde tocarlo porque... joder, porque está lleno de cosas y no sé cómo hacerlo para no dañarlo más. Al final opto por alzar un poco la sábana, lo justo para buscar su mano, evitando mirar su pecho, y sujetarla con mis dedos.

—Está helado, mamá —susurro.

Y ya está. Es todo lo que necesito para romperme y dejar salir todas las lágrimas que he retenido desde que mi madre me llamó anoche. Y es una tontería, pero es que pensé que su piel estaría caliente. Pensé que... que en el fondo sería como tocarlo el millón de veces que he tenido oportunidad y siempre ha estado templado, cálido. Está muy frío y solo puedo pensar en la temperatura que tendrán los cadáveres, pero mi madre me abraza y me obliga a subir mis dedos por la palma de su mano, hacia su muñeca.

—Tranquilo, chist. Mira, Óscar, siéntelo. Siéntelo, cariño.

Cierro los ojos, intento contener el torrente de lágrimas y lo siento: el pulso en sus venas, latiendo, llenándolo de vida, aunque su apariencia sea tan frágil. Está vivo. Puede que su pecho esté abierto y su corazón haya decidido jugar al más macabro de los juegos, pero sigue vivo. Y ya sé que la máquina también me lo dice, pero no es lo mismo, porque esto... notarlo en mis dedos hace que me obligue a pensar en su recuperación. Se va a poner bien, se tiene que poner bien porque mi madre tiene razón, como siempre, y esto todavía no ha acabado. Alejandro León tiene mucha guerra que dar, aunque ahora no parezca capaz siquiera de abrir los ojos para mirarnos.

Permanecemos a su lado unos minutos más y luego, consciente de que mi madre necesita hablar con él, aunque no la oiga, la aviso de que voy a salir. Ella no me oye, tiene toda su atención puesta en él, apenas pestañea y creo que piensa que, si lo hace, corre el riesgo de perderlo, así que es probable que dedique su vida más inmediata a mirarlo fijamente, esté él despierto o dormido.

Salgo de la sala y entro en el baño que hay antes de llegar a donde todos esperan que contemos cómo está, porque en esta familia somos así y da igual lo que digan los médicos: hasta que no vemos con nuestros propios ojos que está todo bien, o nos lo cuenta alguien de nuestra misma tribu, no nos quedamos tranquilos. Ni siquiera así nos relajamos del todo.

Abro el grifo del lavabo, me enjuago la cara con brío y dejo que la frescura cale a través de mis ojos irritados. Respiro profundamente y me miro en el espejo. Los surcos bajo mis ojos y la palidez de mi piel hablan por mí con respecto a cómo estoy, pero no es nada comparado a lo que siento por dentro. Creo que por eso los sentimientos no pueden verse; sería demasiado insoportable verlos reflejados en un espejo, mostrando su grandiosidad y riéndose de nosotros por no ser capaz de soportarlos en ciertos momentos.

Cierro los ojos y dejo de pensar en cosas que, ahora mismo, no van a llevarme a nada. Arrastro los pies fuera del baño y me obligo a ir hacia la sala de espera. La familia entera me rodea, pero yo la busco a ella. No paro hasta localizarla, entre Lars y Björn. Tiro de su mano y la abrazo inspirando y dándome cuenta, en el acto, de lo milagroso que es que solo su olor consiga calmarme. Ella me rodea con sus brazos y besa repetidas veces mi torso antes de mirarme a los ojos y preguntarme sin palabras. Asiento, hago el titánico esfuerzo de sonreírle sin despegar los labios y beso su frente.

—Se pondrá bien —susurro con voz ronca—. Se pondrá bien.

Lo he dicho sobre todo para mí, pero casi todos en la familia asienten, muestra de lo cerca que están de mí. Y, aunque para algunas personas esto podría ser agobiante, a mí me calma. Me da la serenidad que en estos instantes necesito, porque sé que no estamos solos, pase lo que pase. Mi padre no lo está y nosotros no lo estaremos nunca. Tomo aire y me esfuerzo por contarles cómo se ve, intentando sonar positivo, dato que valoran.

No sé el tiempo que mi madre pasa con mi padre, pero cuando sale mis tías Julieta, Esme y Amelia están desesperadas por ir con él. Ella les sonríe y anima a que entren, aunque les pide calma. Lo hacen y, cuando salen, sorprendentemente lo hacen de mucho mejor humor.

—Ya está, le he pintado la venda del brazo —dice Julieta mostrándonos un boli—. Le he puesto que, si se muere, lo matamos. Ya sabemos lo mal que responde a las amenazas, así que yo diría que de aquí a un rato está despierto. Tiene que insultarme y eso, ya sabéis.

Nos reímos, mal que nos pese, porque sabemos que esta es su forma de lidiar con su dolor, y cuando mi abuelo aparece en una silla de ruedas hago hasta lo imposible por no mostrar lo roto que estoy por dentro.

—Quiero verlo —dice con voz temblorosa.

Sus hijas asienten y, entre las tres, lo guían junto a Sara hasta la sala. Cualquiera diría que van a reñirnos por visitarlo tanto, pero en este hospital somos conocidos y, de cualquier forma, apenas están dentro unos minutos. Al volver ambos tienen los ojos enrojecidos y las mejillas mojadas. Los abrazo con fuerza e intento, por todos los medios, mostrarme positivo y animado, porque si ver a mi padre en ese estado me rompe, no puedo imaginar lo que será para él ver a su hijo.

Las horas transcurren con lentitud, nos avisan que van a empezar a quitarle cosas para ver cómo responde y esperamos, alertas y expectantes, las nuevas noticias. Es en ese lapsus cuando las pisadas de un pequeño grupo de personas irrumpen en la sala, ya llena de por sí.

Mi hermana Valentina, visiblemente desconsolada y alterada mira en derredor con los ojos como platos y no se detiene hasta que encuentra a mi madre, que ya está de pie para recibirla.

—Mamá...

Y así, de la nada, las lágrimas vuelven, porque nunca una sola palabra ha denotado tanto sufrimiento y suplicas silenciosas. Mi madre la abraza y yo me levanto para envolverlas a las dos entre mis brazos. En la entrada de la sala de espera Vic corre hacia sus padres y Adam, Ethan, Daniela hija, Daniela madre, Júnior y Oliver esperan su turno para poder abrazar a mi madre. Hubo un momento en que imaginé que podrían venir todos, pero verlos aquí... ser consciente de hasta qué punto la familia la forman las personas que te rodean, más que la sangre en sí misma, es emocionante y... precioso. Precioso, porque a menudo damos por sentado todo lo que tenemos; nos pasamos los días quejándonos de lo que nos falta, intentando conseguir una nueva meta y protestando por no hacerlo lo suficientemente rápido. Se nos va la vida sin pensar que lo realmente importante es esto: la familia unida, recorriendo medio mundo para venir a dar un abrazo y todos los ánimos del mundo.

Se nos olvida con demasiada frecuencia que las lágrimas compartidas con la persona correcta sanan, por eso, y porque nunca me he sentido más vulnerable, aparto un poco a Emma, beso su pelo y entierro la cara en su cuello antes de murmurar en su oreja.

—No me abandones nunca, Emma. Nunca.

Su respuesta llega en forma de abrazo de oso, lo que es increíble, porque su cuerpo es mucho más menudo que el mío. Entierra una mano en mi nuca y me obliga a permanecer así, enredado en su cuerpo, durante tanto tiempo que, al alzar la cabeza, solo soy capaz de verla a ella.

—Jamás —susurra.

Cierro los ojos un segundo, intentando controlar mis emociones y, cuando los abro, la veo a ella sonriendo, con mi familia de fondo bromeando acerca de la barbacoa que piensan hacer cuando mi padre salga de aquí y lo sé: que por duro que sea, todo lo que quiero en esta vida, todo lo que necesito para ser feliz está entre las paredes de esta sala de espera y las cortinas de una camilla que sostiene a uno de los máximos responsables de que yo sea la persona que soy.

Que si he conseguido ser un adulto decente es porque un hombre llamado Alejandro León impregnó mi vida de amor y familia, y no hay infarto, ni incendio, que puedan borrar eso.

32

Emma

Tres días después de la operación entramos en el hospital casi a la carrera. Han subido a Álex a planta y la familia está como loca por verlo, porque en cuidados intensivos, quitando las ínfimas visitas que dejaron hacer a Óscar y Eli, sus hermanas y Valentina, por último, fueron una excepción y nos dejaron muy claro que solo una persona podía entrar en los horarios establecidos. Esa persona, por descontado, ha sido Eli. Es lo normal, pero de alguna forma sucedió que, con el pasar de las horas, la preocupación por Álex pasó a ser la preocupación por Álex y Eli. Apenas ha comido, ni dormido y, como ella trabaja en este hospital, ni siquiera ha ido a casa a ducharse, sino que lo ha hecho aquí. Sus compañeros han intentado que esté lo más cómoda posible, pero el problema no es ese en sí, sino que ella se niega a apartar los ojos de Álex y solo duerme cuando el cuerpo ya no puede más y el tiempo justo para recargar y seguir vigilando a su marido. No puedo ni imaginarme cómo se siente, pero el dolor que hay en el fondo de sus ojos me da una idea aproximada.

Álex, por su lado, despertó horas después de la operación y, aunque no ha hablado mucho, parece encontrarse bien. Serio y algo taciturno, pero imagino que tiene que asimilar lo ocurrido y no debe de ser fácil. Además, le dieron tantos calmantes que se pasó buena parte del tiempo durmiendo. Pero lo importante es que ya se incorpora por sí mismo, ya camina, aunque sea lentamente, y está en planta.

—¿Crees que podremos hacer que tu madre vaya a casa a dormir hoy? —le pregunto a Óscar.

—No.

Su respuesta podría parecer cortante, pero no lo es: solo es una realidad que, en el fondo, yo ya sabía. Suspiro y agarro con más fuerza su mano.

—Una lástima. Le vendría genial descansar. A lo mejor puedes hacerle su comida favorita para convencerla.

Óscar se para en el pasillo y se gira para quedar frente a mí. Lo miro a través del ramo de rosas de distintos colores, desde el amarillo hasta el azul, pasando por el verde, naranja, rojo y blanco. No podía decidirme solo por uno, porque yo quiero desearle una pronta recuperación, pero al mismo tiempo quiero expresar el cariño que le tengo, y la amistad, y el apoyo y muchas otras cosas así que, al final, decidí comprar un ramo de todos los colores. Óscar ha sonreído cuando le he contado mis motivos, así que solo por eso ha merecido la pena. No ha sonreído mucho estos días. Tampoco ha hablado mucho, lo que me ha dejado a mí haciendo monólogos acerca de un montón de temas mientras él intentaba atenderme. No siempre lo conseguía, pero no puedo culparlo. Su mente volaba una y otra vez a algún lugar mientras sus ojos se quedaban fijos, mirando al vacío. A menudo me he preguntado, desde que llegamos aquí, cómo habría actuado yo si a mi padre le hubiese dado un infarto. Y después de tres días solo he llegado a la conclusión de que no puedo siquiera imaginar que eso ocurre, así que no soy de mucha ayuda en ese sentido para Óscar. Intento estar a su lado, animarlo y entretenerlo, pero no puedo hacer mucho más porque él se ha cerrado en banda, y no puedo culparlo por ella, así que me limito a seguir pensando en voz alta y comprar flores.

—Sabes que te quiero, ¿verdad? —susurra de pronto. Frunzo el ceño de inmediato y entrelaza nuestros dedos—. Que estos días no hable mucho, que no sea la mejor versión de mí mismo no cambia el hecho de que te quiero más de lo que puedo expresar con palabras.

No sé bien a qué vienen sus palabras; quizá el verme hablar de las flores, otra vez, haya activado algún tipo de mecanismo en su interior, pero da igual, porque no puedo evitar emocionarme y alzarme sobre mis puntillas para besarlo.

—Lo sé, *mon soleil* —susurro—. Y yo te quiero a ti. Mucho.

—Gracias por no alejarte de mí.

Sonrío y vuelvo a besarlo. No puedo negarle que está siendo difícil, porque mi madre sigue ocupándose de Sarah, Martín pasa tiempo con Jean Pierre y mi padre ha decidido echar una mano a Amélie en la tienda; dice que allí se inspira, pero sé que solo lo hace por mí. Y, aunque siento que he dejado todas mis responsabilidades en manos ajenas, estoy inmensamente feliz por tener una familia capaz de empujar así cuando es necesario. En esto consiste también el amor: en saber priorizar y poner por delante a las personas que nos importan. Saber reconocer que un abrazo no alivia el dolor, pero reconforta. Enlazar mi mano en la de Óscar cuando se pierde en sus recuerdos y pensamientos y saber que puede que no se percate de mi presencia, pero sin duda lo haría de mi ausencia.

Nos paramos frente a la habitación y noto de inmediato los nervios de mi novio, así que aprieto su mano antes de soltarla y abrir la puerta con cuidado. Dentro, Álex toquetea el mando de la cama mientras murmura algo y Eli se ríe entre dientes. Se ríe entre dientes. Dios, es maravilloso verla sonreír de nuevo. Las mujeres como ella no deberían sufrir nunca. Y es que creo, no, no creo, estoy convencida de que soy la mujer con más suerte del mundo porque mi suegra es un amor. Y, además, le encantan las flores y tiene un jardín precioso.

Cuanto más la conozco, más claro tengo que es normal que me haya enamorado de Óscar, porque sus padres son un reflejo de todo lo bueno que encuentro en él.

—Buenos días —dice Óscar sonriendo al tiempo que entramos.

Álex cambia su mala cara de inmediato por una sonrisa tan radiante que no puedo evitar suspirar. Dios, qué guapo es, aun con el rostro demacrado y el camisón del hospital que, seamos sinceros, no es lo que más favorece del mundo. Tiene el pelo desordenado, la barba más larga de lo normal y está pálido y ojeroso, pero sigue siendo uno de los hombres más atractivos que he conocido nunca.

—¿Eso es para mí? —pregunta señalando las flores y sonriendo. Asiento de inmediato y mueve la mano en señal de acercamiento—. Ven, dame un beso antes, dulce Emma. Necesito muchos mimos, lo ha dicho el doctor, ¿sabes?

Me río, me acerco y beso su mejilla antes de acercarle las rosas para que las huela y ponerlas luego en la mesa que hay al lado de la cama. Me muevo hacia donde está Eli, sentada en el sofá, y me acomodo a su lado. Ella de inmediato pasa un brazo por mis hombros y besa mi cabeza. ¿Veis lo que digo? ¿Cómo no voy a quererla?

Me concentro en Óscar, que se ha acercado a la cama de su padre y lo ha abrazado de tal forma que no veo sus caras, pero oigo lo que dicen:

—¿Cómo estás?

La pregunta me emociona, porque es Álex quien la hace y me doy cuenta, no por primera vez, de lo inmenso que es el amor de un padre. Da igual que Óscar no sea su hijo biológico, porque en su interior lo siente y reconoce como tal y lo quiere más que a sí mismo, estoy segura, porque en París, Ethan Gallagher me quiere con la misma fuerza, igual que mi madre. Si hay algo que he aprendido a lo largo de toda mi vida es que la sangre no construye una familia. Es el amor quien lo hace, y el amor no entiende de biología.

—Estoy bien —dice Óscar con voz ronca—. ¿Tú?

—Hecho un toro. —Separa a Óscar de su cuerpo y señala el sofá en el que estamos sentadas Eli y yo—. A mí quien me preocupa es tu madre, que no come, ni duerme bien. —Ella bufa y él le frunce el ceño—. Esta noche te vas a casa.

—Ni lo sueñes.

—Rubia...

—Me quedo contigo, Alejandro. —Álex mira a Óscar pidiéndole ayuda, pero Eli vuelve a intervenir—: Sabes muy bien que no puedo dormir sin ti.

La voz apenas ha sido un susurro y a ninguno de los tres se nos ha pasado por alto el leve temblor de su barbilla. Y es ahí, justo ahí, donde soy testigo de lo que el amor puede provocar en la otra persona. A Álex se le suaviza el gesto de inmediato y la mira con tal adoración e intensidad que se me eriza el vello de la nuca.

—Ven aquí, Elizabeth, necesito besarte.

Ella se levanta de inmediato, se acerca a la camilla y besa sus labios al mismo tiempo que retira el pelo que cae sobre su frente. Óscar viene hacia donde estoy yo, dándoles algo de intimidad, y los vemos susurrarse, aunque no entendemos lo que dicen, y mejor, porque creo que este momento es de ellos y no tenemos derecho a robárselo ni tienen por qué compartirlo con nosotros.

La puerta del dormitorio se abre y Valentina entra seguida por Amelia, Julieta y Esme. Estos días se ha quedado a dormir en casa con Björn y Lars, porque quería hacerlo en el hospital, pero solo podía haber una persona y su madre no dio lugar a discusiones: sería ella. Así pues, aunque le dijimos a Val que podíamos dormir con ella, prefirió hacerlo con sus primos, y no podemos culparla, porque ellos tres tienen tal conexión que es normal que haya buscado su consuelo. Por el día, en cambio, se ha estado mostrando muy mimosa y dependiente de Óscar. Creo que se siente culpable por no haber estado aquí cuando a su padre le ocurrió eso, igual que creo que Óscar también piensa en ello, pero, con el tiempo, tendrán que asimilar que no hay nada que hubieran podido hacer aun estando a su lado. Esto era algo que tenía que ocurrir. El destino. A Óscar no se lo digo, porque tengo la intuición de que no quiere oír hablar de eso ahora, pero es que sigo pensando que las cosas pasan por algo y que esto tenía que ser así. Lo importante es que Álex está saliendo adelante, aunque ahora le espere una época dura. Tiene a la familia para apoyarlo y ayudarlo y eso es primordial.

—¿Cómo está mi niña? —dice Álex mientras Val se le acerca y Eli sonríe.

Ella se encoge de hombros y hace todos los esfuerzos del mundo por no llorar, pero no lo logra del todo y, al final, Álex estira los brazos y la rodea con cuidado, dado que Val no se apoya en su pecho en ningún momento.

—Eh, Álex, mira esto —le indica Esme abriéndose la chaqueta.

Julieta y Amelia hacen lo propio y veo, con cierta sorpresa, que llevan camisetas a juego, cada una con una pieza de puzle impresa que encaja con la que está al lado y, cada una, con una palabra debajo de la pieza. Así, en la de Amelia pone «Somos», en la de Esme «los», en la de Julieta «increíbles» y sacan de una bolsa una mucho más grande, para Álex, evidentemente, con la última pieza de puzle y la palabra «cuatrillizos».

—¿Qué te parece? —pregunta Julieta—. Mola, ¿eh? Yo quería ponerme «putos» en vez de «increíbles» pero ya sabes lo aguafiestas que pueden ser la Hierbas y Tempanito. —Se acerca a la cama y estira la camiseta por encima del cuerpo de Álex—. Perfecto. Ahora ya no puedes morirte porque entonces nos jodes el invento.

En cualquier otra ocasión y conociendo a mi suegro, habría puesto un poco el grito en el cielo, pero supongo que es tan consciente como yo de que las tres lo miran ansiosas y el maquillaje no ha logrado tapar sus ojeras, así que se ríe, agarra la camiseta y las señala con ellas.

—Es jodidamente buena. Me la pienso poner el día del alta. Y ahora, ¿abrazo?

No tiene que repetirlo. Sus hermanas se abalanzan contra él con tanto ímpetu que Eli tiene que reñirles y recordarles que no pueden rozarle demasiado el torso. Ellas piden perdón, pero vuelven a tocarlo por todas partes, Val se sienta a los pies de la cama y pone una mano en su pierna, Eli sigue acariciando su pelo y yo estoy aquí, con el brazo de Óscar rodeando el mío y siendo consciente del poder curativo que tienen las caricias. Miro a mi chico, pero él vuelve a estar sumido en sus pensamientos, un poco ajeno a todo esto.

—Eh, chef —susurro—. ¿Todo bien?

Óscar sale de su ensimismamiento lo justo para mirarme y sonreírme antes de asentir, pero algo me dice que lo hace por inercia, más que otra cosa. Está raro, desconcentrado, y aunque entiendo que es normal por la situación que atravesamos, tengo la desagradable sospecha de que hay algo más.

La sospecha se intensifica a medida que pasan los días y Óscar no consigue mantener una conversación completa. Incluso su madre le ha preguntado si está bien y él asegura que sí, pero lo cierto es que no lo parece. Ahora que Álex está mejor, ya camina y pronto recibirá el alta, mi chico ha dedicado algún tiempo a supervisar el restaurante de Sin Mar y trabajar en él. Yo, mientras tanto, me quedo en casa cuidando del jardín de Eli, descansando o en el hospital, haciéndoles compañía. Aun así, el tiempo libre empieza a pesarme y creo que la familia lo nota. Quizá por eso he ido de compras con Mérida, Vic, que sigue en España, y Emily. He tomado té con Amelia. He paseado por Sin Mar con Esme y he pasado el rato con Javier y Sara. Incluso anoche fui al cine con Val y los chicos. Descubrí lo difícil que es conseguir tantos asientos juntos y me sorprendí cuando consintieron ver la película que menos espectadores tenía con el único propósito de estar juntos. Me di cuenta en ese instante de que la unión de los León va mucho más allá de los lazos familiares. Son un pack para todo, guste o no. Y los Acosta, cuando están, se suman a ese pack, aunque menos Adam, todos han vuelto ya a Estados Unidos. Este último no debería retrasarse mucho más, según me contó esta misma mañana; el trabajo lo reclama. Aun así, no piensa irse sin Vic y ella no quiere hacerlo hasta que le den el alta a Álex. Los entiendo, porque imagino que Óscar tampoco piensa en volver a París hasta entonces. No le he preguntado porque no quiero que piense que tengo prisa por irme y lo más normal es que no quiera marcharse con su padre hospitalizado. Yo no lo haría, desde luego.

Aun así, lo echo de menos. Una tontería, porque dormimos juntos cada noche, pero está tan desconcentrado y alejado de la realidad en estos momentos que es como no tenerlo, pese a que me esté abrazando.

—¿Estás bien? —le pregunto cuando cae la noche y estamos enlazados en su cama.

—Estoy bien, de verdad —susurra.

Asiento en silencio, como cada noche después de hacerle la misma pregunta y obtener la misma respuesta y pienso que muy probablemente a Óscar le pasa algo. No es la primera vez que pienso en esa posibilidad, pero sí la primera que eso me pone nerviosa, porque lo que sea que esté en su mente se lo está guardando para sí mismo y no sé si eso es sano.

Suspiro cuando cierra los ojos acariciando mi espalda en círculos y procuro dormirme, pero me resulta imposible. Al final, harta de dar vueltas, me levanto de la cama y me siento junto a la ventana. Localizo de nuevo la estrella que más brilla sin esfuerzo, porque ya la busqué junto a Óscar antes de irme a dormir. Es algo que no ha permitido que cambie. Cada noche me acompaña mientras la busco y luego enciende la guirnalda de luces que compró el segundo día que estuvimos aquí, cuando su padre aún estaba en cuidados intensivos. Recuerdo lo mucho que lloré porque me pareció precioso que, pese a su dolor, fue consciente de mis necesidades y cuidó de mí. Son esos detalles los que hacen de Óscar un ser tan especial. Miro al cielo y contengo un nuevo suspiro, pensando en la sensación de malestar que empieza a recorrer mi cuerpo.

—Si mañana se nubla de pronto, significará que viene más sufrimiento.

Me muerdo el labio en cuanto lo digo, porque no sé si debería haber hecho una apuesta tan fuerte, pero a fin de cuentas he sido un poco tramposa, porque en esta zona de España no suele llover mucho y estamos en primavera.

Vuelvo a la cama, me acurruco junto a Óscar y me esfuerzo en dormir. No me cuesta nada coger el sueño, porque estoy agotada pese a que no haga demasiado durante el día; en cambio, me desvelo ante los besos que siento en el estómago. Abro los ojos y bajo la sábana a Óscar, que acaricia mi ombligo con su nariz antes de besarlo y devolverme la mirada.

—Te necesito, *chérie*.

Asiento, porque sé que espera mi aprobación, y alzo las caderas cuando sus manos se aferran al pantalón de pijama que Eli me prestó cuando llegué el primer día, porque solo me traje un par de mudas. Óscar separa mis muslos y pasa la lengua por los pliegues de mi sexo con tanto ímpetu que no puedo evitar arquearme. Sus manos se cuelan bajo la camiseta, que ya había alzado para acariciar mi estómago, y tocan suavemente mis pechos, sopesándolos antes de que sus pulgares se arrastren por mis pezones y consiguiendo, con su boca y sus manos, que mi cuerpo tiemble y la necesidad me coma desde dentro.

—Ven aquí —le digo—. Te quiero dentro, *mon soleil.*

Óscar no obedece de inmediato. Me chupa, besa y lame hasta que mi respiración se vuelve errática y, cuando mi espalda se tensa, introduce dos dedos en mi cuerpo haciéndome gemir su nombre mientras el orgasmo se apodera de mi cuerpo y me aprieto contra su boca. Él acompaña el momento de suaves caricias y, cuando dejo de temblar, se arrodilla, se baja el bóxer, que es lo único que usa para dormir estos días, porque normalmente lo hace desnudo, y cubre mi cuerpo con el suyo. Creo que no tardo ni un segundo en rodear sus caderas con mis piernas e instarle a que me penetre. Él muerde mi mandíbula y lo hace de una sola vez, arrancándome un grito que tapa con sus labios.

—Tan bueno. Tan increíblemente bueno... —murmura antes de moverse sobre mí—. No existe en la Tierra el hombre que te merezca, joder.

Mis gemidos, provocados por sus embestidas, pero también por sus palabras, se mezclan con los suyos al mismo tiempo que se mueve, cada vez con más intensidad, hasta que gira en la cama y me sube sobre su cuerpo sin ningún esfuerzo, con tanta naturalidad que hasta sigue dentro de mi cuerpo durante todo el proceso. Sé lo que quiere, así que me quito la camiseta para que me vea completamente desnuda y muevo las caderas a un ritmo cada vez más fuerte. Una de sus manos se aferra a mis caderas, la otra busca mi clítoris y, con su pulgar, presiona hasta que mi cuerpo responde y me rompo en otro orgasmo que, esta vez sí, lo arrastra a él, que gruñe mi nombre antes de vaciarse en mi interior y tirar de mi cuerpo para abrazarme.

Noto su respiración agitada, su pecho moviéndose con fuerza debajo del mío y sus manos acariciando mi espalda. Sonrío, porque es la primera vez que siento que Óscar, mi Óscar, está de vuelta después de todos estos días, y cuando alzo la cara y lo miro veo tal amor en sus ojos que me convenzo de que mis sospechas son absurdas y todo está bien. Todo va a estar bien porque nos queremos con locura y eso siempre estará por encima.

Al día siguiente, sin embargo, cuando salgo de casa y observo el cielo cubierto de nubes y la lluvia que cae descontrolada sobre la urbanización de Sin Mar, no puedo evitar que el corazón se me desboque un poco.

Trago saliva, cierro los ojos e intento controlarme. Todo irá bien. No es más que lluvia.

—*Ma belle?*

La sonrisa de Óscar mientras espera en la entrada que vayamos hacia el coche para visitar a Álex en el hospital me alienta. Agarro su mano, aprieto con fuerza y me digo a mí misma que el destino no tiene por qué obedecer a una chica que murmura cosas sin sentido asomada a una ventana en una noche cualquiera de un lugar que solo es un punto en la inmensidad del mundo.

Cojo una rosa del jardín de Eli y, ante la mirada de Óscar, que no entiende por qué no avanzamos, la deshojo, como si de una margarita se tratara, mientras pienso en silencio: «Todo va a estar bien».

Sí.

No.

Sí.

No.

Sí.

No.

Sí.

No.

Sí.

Sonrío, miro a Óscar, lo beso y suspiro.

—¿Qué acaba de pasar, Emma, *chérie*? —pregunta él en tono íntimo.

—Oh, nada importante. Solo acabo de hacer las paces con el destino.

Él alza las cejas, sonríe un poco y niega con la cabeza, supongo que pensando que estoy un poco loca. Y, pese a todo, me quiere.

¿Acaso no es maravilloso?

33

—No necesito otro cojín, rubia, necesito un jodido chocolate caliente y una bolsa de chucherías.

Observo a mi padre acomodarse en el sofá del salón mientras mi madre suspira, resignada y bastante cansada de oírlo quejarse. A mí, en cambio, me encanta. No por la queja en sí, sino porque, desde que empezó a refunfuñar, entendí que de verdad se está recuperando. Tiene muchos momentos de bajón, sí, psicológicamente creo que tiene que asimilar lo ocurrido y apenas tiene apetito, pero aun así se va recuperando y es ahora, dos semanas después de su operación, cuando empiezo a creérmelo.

—Ni lo sueñes —dice mi madre—. Has tenido un infarto y te han operado a corazón abierto, Alejandro. Se acabaron las chuches a diario y el chocolate casi que también. Podrás tomar uno de vez en cuando, pero tienes que empezar a cuidar tu alimentación.

La cara de horror de mi padre es tal que me cuesta reprimir la risa. Mi hermana no se reprime nada. A su lado, en el sofá, se carcajea hasta que él la mira y entonces se corta en el acto y se le acurruca.

—Piensa que es un sacrificio menor si a cambio te disfrutamos muchos más años. Nos has dado un susto de muerte.

Sus ojos están tan tristes al decirlo que mi padre no rechista, aunque sé que eso no significa que las quejas no vayan a volver. Alejandro León siempre se ha caracterizado por tener mucho genio, un cuerpazo y una adicción importante al azúcar que compensaba con ejercicio. Por desgracia, eso no ha bastado y, aunque su infarto no ha sido provocado por eso, ahora tiene que cuidarse.

Mi madre le ofrece una infusión, él se queja porque dice que no es la Hierbas y mi tía Amelia, que también está en el salón, se ofende y le dice que, si hubiera tomado más hierbas, a lo mejor no le habría dado un infarto.

—Es que es un repelente, eso no se lo cambia ni estar al borde de la muerte, oye —dice mi tía Julieta.

Yo me río entre dientes, porque eso es otra cosa que está volviendo a la normalidad y me alegro. Sí, puede parecer raro que me alegre de ver las puyas entre hermanos, pero es que ver a mis tres tías acongojadas constantemente y sin atreverse siquiera a alzar la voz en su presencia impresiona mucho, sobre todo por Julieta, la verdad. Todavía no se comportan con la misma naturalidad que antes y algo me dice que eso costará un tiempo recuperarlo, porque temen enfadarlo de verdad, pero supongo que es cuestión de acostumbrarnos todos a esta nueva situación.

Yo, por mi lado, he estado pensando mucho en todo. El restaurante de París. El de Sin Mar. Lo ocurrido a mi padre. Emma. Me he replanteado toda mi vida en general, pero lo que más me carcome es saber que, en algún momento, debería volver a París. Y aunque siempre quise vivir allí, lo siento como mi hogar y una parte de mí no puede esperar el momento de volver, hay otra que me pide que me quede aquí, cerca de mi familia. No puedo dejar de pensar que, si mi padre hubiese muerto, yo habría contado con un puñado de visitas al año, suyas o mías, pero nada más. Podría haber estado a su lado cada día, disfrutando de su compañía, y no lo hice por estar labrándome un futuro. Y, a fin de cuentas, ¿es tan importante eso? Quiero decir: ¿de verdad merece la pena estar tan lejos de mi familia por cumplir mi sueño?

No sé, de pronto siento que quizá debería plantearme volver a mis orígenes, a Sin Mar. No abandonaría París de manera definitiva, porque tengo allí un restaurante que atender y amo demasiado la ciudad, pero establecería aquí mi vivienda fija. En los últimos años se han construido casas nuevas y la urbanización ha crecido. Estaría cerca de mi familia y podría pensar en un futuro mucho más tranquilo de lo que sería en París.

—No os lo vais a creer. —Emma entra en casa con un ramo de tulipanes y nos mira con los ojos como platos—. Resulta que en Sin Mar no hay floristería, como tal, pero hay una señora, Asunción, con un jardín tan inmenso que me ha dicho que puedo coger algunas flores siempre que quiera. Yo no quería abusar, así que le he explicado que no era necesario y que solo estaba admirando su jardín porque tenía estos tulipanes tan preciosos que pensé que te encantarían, Álex. Después de todo, fíjate qué colores tan bonitos y vivos. ¿No te evocan una alegría infinita? —Se acerca, los pone sobre su regazo, besa su mejilla y viene derecha hacia mí, subiendo en mi regazo, besando mis labios brevemente y siguiendo con su parloteo—. En fin, le conté que soy la nuera de Alejandro León y que pensaba seriamente que esos tulipanes suyos podrían alegrarte después de tu infarto, y ella de inmediato sacó unas tijeras y me dijo que podía llevarme tantos como quisiera y que se pasará pronto a traerte sus galletas fritas, que tanto te gustan.

—Ay, Asunción, qué maja es —dice mi padre con una enorme sonrisa.

—No puedes comer galletas fritas, Álex.

Mi padre abre la boca para protestar, pero entonces Emma los interrumpe y sigue con su charla:

—Eso le he dicho yo, que no puedes comer galletas fritas porque tu corazón está débil, aunque, quien lo diría, con lo guapo y fuerte que eres, ¿verdad? Asunción se ha reído y me ha dicho que sí, que eres muy guapo pero que ella no lo dice porque de todos es sabido que Eli es un poquito celosa. Yo te he defendido, que conste —le dice a mi madre—. Quiero decir, entiendo perfectamente el sentimiento porque, a veces, cuando miran a Óscar por la calle, siento el impulso de enfadarme. Luego recuerdo que él no es mío y no puedo hacerlo, pero, *mon Dieu*, algunas chicas no respetan nada. En fin, Asunción dice que, como no vas a poder comer galletas por tu corazón, va a traerte una tortilla de espinacas.

—Qué bajón, en serio —se lamenta mi padre haciéndome reír.

—Eso le he dicho yo, que me parecía muy deprimente y que no se preocupara porque seguramente en internet había recetas de cosas ricas que te gusten adaptadas de manera que sean más saludables. Y, si no, siempre podíamos preguntarle a Óscar. Entonces Asunción me ha dicho que va a buscar recetas saludables y ricas para la Thermomix, que es el mejor cacharro inventado por el ser humano junto con el lavavajillas y que en cuanto dé con algo que de verdad merezca la pena, viene a traértelo. Yo, por mi parte, he cortado los tulipanes y te los he traído. He parado en el bar de Paco y me he comprado unos dónuts, también, pero me los he comido en un banco de la calle para que tú no sufras mirándome.

—Si me lo cuentas, me lo imagino y sufro igual —dice mi padre muy serio.

—Oh, Dios, soy una persona horrible.

La abrazo para animarla, porque sé que lo dice totalmente en serio, y mi padre suelta una estruendosa carcajada antes de abrir los brazos en su dirección.

—Ven aquí, dame un abrazo de oso y te perdono.

Mi chica no lo piensa y, mientras mi madre, mi hermana y el resto de la familia ríe, yo observo cómo los brazos de mi padre la rodean y la estrujan con cariño.

Y es esta, precisamente esta, la razón principal por la que no me veo capaz de tomar una decisión con respecto a mudarme desde París: Emma.

Vivir sin ella no es una opción. Vivir en ciudades distintas, más aún, en países distintos, tampoco, así que me paso las horas preguntándome si ella querría dejarlo todo y venirse aquí conmigo. Sé bien el amor que siente por París y que su gente está allí, pero en estos momentos, justo ahora, yo necesito estar con los míos y me gustaría tanto que ella me acompañara... No puedo obligarla, eso lo sé, pero no dejo de pensar en las posibilidades que hay de que esto salga bien.

Me siento tan confundido la mayor parte del tiempo que no consigo expresar mis pensamientos por si parecen una locura. Además, está el hecho de que, cuando pienso en abandonar París como ciudad de residencia, aunque sea con Emma, algo se aprieta en mi pecho. Pero luego miro a mi padre y visualizo la herida de su pecho, me lo imagino desplomándose en el incendio y pienso en los meses de baja que le quedan por delante y siento que mi lugar está aquí; que lo correcto es volver a mis orígenes. Además, he leído que después de una operación a corazón abierto el paciente puede sentirse mal psicológicamente, tener problemas para aceptar lo ocurrido e incluso acabar cayendo en una depresión. Recuerdo todas las veces que ha expresado lo mucho que le cuesta estar separado de sus hijos y siento que lo menos que puedo hacer por él, después de tanto como me ha dado en la vida, es volver a su lado.

—*Mon soleil?* ¿Todo bien? —Emma me mira con preocupación y suspiro antes de sonreír.

—Todo bien.

No me cree. Lo sé. Se ha dado cuenta de que pasa algo y puedo ver perfectamente los nubarrones que se concentran cada día en sus preciosos ojos azules. Aun así, no presiona, porque no está en su naturaleza; me da mi espacio y, aunque lo agradezco, a una parte de mí le gustaría que insistiera tanto que no me quedara más remedio que contarle lo que pienso. Es un pensamiento cobarde, lo sé, porque dejo en ella la responsabilidad de sonsacármelo, pero es que, por alguna razón, no soy capaz de hablar claro. No todavía.

Tiempo. Solo necesito un poco más de tiempo.

Seis días después, entro en la cocina de mis padres y veo a Emma con el pelo recogido en un moño desordenado, pantalón de yoga y camiseta de manga corta, porque el día va a ser caluroso. Está removiendo algo en una ensaladera y, cuando se percata de mi presencia, me mira con una sonrisa que no oculta las ojeras. Y es que algo no va bien, lo sé; lo noto.

—*Chérie*, son las siete de la mañana —murmuro avanzando y besando su cuello mientras la abrazo por detrás—. ¿Qué haces?

—No podía dormir, así que he decidido hacerle churros saludables a tu padre. ¿Qué te parece?

Sonrío. Es el quinto día consecutivo que se levanta para cocinar, y eso en Emma siempre es un mal presagio. Primero, porque no está durmiendo bien, algo que noto mientras me abraza de mil formas y se reacomoda en la cama de otras mil. Y segundo, porque cocina tan mal que a duras penas conseguimos tragarnos lo que hace. Lo logramos, sobre todo yo, porque no quiero herir sus sentimientos y me parece precioso que quiera hacer feliz a mi padre, pero es que me encantaría que canalizara lo que sea que esté sintiendo de otra manera; una que no incluyera tener que contener alguna que otra arcada después de probar sus innovadoras recetas.

—¿Qué te parece si mañana me levanto contigo y cocinamos algo juntos? —pregunto.

—No puede ser. El punto de esto es el mérito que tiene que consiga hacerlo sola, Óscar. Contigo a mi lado me sentiría como una fracasada. Eres un chef de prestigio, *mon soleil.* Sería desastroso.

—Soy tu novio antes que un chef de prestigio. —Eso la hace sonreír, pero no de la forma en que lo hacía antaño. Es una sonrisa vacía que odio tanto como la sensación de que se está apagando día a día y es, en parte, por mi culpa—. Dime qué pasa contigo, *ma belle.* Estás rara. —Su silencio confirma mis sospechas, así que la giro entre mis brazos y enfrento su mirada—. Emma...

Ella suspira, me arrastra hacia una silla, nos sentamos uno frente al otro y, antes de hablar, se lame los labios, distrayéndome momentáneamente.

—Echo de menos a mi familia —murmura—. Sé que necesitas que esté aquí y jamás te negaría mi presencia, pero es que... echo de menos a mi familia, no lo puedo evitar. —Sus ojos se cargan de lágrimas que odio en el acto y ella carraspea, intentando mantenerlas a raya—. Llevo fuera de casa más de veinte días, me estoy vistiendo con ropa de tu madre porque las dos mudas que yo traje ya están tan vistas que me hacen sentir andrajosa y empiezo a pensar si no debería comprar, al menos, bragas. Pero, sobre todo, está el hecho de que mi padre sigue ocupándose de la tienda de Amélie con ella, mi madre sigue cuidando a Sarah y Martín sigue pasando tiempo con Jean Pierre. Y está bien, ellos no me han dicho nada, pero... —Traga saliva y niega con la cabeza—. Dios, soy la persona más egoísta del mundo, ¿verdad?

—No —respondo de inmediato y sujeto sus manos con más fuerza—. No, Emma. Eres una persona alejada de su familia de pronto y que necesita volver a verlos. Es normal.

—¿No te molesta?

—No. —A continuación, hago acopio de valor y suelto lo que lleva días en mis pensamientos, pero no he sido capaz de preguntar—: ¿Quieres ir a verlos? —Ella asiente tan rápido que sonrío con cierta tristeza—. Está bien, cariño, de verdad.

—¿Sí? —Su alegría es tal que siento que se me contagia un poco—. *Mon Dieu*, Óscar! Menos mal que lo entiendes. Sé a ciencia cierta que te duele dejar a tu padre aquí, pero él está mucho mejor y, aunque la recuperación será lenta, vendremos a verlo cada poco tiempo y...

—No, *chérie*. —La corto mucho antes de pensar en lo que estoy haciendo y, cuando veo la confusión de sus bonitos ojos azules sigo adelante. No es así, ni mucho menos, como quería hacerlo, pero, llegados a este punto, no me queda otra opción—. Yo no puedo irme. Él no... —Niego con la cabeza y masajeo sus manos—. Necesito estar cerca de él.

—Pero...

—Casi se muere. No puedo... —Trago saliva y niego con la cabeza otra vez—. No puedo dejarlo todavía. Siento que debo estar aquí, a su lado.

La confusión se abre paso a través de sus ojos y, tras varios segundos con su mirada clavada en mí, asiente, entendiendo la gravedad del asunto.

—¿No vas a volver a París?

—Sí, yo siempre volveré a París —susurro—. Solo que no sé si quiero hacerlo de manera permanente o...

Emma asiente, levantándose de la silla y dándome la espalda. Sé que estoy haciéndole daño y juro por lo más sagrado que me encantaría no hacerlo. Me encantaría saber cuál es la opción correcta, pero no tengo ni idea y, al final, sospecho que voy a herir a la única mujer que me ha importado tanto como para querer compartir toda mi vida con ella. Y tanto como odio ese hecho, no puedo parar, porque no quiero mentirle y hacerle ver algo que, ahora mismo, no tengo claro.

—Necesito ir a ver a mi familia —dice en tono grave—. ¿Podrías mirar cuándo sale el primer vuelo hacia París?

Me levanto, camino hacia ella y sujeto sus hombros con delicadeza antes de besar su coronilla y bajar hasta su oreja.

—Te quiero más que a mi propia vida, Emma. Lo sabes, ¿verdad? —Ella asiente, pero noto su cuerpo tan tenso como una tabla y, cuando me fijo en su cara, veo que se está mordiendo el labio inferior—. Sé que te pido demasiado, que has tenido una paciencia infinita conmigo y que han sido días muy complicados. Y sé que es muy egoísta pedirte esto, pero por favor, piensa en la idea de volver aquí, conmigo. —La giro entre mis brazos y enfrento su cara—. Podríamos vivir a caballo entre París y esto. ¿Sería tan malo? ¿Te pesaría tanto?

Ella guarda silencio un instante y, al final, se encoge de hombros.

—Necesito pensar en ello, ¿vale?

Que su frase haya sido tan corta, sin rodeos, sin monólogo y sin divagar, me da una idea de lo grave que es esta situación, pero, aun así, asiento, porque sé bien cuándo una persona necesita cierto espacio. Beso sus labios de forma suave y luego, con el pecho ardiéndome, le busco un vuelo para hoy mismo.

Cinco horas después la veo marchar a través de los arcos de seguridad del aeropuerto. Besarla, abrazarla y despedirme de ella hasta no sé cuándo ha sido infinitamente más duro de lo que esperaba, y eso que ya esperaba que fuera demoledor. Todavía la estoy viendo y ya la echo de menos.

Ella se gira cuando recoge la maleta y está al otro lado, se despide con la mano y, aunque esté lejos, puedo ver en sus ojos la misma tristeza que habita en los míos.

Una parte de mí quiere gritarle que vuelva.

Otra quiere ir tras ella y seguirla hasta París.

Quiero que vivamos aquí, compremos una casa y formemos una familia.

Quiero irme a París con ella y que recuperemos la vida que teníamos antes del infarto de mi padre, sin cambiar ni una sola coma.

Necesito que vuelva por mí.

Necesito ir por ella.

En cambio, lo único que hago es verla marchar, meterme las manos en los bolsillos y preguntarme cuánto tardaré en volver a sentir su cuerpo junto al mío.

34

Emma

—Te lo digo en serio, Emma, si tengo que volver a ver *Ghost* me pego un tiro —dice Jean Pierre desde el sillón de su salón.

Me sorbo las lágrimas, limpio mis mejillas con un pañuelo y le señalo la pantalla.

—¡Es que es tan bonito...! Y tan real como la vida misma, Jean Pierre. Porque a ellos los separa el mundo de los vivos y los muertos y a mí de Óscar me separan un montón de kilómetros. Es igualito, solo que yo no puedo verlo cuando quiera.

Él refunfuña algo relacionado con matar a Óscar, yo me enfado y luego lloro porque, Dios, lo echo muchísimo de menos.

Llevo solo tres días en París. Tres días y ya he conseguido deprimirme hasta el punto de no fijarme en lo precioso que está el Jardin des Tuileries ahora que la primavera está en su máximo esplendor. Bueno, me he fijado, pero sin ganas, que es mucho peor. Y más triste aún es que fuera hasta allí movida por Jean Pierre. ¡Que me tuvo que obligar! Eso sí que es una novedad.

El caso es que la decisión de volver, en parte, la he tomado por él. Está más decaído y raro. Él dice que no, pero yo creo que el momento se acerca. Tenía que venir a estar con él, no me hubiese perdonado jamás en la vida no estar cuando la muerte se lo lleve. Se lo conté, igual que le conté que necesito estar en la floristería de Amélie y que echaba de menos a Sarah, pero él solo se enfurruña, me grita que no se está muriendo y que no tenía que haber dejado a mi novio tan a la ligera. Solo mis padres me comprendieron cuando les conté todo lo ocurrido. Bueno, lo hice a medias, porque decirles que Óscar está pensando instalarse allí de manera definitiva me genera tanta angustia que no he sido capaz de decirlo en voz alta.

Yo no quiero vivir en España, y no es porque tenga algo en contra, al revés: me encanta Sin Mar y he conocido a un montón de gente a la que guardaré en mi corazón en mayor o menor medida, pero yo pertenezco a París. Siempre lo haré. Abandonar esta ciudad para mí sería como asumir que voy a quedarme lisiada emocionalmente. Una parte de mí nunca volvería a ser la misma y no quiero que eso suceda, pero estar sin Óscar... Dios, estar sin Óscar podría hacerme muchísimo daño. ¡Muchísimo más del que yo misma pensaba! Ahogo un gemido, no muy bien, y Jean Pierre maldice.

—Cuando ese chef tuyo vuelva por aquí voy a decirle algunas cosas —me dice—. ¡No se hace llorar así a una mujer! Jamás en mi vida hice yo que mi Fleur llorara así. Nunca. Ni una sola vez.

—¿Y qué pasó aquella vez que oíamos los gritos desde casa porque su hermana se metió en medio de una discusión vuestra?

—¡Esa vez lloró por culpa de su hermana, no mía! —Me río, mal que me pese, y él se enfada más—. Yo no la hice llorar, te digo.

—Vale, pues Óscar a mí tampoco me ha hecho llorar.

—¿Cómo que no? ¡Mírate la cara!

—Me la miro, pero esto no es culpa suya. Él ha sido muy claro respecto a sus sentimientos. Me quiere muchísimo, eso no lo dudo. Nuestros problemas son otros.

—No puede obligarte a abandonar París.

—No lo haría.

—Ya te lo ha sugerido.

—No, solo me ha dicho que piense cómo de difícil sería vivir con él en España.

—Y no te llama lo suficiente.

—Lo hace cada noche.

—Ni te escribe.

—Cada mañana.

—No te manda flores.

—Se las mando yo a él. Y esta mañana me llegaron por correo urgente esos caramelos caseros que tanto me gustan.

—No está aquí para abrazarte por las noches, ¿sí o no? ¡Pues ya está!

Golpea el suelo con su bastón y me aguanto las lágrimas, porque ahí tiene toda la razón del mundo. Él, que se da cuenta de que ha dado en el clavo chasquea la lengua, se levanta, no sin cierto trabajo, y viene al sofá, donde yo estoy. Me abraza por el costado con cuidado y acaricia mi pelo.

—Qué feo es el dolor de corazón, Jean Pierre. De verdad, yo sé que lo tuyo es peor, porque te estás muriendo, pero es que a mí esta distancia me está apagando. Me evaporo como un charquito de agua en verano.

Él farfulla un montón de insultos hacia Óscar y yo no hago el esfuerzo de pararlo porque sé que es en vano. Además, sé que no lo siente de verdad. Óscar le gusta, pero yo le importo demasiado, aunque esta sea su extraña forma de demostrarlo.

—¿Mañana vas a ir a la tienda de Amélie? —me dice.

—Sí. Iré toda la mañana y por la tarde me quedo con Sarah. ¿Quieres venir? Puedo enseñarte a hacer centros de mesa. De hecho, deberías aprender. —Me enderezo y doy una palmada en el aire—. ¡Mejor aún! Elegiremos las flores que más te gusten para tu funeral y ensayaremos el tipo de composición que quieres en el velatorio.

—*Mon Dieu*, muchacha, tus ganas de enterrarme son deprimentes.

Me río, pero lo cierto es que quizá debería dejar de recordarle lo cerca que está de que sus días se apaguen. Ya tengo suficientes pensamientos malos últimamente. El problema es que está muy apagado y raro; como si le pesara de verdad hacer c cualquier cosa. Él ladra y ladra y jura que no le pasa nada, pero yo creo que voy a sacarle cita con el doctor, por si acaso.

Óscar: Tengo aquí unas flores que ya no huelen a nada y un saco lleno de ganas de verte con el que no sé qué hacer. Dime que tienes uno parecido.

Miro el mensaje entrante y sonrío, aunque lo hago con tristeza. Este es otro tema, no hemos dejado de mantenernos en contacto, pero la melancolía está presente en cada conversación. Óscar no me ha presionado con respecto a tomar una decisión, pero tampoco ha hablado de volver de manera permanente. Sí que dice que vendrá un par de días para supervisar el restaurante y hacerse ver, pero nada más. De hecho, habla de venir en unos días, de cara al viernes, y tanto como me alegra saber que voy a verlo, la idea de volver a separarnos me entristece tanto que apenas puedo mantener mis lágrimas a raya.

Emma: Mi saco se rompió en el momento en que me senté en el avión. Ahora tengo las ganas de verte desparramadas por todas partes.

Óscar: Un día, cuando todo esto haya pasado, te prometo que haré que lo recuerdes entre risas y algún que otro orgasmo. Habrá valido la pena.

Emma: Contigo todo vale la pena, pero te echo mucho de menos. Mucho.

El sonido del teléfono me sobresalta, pese a estar mirando la pantalla, y miro a mi lado, a Jean Pierre.

—Me voy a dormir —le susurro.

Él mira el teléfono, tuerce el gesto y asiente.

—Pues muy bien, pero dile que, como no empiece a cuidarte como mereces, voy a oponerme del todo a esta relación.

Sonrío por respuesta, beso su mejilla y salgo de su piso limpiándome de nuevo la cara y llamando a Óscar, pues su llamada se ha cortado. Me lo coge al primer tono.

—*Chérie...*

Cierro los ojos y contengo la congoja que me provoca incluso su voz.

—Estaba en casa de Jean Pierre, por eso no lo cogí de inmediato.

—¿Subes al estudio ya?

—Ajá.

—¿Estás bien? Te noto la voz rara. —Guardo silencio y él, que ya me conoce, suspira—. Emma...

—He estado viendo *Ghost*.

—Entiendo.

¡Claro que entiende! Es la cuarta vez que la veo en tres días y todas y cada una de ellas se lo he contado.

—Es tan triste...

—*Ma belle*, vamos a vernos en unos días. Solo unos días.

—Lo sé, lo sé. —Carraspeo y abro la puerta de casa—. En fin, ¿cómo está tu padre? Eso es lo importante.

—Tú también eres importante —dice con voz suave antes de suspirar—. Está bien, mejora cada día, aunque es un proceso lento.

—Sí, lo es. —Guardamos silencio un instante y, cuando vuelvo a hablar, lo hago con cierto miedo—. ¿Has tomado ya una decisión con respecto a...?

—No —dice cortándome—. Aún no. ¿Y tú? ¿Has pensado en lo que te dije?

—Sí, mucho, pero no sé... No he llegado a ninguna conclusión, todavía.

Casi puedo verlo asintiendo y cierro los ojos para evocar su imagen. Me tumbo en la cama y deseo que esté aquí como pocas veces he deseado algo en mi vida.

—¿Vas a trabajar mañana?

El cambio de tema es una demostración más de lo tensa que es la situación entre nosotros. Es como si tratáramos lo verdaderamente importante de puntillas y solo nos soltáramos un poco para tratar nimiedades.

Así pues, le cuento mis planes para mañana, él me cuenta los suyos y, al colgar, siento que cada extremidad de mi cuerpo pesa el doble de lo normal.

El lunes, cuando amanezco, me siento exactamente igual, pero aun así voy a trabajar y doy por hecho que mi corazón está empezando a ser un problema físico y por eso me encuentro tan mal. Amélie me enseña un antiinflamatorio y niego con la cabeza.

—Eso no funciona con los corazones rotos, querida Amélie.

—Lo sé, cariño y no es tu corazón roto lo que quiero tratar, sino el resto de tu cuerpo.

Me río y le prometo por activa y por pasiva que no me pasa nada. Ella no me cree, pero no importa. Por la tarde voy a por Sarah al cole y, como ya ha comido allí, cedo y la llevo al parque. Sentada en el banco la observo jugar y noto cómo el sudor me baja por la espalda, pero es raro, porque tengo unos escalofríos tremendos. Me toco la frente por inercia y frunzo el ceño, porque parece que tengo un poco de fiebre. Aviso a Sarah de que es mejor ir a casa y me paso el resto de la tarde tirada en el sofá mientras ella juega y se entretiene como puede, pero sola.

—No pareces muy contenta, aunque hayas estado tanto tiempo de vacaciones —pregunta.

Acaricio su preciosa carita y le aseguro que estoy muy bien, solo me encuentro un poco indispuesta.

Por la noche, esa excusa ya no vale. Tengo unos vómitos tremendos y la fiebre ha subido tanto que mi madre me ha pedido que duerma en su piso y, cuando me he negado, alegando que mi cama para mí es más cómoda, ha decidido venirse a dormir conmigo. Óscar me llama, pero no le contesto. No tengo el ánimo necesario para fingir que estoy mejor de lo que en realidad estoy y, además, soy una enferma odiosa porque solo quiero dormir y que me dejen tranquila.

El martes me encuentro tan mal que no puedo ir a trabajar a la tienda. Amélie me asegura que no pasa nada, pero yo lloro largo y tendido sobre el regazo de mi madre porque no es justo cómo se me está torciendo todo en la vida. Ya, sé que sueno un poco dramática, pero es la fiebre, que me pone de mal humor y muy muy triste. Además, Óscar me ha llamado esta mañana, pero, como no lo he cogido, ha dejado de insistir.

—Ha dejado de insistir —le digo a mi madre—. ¿No debería un hombre enamorado presionar más al ver que no hablo con él? Digo, no es que quiera que esté todo el día pegado al teléfono, pero no sé, no cuesta tanto ser un poco insistente. A lo mejor ahora necesito más mimos que nunca, ¿verdad?

—Ay, cariño. —Mi madre me mira desconcertada—. En cuestión de hombres soy tan nefasta que no sé cómo me las he ingeniado para hacer que tu padre permanezca a mi lado todos estos años.

—Bueno, ha ayudado el hecho de que seas prácticamente perfecta para mí. Y tu inteligencia. Y el modo en que me entiendes. Y lo increíble que eres como madre.

—Y el sexo.

Mi padre suelta una carcajada y mi madre se ruboriza en el acto, porque no ha caído en que yo estaba al lado, es evidente.

—El sexo, sin duda, ha sido una buena cosa todos estos años.

Gruño en respuesta y me tapo la cara con la almohada.

—No necesito escuchar de vuestras relaciones sexuales, de verdad. ¡No necesito saber acerca de las relaciones sexuales de nadie! Solo quiero saber por qué me siento como si fuese un globo en medio del desierto, sabedor de que, o reviento contra un cactus, o me desintegro por el calor. —Estornudo y, debido al esfuerzo, me sobreviene una arcada—. Por Dios, es horrible.

Voy al baño, me vacío de nuevo y, al regresar, mi madre me sugiere darme una ducha. Obedezco, porque creo que meterme bajo el grifo me hará sentir mejor. No sé el tiempo que me quedo bajo el agua, pero al salir cepillo mi pelo sin muchas ceremonias, me pongo una camiseta de Óscar que tengo por aquí junto a otras prendas que fue dejando en mi casa con el tiempo, unas braguitas de algodón y salgo dispuesta a ver *Ghost*.

Lo sé. Créeme. Lo sé.

El caso es que mis padres ya no están. El que está mirándome como si fuese una aparición no es otro que Óscar León y mi impresión es tal que me quedo parada en el centro, mirándolo de hito en hito y pensando que esto debe de ser efecto de la fiebre. Es por eso por lo que decido pellizcarme. No es la mejor idea, desde luego, porque lo hago con tantas ganas que no puedo evitar un gemido de dolor.

—*Ma belle*... —Óscar acorta la distancia entre nosotros y se agacha lo justo para rodearme por debajo del trasero y levantarme, poniéndome a la altura de su cara—. ¿Cómo no me contaste que estabas enferma?

—¿Cómo lo has sabido? —pregunto con voz gangosa.

—Tu madre. La llamé esta mañana después de que no me cogieras el teléfono y ella me contó. —Me lleva hasta la cama, me sienta en ella y se acuclilla frente a mí—. ¿Por qué no me lo dijiste?

Me encojo de hombros, pero eso no va a ser suficiente, a juzgar por el alzamiento de cejas que me dedica.

—Estabas en España. ¿Qué más da que yo esté enferma?

—¿Cómo que qué más da? Claro que da, Emma. Quiero cuidar de ti.

—No puedes cuidar de todo el mundo, aunque quieras. —Frunzo el ceño de inmediato porque eso ha sido una grosería enorme y no entiendo de dónde viene el tono resentido—. Lo siento —susurro—. Estoy muy cansada. No pienso bien lo que digo.

Él asiente, pero puedo ver lo mucho que mis palabras le han herido. Y lo odio, porque yo puedo ser muy charlatana, pero no soy mala persona y jamás me ha gustado usar mis palabras para herir a alguien.

—Voy a bajar al supermercado. Compraré lo necesario para hacer sopa —murmura.

Intento protestar, pero cuando apenas empiezo él ya se ha ido, tan veloz como un rayo. Algo en mi interior me dice que necesita alejarse de mí después de mi exabrupto y la idea me retuerce tanto el estómago que opto por la vía fácil: dejarla de lado. No pensar en ello.

Me tumbo en la cama, cierro los ojos y me dejo llevar por un sueño más reparador que todos los últimos, donde la fiebre no dejaba de provocarme pesadillas.

Cuando despierto lo hago con su leve zarandeo. Su aroma llena mis fosas nasales y, al abrir los ojos, no puedo creerme que haya sido capaz de dormirme con él aquí, después de todo lo que lo he echado de menos. Quizá por eso me arrastro hacia su regazo. Aún me noto cansada y tengo el cuerpo machacado, pero la necesidad de estar cerca de él me puede. Óscar no lo piensa a la hora de acogerme, sentado como está en el borde de la cama. Me rodea con sus brazos y acaricia mi frente con su barba antes de besarla.

—Te echaba de menos tanto que me dolía. De verdad. Me dolía tanto que, de hecho, cuando enfermé pensé que era por culpa de mi corazón y la melancolía. Luego resultó que tengo gripe, ¿quién podría haberlo adivinado?

Óscar se ríe entre dientes, me aprieta más contra su cuerpo y me besa, por fin, los labios. Eso sí, me separo mucho antes de que todo se intensifique.

—¿No quieres que te bese? —pregunta en tono herido.

Dios, sus palabras consiguen erizarme, aunque no quiera.

—Tienes que volver con tu padre y lo último que necesitas es arrastrar un virus. Sería muy peligroso para él.

Óscar me mira muy serio y algo sorprendido, como si ni siquiera hubiera pensado en ello. Al final asiente y se rasca la barba.

—Te he hecho sopa —anuncia con voz rasposa—. Ven, come algo.

—No puedo, lo vomitaré.

—No, es baja en grasa, pero te ayudará a mantenerte hidratada.

Le hago caso, porque yo, en lo referente a la comida, siempre le hago caso a Óscar. Bueno, siempre, menos cuando me aconseja tomar menos azúcar y menos dónuts. Ahí la verdad es que hago oídos sordos por completo.

Me tomo la sopa y, al acabar, me arrebujo en el sofá mirándolo como quien mira a un supermodelo que haya en su casa, de pronto; con la sensación de que es más inalcanzable que nunca.

—¿Cómo es que has venido antes? —pregunto.

—Ya te lo he dicho. Hablé con tu madre y...

—Pero solo es un virus —le digo en tono suave—. No es importante, Óscar.

—Todo lo que tenga que ver contigo es importante para mí.

Miro a otro lado, con las lágrimas pinchándome en los ojos y sorprendida, porque ni siquiera sé por qué siento este recelo de pronto. ¿Es posible que lo haya cocinado a fuego lento durante días y ahora esté pujando por salir?

—¿Cómo está tu padre? —pregunto en tono áspero, intentando no dejarme llevar por mis sentimientos.

—Mejora cada día.

—Bien, me alegro.

—¿Has pensado en...?

—No —digo tajante—. No es una decisión fácil, Óscar, y estoy agotada hoy.

—Lo sé, lo entiendo.

Se pasa la mano por la nuca, desconcertado, sin saber qué decir y mirándome como si estuviera arrepentido de algo, pero no supiera bien de qué. Ignoro mis propios sentimientos e intento, por todos los medios, mantener la calma.

—¿Tú has pensado ya si vas a volver a París de manera definitiva o...?

—No. Aún no lo tengo claro —responde con voz grave—. De momento, estaré más tiempo en Sin Mar que aquí.

Lo miro contrariada y niego un poco con la cabeza.

—¿Cómo es eso?

—¿El qué?

—Que no lo tienes claro, pero te quedas en Sin Mar. Eso, a mi entender, es tenerlo bastante claro. —Su silencio es comedido, pero ni siquiera así logra calmar mi ansiedad creciente—. Eso, Óscar, es una decisión en firme.

—No, no lo es. No sé si en algún momento volveré a pasar más tiempo aquí que allí.

—¡Da igual! Hoy por hoy has decidido que vives allí, ¿no?

—Mi padre casi se muere, Emma.

—¡Y lo sé! Dios, lo sé, no quiero ser una insensible y sabes bien que no soy mala persona, pero no me digas que estás pensando en tomar una decisión cuando es evidente que ya la has tomado. Al menos sé consecuente con ello, Óscar. —Él guarda silencio y yo me enervo—. ¿No vas a decir nada?

—Tengo la sensación de que, diga lo que diga, voy a salir perdiendo —susurra con cautela.

Y ya está. Es todo lo que necesita para que yo estalle. Será la fiebre, el mal cuerpo que tengo, la sensación todavía latente de lo mucho que lo he extrañado este tiempo o el hecho de que no parezca ni siquiera la mitad de roto de lo que lo estoy yo. No lo sé, pero el caso es que, de pronto, me da la sensación de que acaba de dejar la responsabilidad de nosotros en mí. Como si, lo que sea que pase con nuestra relación, sea a consecuencia de mi decisión. ¡Y no es así! No lo es, porque él también ha tomado decisiones que nos afectan gravemente. Lo ha hecho sin pensar en exceso, en mí, a juzgar por el tiempo que le ha tomado aclararse, y ahora no puede pretender que yo simplemente lo deje todo para seguirlo hasta que decida que está listo para volver, si es que lo está.

—Me estás pidiendo que abandone mi vida entera, Óscar. ¿Te das cuenta de eso?

—Solo te pedí que pensaras en ello, Emma. Te quiero, te quiero como no te imaginas y me parte pensar en mi vida sin ti, es normal que te lo pidiera, ¿no?

—Estás dejando que yo decida si seguimos juntos o no.

—No, por supuesto que no. —Se levanta y se acerca a mí, con algo parecido al pánico brillando en sus ojos—. Para mí estamos juntos y vamos a seguir estándolo, sea como sea.

—No —le digo con una risa amarga—. Sea como sea, no, porque si yo decido que no quiero ir a España, ¿qué? —Su silencio lo delata a él tanto como me aclara a mí—. Jean Pierre está peor, ¿sabes? Creo que falta poco.

Su silencio y su mirada impasible. Dios. Su mirada impasible se clava en mi alma mucho antes de que las palabras salgan de su boca.

—Está perfectamente, Emma. Lo he visto antes de venir aquí. No bases tu decisión en una mentira, porque eso sí que me pone enfermo.

—¡No es una mentira! —exclamo ofendida—. Se está muriendo.

—¡No, joder! ¡No se está muriendo! Solo te excusas en eso para mantenerte pegada a él, pero es hora de que entiendas que no es así. Si no quieres venirte conmigo a España, bien, pero por lo menos ten la valentía de decírmelo a las claras.

Sus palabras duelen. Dios, duelen mucho porque siento, por primera vez, que todo este tiempo, cuando pensaba que él me entendía como pocas personas, que no creía que yo estuviera loca por sentir que Jean Pierre se está apagando poco a poco, me mentía. Que solo me contentaba, pero no me tomaba en serio. Y, aun así, intento ponerme en su piel y entenderlo. Me quiere, quiere estar a mi lado y está asustado al ver que no voy a ir corriendo tras él, lo puedo entender, pero no voy a cargar con el peso de todas las decisiones que tomemos. Eso es totalmente injusto.

Trago saliva, intento contener mis lágrimas y hago la pregunta que tanto empuja por salir de mí, aunque me dé miedo:

—¿Qué pasaría si te dijera que no puedo abandonar a mi gente?

Él me mira con tal dolor que me cruzo de brazos, intentando contenerme para no lanzarme hacia su cuerpo.

—Me prometiste estar conmigo —dice—. Prometiste que no me abandonarías.

Cierro los ojos y siento las lágrimas rodar por mis mejillas, incapaz ya de retenerlas. Los abro y veo las dudas de Óscar, el dolor, la sorpresa, porque, de alguna manera, me dio la opción de pensarlo, pero estaba convencido de que me iría con él. Y quizá por eso, o porque siento cosas que no entiendo, digo lo siguiente:

—¿Y qué hay de mí? ¿Tú puedes decidir dónde vivir, cómo y cuándo sin preguntarme y yo solo tengo que adaptarme porque te hice una promesa? ¿Debería haberte hecho prometer lo mismo? ¿Sería más justo así?

No lo entiende. Lo veo en la forma en que sus hombros se tensan y su mirada se torna obstinada. No comprende mi punto y así, obviamente, no vamos a entendernos.

—¿Estás diciéndome que te quedas, entonces?

Suspiro con cansancio. Ni siquiera se ha parado a pensar en mis palabras. Quiere una respuesta y, hasta que no se la dé, no va a quedarse tranquilo, así que, muy a mi pesar, y sintiendo que me arranco el corazón del pecho, se la doy, porque una cosa es estar enamorada como nunca antes en mi vida y otra dejarlo todo por él cuando es evidente que no se ha parado a valorar de verdad nuestras opciones. Que solo quiere que yo lo siga a ciegas. Y eso, en los libros, las películas o las canciones queda muy bonito, pero en la vida real funciona de otra manera.

Hasta yo, que soy una soñadora, soy consciente de ello.

—No puedo dejar a mis padres y hermano ahora. Ni mi trabajo. Ni a Amélie. Ni a Sarah y Chantal. Y, aunque quisiera, no puedo dejar a Jean Pierre. Puede que para ti sea una estupidez esto que siento, pero para mí no lo es, Óscar. Y lamento decirte que mis sentimientos merecen el mismo respeto que los tuyos.

—Emma...

—Y ahora, por favor, vete. Quiero estar sola.

Por un momento, por una milésima de segundo, pienso que va a quedarse. Que va a luchar por lo nuestro, retractarse de sus palabras para que yo pueda hacer lo mismo y buscar una solución junto a mí, pero su ofuscación es tal que me mira como quien mira a un fantasma y luego, simplemente, desaparece de mi piso y, probablemente, de mi vida.

Yo me pongo un pantalón a toda prisa, salgo de casa y bajo las escaleras. Toco con los nudillos en la puerta de Jean Pierre hasta que me duelen, de tan rojos como están, y cuando él me abre tardo milésimas de segundo en lanzarme a sus brazos y llorar con un desconsuelo que no había sentido jamás en mi vida hasta ahora.

—Ahora lo entiendo —susurro entre hipidos.

—¿Qué entiendes, niña? —pregunta él, visiblemente preocupado.

—Ahora entiendo cómo te sentiste cuando Fleur se fue. Y lo siento. De verdad, de verdad siento mucho haberte obligado a vivir.

Jean Pierre no contesta, pero su abrazo me aprieta tanto que siento, en medio de todo este dolor, que no estoy sola. Que me entiende, porque él mejor que nadie sabe lo que es que te despojen del corazón y tener que aprender a vivir sin él.

35

No lo entiendo.

Soy incapaz de entenderlo.

Llevo cinco días intentando saber qué demonios ha pasado. ¿Cómo se ha ido mi vida al traste en algo menos de dos meses? Tenía el trabajo de mi vida, la mujer de mi vida y la seguridad de haber alcanzado todo lo que siempre soñé y, de pronto, me siento dividido por ese trabajo, la chica me ha abandonado y la familia... Bueno, no sé, ni siquiera eso parece ir bien, porque mi padre está insoportable desde que ha sabido que Emma y yo hemos discutido. Tan insoportable que no me atrevo a confesar que creo que me ha dejado, aunque eso me tenga hecho mierda y pensando todo el día cómo solucionarlo. Yo no puedo perder a Emma, joder, la ansiedad me come solo de imaginarlo, pero no sé cómo hacer que esto funcione y, además... ella ha faltado a su promesa. ¡Ella, que se pasa la vida prometiendo cosas y luego haciendo hasta lo imposible por cumplirlas! Ha decidido que la que me hizo a mí no vale tanto la pena y eso duele. Duele, porque estar con ella es lo mejor que me ha pasado desde... Pues desde siempre. Porque, sí, tener a Álex de padre y que entrara en mi vida junto a su familia fue maravilloso, pero eso es lo mejor que le pasó a Óscar, el niño. Y abrir el restaurante fue un sueño cumplido, pero un sueño laboral. Esto es... distinto. Esto era mi futuro con ella. Yo de verdad me veía envejeciendo con Emma. Y ya sé que llevábamos juntos solo unos meses, pero aun así sentía que podía ser la definitiva porque nunca, jamás, he sentido algo así por otra.

Ahora ella está en París y, en estos cinco días, ni siquiera me ha mandado un triste mensaje para saber cómo estoy. Y la verdad es que tampoco sé si puedo enfadarme con ella porque yo tampoco la he llamado, ni he escrito, pero para mí está siendo un completo infierno y, para ella, no sé... No sé porque, de los dos, ella siempre ha sido la más impetuosa, y si yo me contengo a duras penas, ¿cómo lo consigue ella, siendo más impulsiva que yo? Hasta se me pasa por la cabeza el pensamiento de que no conozco a la verdadera Emma. Que no confío en ella, pero se me olvida en cuanto echo mano del móvil y veo nuestras fotos. Sus sonrisas, sus gestos de cariño cada vez que yo activaba la cámara, la manera de mirarme a través del objetivo... No, eso no se finge. Ella es la persona más sincera que he conocido hasta el momento, así que no puedo amparar mi dolor en eso, lo que es aún peor, porque empiezan a agotárseme las opciones y necesito culpar a alguien de mi desgracia, pero no encuentro receptor.

Mi madre me ha preguntado por Emma y, cuando le he dicho que no hemos hablado, me ha mirado de una forma que me ha erizado el vello de todo el cuerpo, porque sé que está sospechando que esto es más que una simple discusión. Valentina, directamente, dice que soy un capullo. Así, a las claras. ¡Y eso que no saben de la misa la mitad! A veces pienso que, de saberlo, se pondrían de mi parte. Y otras pienso que, de saberlo, me caería la bronca del siglo. Todo depende del estado de ánimo con que me pille.

Desbloqueo otra vez el móvil, miro su Instagram y compruebo, con frustración, que no hay nada nuevo. ¿Y si sigue enferma? ¿Y si no se ha recuperado bien? No tenía buen aspecto. No tendríamos que haber discutido con ella así, pero tampoco podíamos retrasar más lo inevitable.

Dios, cómo la echo de menos.

Tanto, tanto, que acabo llamando a la tienda de Amélie. Y lo más triste es que no es la primera vez que lo hago. Lo he hecho todos y cada uno de los cinco días. Y todas y cada una de las veces lo ha cogido ella. Y todas y cada una de las veces me he quedado en silencio, sin saber qué decir para arreglarlo y aterrorizado ante la perspectiva de estropearlo más.

Hoy, cuando descuelgan, no es su voz la que suena, pero de todas formas me quedo en silencio.

—Ella te necesita —dice la voz de anciana de Amélie, haciéndome tragar saliva—. Está tan triste que su pena va con ella, como una sombra, visible para todo el mundo. Te necesita, chico.

Cuelga y me quedo aquí, mirando al vacío y pensando qué demonios estoy haciendo con mi vida. A lo mejor todo esto es una locura. Quizá debería volver a París. Tal vez...

—Óscar, ¿puedes pedirme cita con mi doctora desde tu móvil? —pregunta mi padre interrumpiéndome—. No encuentro el mío.

Lo miro; está más delgado. Los médicos dicen que se recupera bien, pero su piel aún no tiene el color de antaño y sus ojeras son visibles. Podría deducir de ahí que no duerme bien, pero, además, es que lo oigo trastear en la cocina por las noches. Sé muy bien que busca algún dulce o batido azucarado, pero no me preocupa, porque mi madre se ha encargado de sacar todo lo que pueda dañarlo de esta casa y nos ha dejado muy claro que, si queremos comer porquerías, tenemos que hacerlo fuera de aquí. Para ella ahora la única prioridad es conseguir que él cumpla y me parece bien.

—Claro —murmuro—. ¿Cómo estás hoy?

—Bien, bien —susurra—. Tu tía Esme va a hacer una cena esta noche. ¿Vendrás?

—Claro.

Su sonrisa... La sonrisa que me dedica cuando está contento solo por el hecho de tenerme aquí es lo que me devuelve a la realidad. Por mucho que algo en mi pecho tironee hacia París, él está aquí, igual que el resto de mi familia. ¿Y si me voy y el infarto se repite, esta vez de manera fulminante? ¿Y si mi madre tiene un accidente? ¿O alguno de mis abuelos muere? Están mayores, no sería raro. He pasado mucho tiempo alejado de ellos, viéndolos un puñado de veces al año por labrarme un futuro. Ahora tengo ese futuro, pero no sé si, en el camino, me olvidé lo más importante, que son ellos.

Y, al pensar en familia, inevitablemente, aparece su cara en mi cabeza. Cierro los ojos, disfruto la imagen y luego, por el bien de mi propia salud mental, la dejo ir.

Esta dualidad acabará conmigo.

La cena es un infierno para mí. Todos gritan, comentan mil cosas a la vez, se hacen fotos y hasta se tiran migas de pan sin tener una mínima consideración por el pringado al que han dejado. Que no lo saben, pero, aun así, tanta intensidad junta me estresa, así que en cuanto me como el postre me despido de todos y decido dar un paseo hasta casa. Bueno, llamarlo paseo, cuando mi casa está en la calle paralela a esta, igual es mucho decir.

Me meto las manos en los bolsillos y recuerdo, no sé por qué, la noche que Emma me hizo dar un paseo nocturno a un grado. El frío era tan helador que solo podía pensar en volver a casa, pero ella no dejó de hablar de lo bonito que es París en invierno y lo increíble que es la nieve. En Sin Mar no nieva nunca, y menos ahora, que estamos en un estado avanzado de la primavera, pero de alguna forma, siento el mismo frío que aquella noche. La diferencia es que, al volver a casa, no podré desnudarla después de desnudarme y pegarla a mi piel para entrar en calor. No habrá chimenea de fondo, ni música francesa suave, ni luces brillando por todas partes.

Me doy una ducha nada más llegar, me pongo un bóxer y me meto en mi cama. Intento, por todos los medios, no evocar más su recuerdo, pero es difícil, teniendo en cuenta que hasta este cuarto tiene ya su toque. Como, por ejemplo, las luces que compré para ella, aunque estén apagadas. O las braguitas que se dejó en la secadora, junto a una camiseta, de tan deprisa como hizo la maleta. ¿Quedo muy mal si admito que guardo las dos prendas debajo de la almohada? Dios, eso no es sano, no puede serlo. Tampoco puede ser sano oler la crema que solía ponerse cada noche en las manos y codos, para que no se le resequen. O que tenga erecciones al oler su champú, que también se quedó aquí. Me voy a volver loco y lo peor es que no consigo entender cómo es que ella lo lleva tan bien.

Tiene que llevarlo bien, dado que no ha dado señales de vida.

—Ey, Ósc, ¿quieres que duerma contigo?

Miro a mi hermana Valentina, apostada en el marco de la puerta y observándome como si fuera un ser patético. No va desencaminada.

—No te preocupes —le digo en un susurro.

Ella guarda silencio un instante, pero no se va, lo que significa que tiene algo que le carcome y no va a parar hasta soltarlo.

—¿Por qué no le pides perdón y ya está?

La observo en silencio, un poco herido porque dé por hecho que la culpa de esto es mía. Suspiro, intentando averiguar rápidamente hasta dónde quiero contarle lo que ocurre.

—¿Te has parado a pensar que a lo mejor aquí la víctima soy yo? —pregunto con cierto resquemor.

—¿Lo eres? —Mi silencio dura un segundo. Un jodido segundo. Suficiente para que ella se encoja de hombros—. Por eso. Si lo fueras, no dudarías.

—Es más complicado que eso. No lo entiendes, eres demasiado joven.

Mi hermana bufa y me mira elevando las cejas y con una ironía que no me gusta un pelo.

—Eso, tú sigue cagándola con unos y otros, Ósc. No te cortes, hombre.

—Estás siendo un poco capullo, tío. —Björn aparece detrás de ella comiéndose las galletas que hice esta mañana.

—Muy capullo —concuerda Lars, que aparece detrás de su hermano. Qué raro, ¿no?

—¿Vosotros no tenéis casa?

—¿Y tú? —pregunta mi padre entrando en el dormitorio que, a este ritmo, va a parecer el camarote de los hermanos Marx—. ¿No tienes casa?

—Esta también es mi casa —farfullo.

—Eso es precioso, pero yo me refiero a esa casa de París que tan cara te costó. Ya sabes, esa de la que estás pagando facturas, pero en la que no vives. La que está donde vive tu novia. Sabes cuál te digo, ¿no?

—No sabes lo que me alegra que tu corazón esté jodido pero tu ingenio intacto.

—Uy. ¡Rubia, mira cómo me habla el niño!

—Papá, el niño tiene ya una edad —le digo antes de resoplar—. Además, he estado pensándolo y voy a quedarme por aquí un tiempo. Echo de menos Sin Mar, y a vosotros.

El silencio que se hace en la habitación es tan brusco que me remuevo, incómodo.

—¿Qué pasa? —pregunta mi madre, entrando también.

Yo no contesto, porque no sé qué decir. Mi hermana me está mirando fijamente, igual que mis primos, y al final es mi padre el que habla.

—¿Has dejado el restaurante de tus sueños y la ciudad en la que siempre quisiste vivir para volver aquí porque...?

—Os echo de menos, ya te lo he dicho. —Mi madre se suma a la mirada de incredulidad y yo empiezo a enervarme—. ¿Qué?

—¿Qué? ¿Qué pasa con Emma? —Me encojo de hombros ante la pregunta de mi padre y, al parecer, no es la respuesta correcta, porque se enerva—. ¿La has dejado?

—No la he dejado, ¿vale? Simplemente... Bueno, estamos en un momento raro.

—¿Qué tipo de momento raro? —No sé contestar. No quiero, tampoco. Decir en voz alta que ya no estamos juntos me duele demasiado—. Como hayas perdido a esa chica solo por el capricho de volver aquí...

—¡Volver aquí no es ningún capricho, papá! ¿Qué pasa? ¿Te molesta tenerme de vuelta? ¡Joder, con la de tiempo que llevas diciendo que me echas de menos y ahora te pones así!

Me arrepiento de mi estallido en cuanto lo tengo. Primero porque no es normal en mí, que siempre intento controlarme y, la verdad, no soy de tener mal carácter. Y segundo porque mi padre acaba de tener un infarto y estoy bastante seguro de que lo último que necesita es que su hijo vuelva a la adolescencia y empiece a comportarse como un capullo. Si me quedo aquí es precisamente para estar con él y que pasemos tiempo de calidad juntos, no para discutir cada maldito día.

—Mira, Óscar...

—No, Álex. —Mi madre interrumpe lo que sea que fuese a decir mi padre y acaricia su pecho—. Vete fuera con los chicos. Quiero hablar con Óscar a solas.

—Pero, rubia, es que...

—Ve, cielo.

Mi madre lo besa de tal forma que, al acabar, él solo puede mirarla a los ojos y asentir, como si hubiesen mantenido algún tipo de conversación secreta. Me pone los pelos de punta que hagan eso. Cuando todos salen del dormitorio, ella se acerca a mi cama y se sienta mirándome. Solo eso. Mirándome. Una sola acción y me siento como cuando tenía ocho años y sabía que podía ver cada cosa que pensaba a través de mí.

—Muy bien. Dispara.

—No hay nada que disparar.

Tan rápido lo digo, que sonríe. Sonríe porque sabe que miento y, después de unos segundos, me aclaro la voz y frunzo el ceño.

—Le ofrecí venir aquí, mamá. —Chasqueo la lengua—. No aquí, como tal, pero comprar una casa en Sin Mar. Tener un futuro juntos. Le pedí que lo pensara, porque la quiero más de lo que voy a ser capaz de querer a otra nunca, pero no quiere. Ha preferido incumplir su promesa de no abandonarme y...

—¿No abandonarte? No veo que te haya abandonado, Óscar.

—No está aquí.

—No, pero lo ha estado. Lo has visto tú, lo ha visto toda la familia y lo he visto yo. Esa chica se vino sin pensarlo dos veces, aparcó su trabajo, la niña que cuida, su propia familia, por esta. Por ti.

—Se fue.

—Después de casi un mes. Imagínate dejar tu restaurante casi un mes a ciegas, en manos de tu familia, sabiendo que aguanta, pero no es lo mismo que cuando estás tú para llevar el control.

—Es distinto.

—¿Por qué?

—Joder, mamá, porque...

Me callo y siento en el pecho cierto pinchazo, porque lo que estaba a punto de decir no me gusta ni un pelo. Yo no soy así y no...

—Porque lo suyo no es tan importante como lo tuyo, ¿no? ¿Es eso?

—No, por supuesto que no —murmuro.

Pero sí, es eso. Claro que es eso. La he tratado como si su trabajo no importara tanto como el mío. Como si fuese un juego porque ella se conforma con trabajar unas horas y cobrar el mínimo, pero eso no resta valor a lo que hace.

—Cuida de su vecina pequeña, trabaja en una floristería en la que, además, ayuda a la dueña y seguramente, conociéndola, hace más de lo que cobra. Intenta dar cada día alegría de vivir a un anciano y, además, tiene una familia allí. Y tú decidiste, de pronto, que tenía que dejarlo todo porque, total, tu familia y tu restaurante son lo primero.

Trago saliva. Dicho así suena como si yo fuese un completo egoísta y no... ¿O sí? Joder.

Joder. Joder. ¡Joder!

—Yo solo quería tener cerca todo lo que me importa. —Cierro los ojos y suspiro—. Bastardo egoísta...

—Me encantaría decir que no lo eres, pero, hijo, creo que esta vez el zapato te encaja a la perfección. —Guardo silencio y, cuando por fin me digno a abrir los ojos, me encuentro con mi madre sonriéndome con dulzura, siendo, como siempre, un bálsamo para mis emociones—. Llámala. Recupérala. Y recupera tu vida.

Niego con la cabeza y me muerdo el labio.

—No puedo. Puede que haya sido un gilipollas y estuviera enfadado con ella porque no he sido capaz de ver su punto de vista hasta ahora, pero, aun así, yo voy a quedarme aquí. Necesito estar cerca de vosotros. Disfrutar de vuestra cercanía. De papá.

No precisa de más palabras para entenderlo. Lo sé. Lo veo en sus ojos, igual que ella en los míos. Nosotros siempre hemos mantenido una conexión especial y es por eso por lo que, cuando aprieta mi pierna y habla con voz grave, intento no abandonarme a mis sentimientos.

—Papá no tiene por qué tener otro infarto, Óscar. Se cuidará, se recuperará poco a poco y volverá a ser él. No puedes quedarte aquí solo porque tienes miedo de que se repita.

—Mamá...

—La vida no va así, cariño. No puedes renunciar a todo porque te da miedo perderlo. Dejarías de vivir muchísimas cosas y no es justo.

—Yo siento que tengo que estar con él. No sé si tengo razón o no, pero siento que debo estar con él un tiempo.

Ella suspira, sabedora de que, al menos hoy, no me hará cambiar de opinión. Asiente, pero puedo ver en sus gestos y en la forma de mirarme que no está conforme con mis palabras. Aun así, no insiste, solo palmea mi pierna, besa mi mejilla y se levanta de la cama con cuidado. No es hasta que ya está en el umbral de la puerta cuando habla de nuevo:

—Hace muchos años, cuando dejé a tu padre, lo hice porque estaba convencida de que él no podía darnos lo que necesitábamos. Que no podía anteponernos a todo lo demás. Le costó mucho convencerme de lo contrario y, después de tantos años, puedo decir que valió la pena.

—¿Por qué me cuentas esto?

—Porque si algo tuve claro en aquella época, pese a tener el corazón roto, es que no iba a esperar toda la vida por él. No era justo para mí, ni tampoco para ti. Emma estará herida un tiempo, pero luego seguirá adelante. Tiene que ser así. Te corresponde a ti pensar si eres capaz de soportar que, cuando todo esto acabe y te sientas listo para retomar tu vida, ella ya haya pasado página y tú no estés en su vida, ni en sus planes. Seréis, de nuevo, libros distintos.

Sale de mi dormitorio, cierra la puerta suavemente y me deja aquí, con la cabeza hecha un lío, el corazón dividido y el sentimiento de estar haciéndolo todo mal atenazándome la garganta.

Pero, por encima de todo, está el pensamiento de que Emma pueda encontrar a alguien que sí le dé el valor que merece. Alguien que sí la merezca. Alguien que sí pueda darlo todo por ella y...

Trago saliva, cojo el teléfono y voy directo a su número. Marco y, cuando no me lo coge, cierro los ojos y me doy un pequeño cabezazo contra el cabecero de la cama. En cuanto el buzón salta, dejo un mensaje:

—El problema es que tú me prometiste no abandonarme y yo no te prometí nada. Bien, pues prometo que, desde que no estás, la comida no sabe a nada, las flores no huelen y las luces... —Trago saliva y lo suelto sin más—: Las luces no iluminan, Emma. Te prometo que...

El pitido que me avisa que mi tiempo se ha agotado me sobresalta y, aunque valoro llamar de nuevo y dejar otro mensaje, no lo hago, porque estas cosas no se dicen por teléfono. Se dicen a la cara. Pero ¿cómo voy a decírselo a la cara si no tengo siquiera el valor de salir de Sin Mar por si mi padre se muere en mi ausencia?

¿Cómo voy a recuperarla si nunca me he sentido más pequeño, perdido y cobarde que ahora?

36

Despierto.
Cojo el móvil.
Escribo.

Óscar: Buenos días, *ma belle*. Iba a preguntarte qué tiempo hace en París y contarte que aquí, en Sin Mar, el día va a ser caluroso; se nota en la forma en que el sol está saliendo. Luego he recordado que odias hablar de trivialidades, así que voy a ir al grano: nuestro último encuentro todavía me duele, pero esto no está acabado, Emma. No puede ser que acabemos así.

Tomo café.
Preparo el desayuno para toda la familia.
Escribo.

Óscar: Se me ha ocurrido un juego nuevo. Cada vez que piense en ti, te daré una razón por la que creo que la cagué en nuestra discusión. ¿No quieres insultarme tú cada vez que pienses en mí? A lo mejor así te sentirías un poco mejor.

Salgo de casa.
Miro las flores.

Frunzo el ceño.
Escribo.

Óscar: En realidad, estoy bastante seguro de que no te sentirías mejor insultándome. Tú odias insultar a la gente. Tampoco criticas a nadie nunca. Son solo algunas de las razones por las que te quiero. Y, ya que estoy pensando en ti, a lo mejor quieres saber que me siento como un capullo por haberte puesto entre la espada y la pared.

Ayudo a mi madre a cortar algunas rosas.
Juego un partido de baloncesto con Valentina.
Discuto con mi padre porque no puede tomar café.
Me bebo su café.
Escribo.

Óscar: ¿Cómo va el trabajo en la tienda? ¿Hay alguna historia detrás de algunas de las flores que vendes? Me gusta cuando me hablas de las personas que conoces y cómo muchas acaban contándote el motivo de la compra. Reconciliaciones. Muerte. Pedir perdón. Desear suerte. Me gusta, porque los imagino mirándote y siendo incapaces de resistirse a contarte lo que ocurre en sus cabezas.

Tomo otro café.
Releo lo escrito.
Escribo.

Óscar: No es que piense que tú preguntas más de la cuenta. Lo que quiero decir es que tienes algo que atrae de manera inevitable. Haces que las personas quieran abrirse. Dios, suena regular. Ojalá pudiera expresarme con otras palabras, pero estoy como trabado. A lo mejor es el café, que he bebido demasiado.

Me tomo un té, porque creo que he tomado demasiado café.

Ayudo a mi madre a preparar la comida y me dejo guiar por sus consejos. Yo soy chef, pero ella manda en esta casa.

Comemos.

Paso por el restaurante para trabajar lo que resta de día.

Escribo.

Óscar: Entro a trabajar ahora, pero me encantaría que me respondieras a alguno de los mensajes. De verdad, de verdad estaría muy feliz si encontrara un mensaje tuyo en mi descanso. Te quiero, Emma. Te quiero muchísimo y necesito que hablemos y busquemos la manera de afrontar esto.

Organizo.

Planifico con algunos trabajadores.

Cocino.

Saludo a algunos comensales que solicitan mi presencia.

Descanso.

Miro el móvil.

Frunzo el ceño.

Escribo.

Óscar: Al menos dime que estás bien. Que todavía no me has olvidado. O no, no me digas eso, si no quieres, pero dime que me echas, aunque sea, un poquito de menos.

Trabajo.

Saludo a más comensales.

Cierro restaurante.
Apago luces.
Escribo.

Óscar: *Chérie...*

Me ducho.
Me meto en la cama.
Miro el móvil.
Suspiro.
Me duermo.
Me levanto.
Gruño a mi hermana por intentar quitarme el café.
Escribo.

Óscar: No voy a parar hasta que hables conmigo, Emma.

Dejo que pase toda la mañana.
Siento la ansiedad atenazarme la garganta.
Ladro a prácticamente toda mi familia.
Voy al restaurante.
Trabajo.
Trabajo.
Trabajo.
Salgo de noche.
Miro el móvil.
Me trago la frustración a duras penas.
Me ducho.
Me meto en la cama.
Me obligo a no escribirle.
Paso una noche de mierda.

Me levanto.

La llamo.

No contesta.

No contesta.

No contesta.

Dejo que pasen un par de horas.

Llamo a la tienda de Amélie.

Guardo silencio un segundo cuando es ella quien me lo coge, y no Emma.

—Ya era hora, chico. Tienes que venir a casa.

El cuerpo se me tensa.

La piel se me eriza.

Algo dentro de mí se hiela.

El recuerdo de esa misma frase dicha por mi madre me asalta.

Y lo sé.

Simplemente lo sé.

37

Emma

✓ Regalarle flores a la mismísima Amélie y conseguir sorprenderla.
✓ Leer poesía en voz alta en la Place du Tertre.
✓ Ver un atardecer desde Trocadero y pensar a conciencia en los millones de personas que habrán hecho esto mismo antes que nosotros.
✓ Retar a Sarah a subir y bajar todas las escaleras de la Rue Chappe mientras Jean Pierre nos cronometra y decide quién gana. Y el caso es que yo llego antes, pero gana ella.
✓ Beber absenta por el ritual francés, consistente en servir dos dedos del líquido en una copa especial, en forma de cono invertido, colocar encima una cucharilla agujereada con un terrón de azúcar y verter lentamente gotas de agua fría hasta que se derrita.
✓ Prometer a Jean Pierre no obligarlo nunca más a beber absenta por el ritual francés. Ni por ningún otro ritual.
✓ Retarlo a ver *El diario de Noa* sin llorar.
✓ Pedir perdón por haber llorado.
✓ Pensar en cinco cosas bonitas que nos hayan pasado en la vida.
✓ Pensar en una cosa mala y obligarnos a sonreír.
✓ Ponerle nombre al unicornio que Sarah ha pedido por su cumple. Gana Colorín.

Paso los dedos por las cosas logradas de nuestra lista desde que volví de España. Cierro los ojos y, como si hubiese estado esperando el momento, una lágrima se desliza de mis párpados y se estrella contra el papel.

Tomo aire y miro la única que aún está pendiente.

La única escrita de puño y letra de Jean Pierre.

✓ Ir tras ese chef de pacotilla y obligarlo a volver a casa.

—Pero esta no es su casa, Jean Pierre —le dije cuando lo escribió.

—Tonterías.

—Su casa está en España. En Sin Mar.

—Su casa está en ti. Y tu casa está en él, porque «casa» no es un punto en el mapa, niña, «casa» es quien te hace sentir a salvo.

Yo me eché a llorar, él resopló y cuando insistió, me limité a negar con la cabeza, doblar la lista y guardármela en el bolsillo.

No pude hacerlo.

No podía obligar a Óscar a estar donde no quiere. Jean Pierre no lo entiende, pero...

No lo entiende, no.

No lo entendía.

Miro la urna con sus restos frente a mí y casi siento su presencia como cuando... Como cuando estaba él de verdad y no solo un recipiente lleno de cenizas.

No lo entendía.

Tengo que empezar a hablar en pasado.

Dios, cómo duele. Ahogo un sollozo y me obligo a recordar que él no querría que llorara. Ya nos despedimos. Llevamos meses despidiéndonos porque él decía que no se estaba muriendo, pero yo lo sabía. Yo lo sentía. No sabía cómo iba a ser y los médicos decían que estaba bien, pero había señales. Yo, dentro de mí, sentía que se iba a marchar, pero pensé que sería más fácil si conseguíamos exprimir cada día de los últimos coletazos de su viaje. En cambio, siento un agujero en el pecho que no va a cerrarse con nada. Con nada. Y sé de lo que hablo, perdí a mi abuelo con cuatro años y, aunque ya no recuerdo mucho de él, el hueco que dejó sigue ahí, recordándome todavía algunos días lo que perdí. Cicatrizó y ahora solo duele a veces, pero no se borra. No se olvida del todo, porque, aunque solo sepa cómo es su cara gracias a las fotos y vídeos y no a los recuerdos, todavía me palpita dentro el sentimiento de ser todo su mundo. Por eso es tan extraordinario el amor; porque, al final, de lo único que entiende es de los sentimientos que provoca, y todo lo demás: el físico, en concreto, es lo primero que se desvanece.

—¿Has pensado ya dónde vas a depositarlas? —pregunta mi padre con una mano en mi espalda.

Estamos sentados en el sofá de mi estudio, hace dos días que lo incineramos y no me he separado de Jean Pierre más que para ducharme. Asiento y lo miro: está preocupado, igual que mi madre y Martín. Lo entiendo, porque estoy muy triste, pero ya sabía que esto pasaría. Solo tengo que encontrar las fuerzas necesarias para hacer lo que toca.

—¿Y bien? —pregunta mi madre.

—En una de nuestras muchas conversaciones le pregunté qué quería que hiciera con él cuando muriera. Se enfadó un montón y gritó y dijo muchas barbaridades porque, bueno, se trata de Jean Pierre y ya sabéis lo grosero que puede ser. Podía. —Ahogo un sollozo, pero tomo aire y asiento—. Podía. Pasado. Tengo que acordarme, pero es difícil. ¿Cuánto creéis que tardaré en sanar un poco? ¿Debería ir a un psicólogo? Yo soy psicóloga, pero como no he ejercido, no sirvo. Y tú eres psicóloga —le digo a mi madre—, pero eres mi madre y no sé si eso es contraproducente. Debería ser un desconocido con una opinión objetiva, ¿verdad? Claro que igual no lo necesito porque, ¿qué voy a decirle? ¿Que tengo gran parte del corazón roto y lo poco que quedaba de él se ha ido con Jean Pierre? —Acabo la frase con la voz rota y niego con la cabeza, intentando recomponerme—. Claro que estoy triste. Se llama duelo y hay que pasarlo. Es solo que... ¿Quién iba a pensar que iba a morirse durmiendo? Yo creí que sería más dramático, la verdad. A Jean Pierre le pegaba una muerte a lo grande, ¿no creéis? Aunque los médicos dicen que fue tan rápido que no sufrió y eso es bueno. No la parte del infarto cerebral, claro, eso, teniendo en cuenta que lo ha matado, es malo. Me refiero a que no se enterara. Es bueno. Es como muy dulce, y vale que Jean Pierre no era un hombre dulce, pero me alegra que se haya ido en paz y sin agonizar. Me alegra mucho. —Miro la urna y siento que las lágrimas vuelven en torrente—. *Mon Dieu*, lo echo mucho de menos.

Mis padres me abrazan, mi hermano me prepara una tila y, cuando pasa un ratito, vuelven a preguntarme dónde quiero dejar a Jean Pierre.

—Ah, sí, al final no lo he contado. Bueno, el caso es que después de enfadarse conmigo acabó contándome que Fleur y él se prometieron en uno de los jardines de la colina de la basílica del Sacré Cœur. Incluso me llevó cuando se lo pedí. Le pedí que me dijera el punto exacto en el que quería descansar. Está plagado de flores y... —La voz me falla, pero me obligo a seguir—. ¿Creéis que será ilegal? Seguramente, ¿verdad? Pero tengo que hacerlo. Jean Pierre quería descansar allí, donde, según él, empezó su vida de verdad; la que mereció la pena hasta que ella se fue. —Me río, pero sin alegría—. ¿Vosotros creéis que está con Fleur? Yo creo que sí. A lo mejor han conocido al abuelo Martín, también. —Mi madre se emociona y niego con la cabeza—. No llores, mamá. No llores, porque si lloras tú, no voy a poder parar.

Ella asiente, pero se levanta con la excusa de hacer otra tila para todos. Yo me quedo con mi padre, que me abraza y mira la urna de Jean Pierre fijamente.

—Iremos al anochecer —susurra—. Disimularemos, no puede ser tan difícil.

Lo miro, acaricio su barba rubia, ya salpicada de canas, y dejo que el llanto surja, incapaz de frenarlo ya. Lloro porque he perdido a Jean Pierre, pero también lloro de agradecimiento, porque tengo una familia que sabe estar al pie del cañón. Porque, aunque vuelva a sentirme como la niña que perdió a su abuelo y tuvo que aprender a buscarlo en las estrellas del cielo, sé que con ellos todo será un poco más fácil; que no estoy sola, y ante el dolor que me abrasa dentro del pecho, esa certeza es el mayor consuelo.

Intento articular un «gracias» que no sale con voz nítida, pero él entiende, porque mi padre es escritor y yo hablo mucho, pero las palabras nunca han sido totalmente necesarias para nosotros. Dejo que su olor se convierta en bálsamo cuando me abraza y entierro la cara en su cuello. Inspiro y, con todo lo reconfortante que es, echo de menos otro olor. Y no es que este no sea suficiente, es que en ese otro olor yo construí tantos sueños que ahora se ha sumado al sentimiento de pérdida.

—¿Lo has llamado? —pregunta mi padre con voz grave, adivinando mis pensamientos.

Niego con la cabeza, me incorporo, me levanto y camino hacia la cristalera del balcón. La noche ha cubierto el cielo de Montmartre y apoyo la frente mientras miro a los viandantes que pasean por la calle, ajenos a mi dolor; sin saber que el mundo, París y este maravilloso barrio han perdido a una de las mejores personas que hayan existido. También a una de las más gruñonas, pero creo que, dado que ya no está, podemos pasar eso por alto.

—Óscar no necesita más desgracias a su alrededor —respondo en voz tan baja que no sé si me oye.

Al principio se queda callado y no oigo nada, pero tras unos instantes, sus brazos me rodean desde atrás. Apoyo la nuca en el hueco de su hombro y cierro los ojos cuando sus labios rozan mi pelo en un dulce beso.

—Merece saberlo, mi amor. Jean Pierre también formó parte de su vida.

Lo sé. Lo sé, pero una parte de mí no deja de recordar en bucle el momento en que me dijo, enfadado, que Jean Pierre no se estaba muriendo y solo lo usaba como excusa para mantenerme pegada a él. No es su culpa, estaba enfadado y seguro que no sentía aquello. Tampoco tenía motivos para pensar que de verdad se iba a morir; nadie, más que yo, pensaba en eso, así que objetivamente no puedo enfadarme. Y no estoy enfadada, pero una parte de mí, una pequeña parte de mí está dolida. Duele porque hubo un tiempo en que me consolé a mí misma diciéndome que, cuando Jean Pierre faltara, al menos tendría a mi familia y al amor de mi vida para superarlo. Solo ha quedado lo primero y, aunque lo agradezco muchísimo, no puedo evitar pensar que me faltó lo segundo. Me faltó él y, después de nuestra discusión, no sé cómo pedirle que venga. Siento que no tengo derecho. Quizá por eso apagué mi teléfono la misma noche que murió Jean Pierre y no he vuelto a encenderlo. O tal vez haya sido un mecanismo de defensa, porque no sé si él me ha escrito o llamado, pero me gusta pensar que sí y, si lo enciendo y descubro que no hay nada, el dolor va a ser tal que no voy a poder soportarlo. No con todo lo que ya estoy padeciendo. Sería una gota que haría colmar un vaso que ya está lleno; una gota demasiado dolorosa.

En algún punto de mis pensamientos mi hermano y mi madre se unen al abrazo que mi padre me da y, pasados unos instantes, me sacan de mi estado reflexivo.

—Mira allí —susurra mi padre señalando el cielo—. Allí, ¿lo ves?

Empiezo a negar con la cabeza, pero me paro en seco cuando lo veo. Son tres puntos brillantes; tres estrellas tan resplandecientes que es como si gritaran desde su posición en el cielo.

—Abuelo Martín. Fleur. Jean Pierre.

Las palabras de mi madre hacen que mi llanto vuelva. Recuerdo todas las veces que le dije a Jean Pierre que, cuando se muriera, iba a buscarlo cada noche en el cielo. Él siempre farfullaba hasta que un día, harto de escucharme, me dijo que, si lo hacía, al menos me asegurara de que estuviera bien acompañado.

Y puede parecer una tontería, pero mientras las veo centellear sobre el cielo parisino no puedo evitar que, entre tanto dolor, me asome una sonrisa, porque no se me ocurre mejor compañía para ninguno de los tres.

Y aunque mucha gente no crea en estas supersticiones mías, ni en nada, en realidad, yo no puedo evitar que cierta calma me embargue cuando titilan prácticamente al mismo tiempo.

—Vas a estar bien, pequeña. Vas a estar bien.

Las palabras las susurra mi padre, pero en mi corazón suenan en coro. En mi corazón las guardo como una promesa de tres personas a las que quise mucho, muchísimo; una promesa a la que pienso aferrarme con todas mis fuerzas.

38

Miro de nuevo el billete de mi móvil y aprieto la mandíbula. No puedo creerme que no haya un vuelo hasta mañana por la mañana. De verdad, de verdad no puedo creer que todos los jodidos vuelos de hoy estén completos. Es de locos.

Ni siquiera puedo comer, de tan cerrado como tengo el estómago. Me voy al restaurante y me paso la tarde organizándolo todo y delegando cada tarea en las personas correspondientes para irme sabiendo que todo está en buenas manos. Cocino hasta que se me agarrotan los dedos y, aun así, me sobra tiempo para pasearme por el restaurante como un perro enjaulado. Al menos lo hago hasta que cierro y, al volver a casa, mi hermana me amenaza con volver conmigo a París si no la acompaño a correr. Lo hago a regañadientes y, una hora después, agradezco en silencio la idea porque la ansiedad se ha disipado un poco. Aun así, me resulta imposible calmarme por completo.

No puedo creer que Jean Pierre haya muerto. Es como una maldita pesadilla y la sensación de estar en el lugar incorrecto en los momentos más importantes se me ha atravesado en la garganta, amenazando con ahogarme en una de estas.

Ella, en cambio, lo sabía. Ella siempre lo supo, no sé cómo. Intuición, presentimiento, el destino, como diría ella. Lo sabía y yo, en mi intento de salirme con la mía, le eché en cara que lo usara como excusa para no separarse de él. Y vale, no habría podido imaginar ni en mil años que esto iba a pasar, pero ha pasado y siento que la vida me echa en cara cada error que he cometido. Y he sido consciente, de pronto, de que da igual cuánto lo intente, porque no puedo evitar que la vida siga su curso. No he podido evitar la muerte de Jean Pierre y no podría, ni queriendo, evitar un nuevo infarto a mi padre. No puedo estar con todas las personas que me importan porque están en puntos distintos del mundo y no puedo hacer caso a mi corazón porque, si lo hago y sale mal, no me lo voy a poder perdonar en la vida.

Claro que esto que ha pasado con Jean Pierre ya no voy a poder perdonármelo, así que al final no he evitado nada. No puedo frenar el transcurso de la vida; no puedo moldear los resultados y, desde luego, no puedo impedir que las cosas malas ocurran a las personas que me importan. Lo que sí podría haber evitado era hacer daño a Emma. Yo, que siempre me he vanagloriado de la lealtad que siento hacia los míos, he fallado a la única mujer que me ha importado tanto como para querer pasar el resto de mi vida con ella.

—¿Has hecho ya la maleta? —pregunta mi padre entrando en mi habitación, donde me he sentado después de la ducha.

Lo miro, está serio y rígido, lo que me preocupa, porque sé que esto también es culpa mía, pero ya no sé cómo hacer que la gente que quiero deje de sufrir por mi culpa.

—Sí —murmuro—. No tengo mucho, de cualquier modo. Solo me llevo el par de mudas que traje.

—Quizá deberías llevarte más —dice él sentándose a mi lado—. Quizá deberías llevártelo todo.

Lo miro un poco sorprendido.

—¿Me estás diciendo que no puedo tener mi ropa aquí?

—No, joder. —Suspira y se rasca la cabeza—. Era una metáfora, pero me ha salido como el culo.

—¿Una metáfora?

—Se usan para decir cosas de un modo... metafórico. —Frunce el ceño—. Bueno, ya me entiendes. Si no sabes lo que es una metáfora, búscalo en internet, que para eso está.

—Sé lo que es una metáfora, papá.

—Y entonces ¿por qué preguntas?

—Porque no la entiendo.

—Y luego el tonto de la familia soy yo, ¿eh? —Se ríe un poco, pero se corta en seco cuando ve mi cara—. Perdona, no quería sonar insensible en estos momentos. Ya sabes que tengo tendencia a meter la pata en momentos delicados. —Se rasca la barba con aire pensativo y, puesto que no digo nada, sigue—: Lo que quería decirte es que es hora de admitir ante ti mismo que aquí no eres feliz.

—Eso no es cierto.

—Sí, lo es. Claro que lo es. Este ya no es tu sitio y se nota, Óscar.

—¿Y qué hay de eso de que Sin Mar siempre será mi hogar?

—Siempre será tu hogar, pero no el de ahora. Será el hogar del niño que llegó agarrado de la mano de su madre y se coló en nuestros corazones. En el mío, solo con una mirada. Será el hogar del Óscar mellado que jugaba con su camión de bomberos en el jardín del abuelo Javier. Sin Mar será el hogar del niño que se presentó a un concurso de repostería en el bar de Paco cuando apenas alcanzaba a la encimera y ganó a un montón de señoras que decidieron que un crío tan resuelto se merecía el primer puesto. El hogar del chaval que se paseaba con sus primos por las aceras, compraba chucherías en la tienda de su tía Julieta y soñaba con ver mundo. Será el hogar del Óscar que con solo catorce años me rogaba que lo mandara a estudiar a París. Sin Mar será el hogar del Óscar que fuiste antes de convertirte en el adulto que se colgó una mochila cargada de ilusiones y puso rumbo a la ciudad con la que llevaba soñando desde que tenía conciencia. Sin Mar siempre será el hogar de ese Óscar, pero la persona en la que te convertiste estando fuera... tiene otro hogar, y eso no es malo. Tienes que entender que crecer, tomar tus propias decisiones, buscar tu sitio y encontrarlo lejos de tu familia no te hace peor hijo, ni hermano, ni persona, en general. Solo te hace humano.

—Pero yo adoro Sin Mar, papá.

—Lo sé, pero eso no tiene nada que ver con el hecho de que tú, para ser feliz, necesitas despertarte, poner la radio y que el locutor hable en francés. Mirar por la ventana y vislumbrar los primeros movimientos de la Ciudad de la Luz. Trabajar en uno de los mejores lugares de París y hacerlo, además, rodeado de gente que funciona contigo como si de una máquina perfectamente engrasada se tratara. Y es maravilloso que hayas abierto un restaurante en Sin Mar y estoy seguro de que eso va a darte la excusa para visitarnos mucho más a menudo, pero será eso: una visita.

—Papá...

—Cuando te pares y lo pienses te darás cuenta de que tengo razón. De eso, y de que estar pegado a mí veinticuatro horas al día no evitará que me dé otro infarto.

Trago saliva y miro al suelo. No quería llegar a esto. No quería hablar de este tema con él porque no quiero recordarle que su corazón falló y casi muere en un incendio. Aun así...

—Ya sé que no puedo evitarlo, pero si estoy contigo... —Frunzo el ceño, pero él me insta a seguir con gestos—. Bueno, coleccionaré más momentos a tu lado.

Su sonrisa, lenta y segura, me pellizca algo por dentro.

—No puedes basar tu vida en coleccionar momentos con tu padre para vivir de ellos cuando me muera. No funciona así.

—Y entonces ¿cómo funciona?

Él parece pensarlo y tarda unos instantes en responder.

—Vives tu vida exprimiéndola al máximo y procuras hacer todo lo que te llena para que, cuando el viaje acabe, solo te quede la sensación de no haber perdido el tiempo. De eso, Emma, sabía mucho.

—Ella también se pegó a Jean Pierre constantemente.

—No, es distinto. Tú estás aquí esperando que el infarto venga a por mí en cualquier momento mientras tu vida real, esa que transcurre en París, está parada. Emma, de alguna forma, intuía que Jean Pierre iba a morirse, pero no frenó su vida. Al revés. Ante ese sentimiento, en vez de dejarse abatir y conformarse con ver cómo se marchitaba, lo obligó a vivir y no le permitió perderse en la pena que le supuso la muerte de su esposa. Sin ella, Jean Pierre habría adoptado la misma actitud que estás adoptando tú; se habría dejado llevar hasta el final de sus días por la inercia, sin hacer nada por sí mismo más que respirar, comer y dormir.

Lo medito unos instantes. Tiene razón. Sé que la tiene, pero aun así me cuesta aceptar que, aunque mi corazón me grita que tengo que volver a París, mi mente me dice que mi padre está enfermo y me necesita. Me froto los ojos y lo miro: está calmado, mucho más calmado de lo que estaba últimamente. Es como si, tras el infarto, hubiese tomado conciencia de su posición en la vida y en esta familia y pudiera relajarse, por fin. Sé que tiene miedo, pero demuestra, una vez más, lo enorme que es obligándose a seguir adelante con estas nuevas circunstancias que la vida le ha impuesto.

—¿Estás diciéndome que tengo que hacer una lista con cosas que me quedan por cumplir?

—No. —Se ríe y niega con la cabeza—. Qué va, sobre todo porque no serían cosas tan geniales como las que hicieron Emma y Jean Pierre. Al menos las que me contó eran una maravilla. Ella es una maravilla.

—Lo es —contesto sin titubear—. Una maravilla que he perdido por mi egoísmo.

—Bueno, si te sirve de consuelo, yo la cagué bastante en el pasado y, de alguna forma, me las ingenié para recuperar a la chica. Y no debí de hacerlo mal, porque conseguí que reformáramos esta casa, aceptara casarse conmigo, te pusiera mis apellidos y se quedara embarazada de nuevo.

Me río, mal que me pese, y lo abrazo, porque me encanta la forma en que consigue ponerse serio un minuto y, al siguiente, bromear, por muy turbio que sea el momento. En eso, Alejandro León siempre ha sido el mejor. Bueno, para mí ha sido el mejor en eso, y en todo.

—¿Entonces? ¿Qué me dices? ¿Vas a volver a tu hogar para recuperar a tu chica?

—Voy a volver a París, pero antes de recuperar a mi chica, voy a intentar consolarla. No me veo capaz de intentar nada amoroso cuando ella debe de estar destrozada. No quiero volver a ser egoísta y centrarme solo en lo que yo necesito. Esta vez... Esta vez ella será lo primero de verdad. Esta vez voy a intentar ser el tipo de hombre que puede, a duras penas, merecer que alguien como ella esté a su lado.

Mi padre me sonríe con tanto orgullo que siento algo dentro; el ramalazo de satisfacción que siempre me ha acompañado cuando me ha dedicado esa sonrisa. Me abraza y dejo que sus brazos me calmen un poco, porque pese a tener claro lo que quiero, sé que vienen tiempos difíciles.

La noche es larga, al menos hasta que, en algún punto de la madrugada, mis padres, seguramente cansados de oír cómo me paseo por la casa a oscuras, vienen a mi cuarto, se meten en la cama y me obligan a ponerme en medio. Me siento ridículo durmiendo como cuando tenía pesadillas de niño, pero luego Valentina aparece con el pelo desordenado, se deja caer sobre nosotros y lo que siento cambia. La seguridad, la tranquilidad que me brinda estar en contacto con las personas que me lo han dado todo en la vida me llega con tanta rapidez que, cuando quiero darme cuenta, he conseguido conciliar el sueño y es hora de despertarse para ir al aeropuerto.

La despedida tiene cierto toque triste, pero ninguno de nosotros permite que eso gane la partida. Nos concentramos en lo bueno que está por venir, sea lo que sea.

—Cuéntanos cómo está Emma cuando la veas —me pide mi madre—. Y cuida de ella, cariño. Abrázala mucho, de tu parte y de la nuestra, ¿vale?

Asiento, emocionado ante el cariño que mi familia muestra por ella. No sé si Emma se dejará abrazar por mí; no sé si lo merezco, pero si ella necesita, por algún casual, que mis brazos la rodeen, lo haré hasta que sea ella quien me pida que la suelte.

—Estoy orgulloso de ti —dice mi padre con voz ronca.

—Y yo de ti. Intenta no tener un infarto en mi ausencia, ¿vale? —Nos reímos y, cuando niega con la cabeza, lo abrazo con fuerza, repentinamente—. Gracias por ser el mejor padre del mundo —susurro en su oído.

Él carraspea con fuerza, así que sé que está emocionado y, al separarnos, lo veo mirar al suelo, de modo que lo confirmo.

Valentina se abalanza sobre mí con su fuerza desmedida, como siempre, y se ríe cuando hace que me tambalee en el sitio.

—No tardes en venir de visita. Pero solo de visita, que tú pronto te emocionas y te adueñas de todo.

Me río, beso su mejilla y la abrazo con fuerza antes de ponerla en el suelo y alejarme de ellos. Atravieso el arco de seguridad y, ya al otro lado, me giro para mirarlos. Sonríen. Parece una tontería, pero sonríen con sinceridad y eso es lo único que necesito para alejarme, saber que están bien y felices, que la vida no es perfecta para ellos, ni para mí, pero siguen adelante paso a paso, librando batallas y sin dejarse vencer.

El vuelo es una tortura, la ansiedad me está matando y para cuando piso el suelo parisino estoy tan desesperado por ir directamente a ver a Emma que estoy a punto de darle la dirección al taxista. Luego recuerdo que no es buena idea plantarme allí con la maleta y me obligo a ir a casa. Eso sí, le pido al taxista que me espere, abro la puerta, dejo la maleta en el primer escalón, cierro y, esta vez sí, le pido que me lleve a Monmartre.

Frente al portal de Emma lo único que puedo sentir es urgencia. Los dedos me pican tanto que, cuando toco el timbre en el portal, siento que me hormiguean de forma ascendente, hasta los hombros. Ni siquiera cuando inauguré mi restaurante estuve tan nervioso, joder. En su piso no contesta nade y mi primera acción, por inercia, es tocar el timbre de Jean Pierre. Es después de hacerlo cuando me quedo mirando el botón y siento la desazón. Él nunca más contestará al portero automático de mal humor y me amenazará con hacerme pedazos si no cuido bien a Emma. Nunca me esperará en el rellano, sabedor de que siempre subía por las escaleras, para gruñirme y fruncirme el ceño. Nunca sonreirá cuando lo ayude a cocinar y nunca lo veré mirar a Emma con aquella ternura desmedida que solo dejaba ver cuando ella no era consciente de ello.

Es curioso, pero no eres consciente del montón de gestos, sonrisas, miradas y palabras que guardas en la memoria de una persona hasta que esta muere y eso es todo lo que te queda.

Me paso una mano por el pelo y me giro para ir a la floristería de Amélie. Podría llamar al piso de Chantal y Sarah, pero la pequeña estará en la escuela y su madre trabajando. También está el piso de Ethan y Lía, pero... Bueno, teniendo en cuenta que no me han cogido una sola llamada, doy por hecho que no soy alguien a quien estén dispuestos a recibir con los brazos abiertos ahora mismo. Una pena, porque me enorgullecía mucho de haberme ganado su respeto, pero no puedo decir que no lo merezca.

Bajo la calle que me lleva hasta la floristería y, nada más girar la esquina, me los encuentro de frente. Se sorprenden al verme, pero lejos de adoptar posturas rígidas o dedicarme malas miradas, se acercan con paso tranquilo. Para mi absoluta sorpresa, Lía me abraza y Ethan palmea mi brazo. Tan desconcertado se me debe de ver, que ambos sonríen con una mueca un tanto extraña.

—¿Cómo te has enterado? —dice Ethan.

—No podía localizar a Emma. Intenté contactar con ella por varias vías, pero fue imposible. Llamé a la tienda de Amélie y ella me lo contó todo.

Sus caras de culpabilidad me hacen fruncir el ceño, porque entendía el rechazo, pero esto... es raro.

—Emma no quería que tuvieras que lidiar con más desgracias —dice su madre—. Intentamos convencerla, pero fue inútil y nos pareció que, con todo lo que está sufriendo, debíamos respetar su decisión.

Asiento una sola vez. Me duele que Emma no haya querido contármelo o no haya dejado en mis manos las desgracias que puedo o no manejar, pero después de cómo discutimos la última vez que nos vimos y las cosas que le dije... Bueno, puedo entenderla. Eso no hace que el dolor sea menor, pero siempre me he jactado de ser un hombre bastante racional y no voy a dejar de serlo hoy.

—¿Cómo está? —pregunto como única respuesta a sus palabras.

—Mal. —Ethan niega con la cabeza y suspira—. Intenta hacer ver que mejora cada día y se ampara en que ella ya lo sabía, pero no sale de la tienda de Amélie más que para cuidar de Sarah. La niña echa mucho de menos a Jean Pierre.

No había pensado en eso. Para la pequeña debe de ser difícil gestionar su pérdida, porque estaban muy unidos. A su manera, Sarah, Emma y Jean Pierre formaron uno de los mejores grupos de amigos que he visto nunca. Demostraron, ahora que lo pienso, que la edad no impide que una amistad se forje y se haga inolvidable.

—Voy a ir a verla —murmuro—. Espero que no os importe.

Los dos niegan con la cabeza y, cuando asiento, su madre vuelve a abrazarme.

—Gracias por volver, aunque sea para verla.

—He vuelto para algo más que verla, pero eso no es lo que importa ahora —susurro.

Su agarre se intensifica y, cuando nos soltamos, miro a su padre a los ojos. Él asiente una sola vez y es todo lo que necesito para saber que su respeto sigue ahí, aunque esté dolido por su hija. Se lo agradezco con un gesto que espero que capte y los dejo atrás, porque mi prioridad ahora es Emma.

La tienda de Amélie entra en mi campo de visión muchos metros antes de llegar allí gracias a las flores que crecen en la fachada, las macetas que sacan a la calle cada mañana y colocan en una pequeña grada de madera y las jaulas blancas colgadas del toldo; no hay pájaros en su interior, sino plantas que se enredan en los hierros. Siempre me ha parecido un detalle precioso.

Cuando por fin llego a la puerta me siento tentado de buscarla a través de las cristaleras, pero mi impaciencia gana la partida. Entro, la busco entre árboles y plantas y, cuando la localizo detrás de uno de los mostradores, por poco se me cae el alma a los pies. Tiene el pelo suelto y desordenado, profundas ojeras negras que hacen juego con su jersey, liviano, pero tan negro como la noche, y manipula un ramo de flores silvestres que, incluso con sus tonos azulados, parece triste.

La campana que suena cada vez que alguien entra repica y, cuando alza la mirada y fija sus ojos en los míos, es tal la tristeza que veo en ellos que me prometo en el acto no parar hasta que recupere, aunque sea en parte, la alegría que ha huido de ella.

—Óscar... —susurra.

Me acerco con paso lento, porque temo asustarla si lo hago con demasiado ímpetu. Rodeo el escritorio bajo la atenta mirada de Amélie y, cuando apenas nos separan unos metros, hablo. O lo intento, pero la verdad es que de mi garganta no sale mucho.

—*Chérie*...

Emma ahoga un sollozo, suelta las flores y tarda lo que dura un pestañeo en sorprenderme con un abrazo. Cierro los ojos, acojo su cuerpo menudo y apagado entre mis brazos y entierro una mano en su nuca mientras beso su cuello y descubro que mi padre estaba equivocado.

Mi hogar no está en Sin Mar, es cierto, pero tampoco está en París.

Mi hogar, mi único y verdadero hogar está en ella.

Solo en ella.

39

Emma

Está aquí. Óscar está aquí y no me había dado cuenta hasta ahora de lo mucho que eso significa para mí.

Su olor, solo su olor reconforta.

Han pasado cuatro días desde que Jean Pierre se fue y, desde anoche, descansa donde quería. Nos costó un poco disimular, porque todavía no estamos seguros de que sea legal verter cenizas donde a uno le plazca, pero lo hicimos y no me importa haber cometido una ilegalidad. De hecho, me pareció algo bonito; nuestra última fechoría juntos. Una vez que lo hicimos mi padre esperó mientras yo me despedía de él. Estuve un rato hablándole y, por un instante, me lo imaginé riéndose, diciéndome que cualquiera que me viera hablarle a un montón de flores pensaría que estoy loca. Eso me hizo sonreír un poco, pero cuando llegué a casa y me di cuenta de que ya no había nada suyo, porque la urna se la quedó mi padre para deshacerse de ella, rompí en llanto y no pude parar en toda la noche. Mis padres bajaron a hacerme compañía, pero anoche no sirvió. Les pedí que me dejaran a solas, porque necesitaba rumiar mi pena unas horas.

Durante el día es más fácil, me voy dando cuenta. Me ocupo de hacer un montón de cosas. Desde que entro en la tienda de Amélie no paro, y por la tarde intento que Sarah levante el ánimo y no se venga abajo pensando en Jean Pierre. Lo echa de menos y pregunta mucho por él, pero ya le hemos explicado la situación y estoy segura de que, con el tiempo, todo irá mejor para ella. Y para mí. Quiero pensar que para mí también irá mejor con el tiempo.

Las noches... Las noches son otra historia. Han pasado cuatro días y ya tengo pánico a que oscurezca. Ya no hay luces que me ayuden porque, si la oscuridad nunca ha sido mi amiga, ahora directamente no soporto mirar al cielo y saber que hay tres estrellas brillando porque no están aquí. Supongo que es algún tipo de fase del duelo, no lo sé, era muy pequeña cuando murió mi abuelo y, por fortuna, apenas tengo recuerdos de cómo fui superando aquella etapa, aparte del ritual de luces que mis padres iniciaron.

El caso es que anoche fue... duro. Tan duro como para pasarme horas deseando que amaneciera y poder, así, librarme de la realidad a golpe de trabajo. Y es curioso, porque tanto como me ha costado evadirme del dolor estos días, ahora lo he conseguido con un abrazo de Óscar.

Es su olor, creo.

O puede que sea su voz.

O sus manos apretándome con fuerza, como si supiera que temo perderme en cualquier momento.

Cuando nos separamos lo miro a los ojos y espero ver el reproche en ellos. No lo he avisado y quizá debería haberlo hecho, porque Jean Pierre fue parte de su vida, pero es que... no podía. Y eso es incorrecto y desequilibra la balanza que tanto me he esforzado siempre por mantener compensada, pero no puedo evitarlo. No podía llamarlo porque me daba miedo que mi dolor no fuera suficiente para traerlo de vuelta. Y en el mejor de los casos, me daba pena que precisamente mi dolor lo obligara a venir. Es tan contradictorio que decidí dejarlo en manos del destino.

—¿Cómo estás?

Esperaba otra pregunta. Un reproche. Contención. Tensión. Pero no hay nada. Solo dulzura y preocupación en sus ojos y eso me hace sentir aún peor persona.

—Bien. Estoy bien. Quiero decir, fue una muerte muy digna. No sé si existe algún Dios, ya sabes que tengo muchas dudas al respecto, pero si existe, estoy segura de que llevarse a Jean Pierre mientras dormía ha sido un premio. Una especie de regalo. A lo mejor a Dios le ha encantado que hiciéramos la lista. Bueno, a Dios, o a Diosa, porque yo tengo dudas de que exista y, en caso afirmativo, de que tenga que ser hombre. Ya sé que hay una historia y todo eso, pero, sinceramente, no es la primera vez que la historia se tergiversa a favor de los hombres y... —Cierro los ojos y suspiro—. En fin, da igual. Lo importante es que Jean Pierre no sufrió. Se fue mientras dormía.

—Lo sé —dice suavemente.

—¿Cómo? —pregunto—. ¿Cómo lo sabes?

Él mira a Amélie y yo abro los ojos con sorpresa. Ella, lejos de mostrarse culpable, se encoge de hombros y señala la puerta.

—Ve a tomar una infusión, Emma. Y no vuelvas en lo que resta de mañana.

—Tengo mucho trabajo pendiente.

—Tienes una infusión que tomarte. Nada más.

Su tono tajante no deja opción a replica, así que cojo mi bolso y mi chaqueta y pienso que tengo que ponerme más seria con esto de ayudar a Amélie. Ya sé que me paso aquí las mañanas, pero está cansada, es muy mayor y algún día...

—Oh, *mon Dieu*, tienes que parar de hacer eso —murmuro mientras salgo de la floristería.

—¿Qué? —pregunta Óscar.

Lo miro, sin entender la pregunta, hasta que me percato de que he hablado en voz alta.

—Oh, no, nada, estoy ordenando a mi subconsciente que no se

obsesione con la muerte de Amélie. A este paso voy a convertirme en pájaro de mal agüero. Anciano al que me acerco... ya sabes. A lo mejor soy como un ángel de la muerte.

Óscar no puede remediarlo. Lo intenta, pero no puede: una sonrisa asoma a su rostro y, aunque hace lo posible por ocultármela, acaba carraspeando y dejándola ir a medias. Se libra solo porque es una sonrisa dulce y preciosa.

—No eres el ángel de la muerte, Emma.

—¿Cómo estás tan seguro?

—Porque, si lo fueras, Jean Pierre habría muerto mucho antes.

Pienso en ello. No me sorprende su respuesta racional. Óscar aprendió hace mucho que discutir conmigo es un tanto absurdo, porque solo atiendo a respuestas lógicas dentro de la rareza de la pregunta en sí.

—Sí. A lo mejor tienes razón. Además, Amélie está mayor, pero no siento de verdad que vaya a morirse. No todavía, al menos. ¿Adónde vamos? —pregunto mientras caminamos por la calle.

—He pensado que podríamos tomar algo en el Café des 2 Moulins. ¿Te parece?

Algo se me aprieta en el pecho al pensar que fue allí donde tuvimos nuestra primera cita. Bueno, ya habíamos quedado antes, pero fue la primera quedada que yo consideré cita de verdad.

Miro a Óscar y pienso si no estará haciendo esto adrede por algún motivo oculto, pero lo único que encuentro en su rostro es preocupación sincera, así que asiento y nos dirigimos hacia allí en silencio.

No es un silencio cómodo, lo que es una lástima porque Óscar y yo teníamos la capacidad de pasar algunos ratos en silencio y estar cómodos. Él, más, porque yo soy muy charlatana y me acabo aburriendo, pero aun así no necesitábamos palabras. Ahora me siento como si un océano entero se interpusiera entre nosotros. Como si, en realidad, aún estuviéramos en países distintos, pese a que su brazo roce el mío al caminar.

Entramos en el café y, por suerte, la misma mesa que en aquella primera cita está libre. Me siento junto al cuadro de Amélie y pido una infusión con azúcar cuando vienen a tomarme nota.

—¿No tomas café? —pregunta Óscar después de que el camarero se marche.

—En estos días, no. He tenido los nervios a flor de piel y... bueno, he preferido las tilas e infusiones.

—Entiendo.

El gesto de su cara se hace aún más serio y sé, sin necesidad de que lo diga, que está pensando en que podría haberse enterado mucho antes. Intento desviar el sentimiento de culpabilidad con un carraspeo antes de hablar.

—¿Cómo está tu padre?

—Mejora por días —dice con una sonrisa sincera—. Está volviendo a ser el gruñón de siempre, lo que es un alivio, porque el Álex acongojado no gusta a mucha gente.

—Eso es maravilloso. He pensado en llamarlo alguna que otra vez, pero no sabía si iba a gustarles la idea. O si te gustaría a ti. Quiero decir, ¿puedo llamar a tus padres para interesarme por ellos, aunque ya no estemos juntos? No quiero ser grosera, ni descortés, ni meterme donde no me llaman. En realidad, es que les cogí mucho cariño y, bueno, a veces me acuerdo de ellos, pero si te molesta no pasa nada. No tengo por qué llamarlos, en realidad, porque no son nada mío y...

—Emma —me corta y, cuando lo miro, sonríe, pasa una mano por encima de la mesa y sujeta la mía—. Puedes llamarlos siempre que quieras y estoy seguro de que les encantará hablar contigo. De hecho, me han pedido que te diera un abrazo de su parte.

—Oh. —Suspiro y sonrío un poco—. Son adorables, ¿verdad?

Bueno, tú lo sabes mejor que nadie, porque son tus padres, pero de verdad de la buena que son adorables. En fin, supongo que puedes darme el abrazo luego. ¿O el que ya nos hemos dado sirve para todo? Deduzco que sí, no tiene mucho sentido que estemos tocándonos si ya no estamos juntos.

Es la segunda vez que digo la frase y es la segunda vez que Óscar frunce el ceño ante la mención de que nuestra relación se acabó. Aun así, no dice nada. No sé si es porque ya tiene asumido que no estamos juntos, en cuyo caso me daría una envidia increíble porque, bueno, es probable que yo me pase el resto de mi vida con el corazón sangrando por él, o quizá es que no quiere incomodarme hablando ahora de nuestra relación. O no relación. Lo que sea.

—El abrazo de ellos va aparte. Te lo daré luego.

—Bien. Vale.

Suspiro y, cuando traen nuestras bebidas, doy un sorbo y dejo que el líquido caldee mi garganta. No es que haga frío, pero de todas formas este gesto siempre me calma.

—¿Quién...? —Óscar carraspea y, sin soltar mi mano, lanza la pregunta—. ¿Quién lo encontró?

—Yo —susurro—. Entré en su casa para preguntarle si tenía huevos, porque se me habían agotado y tenía antojo de tortilla para desayunar. Lo sé, no era buena idea hacer una tortilla. Bueno, tratándose de mí no era buena idea cocinar nada, pero mi nevera estaba vacía, así que bajé. Primero toqué la puerta y, al no responderme, saqué la copia de mi llave y entré. —Sus dedos aprietan los míos en señal de refuerzo y consigo sonreír un poco—. En realidad, no fue tan traumático, porque estaba dormidito en la cama. No tenía mal gesto y las sábanas estaban en su sitio; ni siquiera se destapó al morir. Lo zarandeé y me di cuenta de que estaba helado. Después... bueno. Después vino todo lo demás. —Él suspira y yo asiento—. Infarto cerebral. Rápido y fulminante.

—No te imaginas cómo lo siento.

Y sé, sin necesidad de que lo aclare, que no se refiere solo a la muerte de Jean Pierre. Miro nuestras manos unidas y, esta vez, soy yo quien aprieta.

—No podías saber que esto pasaría.

—Pero tú sí lo sabías. —Guardo silencio y él suspira con cierto cansancio—. Aquellas cosas que te dije, Emma... no eran ciertas. No creía, ni creo, que pensaras que iba a morir solo como excusa para no separarte de su lado. Sé que fue algo que siempre te rondó y no quise decir aquellas cosas.

—Lo sé.

—¿Lo sabes?

Asiento y consigo, de alguna forma, sonreír, aunque lo cierto es que el dolor está resquebrajándome por dentro.

—Esas palabras fueron un tanto crueles, y tú no eres cruel, Óscar León. Tú eres una de las mejores personas que he conocido.

Él me mira en silencio. Sus ojos azules, tan claros para mí la mayoría del tiempo, ahora son indescifrables. Es como si se hubiese quedado en blanco. Después de unos instantes, suspira, da un sorbo a su café y se frota los ojos.

—¿Lo habéis enterrado?

Niego con la cabeza y le cuento lo que hemos hecho. Lo que Jean Pierre quería.

—Si quieres puedo llevarte, así al menos sabes dónde está, ya que no te avisé de que había muerto... Y, hablando de eso, lo siento. No quería que lidiaras con más desgracias, pero ha sido una decisión estúpida y egoísta. Tendría que haberte llamado.

—No tienes que pedir perdón. Solo me duele un poco que pienses que tus desgracias no me afectan como propias. —Frunce el ceño y niega con la cabeza—. Lo siento, no quería decir eso. En realidad, creo que es mejor que lo dejemos estar. No pienso reprocharte nada, porque no hay nada que reprochar. Solo he venido a decirte que estoy aquí; puedes contar conmigo, *chérie*. Siempre puedes contar conmigo.

Las lágrimas acuden a mis ojos y carraspeo una vez. Dos. Tres. Lo cierto es que no, no siempre pude contar con él, porque cuando necesité que pusiésemos sobre la mesa nuestras posibilidades como pareja se cerró en banda y no transigió lo más mínimo. Y aunque no quiero pensar en ello, y no le guardo rencor, la verdad es que me ha creado un saco de inseguridades que en este momento de mi vida no necesito. Sé que Óscar me quiere. Claro que lo sé. El problema es que él ahora mismo necesita vivir en otro lugar y yo, aunque Jean Pierre no esté, no puedo dejar este. No todavía, porque creo que, por insano que suene, necesito pasear por nuestras calles un tiempo para adaptarme a su ausencia. No puedo perder de vista este rincón del mundo ahora que es lo único que me queda de él. Eso, y los recuerdos.

—¿Cuándo vuelves a España? —pregunto.

—No vuelvo —contesta de inmediato, sorprendiéndome—. Estos días han sido una revelación para mí. Mi hogar ya no está en Sin Mar. Me empeñé porque tenía miedo de que mi padre volviese a tener un infarto y pensé que era lo que tenía que hacer: cuidar de mi familia y estar cerca de ellos, pero la verdad es que durante mis días allí no he sido la mejor versión de mí mismo. —Se ríe sin alegría y se encoge de hombros—. Supongo que, en el fondo, lo sabía, igual que lo sabías tú, pero no quise aceptarlo.

Guardo silencio. No es fácil dejarme sin palabras, pero la verdad es que Óscar lo consigue a menudo. No puedo negar que saber que vuelve a la ciudad hace que mi estómago se contraiga, pero ahora mismo, en este punto de mi vida siento tal dolor que no puedo siquiera pensar en la posibilidad de que él quiera volver conmigo. O de que yo quiera volver con él.

Óscar debe de entenderlo, porque no insiste. Al revés, cambia de tema y pasa a hablarme de todo lo que ha avanzado en el restaurante de Sin Mar y de lo bien que cree que marchará en su ausencia, aunque tenga que hacer visitas mensuales como mínimo.

Charlamos de trabajo, recordamos a Jean Pierre con sonrisas y rememoramos un montón de anécdotas antes de que las lágrimas vuelvan de manera imprevista y me asalten sin más. Óscar se cambia de silla, me abraza y me murmura que todo estará bien. Le creo. Sé que, en el futuro, todo volverá a estar bien. Lo sé porque tengo que seguir viviendo y es inevitable que a mi vida lleguen momentos bonitos, aunque esta racha sea tan mala. Soy una persona positiva, creo en el karma, y el destino, y sé que las épocas malas no duran para siempre. Aun así, es reconfortante que sus brazos me rodeen y sus palabras penetren en mi cabeza, reforzando las que yo me digo a diario.

En algún punto de la tarde llamo a Chantal y a mi madre y hago que sea esta última quien se ocupe hoy de Sarah, porque creo que me merezco pasar este tiempo con Óscar. Salimos del café sin haber comido pero con un montón de líquido en el cuerpo, nos encaminamos hacia la colina de la basílica del Sacré Cœur. Le muestro a Óscar el punto exacto en el que descansa Jean Pierre y asisto, sorprendida, a las palabras que le dedica, puesto que las dice en voz alta.

—Que el descanso sea eterno para ti, viejo amigo. —Acaricia algunas de las flores más altas y suspira—. Prometo intentar hacerlo lo mejor posible.

No sé a qué se refiere, Óscar no me lo aclara y yo no pregunto, porque creo que eso es algo muy privado y ya me siento un poco privilegiada por haber estado presente.

—Deberías ir a casa a descansar —murmura mirándome más de cerca. En un acto reflejo, las yemas de sus dedos se posan en mis ojeras y frunce el ceño—. Estás agotada, *ma belle.*

—No duermo bien desde que se fue —admito.

Él no contesta, solo asiente, como diciéndome que es normal y lo entiende, sujeta mi mano y nos guía hacia mi portal. Y durante todo el camino sus dedos sujetan los míos haciendo que me cueste la vida no cerrar los ojos, inspirar y llenarme del sentimiento que me provoca el contacto directo con él.

Lo echo de menos, pienso mientras aprieto los ojos con fuerza. Lo echo de menos casi tanto como a Jean Pierre. La diferencia es que mi amigo murió y Óscar está vivo, pero algo distante. No habla de nosotros como pareja, así que doy por hecho que solo está aquí en calidad de amigo preocupado. Y está bien, de verdad, porque no tengo cabeza para pensar en mucho más, pero cuando me hace entrar en el portal y no me sigue, alegando que va a marcharse a dormir a casa, no puedo evitar pensar que, si él me abrazara, quizá, solo quizá, conseguiría dormir.

Aun así, no le pido que se quede y él no se gira a mirarme ni una sola vez, así que subo a casa, voy derecha a mi balcón y llego a tiempo de verlo doblar la esquina. Miro arriba, busco tres estrellas y, cuando las encuentro, me obligo sonreír.

—Creo que era mejor cuando estaba en otro país, ¿sabéis? —murmuro—. Me parece que aceptar que él no es mi destino, pero va a seguir en París es mucho más duro... Como tener un billete de lotería premiado enmarcado en cristal blindado con una cerradura que solo abre con unas llaves que cayeron al fondo del mar. Algo así. Ya, sé que es enrevesado, pero vosotros me entendéis, ¿verdad? Después de todo, morir y convertirte en estrella tiene que dotarte de cierta sabiduría. —Las estrellas titilan al tiempo que una nube se acerca hacia ellas—. Si permanecéis tapadas menos de un minuto, olvidaré pronto a Óscar. Si permanecéis más, mi corazón roto será tan infinito como el cielo.

La nube tarda en destaparlas casi cuatro minutos.

Casi cuatro minutos.

Suspiro, me voy a la cama, enciendo las luces, me abrazo a la almohada y procuro adaptarme a la noticia de que voy a pasarme la vida entera intentando olvidar a Óscar León.

40

El domingo por la mañana después de levantarme y tomarme un café doble pongo rumbo a Montmartre. No sé si Emma estará en casa, pero cuando llamo en el portero automático y me contesta no puedo evitar sonreír.

—He pensado que podríamos hacer algo en nuestro día libre, si quieres.

—Oh, ¡vale! O sea, no te esperaba, pero ya que estás aquí... ¿Quieres subir mientras me adecento un poco?

—Claro.

Entro cuando la puerta se abre, subo al primer piso y algo dentro de mí se agita al encontrarme el rellano vacío. Normalmente, en mis visitas al piso de Emma, aquí estaría Jean Pierre esperándome. Tenía un oído de lince y sabía perfectamente cuándo venía. Refunfuñaba un poco, me amenazaba con hacerme cosas horribles si no la cuidaba como merecía y se metía en su piso dando un portazo. El silencio que hay en esta planta ahora es casi escalofriante. Suspiro, me meso el pelo un poco y subo el siguiente tramo de escaleras para llegar al piso de Emma, que me espera apostada en la puerta con un pijama liviano y cara de sueño. Me encantaría decir que probablemente se acaba de levantar, pero lo cierto es que dudo que haya dormido mucho.

Desde que viene a París esta es la tercera vez que nos vemos. Antes de ayer me planté en la tienda de Amélie con la triste excusa de necesitar una planta que adorne una de mis pilas de libros. La dueña me sonrió con picardía. Emma, en cambio, se limitó a buscar una que aguantara la temperatura de mi piso. No pude evitar pensar que ella la conocía de sobra porque había dormido allí en incontables ocasiones. Le pedí que tomara un café conmigo, pero era muy evidente que no era un día bueno para ella. Sus ojeras, profundas de por sí la vez anterior, ese día eran tan negras que tuve el impulso de llevarla a su piso y no dejarla salir de la cama hasta que hubiese dormido mínimo treinta horas. No lo hice, claro, no tenía ningún derecho, pero sí le pregunté si estaba descansando bien. Ella se encogió de hombros y alegó un dolor de garganta que no la dejaba dormir.

Sé que la causa verdadera es la muerte de Jean Pierre, pero aun así me aferré a su excusa y ayer, en un rato libre, decidí hacerle caramelos caseros para llevárselos hoy. Ella los ve en cuanto me adentro en el salón.

—¿Qué es? —pregunta señalándome la lata.

—Oh. Ten. —Se la doy y sonrío cuando sus ojos se abren con sorpresa—. Dijiste que te dolía un poco la garganta, así que he traído de miel, menta y limón. Espero que te gusten.

Ella asiente de inmediato y me abraza, porque Emma es de abrazar por todo. Yo aprovecho para acariciar su espalda con suavidad.

—Este es de parte de mi familia. —Ella asiente y, cuando hace el intento de dar un paso atrás, la sujeto y la pego por completo a mi cuerpo. Rodeo su cintura, entierro la cara en su cuello y dejo que sus hebras doradas acaricien mi nariz—. Y este es de mi parte —susurro.

Emma hace un puño con mi camiseta a la altura de mi espalda y luego, lentamente, se suelta de nuestro agarre y me dedica una sonrisa sincera. Que no es que las otras no lo fueran, pero se notaba que se forzaba en dibujar el gesto. Esta vez ha sido natural y ese simple gesto me pone tan contento que me anima para el resto del día.

Espero mientras se viste, paseamos, comemos y, por la tarde, le pregunto por Sarah. Me cuenta cómo está y le pregunto si cree que podré verla. La echo de menos. Ella rompe a llorar y niega con la cabeza.

—Le encantará.

Asiento y no digo más. No lo he hecho para que se ponga sensible. De verdad echo de menos a la niña y quiero que me vea y su pequeña mente comprenda que Jean Pierre se ha ido, pero hay mucha gente a su alrededor. Ella no se ha quedado sola.

—¿Nos subimos? —pregunta en la Place Saint-Pierre mirando el carrusel en el que nos vimos en nuestra primera cita.

Sonrío por respuesta, tiro de su mano, pago las entradas y subimos sin pensarlo. Ella se coloca sobre un caballo negro y yo lo hago al lado sin fijarme siquiera en el color del mío. La primera vuelta la hace lanzar un suspiro de placer que me arranca una sonrisa. En la segunda se levanta y decide caminar entre las figuras, mirándome y riéndose. Y yo me quedo aquí, mirándola y debatiéndome entre seguirla, aunque sea un poco más patoso, o seguir observando cómo recupera su alegría por unos minutos. Decido lo segundo, porque mirar a Emma ser o parecer feliz siempre es la opción ganadora.

—Te invito a comer mañana en uno de los mejores restaurantes de París —le digo nada más bajar.

Ella me mira, eleva las cejas y gira la cara un poco.

—¿El tuyo?

—No. No es el mío. ¿Qué me dices?

Emma se encoge de hombros y asiente. Yo la miro y me maravillo, no por primera vez, de la capacidad de perdón tan inmensa que tiene. Dos veces he intentado disculparme de nuevo por mi comportamiento y las dos me ha cortado. No quiere ni oír hablar del tema, asegura que estoy perdonado y la creo, porque las personas como Emma no tienen espacio dentro del cuerpo para el rencor. Para eso hace falta tener cierta maldad y creo que en ella no hay ni un gramo de ese sentimiento tan feo.

Caminamos hacia su edificio y, cuando me pregunta si quiero ver ya a Sarah, mi sonrisa rivaliza con la suya en el carrusel.

La pequeña me abraza en cuanto me ve y la alzo en brazos, entrando en casa. Chantal me agradece con un pequeño abrazo la visita y, cuando quiero darme cuenta sus padres han bajado y todos tomamos un té mientras la niña parlotea sin parar sobre su última serie favorita. Si alguien tiene preguntas acerca del estado de mi relación con Emma, no se nota. Es como si para ellos fuera normal que yo estuviera aquí. Casi como si Jean Pierre aún estuviera vivo. Pero no lo está, y me doy cuenta cuando la mirada de Emma se queda fija en el vacío y, al recuperarse de su pequeño trance, se obliga a carraspear y dar un trago a su infusión. En momentos así daría todo lo que tengo por aliviar su pena, pero no soy estúpido, este proceso tiene que pasarlo ella y a mí solo me queda acompañarla como un amigo hasta que esté lista para oír todo lo que tengo que decir de mis sentimientos por ella.

Cuando salgo del edificio llamo por teléfono a Claude, que me lo coge extrañado y preguntándome cómo es que lo tengo en la agenda.

—Por lo mismo que me tienes tú a mí, *mon ami*. A los amigos hay que tenerlos cerca y a los enemigos, más.

Él se ríe, como imaginé, y cuando le pido una mesa en su restaurante para mañana me anuncia lleno de alegría que solo me dará la más visible de todas. Me río entre dientes y acepto. Una foto de Óscar León comiendo en la competencia directa se pagará a precio de oro, pero que Emma coma su cremoso de chocolate con ron y canela es una necesidad. Ese postre, mal que me pese, es una jodida maravilla y ella se merece disfrutar, aunque sea a través de sus sentidos.

Sé que lo he logrado cuando, al día siguiente, la veo gemir y mirarme con los ojos como paltos.

—¿Cómo es posible que esté tan bueno?

—Odio admitirlo, pero es mérito de Claude.

—¿He oído mi nombre?

El susodicho aparece con una sonrisa y la mano estirada. Se la cojo y luego me levanto y lo abrazo con suavidad antes de volver a sentarme. Conozco a Claude desde hace muchos años, es una competencia dura, pero hay pocos chefs a los que admire más que a él. Entre nosotros siempre ha habido rivalidad, pero no maldad, aunque pueda parecer una utopía.

—Le hablaba a Emma de tu talento para los postres. Estaba a punto de decirle que el pescado, en cambio, estaba seco, pero no puedes ser perfecto en todo, ¿cierto?

—Cierto. Para eso ya estás tú.

—Obvio.

Emma se ríe, atrayendo la atención de Claude.

—Debes de ser una mujer muy especial. Óscar solo ha venido a mi restaurante con sus padres y su hermana. Le avergüenza que lo vean disfrutando de la mejor comida de París. Es un tanto humillante.

Emma se ríe, porque el tono ha sido claramente divertido, y me mira con los ojos muy abiertos.

—¿Es verdad? —me pregunta.

—¿El qué?

—Que solo has traído aquí a tus padres y a tu hermana.

—Que tiene el mejor cremoso de chocolate de París es algo que solo estoy dispuesto a admitir ante las personas más importantes de mi vida. Las que no van a alegrarse de que yo sea peor, pero van a disfrutar el postre de todas formas.

Ella se queda a cuadros y yo me pongo nervioso, porque pretendía que fuese una indirecta, pero es evidente que no. Por suerte, Claude y su bocaza entran en acción haciendo un chiste acerca del famoso postre. Eso la hace reír de nuevo y el momento de tensión queda en el pasado.

Después de comer paseamos por París y nos perdemos por las calles sin pararnos mucho a mirar nada y sin un destino fijo. Saltamos los pasos de peatones, nos convencemos de que algo bonito pasará hoy porque hemos visto un gato negro y pisamos un charco tres veces en un nuevo ritual que, para Emma, significa que esta noche los sueños serán dulces.

—¿Aún duermes poco? —pregunto en un susurro.

Ella se encoge de hombros por respuesta y yo me muerdo la lengua para no decirle que, si quiere, yo velo su sueño toda la noche. No quiero presionar, aún es pronto y, aunque Emma ha asimilado bien la falta de Jean Pierre y objetivamente lo lleva bien, la pena está ahí, acosándola por las noches o en momentos inesperados. Es lo lógico y no sé si tiene ganas de que yo le hable de mis evidentes sentimientos. Por eso, cuando la acompaño a casa, le doy un beso en la mejilla y me voy a mi piso intentando no pensar en lo mucho que me mata no tenerla entre mis brazos cada noche.

Al día siguiente el trabajo me absorbe hasta por la tarde, cuando doy por acabado el día para mí, dejo a mi equipo al cargo y empiezo a cumplir la promesa que me he hecho de tener más tiempo para mí y mi familia. Mi familia, cuando estoy en Sin Mar, son mis padres, pero en París mi familia es Emma. Estoy más seguro que nunca y, llegado el momento, ella también lo sabrá, pero por ahora me conformo con ir a la tienda de Amélie, comprar un ramo de camelias de distintos colores porque, según ella, ninguna otra flor habla de un amor tan profundo, de una esperanza tan cegadora. Yo he preguntado por rosas, pero me ha mirado con horror y me ha pedido que no la ofenda, porque esperaba más de mí.

Yo de flores no entiendo, así que me limito a obedecer y, cuando veo la cara de Emma, sé que he acertado.

—Son camelias —susurra emocionada.

—Lo son. ¿Sabes lo que significan?

—¿Lo sabes tú? —pregunta con sus preciosos ojos azules cargados de dudas.

—Sí, le dije a Amélie que quería flores con ese significado y me dio estas.

Sonríe.

Sonrío.

Decir algo más, ahora mismo, está de más, por eso rodeo su cuerpo cuando abre los brazos, la aprieto contra mí, beso su mejilla y me voy a dormir, aunque lo que más me apetezca sea quedarme.

Dos días después, mientras paseamos y comemos cada uno un cucurucho de helado, Emma consigue dejarme a cuadros.

—¿Alguna vez piensas en la época en la que estábamos juntos?

—Cada día —contesto de inmediato y con sinceridad.

Ella mira hacia el infinito un instante. Sé que intenta encontrar la manera de lanzar su siguiente pregunta; la conozco demasiado bien. Pasan unos minutos, no la presiono y, al final, me enfrenta con la mirada.

—¿Qué ha pasado con eso de que Sin Mar es tu hogar?

—Que no lo es —respondo con seguridad y soltura.

—¿Y cómo es que lo sabes ahora? ¿De pronto tienes la certeza de que es París?

—Tampoco es París. —Me coloco frente a ella y dejo que nuestros cuerpos se queden separados por apenas unos milímetros. Una respiración conjunta con más fuerza de la cuenta haría que nos rozáramos—. He descubierto que mi hogar, después de todo, no está en un punto geográfico. Mi hogar eres tú, Emma Gallagher.

Ella abre los ojos como platos y lo sé; que, pese a todo, no esperaba esto. Que la he sorprendido, y no sé si para bien. Cuando se echa a llorar maldigo y hago amago de abrazarla. He corrido demasiado, joder. Lo sabía. Lo sabía. He corrido demasiado. Sigo siendo el mismo egoísta del pasado y, cuando intento hablar para disculparme, ella actúa por impulso, impidiéndomelo. Se lanza contra mí y me abraza con tanta fuerza que siento sus dedos clavados en mi espalda justo antes de que salga corriendo y me deje aquí, en medio de la calle, con un cucurucho que se ha estampado en mi pecho y la sensación de estar más perdido aún que hace días.

Me voy a casa y me encuentro con un mensaje en el contestador. Mi móvil está apagado, como en todas mis citas con Emma. Le devuelvo la llamada a mi padre y descubro que un problema administrativo con el restaurante me obliga a volver un par de días.

—¿No puedo darte un poder y que te ocupes? —le pregunto.

—Creo que no. ¿Te es muy difícil?

Cierro los ojos y suspiro. No. No es difícil como tal, pero no quiero alejarme de Emma ahora. No otra vez. Aun así, le aseguro a mi padre que volaré en cuanto pueda. Cuando cuelgo busco un vuelo y cojo el que sale a primera hora de la mañana. Me doy una ducha y me meto en la cama preguntándome si debería avisar a Emma; recuerdo sus problemas para dormir y descarto la idea.

Por la mañana, en cambio, nada más vestirme y salir de casa le mando un mensaje.

Óscar: Vuelo a España por un problema con el restaurante. Estaré de vuelta en no más de dos días. Ojalá me eches de menos, aunque sea un poco. Y ojalá podamos hablar a mi vuelta, *chérie*. Creo que lo necesitamos.

Pienso un instante si mandarlo o no y, al final, lo hago, porque creo que ha llegado el momento de dejar claros mis sentimientos. La muerte de Jean Pierre dolerá un tiempo largo y es hora de ser completamente sincero. Ser amigo de Emma está muy bien, es mucho mejor que nada, pero no quiero ser su amigo y, por descontado, no quiero ser nada. De hecho, quiero serlo todo. Y entiendo que ella quizá no tenga ánimo para retomar nuestra relación, o a lo mejor no siente ya lo mismo por mí, pero creo que es justo que le exponga mis sentimientos, aun con el riesgo que conlleva y el miedo que me da ser rechazado.

Si algo bueno tenía Jean Pierre es que siempre, siempre decía lo que pensaba.

Pues bien, es hora de mantener vivo su recuerdo a través de sus costumbres.

41

Emma

No sé qué hago aquí. Dios. No sé qué hago aquí. Es una locura, pero de alguna forma esta mañana, al ver su mensaje, pareció lo correcto. Cuando busqué el consejo de mis padres y me enfrenté a sus sonrisas lo supe: que sí, que esto es lo que tengo que hacer. Hasta Martín, que está receloso con Óscar y no acaba de fiarse ni aprobar nuestras citas, me dio la razón.

Es hora de vivir.

Vivir de verdad y no a medias. Sigo echando de menos a Jean Pierre, eso no va a cambiar en un día, ni en un mes, pero creo que sería una cosa feísima que, después de haberlo atormentado durante meses con la cantaleta de que no podía hundirse solo porque Fleur no estuviera, yo no me aplicara el cuento.

Además, esto es algo pendiente; algo que tenía que hacer porque lo único que quiero para ser feliz está en alguna parte, entre las calles de esta urbanización llena de casas con jardín, niños corriendo y parques cargados de preciosas flores. Me paro frente a la casa de Asunción, la vecina de Álex y Eli, y recorro el pasillo hasta su puerta. La saludo y, pese a mis nervios, le aseguro que yo también la he echado de menos, aunque lo cierto es que, tan mal como me sabe reconocerlo, no me he acordado de ella ni una sola vez. Supongo que, porque Asunción y su jardín me evocan cosas bonitas y yo, en estos tiempos, he pensado cosas más bien feas.

—Entonces ¿no te molesta?

—¡Para nada! Espera, te ayudo.

Me río cuando recolectamos juntas un ramo de tulipanes y cuando lo tengo listo y atado con un cordel precioso, cortesía de Asunción, suspiro y recorro el corto camino hasta la casa de los León.

Valentina me abre la puerta con aire distraído, pero, en cuanto me ve, grita y se lanza sobre mi cuerpo, como si llevásemos años sin vernos.

—¡Qué bueno verte, Emma! ¡Será capullo, ese hermano mío! Me dijo que no estabais reconciliados. ¡En cuanto lo pille se va a enterar! Seguro que me ha mentido para que deje de meterme en lo que él considera sus asuntos.

—En realidad, no estamos juntos, pero me alegro muchísimo de verte.

—Oh. ¿En serio? ¿Y qué estáis esperando? —Me río, pero la chica se queda rígida de pronto y me mira con el rictus completamente serio—. Soy una insensible de mierda, perdón. Mierda, no debería decir tacos. Oh, joder. —Chasquea la lengua, murmura algo para sí misma, y habla de nuevo—: Siento mucho lo de Jean Pierre. Sé que ha sido una gran pérdida para ti.

Valentina no conocía a Jean Pierre como tal. Lo vio la primera vez que nos conocimos, cuando yo creía que ella era la novia de Óscar y ella pensaba que yo era una chiflada que se había colado en el restaurante, y luego no coincidieron más, pero de alguna forma siento que sus condolencias son sentidas de verdad. Que le duele mi pérdida, no tanto por él, a quien no conocía, sino por mí. La abrazo con suavidad y sonrío.

—Muchas gracias. Ha sido duro, pero hicimos muchísimas cosas de la lista que inventé para él y se fue sin sufrir, así que no puedo pedir más. —Ella me sonríe con dulzura y hace amago de meterme en casa—. ¿Está Óscar? —me atrevo a preguntar.

—No, ha ido a la ciudad con mi padre para arreglar lo que sea que hayan jodido y luego va al restaurante para supervisar lo que sea que esté jodido y luego se va a acostar para levantarse y volar hasta ti. Palabras suyas de esta mañana cuando ha llegado.

Me muerdo el labio, pero no puedo evitar que una sonrisa puje por salir de todos modos. Valentina, que se da cuenta, se carcajea, tira de mi mano y me lleva hasta la cocina, donde me sirve un té y me pregunta is quiero ir con ella a correr, con el patín o a emborracharnos.

—Son buenas opciones todas, no me malinterpretes, lo que pasa es que he venido con una especie de misión y estoy sintiendo cierta ansiedad, así que yo creo que, en vez de quedarme aquí y esperarlo, voy a dar un paseo hasta el restaurante y lo espero allí, que al menos estarán los trabajadores y así los saludo. Supongo que, en lo que tardan en ponerme al día de sus familias y grado de satisfacción con el jefe, Óscar volverá.

Ella asiente, viéndole todo el sentido a mi explicación, y yo me encamino hacia el restaurante recordándome que debo respirar porque, bueno, es algo básico para seguir viva. Saludo a Julieta, que está limpiando el escaparate e insultando a un grupo de niños que, al parecer, han tenido a bien chuparlo solo porque sí. Me río y sigo en mi camino. Javier y Sara están leyendo en el jardín de su casa y me saludan con energía cuando paso.

—¡Entra a tomar un té!

Me niego educadamente, prometiéndome tomarlo antes de marcharme a París, y sigo mi camino. No es el primer té que me ofrecen; de hecho, cuando llego al restaurante la lista de los que me han ofrecido es tal que, si los hubiera aceptado todos, ahora estaría a punto de colapsar por una crisis nerviosa. Manuel, uno de los trabajadores, me recibe con un abrazo inmenso y de inmediato se saca el móvil para enseñarme a su hija de un año, que ya camina.

—¡Está enorme desde la última vez que vi una foto suya!

—¿Verdad? Crece por días. A lo mejor debería pensar ya en tener otro, aunque mi mujer dice que antes muerta que parir de nuevo.

Me río, le doy conversación y luego repito el proceso con cuatro trabajadores más. Unos me hablan de sus hijos, otros de sus citas, otros de sus mascotas, pero todos me muestran sin reparos el cariño que me tienen y me alegro de haber venido, independientemente del resultado que esto vaya a tener, porque estuve aquí un mes solo, pero ya siento un piquito de mi corazón siempre le corresponderá a este sitio.

Pasa media hora antes de que la puerta de la cocina se abra y entre un Óscar resolutivo dando órdenes en tono firme, pero cercano. Está estresado, lo veo por la forma en que tensa los hombros y me sorprende darme cuenta de hasta qué punto conozco ya el lenguaje de su cuerpo.

No repara en mí hasta pasados unos segundos, así que tengo tiempo suficiente de coger los ramos y prefabricar una sonrisa que, espero, no delate lo nerviosa que estoy.

—Emma —susurra acercándose a mí. Me da la mano para ayudarme a levantarme y, cuando lo hago, mira las flores y sonríe—. ¿Qué...? ¿Qué haces aquí?

—He venido por diferentes motivos, pero el primero debería ser este. —Le doy el ramo y carraspeo—. Se las pedí a Asunción porque ya es algo así como una amiga y venir desde París cargada de flores no me parecía cómodo, la verdad. Ya bastante he fracasado al ponerme tacones. No sé por qué sigo intentándolo si es evidente que así solo consigo acabar más cansada, pero bajo presión no actúo bien, ya lo sabes.

Él sonríe, coge las flores y besa mi mejilla con tal suavidad que me eriza el vello de los brazos.

—Ven, vamos a dar un paseo.

Asiento y agradezco en el alma que Óscar también me conozca bien a mí y se haya dado cuenta de lo nerviosa que estoy. Salimos y nos encaminamos por la acera hacia un mirador con celador que ya me enamoró el tiempo que estuvimos aquí. Sonrío otra vez. *Mon Dieu*, este hombre no olvida nada.

—¿Has podido solucionar los problemas que surgieron? —pregunto en un intento de no pensar que nuestros dedos siguen entrelazados y la postura de nuestros hombros es tensa a más no poder.

—Sí, he estado toda la mañana en el ayuntamiento, pero está solucionado. El resto lo hará mi padre y yo vuelvo mañana a París.

—Sí, claro, yo también —murmuro—. O sea, no sé qué vuelo tienes, pero no he cogido ninguno para irme contigo, si no te importa.

—Me encantará viajar contigo —susurra con voz ronca. Dios, ahora sí que estoy acelerada—. ¿Puedo preguntarte qué haces aquí?

—Hay una cosa que tenía que hacer —admito.

—Ajá.

—Es una cosa que había en mi lista. Una cosa que no podía hacer hasta que tú estuvieras aquí, en realidad.

—¿Tu lista?

Óscar se para justo cuando llegamos al mirador y me mira con intensidad.

—Mi lista con Jean Pierre. —La saco del bolsillo y se la enseño—. Falta una cosa.

—¿Qué cosa?

—Verás, es una cosa que, en realidad, no escribí yo, y ahora no sé si es una tontería y...

—Emma.

—¿Sí?

—Dame la lista.

Obedezco, porque su sonrisa paciente y segura es irresistible y serviría como argumento para cometer medio millón de locuras. Suelto su mano, saco la lista del bolsillo trasero de mi pantalón, se la doy y dejo que la desdoble y lea en voz alta.

✓ Ir tras ese chef de pacotilla y obligarlo a volver a casa.

Sus ojos. *Mon Dieu.* Esos ojos podrían taladrarme el alma, estoy completamente segura. En un mundo de fantasía a lo mejor estarían prohibidos y...

Céntrate. Emma. Céntrate.

—Jean Pierre lo escribió cuando volví a París. Le dije que no podía ser, porque tú considerabas que tu casa estaba aquí, en Sin Mar. —Puedo ver el arrepentimiento en sus ojos, pero no me detengo—. Él me contestó, de muy mal humor, que casa no es un punto en el mapa. Casa es quien te hace sentir a salvo y, pese a todo, yo nunca me he sentido más a salvo que entre tus brazos, Óscar León. Por eso, cuando ayer me dijiste que yo era tu hogar... —La voz se me quiebra, no puedo evitarlo, y sonrío, pero eso no hace que la emoción desaparezca—. Fue como si el destino lo pusiera todo en su lugar y no supe qué hacer. Necesitaba abrazarte y necesitaba correr y calmarme, pero sobre todo abrazarte. Corrí para huir de ti, lo sé, y es una costumbre feísima que debería cambiar en algún momento, pero piensa que...

No puedo acabar la frase. Sus labios. Sus dulces y perfectos labios están en los míos, sus brazos me rodean con firmeza y su demanda es tal que tengo que ponerme de puntillas y pasar mis brazos por detrás de su cuello para acercarlo a mí. Óscar se ríe. Se ríe y el sonido vibra en mi boca y es tan maravilloso que me río con él. Lo hago, al menos, hasta que me alza en brazos haciéndome gritar por la sorpresa.

—Te quiero —susurra en mi oído—. Te quiero, Emma Gallagher. Te quiero más que a mi vida.

Cierro los ojos recreándome en sus palabras y me sobresalto cuando su padre aparece de la nada abriendo una botella de champán y, de pronto, sale gente de todas partes para brindar con nosotros y celebrar que Óscar no es un completo idiota con las chicas. Palabras textuales de varios en la familia.

Él se enfada, yo me río a carcajadas y, en medio de este caos, rodeados de flores y bajo un cielo que no es el que acostumbro a ver, descubro tres puntos brillantes que casi, casi parecen sonreír.

—Si un golpe de viento meciera mi pelo ahora, yo sabría que sois vosotros —susurro.

No llega, pero sonrío de todas formas, porque si algo he aprendido en este tiempo es que sentir la falta de alguien no debería ser motivo suficiente para abandonar nuestras metas. Echar de menos a quien se fue y, al mismo tiempo, buscar la felicidad, no es de insensibles, sino de valientes.

Y es justo cuando el pensamiento penetra en mi cara cuando un golpe de viento mece mi cabello. Inspiro y dejo que las lágrimas lleguen sin hacer nada por evitarlas.

—¿Por qué lloras, *chérie*? —pregunta Óscar acariciando mi costado con preocupación.

Niego con la cabeza, beso su brazo y, cuando se pone frente a mí, el centro de su torso antes de mirarlo a los ojos.

—Porque el destino es maravilloso, ¿no te parece?

Él entrecierra los ojos un poco, intentando entenderme. No lo consigue, lo sé, pero eso no impide que bese mis labios y roce su nariz con la mía.

—Estoy deseando que me lleves a casa.

Y lo hago, pero no ahora.

Tampoco cuando subimos en el avión y lo llevo a París.

Ni cuando entramos en mi piso.

Lo llevo a casa cuando nos despojo a ambos de la ropa y dejo que entre en mí con la certeza de que esto, esto sí que es «casa».

Cuando abro los ojos, horas después, estoy agotada y creo que me duelen músculos que no sabía que tenía. Óscar zarandea mi cadera con cuidado y, cuando enfoco la vista, sonríe.

—Ven conmigo.

Frunzo el ceño cuando tira de mi mano. Me ayuda a ponerme el pijama, desnuda como estoy, y me coloca una chaqueta.

—¿Vamos a salir? —pregunto en medio de la bruma que me da el sueño. Miro por la ventana, aún es de noche—. ¿Qué hora es?

—Eso no importa, *ma belle*. Venga, vamos, date prisa.

Él se pone el jersey a toda prisa, se sube los vaqueros y abotona todos los botones, menos el primero. Dios, está tan guapo así... Óscar eleva una ceja, adivinando mis pensamientos, pero lejos de mostrarme avergonzada me encojo de hombros y sonrío.

—Tenemos mucho tiempo que recuperar.

Él se ríe, besa mi frente y tira de mi mano hacia el exterior mientras me asegura que lo recuperaremos cuanto antes. Me quejo cuando subimos hacia el piso superior y, por un momento, tiro de su mano y hago que me mire.

—No pienso ir a casa de mis padres con estas pintas y de madrugada, sea la hora que sea.

—No vamos a casa de tus padres.

—Pero...

Su respuesta llega en forma de sonrisa y tira con más ímpetu de mi mano. Me quejo y, cuando veo la firme intención de cogerme en brazos, me río y le aseguro que no hace falta. Lo sigo escaleras arriba y, cuando llegamos a la puerta que da a la terraza, Óscar se frena, se coloca detrás de mí, abrazándome por la cintura, y abre.

Conozco al dedillo la terraza, he vivido aquí casi toda mi vida y, sin embargo, jamás la había visto así. Cientos de luces titilan enredadas en el muro que hace de baranda, las plantas que he visto infinitas veces en casa de mis padres y Chantal e, incluso, el árbol que Jean Pierre y yo plantamos hace unos meses.

La impresión hace que, de primeras, no pueda articular ni una palabra. Óscar, que debe de intuir cómo me siento, me empuja con suavidad mientras salimos y sentimos la brisa primaveral más fría de la cuenta, debido a la hora, seguramente.

—¿Cómo? —pregunto sorprendida al fijarme en la guirnalda que pertenece al dormitorio principal de mis padres.

—Tuve ayuda, pero ha merecido la pena —dice él en mi oído con el orgullo tiñéndole la voz—. ¿Te gusta?

—¿Has encendido todas estas luces solo por mí?

Él me rodea sin soltarme, roza su nariz con la mía y susurra con voz ronca.

—Por ti... por ti yo encendería París.

La impresión por sus palabras se escapa en un jadeo antes de que sus labios se estrellen con los míos. Lo abrazo y me refugio en su cuerpo sin pensar que estoy en pijama, despeinada y sin maquillar en la escena más romántica que voy a vivir nunca.

Y, aun así, no podría ser más perfecta.

Nos mecemos con suavidad y, cuando Óscar empieza a tararear *Je vais t'aimer* de Louane suspiro y pienso que en esto consiste la felicidad; en sentir que lo tienes todo sin importar que la sensación dure apenas unos segundos, porque esos segundos... Esos segundos lo son todo.

No sé cuánto tiempo nos quedamos en esta terraza rodeados de las luces que me han acompañado toda la vida y las flores que tanto amo, frente a la inmensidad de la ciudad, mirando al cielo parisino y pensando en el número de personas que estarán haciendo esto ahora mismo desde todas las partes del mundo.

Besarse.

Mirar el cielo.

Pensar en los que no están y en todo lo que está por venir.

Sentir a la persona amada entre los brazos.

Susurrar promesas.

Óscar besa mi cuello y, de pronto, esas personas no importan.

El mundo deja de existir y solo quedamos él, yo y la gran idea de encender París.

Epílogo

Observo a Emma gritarle a mi hermana que deje de reírse de ella e intento ocultar mi propia risa. No es que me haga gracia que se caiga, pero es tan adorable enfurruñada que no puedo evitarlo.

—¡Te lo digo en serio, Val! ¡No es gracioso! —exclama antes de soltar su tobillo de la tabla y venir directa hacia mí—. ¿No piensas decirle nada?

Intento concentrarme en sus palabras, pero la imagen de Emma en biquini, con el pelo rubio mojado y... joder, qué bonita es. Carraspeo para que no note que me he quedado embobado y sonrío.

—Fuiste tú la que se empeñó en aprender a surfear con ella, *chérie.*

—Pensé que sería mucho más fácil, la verdad. ¿Quién iba a creer que esto de mantenerse en un trozo de madera tenía dificultad?

—¿Trozo de madera? —pregunta mi hermana—. ¡Tabla de surf, Emma! Vale que en París no hay playa, pero en el pueblo de tus padres sí. Es alucinante que sepas tan poco del mejor deporte del mundo.

—Ayer dijiste que el mejor deporte del mundo era patinar. ¡Y mira cómo tengo las rodillas!

Mi hermana protesta, Emma protesta más y, al final, las dos se echan a reír y el único que se queda en medio sin tener ni idea de qué demonios ha pasado, soy yo. Esto ocurre mucho desde que estamos juntos, en realidad. A veces, hasta mi madre se suma. Mi padre y yo nos limitamos a mirar y aconsejarnos en silencio no abrir la boca, por si metemos la pata.

—De cualquier modo, es hora de ir a comer —dice mi hermana—. Ya seguiremos a la tarde.

—Uy, no. Yo esta tarde tengo una cita con tu hermano.

Se abraza a mi costado y beso su pelo mojado antes de emprender el camino hacia el jardín de los Acosta, donde solemos comer en las reuniones familiares. Hace solo dos días que llegamos al camping y ya siento que el estrés del trabajo se ha evaporado. Además, echaba de menos a mis padres, que se vinieron poco después de que yo volviera a París la última vez. Pensaron que, estando mi padre de baja, el aire puro le haría bien. Y no andaban equivocados, porque parece mucho más relajado de lo que estaba en casa.

—¿Sigue en pie lo de ir a pasear en bici por el pueblo? —pregunta Emma.

—Mmm. A no ser que quieras cambiarlo por un plan mejor —susurro mirando fijamente su pecho. Su risa me distrae y la miro a la cara—. ¿No?

—No, pero buen intento. Eso, esta noche.

—Sigo aquí, ¿sabéis? Traumatizándome con vuestras indirectas sexuales.

Emma y yo nos reímos y caminamos toqueteándonos un poco, pero sin decirle nada a Val para que su trauma no vaya a más.

Todavía me parece mentira que estemos disfrutando de unas vacaciones en familia tranquilas y con ella a mi lado. En los últimos meses han pasado tantas cosas que creo que los dos necesitábamos esto. El aire del mar, el sol, las risas, la relajación. Y no es que nuestra vida en París sea estresada para mal, pero entre nuestros trabajos, Sarah y los planes con la familia de Emma hay veces que solo nos quedamos a solas cuando nos metemos en la cama. Y, aunque en ese ámbito no tenemos ninguna queja, es gratificante tener días enteros por delante para disfrutar el uno del otro sin pensar en las responsabilidades.

La familia nos recibe con reproches por llegar tarde y, cuando nos sentamos ignorando a todo el mundo, sobre todo Val, pellizco el muslo de Emma con suavidad y le guiño un ojo.

—¿Estás lista?

—Ay, Dios, ¿ya?

—¿Para qué esperar más?

Ella se muerde el labio, carraspea y mete la mano en mi bolsillo, donde aguarda la sencilla alianza que le compré hace apenas una semana para pedirle matrimonio. No hubo demasiadas florituras. Lo hice en mi piso después de hacer el amor, enredados y sudorosos aún, prometiéndole que, si aceptaba, me pasaría la vida intentando que las sonrisas fueran más y la tristeza, cuando llegara, doliera menos. Ella se emocionó y me soltó todo un discurso acerca de lo agradecida que estaba por no haber hecho un gesto grandilocuente, porque así ha sido mucho más íntimo y solo nuestro. Como un secreto precioso y compartido. Yo sonreí, porque la entendía, pero también porque adoro que se pierda en sus propios pensamientos en voz alta. Y la besé. Y volvimos a hacer el amor. Y en algún punto, entre perderme en su cuerpo y recrearme en la sensación de saber que voy a casarme con la mujer perfecta para mí, encendí las luces que he colocado en mi propio cabecero y dejé que nos guiaran hacia el anochecer mientras nuestros movimientos nos llevaban a la cima del placer.

—¡Atención, familia! —La voz debería ser de Emma, pero es de mi prima Victoria, que sonríe mientras golpea con insistencia una jarra de cerveza con una cuchara—. ¡Que os calléis, joder, que tengo que decir una cosa!

—Qué mona. Siempre ha sido la más dulce de nosotras —dice Mérida, su hermana, a mi lado.

Me río, mal que me pese, y la veo meterse tres calamares a la vez en la boca. Yo no sé dónde lo mete, de verdad.

—¿Qué quieres decir? —dice su padre con gesto serio.

—¿Estás preñada? —pregunta su madre.

—Uy, seguro que sí. Mirad la barriga, la tiene ya hinchada —apunta Ethan.

—¡No estoy preñada, imbécil! ¡Y no tengo la barriga hinchada! Adam, ¿tengo la barriga hinchada?

—Tu barriga está perfecta, como el resto de tu cuerpo —contesta él mordiéndole un cachete.

—Joder, podrías hacer eso en privado, la verdad. —Mi tío Diego protesta y su mujer palmea su brazo con cariño.

—Bueno, aclarado el asunto de que no estoy preñada, tenemos que deciros que lo que sí estamos es... —Se mete la mano en el escote y saca un anillo mientras grita—. ¡Prometidos! ¡Nos casamos!

La familia entera estalla en felicitaciones, incluida Emma. Le frunzo el ceño de inmediato y tiro de su mano para que se siente, pues con la alegría se ha levantado.

—¡No podéis estar prometidos! —exclamo antes de alzar la mano de Emma—. ¡Nosotros sí que estamos prometidos!

—Ay, mierda, ¿lo hemos hecho al mismo tiempo? —plantea ella antes de soltar una carcajada.

—¿Te vas a casar, Óscar? —inquiere mi padre—. Yo no sé si estoy listo para ver cómo te casas, hijo. Eso automáticamente me convierte en un señor más mayor, ¿verdad? Ay, tengo palpitaciones. Rubia, tómame el pulso.

Mi madre se ríe, le toma el pulso y le asegura que no tiene palpitaciones, ni va a tener otro infarto a causa de la noticia. Le recuerda, de paso, que él adora a Emma y debería alegrarse por nosotros.

—Sí, eso es verdad. ¡Y así será mucho más complicado que te deje, porque hoy día firmar un divorcio tiene tanto papeleo que muy harta tienes que tenerla! —Pongo los ojos en blanco mientras él se acerca a Emma, que se ríe a carcajadas—. Ven aquí, cariño, deja que te abrace.

Ella obedece y, en cuestión de segundos, Emma y yo rotamos por la familia recibiendo abrazos y felicitaciones hasta que nos chocamos con Adam y Vic, que vienen rotando desde el lado opuesto. Nos miramos y, pese a lo sorprendente de la noticia, acabamos riéndonos.

—Dos bodas, entonces —afirmo antes de besar la frente de mi prima—. Eres feliz, Vic.

Ella sonríe, porque no es una pregunta, sino una afirmación.

—Eso no es una pregunta —observa.

—No. No lo es.

—Eres feliz, Óscar —susurra de vuelta.

Sonrío, asiento y, cuando me abraza, no puedo evitar cerrar los ojos y suspirar con ganas. A veces me siento como si un mundo nuevo se hubiese abierto con su historia con Adam y se hubiese enlazado con la historia de Emma y mía. Como si los cuatro fuésemos una especie de pack.

—¿Puedo abrazar a la novia? —pregunta Emma a mi lado.

—Siempre que yo pueda a abrazar también a la novia —contesta mi prima riéndose.

—¡Oye! ¿Y por qué no hacéis una boda doble? —sugiere Björn.

La familia entera se ríe de su propuesta, pero mi prima me mira, insinúa una pequeña sonrisa y elevo las cejas antes de desviar mis ojos a Emma.

—¿Tú...?

—Yo quiero casarme contigo. Como, cuando, donde sea —susurra ella besándome.

—Oye, Lendbeck —dice mi prima—. ¿Quieres hacer una boda doble?

—Si el resultado es que tú acabes con un anillo en el dedo y llevando mi apellido, me la pela cómo lo hagamos.

—Antes muerto que dejar que mi hija se ponga el apellido de un tío, ¿eh? ¡Ella es española! —exclama mi tío.

—Pero vive en Los Ángeles, conmigo —replica Adam—. Tendrá que llevar el apellido de su marido. Victoria Lendbeck-Acosta.

—¡Los cojones! —grita mi tío—. Es que vamos, por los cojones. Antes arruino la boda. ¡Julieta, di algo! ¿A ti te parece esto normal?

—¿Cómo me va a parecer normal, si mi apellido es el último? Victoria, tú no te puedes cambiar el apellido, porque a tu padre le da un patatús y a mí me caería regular, la verdad. Además, que eso es muy machista.

—Eso es lo que indica que una mujer es de su macho y...

Mi padre salta ante las palabras de Adam como si estuviera hablando de su propia hija. Mi tío Diego salta. Marco salta. Nate salta. Hasta Einar, que es el más pasota, salta. Yo, por mi lado, me fijo en la sonrisa canalla de Adam antes de que mi prima hable.

—Dios, no es normal que me ponga como una moto que seas tan capullo y te guste tanto cabrearlos.

Adam se ríe, la alza en brazos y muerde su boca mientras la familia entra en una guerra que no acaba hasta que Emma se sube en la mesa y revienta una botella vacía de vino contra el suelo dejándome patidifuso.

—¡Es imperdonable que mostréis semejante actitud! —exclama—. *Mon Dieu!* ¿Qué sois? ¿Cavernícolas? ¡Victoria hará lo que considere teniendo en cuenta que es adulta y vosotros no podéis armar semejante espectáculo bochornoso, lamentable y exagerado solo porque no estáis de acuerdo! Tenéis que empezar a comprender que vuestros hijos toman decisiones y, si no os gustan u os parecen incorrectas, podéis dar un consejo, pero bajo ningún concepto exigir algo. No cuando ya son adultos para elegir un camino y, si se equivocan, asumir las consecuencias. ¿Cómo podéis poneros a gritar como si todos tuvierais la razón absoluta? ¡Por culpa de esas actitudes el mundo está como está! Os quiero muchísimo, pero este comportamiento no me gusta y, si no intentáis controlaros, os retiro la invitación, al menos, de mi boda.

—¡Toma ya! —exclama Victoria empujándome por el costado—. Cómo me gusta esa chica, de verdad. ¡Yo también os retiro la invitación!

—Y yo, ¡qué coño! —dice Adam riéndose—. Nena, ¿nos casamos en Las Vegas?

—No me va lo de disfrazarme —responde Vic riéndose.

—¿Pueden retirarnos la invitación a la boda de nuestros hijos, rubia?

—Pues claro, Álex.

—Pues qué mierda. ¡A mí no podéis! Porque si me pongo triste a lo mejor me da otro infarto.

Emma pone los ojos en blanco, lejos de ablandarse, se baja de la mesa y palmea su mejilla.

—No seas caradura y compórtate. Voy a necesitar a alguien que me ayude con los preparativos, aunque sea desde París, y tú estás de baja, tienes buen gusto y...

—Venga, vale. Te ayudo porque sé que valoras mi aportación.

Mi padre hincha el pecho y me río, porque es increíble lo bien que Emma lo maneja. Joder, es increíble lo bien que Emma se maneja con mi familia en general. Por eso tiro de su mano y la beso, sin importarme que todos hayan pasado a discutir quién tiene más derecho para meterse en la organización de la boda, cuándo debería ser, si tendría que ser doble, en España, en Estados Unidos o en París.

¿Y qué más da? Pienso mientras siento sus labios en los míos y sus dedos juguetean en mi nuca. Será una boda con Emma y eso es todo lo que a mí me importa. Una boda en la que formalizaremos nuestra unión, pero no le prometeré nada nuevo, porque no necesito una celebración para decirle que es la mujer de mi vida, que desde que apareció respiro mejor y que las luces de París son infinitamente más bonitas ahora.

—Si nos mojamos de arriba abajo antes de dos minutos, significará que no nos vamos a divorciar nunca —murmura ella.

—¿Qué? ¿Por qué dices eso? —Miro al cielo azul y despejado como pocas veces y le devuelvo la mirada—. *Chérie*, no quiero ni oír hablar de divorcio y...

El primer latigazo de agua nos llega por el costado y, cuando me sobresalto y miro a mi lado, veo que los aspersores se han activado. Ya pasó el primer día, cuando Fran olvidó cambiar el reloj para que saltasen a otra hora, pero no me acordaba. Miro a Emma, que se ríe a carcajadas, echando la cabeza hacia atrás y enganchándose de mi nuca. Beso su cuello, muerdo su barbilla y, cuando me acerca su boca, acaricio su precioso pelo y asiento.

—El destino ha hablado.

Ella vuelve a reírse, pero cuando mis labios encuentran los suyos, mis brazos la rodean y la estrecho contra mi cuerpo su risa se apaga y solo queda el calor que emanamos juntos.

Y no es hasta que llega el atardecer, cuando ya estamos en nuestro bungaló después de haber paseado por el pueblo un rato, cuando saco de mi maleta la carpeta que guardé hace ya varios días. Busco a Emma en el porche, donde se ha puesto cómoda en los escalones para esperar el anochecer y mirar las estrellas, y la dejo sobre su regazo.

Ella me mira interrogativa, suelta el té que tiene entre las manos y, cuando sonrío por respuesta, la abre y observa su interior.

La sorpresa llega primero.

La incredulidad, después.

Y por último la emoción.

Me mira y me acuclillo frente a ella.

—Sé que Amélie está mayor, que el negocio le pesa cada día más y que es el trabajo de tu vida, aunque todavía no hayas podido reconocerlo ante ti por miedo a perderlo y volver a sufrir.

—Pero...

—Llegué con ella a un acuerdo de traspaso. Pagué una parte ahora y el resto saldrá de las ganancias mensuales, siempre que a ti te parezca bien. —Ella me mira con los ojos como platos, en shock—. Quería darte algo que te importara lo suficiente y, al mismo tiempo, fuera una promesa de futuro. Pensé que esto te gustaría, pero si no es así podemos anularlo, *chérie*. No está grabado en piedra y...

Sus labios se estrellan en los míos y su cuerpo se abalanza sobre mí con tanto ímpetu que caemos sobre el asfalto del camino del bungaló. Gimo cuando se coloca sobre mí a horcajadas y me besa con tanto ímpetu que se me acelera el pulso.

—Nunca, jamás, ni en un millón de años entenderás lo que esto significa para mí. Por la tienda, pero también porque demuestras, con cada gesto, pequeño o grande, lo bien que conoces mi alma. —Sus ojos se aguan y, cuando hago amago de hablar, niega con la cabeza—. Gracias por ser hogar.

Cierro los ojos, apoyo mi frente en la suya y acaricio sus mejillas.

—Gracias por ser hogar —susurro de vuelta.

Nos quedamos tumbados en el suelo, viendo cómo el cielo se cierra y buscando las estrellas que más brillan, como cada noche. Ella, acariciándome distraídamente y besando cada tanto alguna parte de mi cuerpo. Yo, pensando en el niño que soñaba con abrir su propio restaurante y encontrar el amor verdadero.

Alguien con quien disfrutar de las partes buenas de la vida, y que quisiera sostenerme en las malas.

Que me hiciera buscar estrellas cada noche.

Alguien por quien encender cientos de luces desde nuestra cama.

Que me hiciera promesas absurdas, como esa de comprar un tocadiscos nuevo si el café se enfría antes de cinco minutos.

Y otras más serias, como pasar el resto de nuestras vidas cuidando del otro.

Alguien que supiera enjugar mis lágrimas cuando la vida nos dé un revés de esos que te dejan temblando.

Miro a Emma, juego con uno de sus mechones rubios entre mis dedos y, cuando la veo cerrar los ojos, seguramente para pedir un deseo, o hacer una promesa, hago lo propio y pienso con más fuerza en aquel niño inseguro, intenso y soñador. El niño que hubiese dado cualquier cosa por la promesa de que todo saldría bien. Sonrío, lo visualizo y susurro:

—Lo hicimos bien, colega. Lo hicimos muy bien.

Agradecimientos

Normalmente en mis agradecimientos entra muchísima gente, pero esta vez me vais a permitir que me olvide de todo, menos de ellos.

Mis hijas. Mi marido. Mis padres. Mi hermana y Fran, mi cuñado.

Cuando me embarqué en esta aventura yo ya intuía que el camino sería complicado. Compaginar la escritura con una niña de cuatro años y un bebé es difícil, pero si además tienes una fecha de entrega, todo se vuelve mucho más caótico e imprevisible. Sin ellos, habría sido imposible. Y no es una de esas frases que se dicen por costumbre. Sin ellos habría sido literalmente imposible.

Cuando tuve a mi primera hija lo primero que me sorprendió fue el amor que me invadió. El sentimiento de querer a alguien por encima de cualquier cosa es abrumador y precioso. Con mi segunda hija descubrí que ese amor que yo pensé que no podría sentir por nadie más se multiplicó. Me arrasó de la misma forma que la primera vez. Y pasó poco tiempo antes de darme cuenta de que había algo interno, un sentimiento que me dominaba algunos días. La culpabilidad había llegado para quedarse. Si no trabajaba, me sentía mal y poco realizada. Si trabajaba me sentía fatal por no poder conciliar y quitarles tiempo a ellas para dárselo a mi vida profesional. Aprendí a vivir con la contradicción de sentir que no cambiaría mi presente por nada del mundo y, en algunos momentos, echar de menos a mi yo pasado; ese que no tenía la tremenda responsabilidad y presión de educar medianamente bien a dos pequeños seres humanos.

Como mujer, madre y alguien con aspiraciones laborales me he sentido sobrepasada tantos días que no podría contarlos. Y en todos esos días estuvieron ellos, intentando aliviar mi carga. Mi marido en las noches malas y equilibrando la balanza constantemente. Mi madre haciendo de canguro cada día. Mi padre paseándolas por el campo, entreteniéndolas durante horas. Mi hermana y mi cuñado llevándolas al parque o montando fiestas de pijamas improvisadas. Cada vez que las lágrimas de frustración y culpabilidad me sobrepasaban ellos me abrazaban y me recordaban una y otra vez algo vital: «Para eso está la familia». Ellos han sido la única conciliación que he sentido real y es por eso por lo que necesito que este apartado sea solo para ellos.

Sin vosotros, este sueño no sería más que un montón de castillos en el aire.

Gracias. Gracias. Gracias por tantísimo.

Os adoro.